Astrid Lindgren

Am besten lesen. *Am besten lesen.*

Birgit Dankert

ASTRID LINDGREN

Eine lebenslange Kindheit

Die Deutsche Nationalbibliothek verzeichnet diese Publikation
in der Deutschen Nationalbibliografie;
detaillierte bibliografische Daten sind im Internet über
http://dnb.d-nb.de abrufbar.

Der Lambert Schneider Verlag ist ein Imprint der WBG

Die Herausgabe des Werkes wurde durch die Vereinsmitglieder der WBG ermöglicht.
Redaktion: Elke Austermühl, Berlin
Satz: Janß GmbH, Pfungstadt
Umschlagabbildung: Astrid Lindgren im Jahr 1987. © dpa-Fotoreport
Umschlaggestaltung: Finken & Bumiller, Stuttgart
Gedruckt auf säurefreiem und alterungsbeständigem Papier
Printed in Germany

Besuchen Sie uns im Internet: www.wbg-wissenverbindet.de

ISBN 978-3-650-25526-6

Elektronisch sind folgende Ausgaben erhältlich:
eBook (PDF): 978-3-650-73899-8
eBook (epub): 978-3-650-73900-1

Inhalt

Anhang

Einleitung

Astrid Lindgren starb am 28. Januar 2002 im Alter von 94 Jahren. Im Kriegsjahr 1944 veröffentlichte sie als 37-jährige Ehefrau und Mutter von zwei Kindern ihr erstes Buch mit dem programmatischen und entlarvenden Titel „Britt-Mari erleichtert ihr Herz“ (Britt-Mari lättar sitt hjärta). Fast 40 Jahre später, nachdem sie annähernd 100 selbstständige Texte verfasst und sich ein Welterfolg ohnegleichen eingestellt hatte, erschien in ihrem 74. Lebensjahr 1981 mit „Ronja Räubertochter“ ihr letzter großer Kinderroman. Sie lebte danach noch 20 Jahre – ausgezeichnet mit immer neuen Ehrungen, beschäftigt mit Neuausgaben und mit der Bearbeitung ihrer Bücher für verschiedene Medien, engagiert bei Leseaktionen und in politischen und sozialen Projekten, eingebunden in ihren Freundes- und Familienkreis. Erst altersbedingte körperliche Hinfälligkeit befreite sie von Autorenpflichten und zunehmend auch von dem Druck, öffentlichen Erwartungen an ihre Person entsprechen zu müssen.

Denn Astrid Lindgren war mit ihren Büchern, Hörspielen, Filmen und anderen medialen Adaptionen ihres Werkes, durch ihren Einsatz für gewaltfreie Erziehung und Kinderrechte sowie durch ihre Kritik an der schwedischen Steuergesetzgebung und der Massentierhaltung schon zu Lebzeiten zu einem Mythos geworden. Die Legende Astrid Lindgren droht im Verein mit der allgegenwärtigen Multimediapräsenz von Lindgren-Texten zunehmend den Blick auf Leben und Werk dieser außergewöhnlichen Frau zu verstellen. Die erfolgreichste und bekannteste Kinderbuchautorin der Welt ist nach dieser Legende die alters- und zeitlose Inkarnation einer glücklichen Kindheit, eine Bauerntochter, die sich zu einer Literatin von Weltrang entwickelt und deren erfolgreiche Biographie der heiteren Welt ihrer Bücher zu entsprechen scheint. Sie selbst war darauf bedacht, dass selbst ihre späten politischen Aktionen das öffentliche

Bild von Astrid Lindgren nicht störten, sondern mit der Vorstellung einer bruchlosen Einheit von Leben, Programm, Botschaft und Werk im Einklang standen.

Aber dieses Bild ist eine Wunschvorstellung. Was sich jedem, der Astrid Lindgren begegnete, sofort mitteilen konnte, haben Forschung und von der Familie posthum ermöglichte Einblicke in ihren Lebensablauf bestätigt: Astrid Lindgren fiel der Erfolg nicht in den Schoß, sondern ihre Kinderliteratur neuen Typs ist das Ergebnis von jahrelangen literarischen Versuchen. Sie schrieb ihre Geschichten, um sich selbst zu trösten und zu stärken, und führte vornehmlich literarisch einen Kampf für Kinderrechte, Frieden und Gewaltlosigkeit. Ihre Persönlichkeit ist komplex und bedeutend vielschichtiger, als das kontinuierliche bürgerliche Leben, das der Öffentlichkeit bekannt ist, vermuten ließe.

Frühe Begabung, aber späte dichterische Kreativität nach Seiten-, Irr- und Holzwegen in journalistischen Beiträgen und trivialen Texten, die Stilisierung von Kindheits- und Bildungserlebnissen zu einem zeitlosen Kinderkosmos und schließlich die literarische Aufarbeitung von subjektiv als defizitär empfundenen Lebensumständen sowie das lebenslange Verharren in kindlichem Gefühl und Bewusstsein kennzeichnen ihr Werk. Neben, oder besser: im Zusammenhang mit ihrer schriftstellerischen Tätigkeit, mit Übersetzungen und Medienadaptionen hat Astrid Lindgren das Kinderbuchprogramm des schwedischen Verlages Rabén & Sjögren aufgebaut, profiliert und geleitet. Seit den frühen Bearbeitungen ihrer Texte für Film, Funk und Fernsehen wirkte sie auf diesem Gebiet und setzte Maßstäbe. Lindgren entwickelte sich früh zur erfolgreichen Medienmanagerin und Marketingexpertin für das internationale Lizenzgeschäft. Sie bewältigte persönliche Niederlagen, familiäres Unglück, politische Konflikte und erlebte einen frühen Medienhype, der ihr zunehmend Selbstvertrauen und Weltläufigkeit gab, aber auch ihr Privatleben prägte und zeitweise bedrohte.

Das Privatleben Astrid Lindgrens ist uns hauptsächlich aus autobiographischen Äußerungen bekannt, die sich weitgehend auf Erinnerungen aus der Familiengeschichte und der eigenen Kindheit konzentrieren. Über einige krisenreiche Jahre ihrer Jugend schwieg die Autorin bis zu ihrem 70. Lebensjahr und gab auch danach nur Einzelheiten preis, die sich zu keinem geschlossenen, stimmigen Bild zusammenfügen und den Leser leicht auf falsche Fährten locken.

Wichtige Zeugnisse – wie die in Stenographie geschriebenen Tagebücher der Kriegsjahre 1939 bis 1945 – sind nur in Ausschnitten zugänglich. Wenn sie, wie häufig und ausgiebig der Fall, über ihr Leben und ihre Gefühle befragt wurde, wich sie meistens in Anekdoten aus oder mischte Erlebtes mit literarischen Motiven. Die zugänglichen Quellen belegen, dass ihr Leben bestimmt war von ihrer Familie, ihrer Arbeit an den eigenen Texten, ihrer Verlagstätigkeit, von beruflich und/oder privat motivierten Freundschaften sowie von der Begegnung mit der heimischen Natur und von Reisen. Sie lebte, vor allem nach dem Tod ihres Mannes, mehr in weiblicher als männlicher Gesellschaft. Schönheit war für sie ein großer Wert. Nachvollziehbar ist ein seit Ende der vierziger Jahre außergewöhnlich hohes Arbeitspensum, das sie bis in die späten achtziger Jahre beibehielt. Sicher ist, dass sie von ihrer Jugend bis ins hohe Alter Erfahrungen, Gefühle und eine – nicht nur innere – eigene Welt besaß, zu der sie niemandem, der davon hätte erzählen können, Zugang gewährte. Die zahlreichen Ehrungen der mittleren und späten Lebensjahre, die Rituale der Totenfeiern und des Gedenkens gehören zum letzten öffentlichen Wirken der Autorin, das in einer breit gefächerten Erinnerungskultur fortgesetzt wird.

Als Geheimnis Astrid Lindgrens gilt in erster Linie die schwer erklärbare Faszination, die ihre Texte auf Kinder und auf Leser jeden Alters in aller Welt ausüben, ein offensichtlich – trotz räumlicher Beschränkung der Handlungsschauplätze – global wirkender Schatz der Kinderkultur. Ihre literarischen Gestalten gehen vielfach auf konkrete Vorbilder aus ihrer Lebenswelt zurück. Die meisten Geschichten spielen an wiedererkennbaren Orten. Die Zeit, in der ihre Geschichten und Romane handeln, lässt sich mit Jahreszahlen nicht eindeutig bestimmen. Vor allem in den im ländlichen Milieu angesiedelten Texten werden Motive und Stoffe vermischt, die – gemessen an den Daten ihrer Familiengeschichte – aus verschiedenen Zeitstufen stammen. Astrid Lindgren schuf sogenannte Chronotope, ‚Zeit-Räume', in denen bestimmte Lebensformen mit einer bestimmten zeitlichen Phase der nordeuropäischen Kulturentwicklung verbunden sind, wie etwa die vorindustrielle bäuerliche Gesellschaft, die

Kleinstadt im Aufbruch in die Moderne, die städtische Kleinfamilie und die ewig währenden Ferien auf einer Insel, aber auch imaginierte Phantasiewelten. Chronotope dieser Art sprechen Leser jeden Alters und vieler Kulturkreise an und könnten die weltweite Faszination erklären, die von Astrid Lindgrens Büchern ausgeht. Ihre Bücher wurden in mehr als siebzig Sprachen übersetzt. Der Internetzugang zu ihren digitalisierten Werken reißt jede noch verbliebene Schranke ein. Bei diesem Erfolg droht ihre Kunst zur ‚Marke' zu werden – ein Prozess, an dessen Ausgangspunkt der Kampf einer jungen Autorin um Freiheit und Anerkennung stand.

Jede Annäherung an die Lebensgeschichte Astrid Lindgrens muss daher die bekannten Daten ihres Lebenslaufes mit Informationen über Entstehung, Entwicklung und ‚Botschaft' ihres Gesamtwerkes verbinden. Ein sinnvoller Zusammenhang von Leben und Werk lässt sich aber über eine bloße chronologische Betrachtung im Sinne einer Biobibliographie nicht herstellen. Lindgrens Werke, ihre Motive und Botschaften – mögen sie auch noch so deutlich auf wiedererkennbare Stationen ihres Lebens zurückgreifen – erzählen nicht ihren Lebenslauf. Daher berichtet die vorliegende Biographie vom Leben Astrid Lindgrens zwar weitgehend chronologisch, fasst aber Lebensphasen unter charakteristischen, zentralen Begriffen dieser Jahre zusammen. Ergänzt wird die Schilderung dieser Lebensphasen durch Hinweise zur Werkentwicklung, vor allem aber durch Textbeispiele und -interpretationen, die das Lebensgefühl und die Lebensmaxime der Autorin in dieser Lebensperiode beleuchten, auch wenn diese Texte nicht zur gleichen Zeit entstanden sind.

Das vorhandene Material ist so strukturiert, dass die Verschränkungen von Leben und Werk an bestimmten Wegmarken erkennbar werden. Es handelt sich um die Lebensphasen, die von Kindheit, Kummer, Grenzüberschreitungen, Erfolg und Alter geprägt sind. Dabei stützen sich die Überlegungen zwar auch auf das Material früherer Veröffentlichungen über Astrid Lindgren, besonders auf die sonst unzugänglichen Quellen, die in der Biographie von Lindgrens Freundin Margareta Strömstedt und den Interviews von Felizitas von Schönborn und Maren Gottschalk bereitgestellt wurden. Sie folgen aber nicht den herkömmlichen Mustern, die Lindgrens Leben als geradlinig verlaufende Erfolgsgeschichte beschreiben und darin den Triumph der Humanität über die Defizite der Welt verwirklicht sehen. Die goldene Kindheit, die schwere Jugend, der sich über Nacht mit „Pippi Langstrumpf" einstellende Erfolg, das weise Alter – Klischees dieser Art möchte die vorliegende Biographie nicht bemühen, weil sie nur hilflose Erklärungsmuster für ein gerade in seiner mangelnden Stringenz so faszinierendes Leben darstellen, dem authentischen Leben aber nicht gerecht werden.

Vielmehr geht es darum, der Person Astrid Lindgrens in einer vorurteilsfreien Zusammenschau ihres Lebens und ihres Werkes gerecht zu werden, ohne dabei bereits vorauszusetzen, dass ihre Lebensgeschichte einer schrittweisen und konsequenten Erfolgsgeschichte entspricht bzw. die geradlinige Entwicklungsgeschichte einer genialen Schriftstellerin darstellt, die schließlich zu Weltruhm gelangt. Unter dieser Voraussetzung würden die vielseitigen Tätigkeitsfelder, auf denen Astrid Lindgren sich engagierte, ebenso aus dem Blick geraten wie die Tatsache, dass sich jahrzehntelang Phasen explosiver Kreativität mit Phasen der ruhigen Aufarbeitung abwechselten, dass sich eruptive Hochgefühle nach langen Phasen von Melancholie und Trauer einstellten.

Gibt es Besonderheiten für Biographien über Autoren der Kinder- und Jugendliteratur? Ihre Sprache – auch in ihren autobiographischen Äußerungen – ist in der Regel von wohl durchdachter Einfachheit. Ein nicht unbeträchtlicher Teil ihres schöpferischen Prozesses und der Vermittlung des eigenen Werkes richtet sich an Kinder. An Kinderbuchautoren – an ihr Werk wie auch an ihre Person – werden von der Zielgruppe der Kinder einerseits und der Zielgruppe der erwachsenen, geübten Leser wie auch von Literaturpädagogen und -experten andererseits jeweils unterschiedliche Wertmaßstäbe herangetragen. Es geht dabei nicht nur um die Mehrfachadressiertheit der Kinder- und Jugendbücher, sondern auch um Verhaltensweisen, denen der Autor mit seiner Lebensgestaltung und Arbeit Rechnung zu tragen hat. So sind – ob berechtigt oder nicht – die moralischen Ansprüche an Kinderbuchautoren höher, der Wunsch nach einer Übereinstimmung von beschriebenen und gelebten Werten rigoroser. Kaum einer will seinem Kind das Buch einer fragwürdigen Persönlichkeit in die Hand geben. So gut wie jeder Lehrer erwartet bei einer Autorenlesung, dass hier eine authentische und anständige Person auftritt. Auch

Biographien von Kinder- und Jugendbuchautoren stehen unter dieser Erwartung.

Astrid Lindgrens Lebenslauf zeigt, dass sie sich dieses Bedingungsrahmens zunächst nicht bewusst war, sondern dass sie ihn in einem anstrengenden Prozess der Selbstfindung erst herstellte, sich dies zur Lebensaufgabe machte und damit einen entscheidenden Beitrag zur schwedischen und europäischen Kulturgeschichte leistete. Lindgrens Biographie ist also nicht die Geschichte einer Kinder- und Jugendbuchautorin, sondern die einer Frau, die die Lebensform einer solchen Autorin mühsam errichtete und verwirklichte.

Ihre Bücher schildern hauptsächlich das Leben von Kindern, wenn auch in Gemeinschaft, in Abhängigkeit und Auseinandersetzung mit Erwachsenen. Dieser Tatbestand verführt zu der Annahme, dass in den Büchern der Autorin vorwiegend Anklänge an die eigene Kindheit zu finden seien. Die ‚erwachsene' Astrid Lindgren in Kinderbüchern zu suchen, kommt nicht vielen Biographen in den Sinn. Aussagen über eine Kinderbuchautorin Astrid Lindgren, die älter als 20 Jahre ist, glauben viele nur aus der Themenauswahl, aus den in ihren Büchern vertretenen Wertesystemen und aus den Schreibanlässen für ihre literarische Arbeit ableiten zu können. Dabei ist es doch die erwachsene Astrid Lindgren, die diese Bücher schreibt und die zwischen den Figuren und der erzählten Zeit in ihren Geschichten einerseits und ihrer eigenen Person und ihrer Zeit andererseits unterscheidet. Auch der letzte Roman „Ronja Räubertochter" der über 70-Jährigen lässt sich als ein Kindertraum bezeichnen.

Viele Bücher Lindgrens sind auf drei Ebenen biographisch. Die Bücher greifen authentische Orte, Figuren, Handlungsabläufe aus ihrem Leben in veränderter Form auf. Gleichzeitig aber sind sie ein Dokument der Verfassung ihrer Autorin zur Zeit der Niederschrift bzw. der Überarbeitung des Textes. Dazu gehört auch der Wille, Aspekte der eigenen Biographie hier und jetzt auf eine bestimmte Weise zu Literatur zu machen. Auf einer dritten biographischen Ebene ist jeder Text auch durch ein bestimmtes Stadium der schriftstellerischen Entwicklung Lindgrens gekennzeichnet. So greift der phantastische Kinderroman „Mio, mein Mio" mit dem Motiv des Pflegekindes eine ihr autobiographisch bekannte Erfahrung auf. Der Roman beginnt an einem wiedererkennbaren Ort nahe ihrer Wohnung. Er ist ein Dokument der Trauer um ihren Mann, der während der Konzeption des Manuskriptes verstorbenen ist. Und gleichzeitig läutet er ein neues literarisches Genre und eine neue literarische Epoche, die der phantastischen Kinderromane, ein.

Die internationale, vornehmlich aber die deutsche und schwedische wissenschaftliche Forschung hat viele Einzelergebnisse zu Lindgrens Werk vorgelegt. Die Befunde sind bisher noch nicht in das allgemeine Bewusstsein über das Leben und das Gesamtwerk der Autorin eingegangen. Die biographisch interessanten Erkenntnisse dieser Untersuchungen sind hier berücksichtigt. Vielleicht muss man das Lebenswerk Astrid Lindgrens zunächst in seine Einzelteile zerlegen, um es in einem authentischen Bild neu zusammenzusetzen.

Sieben Jahrzehnte nach der Veröffentlichung ihrer ersten Kinderbücher und mehr als zwölf Jahre nach dem Tod Astrid Lindgrens muss eine Darstellung ihres Lebens weder die Gleichwertigkeit der Gattung Kinder- und Jugendliteratur noch die herausragende Qualität ihrer Werke unter Beweis stellen. Eine Biographie über Astrid Lindgren ist außerdem der Aufgabe enthoben, die Eigenarten der Person und die Existenz ihres Werkes zu rechtfertigen. Sie ist frei.

Kindheit (1907–1913)

Elternhaus, Schule, Spiele

Am 14. November 1907 wird Astrid Anna Emilia Ericsson auf dem Bauernhof Näs wenige Kilometer außerhalb der Kleinstadt Vimmerby in Småland, Schweden, geboren. Sie ist nach dem Sohn Gunnar (geb. 1906) und vor den Töchtern Stina (geb. 1911) und Ingegerd (geb. 1916) das zweite Kind der Eheleute Samuel August Ericsson (1875–1969) und Hanna Ericsson, geb. Jonsson (1879–1961). Die Eltern hatten 1905 geheiratet und waren auf den Pachthof Näs gezogen, der vom Vater Samuel Johan Ericssons 1895 übernommen worden war. Der Familienverbund, in den Astrid Ericsson hineingeboren wird, bleibt für sie, die ihre Eltern und zwei der Geschwister sowie ihren Ehemann und Sohn überleben wird, eine nie angezweifelte Schicksalsgemeinschaft. Die Familie – im allgemeinen wie persönlichen Sinne – ist für Astrid Lindgren eine bedeutende, Sicherheit verheißende Größe, auf die sie sich während ihres langen Lebens kontinuierlich bezog.

Die Familie lebte im Wohnhaus, dem Pächterhaus der Anlage eines ehemaligen Pfarrhofes. Für einige Jahre wohnte der Großvater väterlicherseits, Samuel Johan Ericsson (1845–1926), noch mit im Haus. Seine Frau führte einem Sohn den Haushalt, daher lebte das Großelternpaar zeitweise getrennt. Diese in früher Kindheit unmittelbar erlebte Drei-Generationen-Familie wird für Astrid Lindgrens Vorstellung eines intakten Familienlebens prägend. Sie selber aber wird eine solche Drei-Generationen-Konstellation weder als Mutter noch als Großmutter verwirklichen. Auch ein Teil des Personals war in dem roten Haus mit sichtbaren weißen Balken, dem traditionellen schwedischen Holzhaus, untergebracht. 1920 bezog man ein neues, größeres Wohnhaus, hellgelb angestrichen und näher an der Straße. Hier besaßen Eltern und Kinder mehr Be-

Astrid Ericsson mit dem älteren Bruder Gunnar 1909

wegungsfreiheit. Das Gebäude bot angemessenen Raum für die wachsenden Agrargeschäfte und die berufspolitische Tätigkeit des Vaters. In Astrid Lindgrens Geburtshaus richtete man Wohnungen für Landarbeiter ein.

> Der „Pfarrhof von Näs umfasste 98 Doppelmorgen Ackerland und gehörte zu den größeren Höfen in der Gegend von Vimmerby. Außerdem gehörten vier Häuslerhöfe zu Näs. … Für die Höfe bezahlten die Häusler und ihre Familien mit Arbeit: für jeden Hof zwei Tagewerke und 50 Aushilfstage pro Jahr. Die Tagewerke verlangten die Arbeit eines erwachsenen Mannes, aber für die Aushilfstage musste die ganze Häuslerfamilie einrücken." (Strömstedt 2012, S. 110)

Besucht man das inzwischen von der Lindgren-Erbengemeinschaft Saltkråkan geführte Kulturzentrum Näs mit dem Geburtshaus Lindgrens und einigen noch vorhandenen landwirtschaftlichen Gebäuden, teilt sich auch heute der gediegene bäuerliche Wohlstand des gut ausgebildeten, hart arbeitenden, geschäftstüchtigen und ganz offensichtlich mit Fortune begabten Elternpaares mit. Astrid Lindgrens Eltern waren nach den Lebensregeln und Werten ihres Umfeldes und ihrer Zeit voll in die Gesellschaft integrierte, angesehene und erfolgreiche Bauern, die ihren landwirtschaftlichen Betrieb fortschrittlich führten. Das galt auch schon für die Zeit, in der Näs noch vom Großvater Astrid Ericssons als Pachthof geführt wurde. Astrid Ericssons Vater war Kirchenältester und nahm berufspolitische Aufgaben in der Agrarwirtschaft wahr.

Als Astrid Lindgren siebzig Jahre später im Herbst des Jahres 1978 nach dem Friedenspreis des Deutschen Buchhandels den Raiffeisen-Kulturpreis für besondere Verdienste um die Jugend in München erhielt, nahm der Direktor der Internationalen Jugendbibliothek Walter Scherf in seiner Laudatio die Volksüberlieferung zu Hilfe, um Småland, Astrid Ericssons Heimat, zu charakterisieren:

> „Als der liebe Gott das herrliche Skane in Südschweden erschuf, eine Landschaft wie ein Park, mit träumerischen Seen und lieblichen Hainen, da schlich der Teufel vorbei, sah es, stieg über den nördlichen Hügel und machte aus der angrenzenden Hochfläche eine unwirtliche, steinige Ödnis. Der liebe Gott entdeckte, was der Widersacher angerichtet hatte – und ließ es dabei. Aber hatte der Teufel das Land gemacht, so machte Gott die Menschen, die damit fertig zu werden vermochten: zäh und fleißig, fröhlich und tapfer – Småländer halt …" (zitiert nach: Bialek/Weyershausen 2004, S. 420)

Solange die Kindheit anhielt und das Mädchen diese Lebensweise ohne Alternativen für die ‚beste aller Welten' halten konnte, lebte es offensichtlich ganz im Reinen mit sich selbst. Für das, was ihm fehlen mochte, gab es noch keinen Ausdruck. Ein Zusammenhang zwischen den späteren „Bullerbü"- und „Michel"-Kindheiten, die Astrid Lindgren in ihren Büchern beschreibt, und der tatsächlich erlebten Kindheit Astrid Ericssons dürfte am ehesten für die frühen Kinderjahre auf Näs gegeben sein.

Astrid Lindgren hat die Lebens- und vor allem Liebesgeschichte ihrer Eltern in dem Buch „Das entschwundene Land“ (schwed. 1975; dt. 1977) aus der Sicht der dankbaren Tochter beschrieben. Es erzählt vom Werben, vom Heiraten, vom Arbeiten des Elternpaares und entwirft dabei – gewollt oder ungewollt – so etwas wie das Idealbild einer Ehe im bäuerlichen Schweden zu Anfang des 20. Jahrhunderts. Die Zärtlichkeit, die Zuverlässigkeit und die Geschäftstüchtigkeit des Vaters, die vielseitige Tüchtigkeit, Großzügigkeit, Frömmigkeit und Disziplin der Mutter und die absolute Loyalität der Eheleute, die Astrid Lindgren als 68-Jährige beschwor, beschreiben die Werte, die sie von ihren Eltern weitergeben wollte. Vor diesem als Erinnerung und Erfahrung inszenierten elterlichen Hintergrund erlebte Astrid Lindgren, was sie als Leitmotive ihrer Kindheit immer wieder nennt: Geborgenheit und Freiheit. Man geht nicht fehl, wenn man in diesen gegensätzlichen Maximen gleichzeitig die lebenslang ersehnten Wünsche einer von inneren Widersprüchen gekennzeichneten Schriftstellerpersönlichkeit erkennt. Sie ähnlich wie in ihrer erinnerten Kindheit miteinander zu verbinden, war ein großes Lebensziel der Autorin, an dem sie sich über Jahrzehnte abarbeitete:

> „Zweierlei hatten wir, das unsere Kindheit zu dem gemacht hat, was sie gewesen ist – Geborgenheit und Freiheit. Wir fühlten uns geborgen bei diesen Eltern, die einander so zugetan waren und stets Zeit für uns hatten, wenn wir sie brauchten, uns im Übrigen aber frei und unbeschwert auf dem wunderbaren Spielplatz, den wir in dem Näs unserer Kindheit besaßen, herumtollen ließen.“ (Das entschwundene Land, S. 38)

Großeltern, Eltern, vier Kinder, also drei Geschwister waren eine für die Kinderjahre Astrid Ericssons normale Familienkonstellation, auch die Tatsache, dass diese Geschwister innerhalb von zehn Jahren auf die Welt kamen, es also die Großen – dazu gehörte sie selbst – und die Kleinen gab. Im Allgemeinen galt, was die Schriftstellerin Astrid Lindgren immer wieder erzählt hat: Die Großen waren tatsächlich oder vermeintlich überlegen und übten Aufsichtspflichten aus, die Kleinen besaßen größere Freiheiten: „Wir sind vier Geschwister. Mein Bruder ist der älteste, ich bin die zweite, und dann habe ich noch zwei Schwestern." (Meine Lebensgeschichte, S. 47)

Von ihrem ersten veröffentlichten Roman, dem Mädchenbuch „Britt-Mari erleichtert ihr Herz" (schwed. 1944; dt. 1954), bis hin zur großen Schwester Malin in Fernsehserie und Buch „Ferien auf Saltkrokan" (schwed. 1964; dt. 1965) begegnet uns die treu sorgende große Schwester – oft genug in dem Alter, in dem Astrid Lindgren ihr Elternhaus verließ, sich selbst dieser Rolle also entzog. Dass Astrid die ‚große Schwester' für zwei kleinere war, gehört zu ihren existentiellen Kindheits-, nicht zu ihren Jugenderfahrungen. In den sublimierten Erinnerungen ihrer autobiographischen Aussagen und Manuskripte ist über die ‚große Schwester' Astrid Lindgren nichts zu finden. Britt-Mari, Malin und Prick, die Sechzehnjährige in „Rasmus, Pontus und der Schwertschlucker" (schwed. 1957; dt. 1958), werden mit anderen Vorbildern in Verbindung gebracht. Auch Mia Maria aus der „Krachmacherstraße" und Madita sind keine vorbildlichen großen Schwestern. Daher können wir uns Astrid Ericsson auch im Kindesalter nur schwer als besorgte, verantwortlich handelnde ältere Schwester vorstellen. Diese Position vertrat sie erst einige Jahrzehnte später, als sie als erfolgreiche und angesehene Autorin ihren Schwestern etwas zu bieten hatte. Vielmehr war ihr älterer Bruder Gunnar ihr Spielgefährte und ihre Vertrauensperson. Sie glich sich seinen Spielen, seiner Sichtweise der Dinge an. GE, wie er nach den Initialen seines Namens gerufen wurde, war für sie seit ihrer Kindheit neben dem Vater eine der wenigen männlichen Autoritäten, die sie gelten ließ. Der große Bruder führte sie an jungenhafte Spiele und Vergnügungen heran, prägte aber auch ihre später unerfüllten Vorstellungen von männlicher Stärke und Durchsetzungskraft.

Die engste emotionale Bezugsperson jedoch war der Vater. In Lindgrens Schilderung der Liebe ihrer Eltern wird er als ungewöhnlich zärtlich – zur Mutter – geschildert.

> „Einen zärtlicheren Bauern hat es nie gegeben, zumindest war es bei den småländischen Bauern unüblich, seine Gefühle so unverhohlen zu zeigen, wie Samuel August es tat. Wir Kinder waren es

> gewohnt, tagtäglich zuzuschauen, wie unser Vater, und sei es auch nur für einen kurzen Augenblick, unsere Mutter umarmte und sie ‚herzte'." (Das entschwundene Land, 2012, S. 37)

Der Subtext dieser Schilderung kann als Sehnsucht nach väterlicher Zärtlichkeit gelesen werden. Es gab – keine Ausnahme für den Lebensstil ihrer Kindheit im ländlichen Schweden – enge körperliche Nähe. Bis der Großvater auszog und die Schwestern Ericsson sein Zimmer bekamen, schlief die Familie gemeinsam in einem Raum. Die Kinder durften abwechselnd beim Vater im Bett schlafen. Es stand zwar ein aufklappbares Kinderbett zur Verfügung, das aber als ungeliebte Option galt und in Lindgrens späterer Erinnerung als finstere Bedrohung erscheint:

> „Gunnar und ich, wir schliefen abwechselnd beim Vater oder im Kinderbett. … Da lag man mitten im Zimmer, nackt und schutzlos ausgeliefert – dem Teufel, der hinter dem Spiegel der Frisierkommode hauste. Immer gab es abends Streit, wer beim Vater liegen durfte." (zitiert nach: Schönfeldt 2007, S. 14 f.)

Astrid Lindgren erhielt sich den Vater als zentrale Figur ihrer Kindheit bis ins hohe Alter. Er ist die einzige männliche Person, die in allen Lebensphasen der Schriftstellerin nachweisbar eine wichtige, eine emotionale Rolle spielte. Bis kurz vor seinem Tod hielt sie bei ihren Besuchen im Pflegeheim die Verbindung zwischen seinen Kindheitserinnerungen und ihrer literarischen Gestalt des Michels aufrecht. Weder ihr erstes Kinderbuch „Pippi Langstrumpf" noch ihr letzter Kinderroman „Ronja Räubertochter" kommt ohne die Figur des abgöttisch liebenden und geliebten Vaters aus. Wenn sie im Alter ihr Geburtshaus besuchte, schlief sie im Bett des Vaters aus ihrer Kinderzeit.

Samuel August Ericsson war in Bezug auf seine landwirtschaftlichen Arbeitsmethoden fortschrittlich, in sozialer und politischer Hinsicht jedoch konservativ eingestellt. Das erste politische Geschehen, an das Astrid Lindgren sich später erinnerte, war der sogenannte Bauernzug im Jahr 1914, als etwa 30 000 schwedische Bauern in Stockholm dem damaligen König Gustaf V. ihre Loyalität bekundeten und gegen den liberalen

Politiker und Ministerpräsidenten Karl Albert Staaff und dessen antimilitaristische Politik demonstrierten. Astrid Ericssons Vater nahm an diesem Demonstrationszug teil und brachte einen Mitgliedsausweis sowie Andenken für die Kinder mit nach Hause. Die soziale Hierarchie zwischen Grundbesitzern, Pächtern, Häuslern, Tagelöhnern und abhängigen, nicht-organisierten Angestellten stellte er nicht in Frage.

Die Mutter, die als Braut und junge Frau von Astrid Lindgren in der Familiensaga „Das entschwundene Land" durch den Blickwinkel des liebenden Vaters beschrieben wird, war tüchtig, religiös, diszipliniert und erzog die Kinder nach festen Regeln, aber in der Regel ohne strafende Strenge. Es gab jedoch keine Gesten der Zärtlichkeit, keine Umarmungen zwischen Mutter und Kindern. Liest man die Szenen und Bilder zu den Aspekten ihres Charakters, für die Astrid Lindgren ihr dankbar war – Großzügigkeit, Liberalität und Organisationstalent – bemerkt man, dass hier ganz bestimmte Ausschnitte einer Mutter-Tochter-Beziehung erinnert und in den Vordergrund gestellt werden. Im hohen Alter aber erinnert sie sich – ganz ungewöhnlich für ihre sonst eher harmonische Rückschau – an immerhin drei Szenen körperlicher Züchtigung:

> „Wir hatten uns auf den Weg zur Allee gemacht, bis hin zum rauschenden Wassergraben, in dem Gunnar flink von Stein zu Stein kletterte. Ich folgte ihm und blieb zwischen ein paar Steinen liegen. Mutter war gerade zum Kaffeekränzchen bei den Pfarrersleuten. Gunnar lief nach Hause, um Signe, unserer Magd, Bescheid zu sagen. Sie wiederum holte Mutter, was ich auch später noch dumm fand, denn es war Mutter, die kam und uns holte. Zuerst bekam Gunnar die Rute, was recht lustig aussah, sich aber dann doch nicht als so lustig herausstellte, denn auch ich bekam zum ersten Mal in meinem Leben die Rute zu spüren.
>
> Danach bekam ich bis zu meinem fünften oder sechsten Lebensjahr keine Prügel. Damals hatte ich mich entschlossen, aufs Außenklo zu ziehen, weil ich mich wegen irgendeiner Sache ungerecht behandelt fühlte. Ich war überzeugt, alle würden angelaufen kommen, um mich anzuflehen, doch wieder ins Haus zu ziehen, aber das taten sie gar nicht. Ich hielt es etwa fünf Minuten auf dem

Klo aus, dann fühlte ich mich gezwungen, wieder nach Hause zu ziehen, und da hatte meine Mutter unterdessen an die anderen Süßigkeiten verteilt. Das war zuviel. Als Mutter vorbeiging, trat ich sie, natürlich nicht so, dass es ihr wehtat, sondern mehr als Demonstration. Aber das hätte ich lieber nicht tun sollen. Denn dafür gab es zum zweiten Mal in meinem Leben Prügel.

Das dritte und letzte Mal waren Stina und ich zu Mia (einer Schulfreundin, die Verf.) in Grägarp eingeladen, wohin wir zu Fuß gingen. Übrigens war das zu der Zeit, in der ich Nierenbeckenentzündung hatte, und ich fühlte deutlich, dass ich es nicht den ganzen Weg bis nach Hause schaffen würde. Da sagte Tante Hardine, wir könnten bleiben und sie würde das auf ihre Kappe nehmen. Damals gab es kein Telefon in Gräráp. Wir vertrauten Tante Hardine und blieben. Um zehn kam unser Pelle (der Cousin des Vaters und seit seinem 14. Lebensjahr als Stallknecht und Aufseher auf Näs, die Verf.) und holte uns, und als wir nach Hause kamen, trafen wir die Mutter am Stall. Sie fragte ‚ist es jetzt um sieben?'. Dann ging sie und holte die Rute, und so bekamen Stina und ich Prügel, nicht auf dem Sofa im Wohnzimmer, sondern oben in unserem Zimmer. Ich kann mich so gut daran erinnern, weil am Morgen darauf die Rute kaputt auf dem Herd lag, wo sie Signe fand, die meinte: ‚Ich finde, ihr seid zu groß, um Prügel zu beziehen'. Das fanden wir auch. Diese Prügel empfand ich als Übergriff, obwohl sie kaum spürbar gewesen sein können, denn wenn eine Rute so leicht zerbricht, kann sie nicht viel getaugt haben." (Näs – mein Elternhaus, S. 34)

Dieses Zitat stammt aus Beschreibungen des Elternhauses in Näs. Astrid Lindgren war über achtzig, als sie das Manuskript für ihre Nichten schrieb, denen sie Näs vermacht hatte. Für sie, die als Töchter von Astrids Bruder Gunnar und Nachfolger des Vaters auf Näs aufgewachsen waren, brauchte Astrid Lindgren den immer gegenwärtigen Zusammenhang zwischen erinnerter und erzählter Kindheit nicht herzustellen. Die Nichten wussten, dass die Vorfälle in der Kurzgeschichte „Pelle zieht aus" (schwed. 1950; dt. 1952) und der Bilderbuch-Episode „Lotta zieht um" (schwed. 1961; dt. 1962) verarbeitet worden waren. Daher ist Lindgrens Erinnerung der mütterlichen Strafen – mit Ausnahme der unvermeidlichen Pointe am Schluss – eines der wenigen Zeugnisse, in denen sie unbefangen, in Form eines authentischen Berichts, von ihrer Kindheit erzählt, und es ist kein Zufall, dass nur hier die Prügel der Mutter ganz ausführlich vorkommen.

Auch in einer weiteren Erinnerungsszene wird die Handlungsweise der Mutter mit Härte und Willkür in Verbindung gebracht:

> „Die Orgel ist unsere Hausorgel, auf der ich mich viele Stunden abgerackert und versucht habe, die Stücke einzuüben, die ich aufhatte. Ich habe es gehasst und hatte überhaupt keine Begabung, aber Mutter ließ mir Unterricht bei Ebbe Ängqvist geben. Als ich wirklich nicht mehr gehen wollte, stellte ich mich so lange auf den Kopf, bis ich Mutter guten Gewissens sagen konnte, ich hätte Kopfschmerzen und könne deshalb nicht zum Unterricht gehen." (Näs – mein Elternhaus, S. 33)

Ganz abgesehen von der vielsagenden Methode, mit der das Kind Astrid Ericsson hier Konflikte löst, zeigt sich wiederum, dass das Verhältnis zur Mutter schon in der Kindheit Konflikte bot, wenngleich die erwachsene Astrid Lindgren später versicherte, die Mutter nicht nur zu respektieren, sondern auch zu bewundern.

Während ihrer gesamten Kindheit lebt Astrid Lindgren unter dem Einfluss der pietistischen Erweckungsbewegung, die in der zweiten Hälfte des 19. Jahrhunderts in Schweden Moral, Kunst, Pädagogik, Wirtschaft, in besonderem Maße auch das Alltagsleben der ländlichen Bevölkerung prägte. Arbeitsmoral, Sparsamkeit, lebenspraktische Vernunft – das sind die Werte, die die authentische Schriftstellerin aus dem pietistischen Wertekanon mitnimmt und später auch ihren literarischen Gestalten unterlegt. Die Mutter hatte in ihren Erinnerungen an die eigene Kindheit die Bedeutung von Frömmigkeit, Andacht und fortwährender Auseinandersetzung mit der christlichen Lehre eindrücklich geschildert. Ihre Kinder verbanden mit den religiösen Texten, die sie tagtäglich hörten, bestimmte Orte der unmittelbaren Umgebung:

> „Ja, sogar unsere Lieder und Gebete hatten dort (in der Natur, die Verf.) ihren angestammten Platz. So begann ‚Ein reines Herz …' beispielsweise an der Holzschuppenecke und hörte am Graben hinter dem Waschhaus auf, das stand für mich fest. Als ich dies aber zufällig und als allgemein bekannte Tatsache meinem Bruder Gunnar gegenüber erwähnte, rief er bestürzt aus: ‚Ja, bist du denn ganz und gar verrückt? ‚Ein reines Herz' geht doch hinterm Kuhstall lang!'" (Das entschwundene Land, S. 67)

Die Eltern, die Geschwister und die weitere Verwandtschaft, daneben die Angestellten und ihre Familien, Nachbarskinder und Geschäftspartner des Vaters, Honoratioren aus Bauernschaft und Kleinstadt, ab und zu ‚fahrendes Volk' und nicht-sesshafte sogenannte ‚Landstreicher' bildeten den Umgang des Kindes. Der Verkehrston im Umfeld der jungen Astrid Ericsson war bei aller ländlichen Vertrautheit mit jedermann von der soliden, überlegenen gesellschaftlichen Stellung der Eltern bestimmt. Die vorherrschende Kommunikationsart in ihrer Kindheit war der mündliche Austausch, das Gespräch, die Erzählung. Schriftlichkeit gehörte ins Geschäft, in die Schule und die Hände der Geistlichkeit. In Astrid Lindgrens Elternhaus gab es so gut wie keine Bücher. Erst in ihrer Schulzeit kam Lektüre für sie ins Haus. Unterhaltend und daher sympathisch, für das Kind auch besonders interessant war, wer gut erzählen konnte. Als seriös und zur Bewältigung des Alltags einzig tauglich galt jedoch der zuverlässige Berichterstatter. Die kleine Astrid Ericsson hörte in jedem Fall gut zu. Wie wichtig der Klang, die Melodie der Worte für die Autorin Astrid Lindgren waren, hat sie – gefragt nach dem Entstehungsprozess ihrer Manuskripte – immer wieder betont:

> „Oft schreibe ich einen Satz zehnmal. Wieder und wieder und wieder, bis ich ihn hören kann. Bis ich höre, dass die Melodie gut ist, dass man nicht an einer Stelle plötzlich unterbrochen wird. … Ich habe eine Sprachmelodie, und für mich muss diese Melodie stimmen und die Geschichte. Das ist Einklang." (zitiert nach: Scheurich 2008)

Versteckte Hinweise auf ihre von der Mutter wenig geschätzte Vorliebe für phantasievolle Schilderungen lassen gleichzeitig deutlich werden, dass der Reiz kleiner Abweichungen von der Wahrheit oder Wirklichkeit zu Astrid Lindgrens prägenden Kindheitserfahrungen gehört.

Als sie fünf Jahre alt war, so erinnerte sich die alte Astrid Lindgren immer wieder, wenn sie nach den Wurzeln, dem Anfang ihrer Erzählkunst gefragt wurde, las ihr Edit in „Kristins Küche“ Geschichten vor, die sie tief beeindruckten. Edit war die Schulkameradin des älteren Bruders Gunnar und die Tochter eines Stallknechtes, der mit seiner Familie in einer kleinen Kate auf dem Gelände des Hofes Näs lebte. Dort hörte Astrid Ericsson das Märchen vom „Riesen Bam Bam und der Fee Viribunda“, ein in Schweden zu dieser Zeit volkstümliches Kunstmärchen von Anna Maria Roos (1862–1938). Die Autorin beschrieb die Verzauberung dieser über einen längeren Zeitraum hinweg abgehaltenen Lesestunden in einem eindringlichen Bild:

> „Diese Edit – gesegnet sei sie jetzt und allezeit – las mir das Märchen vom Riesen Bam Bam und der Fee Viribunda vor und versetzte meine Kinderseele dadurch in Schwingungen, die bis heute noch nicht ganz abgeklungen sind. In einer seit langem verschwundenen, armseligen kleinen Häuslerküche geschah dieses Wunder, und seit jenem Tage gibt es für mich in der Welt keine andere Küche …“ (Das entschwundene Land, S. 69)

Schon früh verschaffte sich Astrid Ericsson also ‚kleine Fluchten‘ aus der Wirklichkeit, angestoßen und unterlegt mit märchenhaften Geschichten.

Die Tiere auf dem Bauernhof, auf Weiden und in freier Natur gehörten zur täglichen Lebenserfahrung Astrids. Nutzvieh, Haustiere, wilde, freie Tiere waren für Kinder bis zu einem gewissen Alter keine verschiedenen Wesen. Vielmehr bestimmten ihre Größe, ihre Kraft, ihr Habitus den Grad kindlicher Annäherung. Ein wilder Stier war gefährlich, ein in Freiheit streunender Fuchs bedeutete eine Bedrohung, ein Welpe, ein Fohlen oder ein Ferkel bereitete auf alle Fälle kindliches Entzücken. Emotionale Wärme übte sich im Kleinkindalter auch mit Tieren ein. Älter geworden, gehörten sie für die Kinder zu bäuerlichen Alltagsgeschäften, waren Besitz. Der Umgang mit ihnen war funktional, aber von persönlichen Erfahrungswerten geprägt. Die Tiere trugen Namen. Lindgrens Kindheit war vom konventionellen, nicht problematisierten oder idealistisch überhöhten bäuerlichen Umgang mit Tieren gekennzeichnet. Ihre Kindergeschichten in ländlicher Umgebung, ihre Bilderbuchtexte zu kleinen Kind-Tier-Episoden geben dieses Verhältnis ohne Schnörkel wieder, auch wenn sie oft auf eine Pointe hin erzählt sind wie im Bilderbuch „Als der Bäckhult-Bauer in die Stadt fuhr“ (schwed. 1989; dt. 1990) oder Bekümmernisse der Kinder im Mittelpunkt stehen wie im Bilderbuch „Der Drache mit den roten Augen“ (schwed. 1985; dt. 1986). Eine Idealisierung von Tieren wie bei den Reitpferden in den „Brüdern Löwenherz“ (schwed. 1973; dt. 1974) oder den wilden Pferden in „Ronja Räubertochter“ (schwed. 1981; dt. 1982) kommt ausschließlich in phantastischen Erzählteilen vor. Nichts deutet darauf hin, dass das Kind und die spätere Autorin im sentimentalischen Sinne ‚tierlieb‘ waren. Ihr politisches Engagement gegen die Massentierhaltung und ihr Kampf für ein neues Tierschutzgesetz in den Jahren 1985 bis 1989 hatten ihre festen Wurzeln in den Erfahrungen, Werten und Vorlieben ihrer ländlichen Kindheit. Gleichwohl verband sie später das „Pferdezeitalter“ ihrer erinnerten Kindheit mit Vorstellungen von besseren Lebensbedingungen der Tiere, nun doch romantisierend auf die bäuerliche Kindheit zurückblickend.

Die schwedische Bauerngesellschaft des beginnenden 20. Jahrhunderts nahm Landschaft vornehmlich als Lebensraum und agrarischen Faktor, daneben aber auch als emotional besetzten Ort der Herkunft, Zugehörigkeit und geliebten Heimat wahr. Abweichend davon sah Astrid Lindgren ihrer eigenen Aussage nach die kultivierte und die naturbelassene Landschaft Smålands schon in ihrer Kindheit nicht nur zweckbestimmt als Aufenthaltsort und Bewegungsumfeld, sondern bezog aus ihr auch ästhetischen Genuss. Sie führt ihr erstes Erlebnis von Schönheit auf den Eindruck von Heckenrosen an einer Weide zurück.

> „Noch kann ich sehen und den Duft spüren und mich der Seligkeit des Heckenrosen-Busches auf der Rinderkoppel erinnern, der mir zum ersten Mal gezeigt hat, was Schönheit ist.“ (Das entschwundene Land, S. 68)

Dieses Bild wird sich durch fünfzig Jahre dichterischen Schaffens, durch alle Literaturgenres Astrid Lindgrens ziehen. Ein unauslöschlicher Eindruck aus der Kindheit, den all die Naturschönheiten, die ein langes Frauenleben auf vielen Reisen durch die Welt sah, auch nicht annähernd hervorrufen konnten. – Ist das Beharren auf der kindlichen Wahrnehmung von Naturschönheit ein Geschenk oder Zwang? War Astrid Lindgrens Aufnahmefähigkeit gesättigt von der Naturerfahrung ihrer Kindheit? Oder entschied sie sich bewusst für eine Anzahl formelhaft wiederholter und wiedererkennbarer Bilder aus Kindheit und Familiengeschichten? Manche ihrer scheinbar so typisch småländischen Naturschönheiten wie die Apfelblütentäler im Frühling fand sie freilich nicht nur vor dem Haus, sondern auch in ihrer frühen Kinderlektüre, der Mädchenbuch-Serie „Anne“ von Lucy Maud Montgomery. Die Leseforschung kennt die nachhaltige Wirkung von Lektüre im Zusammenhang mit analogen alltäglichen Erfahrungswerten. Offensichtlich gehörten aber bestimmte Natureindrücke zu den sogenannten „Seligkeitsdingen“, wie Astrid Ericsson und ihr Bruder Gunnar die Seelenschmeichler und Freudenbringer eines an aufregenden Höhepunkten nicht reichen Kinderlebens nannten:

> „‚Glaubst du, dass du ein Seligkeitsding kriegst?‘, fragte mich Gunnar. Ein Seligkeitsding, das war, wenn man etwas so Wunderbares bekam, dass man ganz selig war.“ (Ein Weihnachtsabend in Småland vor langer Zeit, S. 13)

Untrennbar mit der Natur waren der Wechsel der Jahreszeiten und damit Feste in Kirchenjahr, Familie und dörflicher Gemeinschaft verbunden. Sie strukturierten auch Astrid Ericssons Kinderleben in Spiel, Pflichten und Anforderungen. Der Frühling, die Kirschbaumblüte, das Krebsessen, die Mittsommernacht, der sommerliche Besuch eines Wanderzirkus, die Erntefeste und der Herbstjahrmarkt, vor allem aber die Weihnachtszeit sind von Lindgren in der heiteren bäuerlichen „Bullerbü“- und „Michel“-Welt wie eine Erinnerung an die tatsächlichen Kindheitserlebnisse der Autorin zurückgerufen worden. Es muss für Astrid Lindgren zeitlebens ein Bedürfnis gewesen sein, den Ablauf ihrer

Kinderjahre nach diesem idealisierten Muster, das übrigens auch von den Geschwistern weitgehend geteilt wurde, zu erinnern. Doch tut man gut daran, die Schilderungen von Kindheit in ihren späteren Büchern als poetischen Reflex, nicht als authentische Dokumente zu lesen. Das gilt auch für ihr letztes selbstständiges Manuskript „Weihnachten in Småland vor langer Zeit“ (schwed. 1992; dt. in der Anthologie „Weihnachten als ich klein war“, 1996). Astrid Lindgren gibt an, hier das Weihnachtsfest 1913 zu schildern. Es ist das letzte poetisch-autobiographische Zeugnis der Autorin, das ihrer Kindheit gewidmet ist, und enthält die bekannten Versatzstücke aller realistisch angelegten Weihnachtstexte Lindgrens: die Einholung des Weihnachtsbaumes, die Angst, mit den umfangreichen Vorbereitungen nicht fertig zu werden, die Vorfreude auf die Weihnachtsgeschenke, das ausladende Essen, der Kirchgang, das Spielen mit den Geschenken. Immer noch trägt dieses Erzählkonzept, ohne beim Leser den Eindruck der Formelhaftigkeit zu erwecken. Die 85-jährige Autorin (und wohl auch die Mehrheit ihrer erwachsenen Leser) will die Weihnachtsfeste der Kindheit genau so in Erinnerung behalten. In ihrem authentischen Leben ist es das letzte Weihnachtsfest vor Schulbeginn und vor dem Ausbruch des Ersten Weltkrieges, dessen Schrecken das Kind Astrid Ericsson nicht erreichte, der ihren Lebenslauf aber sehr wohl beeinflussen sollte.

Am 7. 8. 1914 wird Astrid Ericsson in die Småskola Vimmerby, die Grund- und Hauptschule des nahen Ortes, eingeschult. Der Schulweg erweiterte den Aktionsradius des Kindes. Es lernte den Wechsel von Land und Kleinstadt kennen und als positive Abwechslung erleben. Neue Freunde, Schulkameraden kamen hinzu. Es gab nun die Respektspersonen der Lehrer. Wenn auch inzwischen nur noch als Pfad neben einer viel befahrenen Autostraße, ist Astrid Ericssons Schulweg heute noch begehbar. Was das Kind als Erlebnisraum und manchmal auch Mühe empfand, zeigt sich dem erwachsenen Spaziergänger heute als kurze Wegstrecke, die nicht mehr viel von der Erlebnisfülle eines ländlichen Schulweges verrät. Nur der Eintritt in die kleine Stadt kann vielleicht noch als Konfrontation mit einer bis dahin unbekannten Lebensweise wahrgenommen und nachvollzogen werden. Ihre erste Lehrerin hatte Astrid Lindgren in nicht guter Erinnerung. Sie erschien ihr unangemessen streng und zu den Schülern auffallend ungerecht – zwei Eigenschaften, mit denen sie im Elternhaus nicht konfrontiert worden war.

1916 kommt Astrid Ericsson in die nächste Schulstufe, die Folkskolan. Hier hat sie eine Lehrerin, die den Kindern in der Adventszeit Prospekte einer Weihnachts-Edition von Märchenbüchern vorlegt. Die Kinder können auswählen und bestellen. Astrid Ericssons erstes Buch der Reihe „Snövit" („Schneewittchen") ist die Ausgabe von 1916. Das Titelbild von Jenny Nyström (1854–1946) zeigt eine Prinzessin, die nicht wenig Ähnlichkeit mit einem Mädchen aus Astrid Ericssons Nachbarschaft besitzt. Das Buch markiert den Beginn einer ständig wachsenden Bibliothek, die heute als Teil des Lindgren-Nachlasses in der Schwedischen Nationalbibliothek einzusehen ist und mit ihrem Umfang und ihrer Vielfältigkeit überrascht. Astrid Lindgrens Literaturkenntnis wird sich in ihrem Gesamtwerk – lange Zeit unbemerkt – niederschlagen. Einen Teil der Lektüre in ihrer Kindheit hat sie in den Erinnerungen „Das entschwundene Land" (schwed. und dt. 1977) aufgezählt. Sie nennt Märchen, Sagen, Defoes „Robinson Crusoe", „Onkel Toms Hütte", Jule Vernes Utopien, historische Romane von Bernd Severin Ingemann, „Der Graf von Monte Christo", „Die drei Musketiere", „Der letzte Mohikaner", „Das Dschungelbuch", „Die Schweden und ihre Häuptlinge", „Die Schatzinsel", „Tom Sawyer", „Huckleberry Finn", zahlreiche Mädchenbücher wie „Anne in Avonlea", Unterhaltungsliteratur wie „Der Mann mit den eisernen Fäusten" und „Der König der Haudegen", „Sieben kleine Heimatlose", „Eine kleine Prinzessin", Indianerhefte, Romane von Courths-Mahler (s. Das entschwundene Land, S. 74 ff.)

Gabriele Cromme verzeichnet in ihrer Untersuchung „Astrid Lindgren und die Autarkie der Weiblichkeit" (1996) die zahlreichen literarischen Anspielungen der frühen „Kati"-Bände (schwed. 1950–1953 dt. 1952–1954) und markiert damit deutlich die Lesebiographie, die das junge Mädchen bzw. die junge Frau seit ihrer Schulzeit entwickelt hatte.

Zu den neuen Freunden des Schulkindes Astrid Ericsson gehört Anne-Marie Ingeström (1907–1991), die mit ihren Eltern und ihrer sehr viel jüngeren Schwester ganz in der Nähe in einer Villa mit dem Namen Tyvelyckan wohnt. Anne-Marie ist ein Jahr älter als sie und geht zunächst mit dem Bruder Gunnar in eine Schulklasse. Der Vater war vom Kunstlehrer und Schuldirektor zum Bankdirektor und Kommunalpolitiker von Vimmerby aufgestiegen. Wahrscheinlich war er es, der den Ericssons riet, die Kinder – zunächst Gunnar und Astrid, später auch die jüngeren Schwestern – auf die weiterführende Schule, die Sam Realskola, von Vimmerby zu schicken. Anne-Marie Ingeström ist für Astrid Ericsson zunächst eine wilde, an Körperkraft überlegene Spielgefährtin, aber auch die bewunderte wohlhabende Freundin aus dem Bürgertum Vimmerbys. Ausstattung und Verhalten der bürgerlichen Welt lernt sie im Haushalt der Ingeströms kennen, und vieles prägt sich ihr als Wunschvorstellung für die Zukunft ein. Die erste Freundin, die ihr auch in der Teenagerzeit nahestand, besuchte in Linköpping eine weiterführende Schule, machte Abitur, studierte an der Universität Uppsala und heiratete Stellan Fries. In Stockholm trafen die beiden sich wieder.

In den Augen von Astrid Lindgren war diese erste Freundin das Inbild einer schönen jungen Frau, deren ständige Verliebtheit ihr wesensfremd war, die sie gleichzeitig aber um ihre Liebesfähigkeit beneidete. Egal, wie sich Lindgren später orientierte – Anne-Marie Ingeström war wohl ihr erstes vorpubertäres Liebeserlebnis. Laut Aussagen ihrer Tochter Karin Nyman (s. Nyman 2007) wurde erst nach dem Tod von Anne-Marie Ingeström-Fries bekannt, dass sie das Vorbild für die Literaturgestalt Madita war. Astrid Lindgren und Anne-Marie Fries hatten Entsprechendes vereinbart, um die Freundin vor neugierigen Nachfragen und Wirbel in der Öffentlichkeit und im Bekanntenkreis zu schützen. Astrid Lindgren selbst hat stets den Eindruck erweckt, dass Anne-Marie Ingeström vor allem als Vorbild für „Madita“ eine Rolle spielte. Das mag für viele Einzelheiten des Buches zutreffen, täuscht aber darüber hinweg, dass sie nicht nur literarisches Modell war, sondern auch als Mensch im Leben der Autorin große emotionale Bedeutung besaß.

Bis zum Alter von zwölf Jahren hatte Astrid Ericsson wahrscheinlich kein objektives Auge für soziale Unterschiede. Da sie Einblick in die Lebensweise von Mägden und Knechten nahm und regelmäßig Tagelöhnern, Küchenhilfen, Landstreichern und Armenhäuslern begegnete, war sich das kleine Mädchen vielleicht der sozialen Überlegenheit ihres Elternhauses über die Mitglieder dieser Schichten bewusst, wohl kaum aber der Tatsache, dass auch die (nicht hinterfragten) Privilegien einer Bauerntochter im sozialen Gefüge nur relative Bedeutung besaßen.

Der Schulaufsatz Astrid Ericssons, der am 7. 9. 1921 unter dem Titel „Das Leben auf unserem Hof" in der Vimmerbyer Regionalzeitung erschien, spricht für die selbstbewusste Haltung. Astrid Lindgren erzählt in diesem Aufsatz vom Kinderleben, ihren Spielen und mit früher Lust am Absurden von der Beerdigung einer Ratte, die als Spielzeug herhalten muss.

Als Erwachsene berichtete sie rückschauend von der Wehrlosigkeit der Dienstmädchen gegenüber den Kindern des Bauern, dem unterschiedlichen Verhalten einiger Lehrer gegenüber Schülern verschiedener Herkunft und vom Bauernstolz der Familie gegenüber den blassen Städtern. Dass die Schulzeit ihr Einsichten in soziale Unterschiede vermittelte, bei denen auch sie nun Defizite empfand, hat sie noch im hohen Alter reflektiert, als sie auf die Frage Felizitas von Schönborns antwortete, ob es zu Astrid Ericssons Schulzeit Unterschiede zwischen wohlhabenden und armen Kindern gegeben habe:

> „Oh ja, man spürte, dass es verschiedene Schichten gab. Die Kinder in der Kleinstadt Vimmerby waren anders als die Landkinder. Dort fand ich auch meine beste Freundin Anne-Marie, die später Madita wurde. Ihr Vater war Bankdirektor. Das war wohl feiner, als einen Bauernvater zu haben. Aber mir gefiel mein Vater auch so. Kinder merkten damals ziemlich schnell, dass es verschiedene Klassen gab. Wenn wir spielten, war das nicht wichtig." (zitiert nach: Schönborn 2002, S. 66)

Die Welt, die der Zigarren rauchende Bankdirektor der Kleinstadt Vimmerby verkörperte, erschien ihr allein durch die zugehörige Herzensfreundin Anne-Marie erstrebenswert, so sehr sie später auch vornehmlich die Frauen dieser Sphäre karikierte. Durch das Gesamtwerk Lindgrens ziehen sich wie ein roter Faden immer neue Konstellationen von Arm und Reich, Außenseitern und Dazugehörigen, Abhängigen und Entscheidern, die Sehnsucht nach Glück pervertiert als Jagd nach Besitz oder Macht.

Seit dem sechsten Lebensjahr verrichtete Astrid Ericsson wie alle Bauernkinder der damaligen Zeit leichtere landwirtschaftliche Arbeiten.

Das war eine Pflicht, die in ihrem Bewusstsein und ihren autobiographischen Äußerungen immer etwas mit der Mutter und ihrer Disziplin zu tun hatte. Wenn es um ihre eigene ländliche Arbeit geht, führt Astrid Lindgren in der Regel ihre Mutter an: als Motor, als Vorbild, als Mahnung. Das kann die Folge der Tatsache sein, dass in der arbeitsteiligen bäuerlichen Gemeinschaft die Sozialisation der Mädchen in den Händen der Mütter lag. Lindgrens eigenes Interesse aber galt sicher nicht dem Rübenziehen und Kaffeebringen. Sie machte es – dachte sich aber dabei etwas ganz anderes. Diese vordergründige Pflichterfüllung vor dem Hintergrund eines rebellischen Lebensgefühls, die vorerst stille Revolte im bäuerlichen Wohlsein verstärkte sich, je älter sie wurde. Daraus wurde eine Grundhaltung, die Astrid Lindgren nie ablegte und die als einer der Antriebskräfte ihrer schriftstellerischen Arbeit angesehen werden kann.

Eine in diesem Zusammenhang vielsagende Steigerung des Lebensgefühls hielt die ländliche Kindheit für das Schulkind Astrid nicht nur in Unterricht und neuer Gemeinschaft bereit. Die Lust an körperlicher Bewegung, Geschmeidigkeit, das Freiheitsgefühl im Risiko von Geschwindigkeit, Fahrt, Höhe und Sprung gehörten zu den bevorzugten Spielanlässen. Das Klettern auf Bäume, der Sprung vom Dach, das Jonglieren auf Firsten wird von Lindgren und ihren Freundinnen immer wieder erinnert. Anne-Marie Ingeström, die Freundin aus Kindertagen und eine glaubhafte Zeugin für die Wahrheit des Kindes (nicht der berühmten Autorin), schilderte Astrid Lindgrens Bewegungsdrang und den Charme ihrer geschmeidigen Bewegungen, als sie in den siebziger Jahren ein Bild von dem Schulmädchen Astrid Ericsson entwarf: „Astrid war so unglaublich gelenkig. Ich sehe sie noch vor mir in der Turnhalle. Wie ein Affe turnte sie oben unter der Decke herum ...“ (zitiert nach: Strömstedt 2012, S. 155) Auch diesen Genuss der Kindheit hat Astrid Lindgren bis ins hohe Alter konserviert. Als ihre Freundin und Mentorin Elsa Olenius (1896–1984) ihren 80. Geburtstag feiert, können die Reporter fotografieren, wie die fast 70-jährige Astrid Lindgren auf einen Baum klettert und feststellt, es gäbe „kein Verbot für alte Weiber, auf Bäume zu klettern“. Die gesellschaftliche Unangemessenheit – und publizistische Wirkung – dieser Szene kann Lindgren noch im Alter genießen.

War ihr das Symbolhafte dieser seit der Kindheit angelegten Vorliebe bewusst? Übte sie ihre geschmeidige Beweglichkeit als Schritt zu sich selbst, weg von der Lebenswirklichkeit im familiären Schutzraum? Schaut man sich die Mädchentypen ihrer Kinder- und Jugendbücher an, so tritt – wie Gabriele Cromme in ihrer Untersuchung hervorgehoben hat – „die Amazone", das Mädchen mit kämpferischer, ästhetischer, vielleicht sogar erotisch anziehender Körperbeherrschung, als weibliches Ideal Lindgrens hervor.

> „Der Begriff ‚Amazone' wird von Astrid Lindgren zweimal explizit verwandt, zum einen für die Grankvist-Amazonen, die beiden großen Schwestern, Teddy und Freddy, von Tjorven auf Saltkrokan, zum anderen wird auch Eva-Lotte, die Freundin des Meisterdetektivs Kalle Blomquist, als Amazone bezeichnet." (Cromme 1996, S. 77 f.)

„Zur Gruppe der Amazonen gehört der größte Teil der weiblichen Protagonistinnen der Romane Astrid Lindgrens" (Cromme 1996, S. 84).

Tjorvens Schwestern werden so charakterisiert:

> „Die Grankvist-Amazonen – so nennt Papa Teddy und Freddy – waren auch da in neuen Jeans und roten Sporthemden" (Ferien auf Saltkrokan, S. 98).

Und von Eva-Lotte heißt es:

> „‚Eva-Lotte, manchmal habe ich so das Gefühl, als müsstest du etwas mädchenhafter sein', sagte Schutzmann Björk und sah bekümmert auf die schlanke, sonnenverbrannte Amazone, die da an der Bordkante stand und spielerisch mit dem gekrümmten großen Zeh einen Zigarettenstummel aufzuheben versuchte. Es glückte, und mit kräftigem Schwung schleuderte sie den Stummel in den Fluss. ‚Mädchenhafter? Ja, an den Montagen', versicherte Eva-Lotte, und ein helles, strahlendes Lachen lag auf ihrem Gesicht." (Kalle Blomquist, S. 154)

Von den wirtschaftlichen und politischen Entwicklungen, die sich in den ersten zwölf Lebensjahren Astrid Lindgrens in Europa und Schweden vollzogen, erfuhr das Kind Astrid Ericsson vornehmlich durch Veränderungen der Landwirtschaft, des Arbeitsalltags, der Erziehungsmaßstäbe, Besitzverhältnisse und persönlichen Freiheitsräume. Es waren – subjektiv betrachtet – von den Eltern und ihren Angestellten erarbeitete gute Jahre auf Näs. Der Erste Weltkrieg, in dem Schweden neutral blieb und an Kriegshandlungen nicht teilnahm, brachte dem Vater mit Holz- und Viehhandel Reichtum und Einfluss. Als Landwirte konnten Samuel und Hanna Ericsson ihren vier Kindern eine positiv gestimmte Grundhaltung vermitteln. Sie erfuhren oder verursachten keine Hungersnot, keine Missernten, keine Seuchen, keine frühen Kindstode, keinen Vermögensverlust durch Spekulation, keine negativen Einwirkungen des Ersten Weltkrieges, keinen Alkoholismus in nächster Umgebung, keine familiäre Gewalt – alles durchaus verbreitete Erscheinungen im bäuerlichen Leben jener Jahre. Astrid Lindgren siedelte sie in ihren Erinnerungen und ihren Büchern eher woanders, nicht in ihrer eigenen engeren Kindheit an.

Astrid Lindgrens Schilderungen der von ihr selbst immer wieder als glücklich bewerteten ländlichen Kindheit suggerieren so etwas wie Normalität. Bis ins hohe Alter nimmt sie die Prädikate ‚normal', ‚einfach', ‚unauffällig' als Schutz und Schild für sich in Anspruch und verdeckt damit fast perfekt ihren absoluten Ausnahmecharakter. Dem Stigma ihrer dichterischen Genialität war sie sich sehr wohl – vielleicht aber lebenslang eher als Hindernis denn als Auszeichnung – bewusst. Liest man ihre eigenen Erinnerungen und die Dokumente ihrer Kindheitszeugen sehr genau und gegen den Strich der gängigen Überlieferung, bekommt man die Chance zu begreifen, was sich in ihrer Kindheit vorbereitete.

Das Kind Astrid Ericsson nahm eine Welt auf, die den Alltag in lapidare Worte fasste, aber in zahllosen Erzählungen und Gesprächen auf Pointen aus war. Arbeit und Freizeit kommentierte man mit Geschichten, Liedern, Versen, Witzen. Religion, Erinnerung, Phantasie dienten in dieser sprachlichen Erfahrungswelt zur Kompensation von Gleichförmigkeit und Mühsal. Eloquenz verschaffte soziale Anerkennung und Individualität, konnte sich aber auch verselbständigen und zu Spiel, Freude, Leistung werden.

Diese Erfahrungskomponenten machte sich das Kind zu eigen. Sie waren ihr gemäß. Die erwachsene Astrid Lindgren aber fand erst nach langen inneren Kämpfen eine Form, ‚legitimen', d. h. für sie selbst stimmigen und gleichzeitig gesellschaftlich akzeptierten Gebrauch von ihrer schon in der Kindheit gelebten Begabung zu machen. Sie selbst kleidete dieses Anfang der vierziger Jahre sichtbare erkämpfte neue Bewusstsein in die Rolle der Erzählerin von Geschichten für ihre ehelich geborene Tochter, ihr zweites Kind.

Um die authentische Kindheit Astrid Ericssons zu rekonstruieren, ist vielfach auf die Kinderbücher der späteren Autorin zurückgegriffen worden, die sich in der Tat zu großen Teilen aus der eigenen Kindheit sowie aus Erzählungen ihres Vaters und Großvaters speisen. Christina Björk und Eva Eriksson machen in ihrem Sachbuch für Kinder „Von Kletterbäumen, Sachensuchern und kitzligen Pferden" (schwed. und dt. 2007) Bezüge zwischen Astrid Ericssons authentischer Kindheit und Personen, Spielorten und Ereignissen der Bücher Astrid Lindgrens sichtbar. Sie nehmen dabei allerdings hauptsächlich die eigenen Aussagen der Autorin und die ihrer Familie und Freundinnen auf, bewegen sich also wiederum in einem Erinnerungsuniversum, in dem Authentisches und Dichterisches sich mischen und schwer zu unterscheiden sind. Berücksichtigt man diese ‚Unschärfe', so lassen sich gewisse Aspekte in Lindgrens Werk auf die faktische Welt ihrer Kindheit zurückbeziehen.

In der „Michel"-Trilogie und kurzen Texten wie „Sammelaugust" spiegeln sich Anekdoten um Vater und Onkel. Der große Bruder Gunnar kann sich in Lasse aus „Bullerbü" wiedererkennen. Der Großknecht auf Näs, Pelle, ein Cousin des Vaters, diente als Vorbild für Michels Freund, den Knecht Alfred auf Katthult. Er ist es aber auch, den Astrid Lindgren schildert, wenn Michel oder eine andere Person kitzlige Pferde zu beruhigen und zu beschlagen weiß:

> „Das braune Pferd aber hatte sich offensichtlich entschlossen, keine Eisen zu dulden. Es stand so still und fromm, wie man es sich nur wünschen konnte, solange niemand eines seiner Hinterbeine berührte; kam aber der Hufschmied mit seiner Hand und streifte ein Bein, dann begann derselbe wilde Zirkus wie vorher, und das Pferd stieß sich frei. …

‚… Natürlich, du sollst das Pferd haben, wenn du es so festhalten kannst, dass wir es beschlagen können!'

Darüber lachten alle, die da standen, denn sie hatten es ja selbst versucht und wussten, dass dies ein Pferd war, das niemand halten konnte.

Aber du darfst nicht glauben, dass Michel dumm war. Er wusste mehr über Pferde als irgendeiner in ganz Lönneberga und in ganz Småland, und als das braune Pferd am wildesten ausschlug und umhersprang und wieherte, da dachte Michel:

‚Es stellt sich genauso an wie Lina daheim, wenn man sie kitzelt!'

Genauso war es, und Michel war der Einzige, der das begriff. Das Pferd war ganz einfach kitzlig. …

… Rate mal, was Michel dann machte! Er ging hinter das Pferd und nahm mit einem schnellen Griff einen Hinterhuf und hob ihn hoch. Das Pferd drehte nur den Kopf und guckte Michel so freundlich an, als wollte es sehen, was Michel eigentlich vorhatte. Denn siehst du, in den Hufen hat ein Pferd nicht mehr Gefühl, als du in deinen Nägeln hast, und nun verstehst du sicher, dass es dort kein bisschen kitzlig ist. … ‚Der Junge bekommt das Pferd!' Und dabei blieb es. ‚… nimm das Pferdevieh und verschwinde'." (Michel aus Lönneberga, S. 139–141)

Ganz deutlich wird hier, wie Astrid Lindgren die auffällige Fähigkeit eines Angestellten auf dem elterlichen Bauernhof zu einer pointenreichen, den Nimbus des hochbegabten Michels steigernden Episode verwendet.

Die Gestalt der Madita ist weitgehend ein Abbild ihrer lebenslangen Kinderfreundin Anne-Marie Ingeström, während Maditas Schwester Lisabet Züge von Astrid Ericssons kleiner Schwester Stina aufweist. Sie besaß einen Dackel. Die Familie lebte in gut bürgerlichen Verhältnissen.

„In dem großen roten Haus, unten am Fluss, da wohnt Madita. Dort wohnen auch Mama und Papa und die kleine Schwester Elisabet, ein schwarzer Pudel, der Sasso heißt, und das Kätzchen

Gosan. Und dann noch Alva. Madita und Elisabet wohnen im Kinderzimmer, Alva in der Mädchenkammer, Sasso in einem Korb auf dem Flur und Gosan vor dem Herd in der Küche. Mama aber wohnt beinah überall im Haus und Papa auch, wenn er nicht gerade in der Stadt ist und für seine Zeitung schreibt, damit die Leute dort etwas zu lesen haben." (Madita, S. 8)

Einzelheiten ihrer kindlichen Erfahrungswelt nimmt Astrid Lindgren in verwandelter Form an zentraler Stelle oder in mehreren Geschichten auf. Der Bruder Gunnar, „der erste Sachensucher der Welt", taugt als Vorbild für eine der Schlüsselszenen von „Pippi Langstrumpf":

„... ‚Was wollen wir jetzt machen?' – ‚Was ihr machen wollt, weiß ich nicht. Aber ich werde jedenfalls nicht auf der faulen Haut liegen. Ich bin nämlich ein Sachensucher; da hat man niemals eine freie Stunde.'

‚Was, hast du gesagt, bist du?' – ‚Ein Sachensucher.' – ‚Was ist das?' – ‚Jemand, der Sachen findet, wisst ihr. Was soll es anderes sein.' ... ‚Was sind denn das für Sachen?' – ‚Ach, alles Mögliche. Goldklumpen und Straußenfedern und tote Ratten und Knallbonbons und ganz kleine Schraubenmuttern und all so was. ... Etwas findet man immer. Aber jetzt müssen wir uns beeilen, damit nicht andere Sachensucher kommen, die alle Goldklumpen, die es hier in der Gegend gibt, aufheben.' ...

‚Darf man wirklich alles nehmen, was man findet?' ... ‚Ja, alles was auf der Erde liegt.' ... ‚Nein, so was hab ich noch nicht gesehen. ... So ein Fund. So ein Fund! Büchsen kann man nie genug haben.' ... ‚Wozu kann man die brauchen?' – ‚Oh, die kann man zu vielem brauchen. ... ‚Wenn man Kekse reinlegt, dann ist es eine prima ‚Büchse Mit Keksen'. Wenn man *keine* Kekse reinlegt, dann ist es eine ‚Büchse Ohne Kekse', und das ist natürlich nicht ganz so schön, aber so kann man sie auch gut gebrauchen. ... Es gibt nichts Schöneres als Sachensucher zu sein. Man muss sich nur wundern, dass sich nicht mehr Leute auf diesen Beruf werfen. Schneider und Schuster und Schornsteinfeger und all so was kön-

> nen sie werden, aber Sachensucher? Ach wo, das ist nichts für sie.'" (Pippi Langstrumpf, S. 29 ff.)

Der Umgang der Geschwister Ericsson mit der heute noch wachsenden Ulme auf dem Gelände vor dem Pächterhaus in Näs taucht immer wieder auf. Die Ulme wurde „Eulenbaum" genannt, weil Eulen dort brüteten. Der Baum besitzt einen hohlen Stamm, der als Versteck und verwunschener Aufenthaltsort diente. Gunnar legte ein Hühnerei in das Eulennest – die Brut funktionierte. Dieses Motiv hat Astrid Lindgren mehrere Male verwandt.

Pippis „Limonadenbaum" besitzt die Funktion des hohlen Eulenbaumes:

> „Als sie in Pippis Garten kamen, sagte Pippi: ‚Ach, meine Lieben, wie schade! Ich hab zwei so tolle Sachen gefunden, und ihr habt nichts bekommen. Ihr müsst noch ein bisschen weitersuchen. Tommy, warum guckst du nicht in diesen alten Baum da? Alte Bäume sind gewöhnlich die allerbesten Stellen für einen Sachensucher.' Tommy sagte, er glaube nicht, dass er und Annika jemals etwas finden würden, aber um Pippi den Gefallen zu tun, steckte er die Hand in eine Vertiefung des Baumstammes.
>
> ‚Na, so was!', sagte er ganz erstaunt und zog die Hand heraus. Und darin hielt er ein feines Notizbuch mit einem Lederdeckel. In einer Hülse steckte ein kleiner silberner Bleistift. … Annika griff hinein und hatte beinahe sofort eine rote Korallenkette in der Hand. …" (Pippi Langstrumpf, S. 39 ff.)
>
> „‚Hat man so was gesehen!'… ‚Der Baum ist hohl!'… ‚Ich bin im Baum drin. Der ist hohl bis runter auf die Erde'. ‚Oh, wie willst du wieder raufkommen?' schrie Annika. ‚Ich komm nie mehr rauf', sagte Pippi. ‚Ich bleib hier, bis ich pensioniert werde … Kommt lieber auch runter, dann können wir spielen, dass wir in einer Räuberhöhle schmachten. …
>
> ‚Das hier soll unser Versteck sein', sagte Tommy. ‚Niemand weiß, dass wir hier sind. Und wenn sie draußen vorbeigehen und uns suchen, können wir sie durch den Spalt sehen. Und dann lachen wir.'" (Pippi Langstrumpf, S. 89 ff.)

Lasse, von dem seine siebenjährige Schwester Lisa in der „Bullerbü"-Trilogie erzählt, wird zum Vogelzüchter im „Eulenbaum":

> „In unserem Garten steht ein alter Baum, den wir den Eulenbaum nennen, weil Eulen darin wohnen. Einmal ist Bosse auf den Eulenbaum geklettert und hat den Eulen ein Ei weggenommen. Es lagen vier Eier im Nest, sodass die Eulen noch drei Eier behielten. Bosse pustete das Ei aus und legte dann die leere Schale in die Kommode zu den anderen Vogeleiern. Hinterher fiel ihm ein. dass er sich mit der Eulenmama einen kleinen Spaß machen könnte, und da kletterte er wieder zum Nest hinauf und legte ein Hühnerei hinein. War es nicht merkwürdig, dass die Eulenmama den Unterschied nicht bemerkte? Denn das tat sie nicht. Sie brütete ruhig weiter und eines schönen Tages lagen drei junge Eulen und ein Küken in dem Nest. Die Eulenmutter würde sich wundern, wenn sie entdeckte, dass eins von ihren Jungen wie ein kleiner gelber Ball aussah! Aber Bosse bekam es mit der Angst, das Küken könnte ihr nicht gefallen, also kletterte er hinauf und holte es." (Die Kinder aus Bullerbü, S. 40 f.)

Die meisten der Geschichten Astrid Lindgrens spielen an erkennbaren Orten – auf dem Pachthof Näs, in der heimatlichen Kleinstadt Vimmerby, im Vasa-Viertel der Stockholmer Stadtwohnung, auf einer Schäreninsel wie das Feriendomizil Furusund. Die Heimat von Astrid Lindgrens Vater, das Dorf Sevedstorp, wurde zum Vorbild für die drei Höfe der „Bullerbü"-Kinder. Das 1920 gebaute großzügige, gelb gestrichene Haus der Ericssons auf Näs wird zum Vorbild von Pippis Villa Kunterbunt, die allerdings – aus guten Gründen – Züge der Vernachlässigung und Chaotik aufweist:

> „Am Rand der kleinen, kleinen Stadt lag ein alter verwahrloster Garten. In dem Garten stand ein altes Haus, und in dem Haus wohnte Pippi Langstrumpf. … Und nun gingen sie durch die verfallene Gartentür der Villa Kunterbunt den Kiesweg entlang, an dessen Rändern alte moosbewachsene Bäume standen, richtig prima Kletterbäume, und hinauf zur Villa und auf die Veranda. …

> Da gab es eine Küche, einen Salon und ein Schlafzimmer. Aber es sah so aus, als ob Pippi vergessen hätte, am Wochenende sauber zu machen." (Pippi Langstrumpf, S. 9 f.)

Die Küche war in der bäuerlichen Kindheit und Erfahrung Astrid Ericssons das Zentrum alltäglicher Aktivitäten. Es gibt aber in der Erinnerung Astrid Lindgrens eine Küche, die für sie einen hohen Symbolwert besitzt. Es ist „Kristins Küche" in der Hütte des Kuhknechtes auf Näs, dessen Tochter Edit den Kindern vorlas und Astrid Ericsson das Tor zur Kultur öffnete. Die Atmosphäre dieser Küche als Übergang von der Realität in die Welt der Phantasie hat sie immer wieder betont und in dem Roman „Die Brüder Löwenherz" (schwed. 1973; dt. 1974) – wie in vielen anderen Küchen ihrer Texte – dichterisch verwandt. In ihren Erinnerungen heißt es:

> „Dass es auch *Kultur* gab, erfuhr ich erst, als ich auf Kindesbeinen in Kristins Küche stiefelte, wo mich überraschend ein Hauch davon streifte. … Lese ich von einer Küche, oder schreibe ich selber etwas, das sich in einer Küche ereignet, so spielt sich dies ewig und unveränderlich bei Kristin ab … dort steht die Küchenbank, dort der Tisch, dort der eiserne Herd und dort ist die Tür zur Stube." (Das entschwundene Land, S. 73)

In „Die Brüder Löwenherz" wird der todkranke Krümel von einer weißen Taube aus der Küche in das paradiesische Kirschtal geholt:

> „Das Küchenfenster stand offen, denn jetzt im Frühling sind die Abende warm und schön. … Ich lag nur still da und hörte die Taube gurren, und durch dieses Gurren oder in diesem Gurren, oder wie ich es sagen soll, hörte ich Jonathans Stimme. … Es war ein Gewisper in der ganzen Küche. … ‚Komm so schnell du kannst', … Und ich liege hier auf meiner Bank und warte nur darauf, hinterherfliegen zu können." (Die Brüder Löwenherz, S. 19 f.)

Auch viele Kinderspiele der Lindgren-Bücher erinnert die Autorin als Spiele ihrer eigenen Kindheit. „Nicht den Fußboden berühren" fand im gemeinsamen Schlafzimmer der Familie Ericsson im Pächterhaus von Näs statt. Pippi, Tommy und Annika spielen es in der Küche der Villa Kunterbunt. – Astrid Lindgren erinnert sich:

> „Von der Arbeitszimmertür hangelte man sich zur Küchentür, sprang auf die Spiegelkommode, von der Spiegelkommode auf den Schreibtisch, auf Papas Bett, zu einem mit Stoff bezogenen Sitzkissen, mit dem man bis zur Tür zum Wohnzimmer rutschte, zum Kamin, und wieder zur Arbeitszimmertür." (zitiert nach: www.astridlindgren.se; letzter Zugriff: 24. 4. 2013)

In Pippi Langstrumpf heißt es später:

> „Und jetzt wollten sie spielen. Pippi schlug ein Spiel vor, das hieß ‚nicht den Fußboden berühren'. Es war sehr einfach. Das Einzige, was man zu tun hatte, war, in der ganzen Küche herumzuklettern, ohne ein einziges Mal seinen Fuß auf den Boden zu setzen. Pippi schaffte es im Nu. Aber auch Tommy und Annika machten es ganz gut. Man fing am Abwaschtisch an, und wenn man die Beine genügend streckte, kam man zum Herd ,rüber und vom Herd zur Holzkiste, von der Holzkiste über das Hutablagebrett auf den Tisch runter und von da über zwei Stühle zum Eckschrank. Zwischen dem Eckschrank und dem Abwaschtisch war ein Abstand von zwei Metern, aber da stand glücklicherweise das Pferd, und wenn man am Schwanzende hinaufkletterte und am Kopfende herunterrutschte und sich dann im richtigen Augenblick einen Schwung gab, landete man direkt auf dem Abwaschtisch." (Pippi Langstrumpf, S. 197 f.)

Astrid Lindgrens Vorliebe für die Klangfarben der Sprache ließ sie auch einzelne Worterfindungen ihrer Kinderzeit in Erzählungen montieren, die ihr zur Charakterisierung ihres Kinderkosmos tauglich erschienen. Adäquat zu ihrem absurden Humor rätselt Pippi Langstrumpf ein ganzes Kapitel lang über Sinn und Bedeutung des Wortes „Spunk".

Einen emotionalen biographischen Hintergrund des Schwester-Bruder-Verhältnisses Astrid und Gunnar Ericsson scheint der Name „Salikon" zu besitzen. In der Geschichte „Allerliebste Schwester“ aus der Anthologie „Im Wald sind keine Räuber“ (schwed. 1949; dt. 1952) bezeichnet er einen Rosenbusch, hinter dem sich Barbro mit ihrer – erträumten – Zwillingsschwester trifft.

> „Gestern war es sehr heiß. Gleich morgens ging ich hinaus und setzte mich hinter den Rosenbusch, wie ich es immer tue. Er steht in einer Ecke des Gartens, und niemals kommt dort jemand hin.
>
> Ylva-li und ich haben eine besondere Sprache, die niemand außer uns versteht. Der Rosenbusch heißt in unserer Sprache ganz anders. Er heißt Salikon.“ (Allerliebste Schwester, S. 261 f.)

„Salikon“ nannte der Bruder Gunnar das heute noch existierende, auf der Rückseite eines Frachtformulars gemalte Zauber-System. „Salikon“ haben die Erben Astrid Lindgrens ihren Verlag genannt, in dem Schriften von und über Astrid Lindgren erscheinen.

Der zeitliche Rahmen von Astrid Lindgrens Texten lässt sich nicht eindeutig Jahreszahlen, wohl aber Chronotopen zuordnen: Einheiten von Schauplätzen und Zeitzugehörigkeiten, die zusammen mit den Personen immer nur für diese eine Erzählung gelten. „Madita“ spielt zur Zeit des Ersten Weltkriegs. Die Titelgestalt der „Michel“-Trilogie lebt in einer von Maschinen wenig berührten, vorindustriellen Gesellschaft mit Armenhäusern, in der das Erdbeben von San Francisco (1906) und der Halleysche Komet (1910) eine Rolle spielen. „Karlsson vom Dach“, ist nur in einer berufsorientierten städtischen Kleinfamilie denkbar. Die Umgebung der „Krachmacherstraße“ wird durch Attribute aus der zweiten Hälfte des 20. Jahrhunderts geprägt. Die in den Kunstmärchen Astrid Lindgrens so oft zitierte „Zeit der Armut“ reicht in ländlichen Gebieten Skandinaviens vom Ausgang des 18. Jahrhunderts noch in das 20. Jahrhundert hinein.

Doch trotz dieser authentischen Zuordnungen, die für Astrid Lindgren auch Rückversicherungen ihrer dichterischen Wahrhaftigkeit bedeuten, bieten ihre Bücher keine Kindheitserinnerungen, selbst dort nicht, wo sie – wie in „Das entschwundene Land“ (schwed. 1975; dt. 1977) – versichert, „die Liebesgeschichte“ ihrer Eltern und damit auch Teile ihrer frühen Kindheit zu erzählen. Astrid Lindgren stilisiert ihre Kindheit auf eine Aussage, auf ein Sprachgebilde, auf die willentlich beschlossene Interpretation des Gelebten, Gehörten, Erträumten, Erwünschten hin.

Dieser Prozess erlaubt ihr in ihren Büchern, was sie sich im erwachsenen, selbst verantworteten Leben über Jahrzehnte hindurch – außer in ihrem Spiel mit den Kindern und Enkelkindern – nicht erlaubte: Wildheit, extensive Gefühlslagen, Kampf, fast manische Sehnsucht nach Schönheit. Dazu gehören auch die Hassliebe zum Establishment, das Balancieren am Abgrund, der Sprung vom Dach, der Schlag ins Gesicht des eindeutig Bösen.

„Spielen" ist der Schlüsselbegriff zu Astrid Lindgrens eigener Kindheit. „Wir spielten und spielten und es ist ein Wunder, dass wir uns nicht totgespielt haben." Spiel wird von Astrid Lindgren ‚tod'-ernst genommen. Dieses in unterschiedlicher Version viel zitierte ungeheuerliche Geständnis ist weniger ein Sehnsuchtsseufzer nach verlorenen Paradiesen als vielmehr ein Hinweis auf eine gewisse Ziellosigkeit, auf Phasen der nicht erfolgreichen Suche, auf frühe Defizite eines Lebensprogramms. Für was war dieses Spiel ein Vorlauf? Woraufhin hatte Astrid Lindgren gespielt? Wohin hatte sich Astrid Ericssons Spiel entwickelt?

Ihre Kinder Lars und Karin und später ihre Großnichte, die schwedische Autorin Karin Alvtegen (geb. 1965), haben von Astrid Lindgrens Spielen als Familienmutter und im Großmutteralter erzählt. Besonders die Schilderung von Karin Alvtegen dokumentiert, welche Magie das Spiel für Astrid Lindgren zeitlebens hatte. Eine Schriftstellerin berichtet über das Spiel einer Schriftstellerin:

> „… und auf Näs hat sie mit uns Großneffen und -nichten Hexe gespielt. Apropos gespielt und gespielt. Das war das Lustige mit Astrid. Wir waren nie ganz sicher, ob sie sich nicht in eine richtige Hexe verwandelt hatte, so gut konnte sie spielen. So sind Erwachsene sonst nicht. Das Spiel ging folgendermaßen: Die Hexe wohnte in der Küche. Durch die Küchentür steckte sie den alten Brotschieber, und darauf hatte sie Schokoladenstückchen als Köder gelegt. Natürlich wussten wir Kinder, dass wir am Brotschieber hängen bleiben würden, wenn wir uns die Stückchen nahmen, aber zum Spiel gehörte, dass wir es zwischendurch vergaßen. Wenn wir ge-

> fangen wurden, schleifte sie uns in die Küche und steckte uns in den Feuerholzkasten. Mit hexengleicher Stimme sagte sie, dass sie nun das Schafscheermesser holen und uns damit unsere schönen Haare abschneiden würde. Aber um an die Schere heranzukommen, musste sie uns zum Glück den Rücken zukehren und sich zu einem Regal recken, und das war unsere Chance. Wieselschnell nutzten wir die Gelegenheit, öffneten den Deckel, hüpften hinaus und verschwanden in die Freiheit." (Alvtegen, Karin. In: Forsell u. a., Hamburg 2007, S. 232)

Zweifellos verfolgt der nicht tot gespielte, sehr zielgerichtete „Michel" ein Lebensprogramm: er wird Kommunalpolitiker. Britt-Mari, Kati, die beiden Protagonistinnen der frühen Mädchenbücher, werden wie Malin in „Ferien auf Saltkrokan" Familienmütter. Aber Pippis „sich tot Spielen", Maditas grübelndes Agieren und auch die immerwährenden Spiele in „Bullerbü" und der „Krachmacherstraße" genügen sich selbst, kennen kein Ziel und keine Zukunft, kreisen um sich selbst, verharren in unerlöster Kindheit. Was direkt, brutal und unvermittelt nach Astrid Lindgrens Kindheit kam, war zunächst nach ihrem eigenen Gefühl alles andere als die Einlösung eines Versprechens auf die Zukunft.

Daher geraten auch Astrid Lindgrens autobiographische Äußerungen – wenn sie nicht in Beziehung zu ihren Kinderbüchern gebracht werden – in ein Dilemma. Sie reichen in ihrer Fülle und Exaktheit nur bis zu einem bestimmten Alter. Danach formuliert Astrid Lindgren eine andere Art von Erinnerung und Biographie. Die spielende Astrid Ericsson auf Näs im Kreis ihrer Geschwister blieb dort – wie das in Schlaf gesunkene Dornröschen oder Schneewittchen im gläsernen Sarg – für hundert Jahre oder alle Zeit.

Kummer (1913–1931)

Pubertät, Liebe, Broterwerb

Spielen war das Schlüsselwort für Kindheit. Das Ende der Kindheit fasst Astrid Lindgren in ein eindrucksvolles Bild:

> „Ich erinnere mich noch an den Sommer, als ich dreizehn war und merkte, dass ich nicht mehr spielen konnte. Ich stellte es fest. Es ging einfach nicht. Es war entsetzlich. Und traurig. Und ich glaube, das haben alle Kinder in diesem Alter erlebt. Ich kann Euch nur sagen: Verzweifelt nicht am Leben! Denn das geht vorbei. Diese traurige Zeit nimmt ein Ende. Und alles wird wieder gut!" (zitiert nach: Ljunggren 2011, S. 70)

Der Bezug zum Kinderspiel wird von Astrid Lindgren benutzt, um eine psychisch komplexe Situation ‚einfach', aber eindrucksvoll darzustellen. Denn mit Beginn der Pubertät veränderte sich nicht nur Astrid Ericssons Verhältnis zum Kinderspiel. Wo Kindheit glorifiziert wird, kann ihr Ende nur als Verlust beschrieben werden. Ob die dreizehnjährige Astrid Ericsson jedoch ihren neuen Lebensabschnitt als Verlust oder nicht auch als etwas aufregend Neues empfand, wissen wir nicht. Astrid Lindgrens Ausspruch stilisiert eine Veränderung. Die Art dieser Stilisierung erzählt mehr von der wahren Biographie dieses Mädchens als das Bild vom Ende des Kinderspiels. Die Botschaft lautet: „Vorsicht, jetzt wird es ernst!"

Will man Astrid Lindgrens spätere Literaturfiguren zur Darstellung der Situation benutzen, wohnt im 1920 gebauten geräumigen Haus des wohlhabenden Bauern Ericsson mit seinen berufs- und kommunalpolitischen Ämtern kein „Bullerbü"-Kind mehr, sondern eine dem

Umfeld unter pubertären Allüren verborgene Pippi Langstrumpf: zum unschuldigen, unverbindlichen Spiel nicht mehr willens, begierig auf neue Ziele.

Auf die Frage von Felizitas von Schönborn, ob sie sich nie gegen ihre Eltern aufgelehnt habe und immer brav gewesen sei, antwortete sie:

> „Das habe ich wohl getan. Ich war nicht immer ein sehr gutes Kind. Als Vierzehn-, Fünfzehn-, Sechzehnjährige revoltiert man. So war das wohl auch bei mir …" (Schönborn 2002, S. 46)

Astrid Ericsson staunt – laut eigenen Aussagen – über die Entwicklung der Freundinnen. Besonders das Verhalten der ehemals wilden Freundin Anne-Marie Ingeström, ihre Verliebtheiten, ihr ständiges Gerede über ein möglichst vorteilhaftes Äußeres gibt ihr Rätsel auf und ist für sie in mehrfacher Hinsicht unangenehm. Zuhause blockt die Mutter Themen dieser Art ab, hält die älteste Tochter mit dem Hang zum Phantasieren an der kurzen Leine der Arbeitsdisziplin. Das Verständnis des Vaters für Astrid gilt eher als Beweis besonderer Zuneigung denn als Zustimmung. Sich emotional und hormongesteuert, eben als ‚Backfisch' wie es in Deutschland damals hieß, zu benehmen, erschien für ein Mädchen ihrer Herkunft einerseits nicht angemessen, andererseits als Habitus besserer Kreise auf dubiose Weise anziehend. Astrid Ericsson selbst beurteilt sich als wenig attraktiv, und das war – glaubt man den zugänglichen Fotos aus diesen Jahren – nicht nur ein Signal pubertärer Unsicherheit. Außerdem macht sie sich Gedanken über ihren Unwillen zur Schwärmerei und ihre Unkenntnis vom Zustand der Verliebtheit in junge Männer.

> „Die Teenagerzeit war einfach wie ein tonloser, lebloser Zustand. Ich war oft melancholisch. Wie die meisten Teenager fand ich mich hässlich und verliebt war ich auch nie. Alle anderen waren andauernd verliebt, Madita beispielsweise. Eine Zeit lang war sie schrecklich verliebt in einen schönen Kaminkehrer, der verheiratet war und viele Kinder hatte – derselbe Kaminkehrer, in den Alva sich im zweiten Madita-Buch verliebt. Ich verspottete Madita oft, weil sie immerzu verliebt war. Es war mir unbegreiflich, dass man

von so heftigen Gefühlen überwältigt werden konnte. Mir selbst passierte das nie. Aber natürlich sehnte ich mich nach dieser Art von Erlebnissen." (zitiert nach: Strömstedt 2012, S. 171)

Was sie als alte Frau hier ihrer ersten Biographin Margareta Strömstedt erzählte, offenbart Astrid Ericssons innere Kämpfe zwischen dem 13. und dem 18. Lebensjahr. Typisch für ihre Angewohnheit, von intimen Einzelheiten abzulenken, ist auch hier das Springen von biographischen Fakten zu fiktiven Motiven in ihrer Dichtung: von Anne-Marie Ingeström zu Madita ... Die hier erwähnte Melancholie wird zur Grundstimmung ihres Lebens, auch wenn sie sie in späteren Aussagen nicht mehr der Entwicklungsphase der Pubertät zuordnet, sondern sie auf menschliche Enttäuschungen und gesellschaftliche Missstände zurückführt, die sie als Erwachsene erfuhr.

Vorerst sieht sie das Heil ihrer jugendlichen Identitätssuche in gerade erst aufgekommenen und entsprechend schockierenden Kurzhaarfrisuren, wird ein früher Jazzfan, eine passionierte Tänzerin und leidenschaftliche Kinobesucherin. Vimmerby besitzt in Lindgrens Jugendjahren zwei Kinos, das Star und das National. In einem davon laufen 25 Jahre später Premieren und Previews der Filme nach ihren Kinder- und Jugendbüchern.

In einem Radiointerview mit dem WDR am 7. Juli 1965 erzählte sie:

> „Als Kind war ich so glücklich, und nun fand ich es traurig und mühsam, erwachsen zu sein. Ich fühlte mich sehr unsicher. Ich fand, dass ich hässlich sei, und ich war völlig überzeugt davon, dass niemals irgendjemand sich in mich verlieben könnte. Vor allem deshalb war ich so traurig und ein richtiges Elend. Ich tröstete mich damit, dass ich las – alles, was ich bekommen konnte, und das habe ich in meinem ganzen Leben beibehalten. Geschrieben habe ich damals noch nicht. Ich wusste überhaupt nicht, was ich werden wollte, und das war auch so traurig. Aber das Schlimmste war natürlich, dass niemals irgendjemand sich in mich verlieben würde. So dachte ich. Aber als ich ungefähr siebzehn Jahre alt war, zeigte

> es sich, dass es nicht ganz so unmöglich war, wie ich geglaubt hatte, und da war ich völlig ausgelassen und hatte, soweit ich mich erinnern kann, nur noch ein einziges Interesse, nämlich zu versuchen, dass sich möglichst viele in mich verliebten. Ach, ach, ach, das war eine Plagerei, das kann ich sagen. Ich machte innerhalb kurzer Zeit eine kolossale Veränderung durch und wurde kurzerhand zu einem Jazzböna, wie man es zu der damaligen Zeit nannte. Denn dies geschah ungefähr gleichzeitig mit dem Durchbruch des Jazz in den glücklichen zwanziger Jahren. Ich schnitt mir das Haar ab – zum größten Entsetzen meiner Eltern, die an der Tradition hingen." (zitiert nach: Schönfeldt 2007, S. 43 f.)

Was nun im Leben Astrid Ericssons folgt, ist in bisherigen Darstellungen fast ausschließlich unter Rekurs auf ihre autobiographischen Äußerungen geschildert worden. Dies geschah mit der Begründung, man könne die Ereignisse nur aus den Vorbedingungen der individuellen Lebenswirklichkeit Astrid Ericssons interpretieren. Es hat jedoch dazu geführt, dass ihre eigene Beschreibung der Vorgänge und ihre subjektive Erklärung der Zusammenhänge weitgehend unkritisch übernommen wurden.

Ein Zentrum ihrer Lebenswirklichkeit war das Stadthotel Vimmerby, noch erhalten und heute ein gut gepflegtes Best Western Hotel. Im Restaurant und auf der Terrasse mit Blick auf den Marktplatz und ein Lindgren-Denkmal kann man die Zeit mühelos in die zwanziger Jahre zurückdrehen, als Astrid Ericsson und Anne-Marie Ingeström hier tanzten. Die dort heute noch spürbare Honoratioren-Atmosphäre einer selbstbewussten, behäbigen schwedischen Kleinstadt der zwanziger Jahre steht aber nicht in erster Linie für den Wohltätigkeitsball, auf den Maditas Vater das Dienstmädchen Alva mitnahm, sondern sie erinnert an das von Astrid Ericsson gleichzeitig schnippisch und sehnsuchtsvoll betrachtete Zentrum der ‚großen Welt' von Vimmerby.

Man kann Vimmerby zur Zeit der Jugendjahre Astrid Lindgrens für eine verbohrte Kleinstadt halten, die das Genie der jungen Tochter des Bauern und Agrarpolitikers Ericsson nicht erkannte, die über ihre nichteheliche Schwangerschaft klatschte und die sie und ihr Kleinkind mit Verachtung strafte. Es gibt Äußerungen Astrid Lindgrens, die eine solche

Bewertung nahelegen und die aus dem subjektiven Erleben verständlich sind. Aber dieser eingeschränkte Blick wird der Stadt, ihrer Bürgerin Astrid Ericsson und der Anerkennung, die die Autorin von ihr erhielt, nicht gerecht. Vimmerby ist eine für die schwedische Geschichte bedeutsame Stadt. Vom Mittelalter bis ins 20. Jahrhundert war sie ein strategisch günstig gelegener Handelsplatz im Zentrum wichtiger Verkehrsstraßen und besaß eine für die gesamte Region wichtige, ausgebaute Infrastruktur. Die Stadt hatte zu jener Zeit etwa 3000 Einwohner. Astrid Ericsson hat sich dort wohlgefühlt.

Am 23. 5. 1923 macht Astrid Ericsson mit gutem Zeugnis ihren Schulabschluss in der 1905 erbauten Sam Realskola Vimmerby. Der Eindruck vom Schulgebäude zur Zeit des Schulbesuchs der vier Ericsson-Kinder ist auf historischen Postkarten nachzuvollziehen. Das Gebäude ist – wenn auch für eine andere Schulform – noch heute in Betrieb. Astrid Lindgren bekam dort eine umfassende, solide und gehobene Allgemeinbildung mit den Fremdsprachen Englisch, Französisch und Deutsch, mit Geschichts-, Literatur- und Musikkenntnissen. Sie hat auf diese Kenntnisse sowohl während ihrer Tätigkeit als Stenotypistin und Sekretärin als auch im Verlag Rabén & Sjögren zurückgreifen können. Die Realschulausbildung zielte auf eine eher praktische, nicht-akademische Tätigkeit, wie Lindgren sie tatsächlich viele Jahre wahrnahm. Der Schulabschluss war für eine Bauerntochter der zwanziger Jahre außergewöhnlich. Er bedeutete den Anfang einer pädagogischen Neuorientierung sowohl für Mädchen als auch für landwirtschaftliche Familien ganz allgemein. Aber – und diese Tatsache wird den Lebensverlauf Astrid Lindgrens über Jahrzehnte bestimmen – die Schule gewährte keinen automatischen Zugang zur akademischen Welt, zu Künstlerzirkeln, Intellektuellen oder Wirtschaftskreisen. So war Astrid Ericssons Ausbildung subjektiv ein gewaltiger Schritt. Objektiv gesehen setzte sie aber Grenzen, die Astrid Lindgren auch in ihrem späteren Schriftstellerinnenleben nicht zu überspringen lernte. Deutlich wird diese Beschränkung schon im ersten Jahr nach dem Schulabschluss.

Im Jahr des Schulabschlusses wurde sie konfirmiert und erinnert sich bezeichnenderweise nicht an die kirchliche Feier, den traditionellen Initiationsritus für die volle Teilhabe am Gemeindeleben, sondern an die strenge Mutter, die sie auch an diesem Tage auf dem Feld arbeiten ließ.

> „Mit dem Heranwachsen wurden wir auch, sofern es nötig war, bei der Erntearbeit eingespannt. Sofern es nötig war! Am Tag meiner Einsegnung ging ich am Vormittag aufs Feld, Roggen stoppeln, und nahm am Nachmittag das Abendmahl.“ (Das entschwundene Land, S. 39)

Den mütterlichen Vorstellungen und denen ihrer bäuerlichen Umgebung gemäß lebte sie für ungefähr ein Jahr als Haustochter in Näs, und man kann sich gut vorstellen, welche Zukunftspläne sie geschmiedet hat, welche Resignationen sie überwinden musste.

Als zu ihrem 100. Geburtstag der Fotoband „Astrid Lindgren. Bilder ihres Lebens“ (Forsell u. a. 2007) erschien, in dem viele Bilder Astrid Lindgrens erstmals öffentlich zugänglich wurden, witzelte der kundige FAZ-Redakteur Tilman Spreckelsen – an ein Lindgren-Zitat anschließend – zutreffend, die Autorin gehöre „zu den meist fotografierten Frauen des Jahrhunderts“ (Spreckelsen 2007). In der Tat beweist eine schnelle Online-Recherche die Richtigkeit dieser These noch elf Jahre nach dem Tod der Schriftstellerin – wie auch das Urteil Spreckelsens, dass sie sichtlich gerne posierte. Sie wollte ein Bild, viele Bilder von sich vermitteln. Diese Freude, später ganz bewusst auch im Dienst der Werbung für ihre Bücher, Filme und politischen Botschaften eingesetzt, steht scheinbar im Gegensatz zum zeitlebens geübten Rückzug in die Privatsphäre. Hinter den vielen Bildern verborgen zu bleiben – so könnte das schon in der Jugend begonnene Programm lauten.

Eines dieser 2007 erstmals veröffentlichten Fotos zeigt die Feier zum 17. Geburtstag von Anne-Marie Ingeström, der ständig Verliebten, der Emotionalen, der Schönen. Anne-Marie sitzt im Sommerkleid vor einem Kreis als junge Kavaliere verkleideter Freundinnen. Astrid Ericsson – in Hose, Jackett und mit Ballonmütze – steht außen rechts. Ihr Blick ist rebellisch und geht in die Ferne. Alte Fotos soll man nicht überschätzen, aber wahrscheinlich gibt dieses Bild das Lebensgefühl der Siebzehnjährigen – auch den Grundton der lebenslang bewahrten Gefühle für die gefeierte Freundin – authentisch wieder.

Am 7. 9. 1921 war ein Schulaufsatz Astrid Ericssons in der Vimmerbyer Regionalzeitung erschienen. Der Chefredakteur Reinhold Blom-

Anne-Marie Ingeströms Geburtstag am 28. 8. 1924. Astrid Ericsson steht rechts.

berg hatte ihn, wie er in kurzen einleitenden Sätzen schrieb, wegen seiner jugendlichen Frische und Skurrilität veröffentlicht. Mit dieser Veröffentlichung, konventionell, aber auch interessant genug, öffnete sich für das junge Mädchen eine Tür, die ihr Zugang zu Selbstbestimmung und Außenwirkung verschaffen sollte – von Astrid Lindgren zeitlebens begehrte und geschätzte Ziele. Astrid Ericsson muss dazu andere Wege beschreiten als die Freundinnen. Nach Abschluss der Schule und einem verbummelten Jahr zu Hause verfolgt sie – mit Reinhold Blombergs Unterstützung? – die journalistische Spur: ein kleiner Kurswechsel weg vom Geschichtenerzählen. Und so ist auch Lindgrens öfter betonte Abneigung gegen die Scherze ihrer Umgebung zu bewerten, die voraussehen, sie würde einmal Vimmerbys Selma Lagerlöf werden. Nein, das war für die junge Astrid Ericsson ein alter Hut, keine Option, zu spießig. Sie wollte kein Namedropping alter Frauen. Sie wollte die Reporterin Astrid Ericsson werden – vorerst bei der „Vimmerby Tidning“ und Chefredakteur Blomberg.

1924 beginnt Astrid Ericsson ein Volontariat, eine Lehre in der Regionalzeitung „Wimmerby Tidning“, die ab 1941 die Schreibung „Vimmerby Tidning“ übernimmt. Das junge Mädchen wird mit einem monatlichen Gehalt von 60 Kronen bezahlt. Sie berichtet über lokale Ereignisse wie am 15.10.24 über die Eröffnung der Eisenbahnstrecke Vimmerby – Österbymo. Einige der frühen Artikel sind in zugänglichen Presse-Datenbanken nachzulesen, u. a. der Bericht von einem Zusammentreffen mit Ellen Key (1849–1926). Astrid Ericsson und ein paar Freundinnen stießen bei einem Ausflug zufällig auf das Haus der Autorin des Epoche machenden Buches „Das Jahrhundert des Kindes“ (1905) am Vätternsee bei Strand. Eines der jungen Mädchen wurde von dem Bernhardiner Ellen Keys gebissen und von der Haushälterin der unwilligen, damals 75-jährigen Schriftstellerin versorgt. In der Halle des Hauses liest Astrid Ericsson – so hat sie es mehrere Male berichtet – den Spruch „Der Tag ein Leben“. Dieser Satz wird das Motto des zerstreuten Schriftstellers und Familienvaters in Film und Roman „Ferien auf Saltkrokan“ (schwed. 1964; dt. 1965). Astrid Ericssons Bericht über diese Wanderung erscheint unter dem Titel „På luffen“ („Tramps“) in drei Teilen am 11., 15. und 18. 7. 1925. Die Artikel sind im Jugendjargon geschrieben und schildern den Ausflug weniger als Reportage als vielmehr im Stil eines Abenteuerberichts.

Die „Vimmerby Tidning“ war als eine Mantelzeitung mit unterschiedlichen Lokalteilen in der gesamten Region verbreitet. Sie erschien zu dieser Zeit zwei Mal die Woche in einer Auflage von 5500 Exemplaren. Die junge Journalistin konnte sich also der Vorstellung hingeben, dass ihre Tätigkeit der erste Schritt in die weite Welt, in ein Leben außerhalb der gewohnten und mit dem Ende der Kindheit fragwürdig gewordenen bäuerlichen Welt, darstelle. Sie empfand ihre Arbeit und die Veröffentlichungen wahrscheinlich als einen ersten Erfolg.

Vimmerby als erster Schritt aus der bäuerlichen Umgebung, Journalismus als Zugang zur großen Welt, Jazz, Kino und Tanzen als Übung in Weltläufigkeit – vor diesem Hintergrund schreibt sie in einem Artikel vom 12. Juli 1925: „Liebes kleines Vimmerby, du bist gar keine so schlechte Stadt, um zu dir zurück zu kommen, aber Gott bewahre uns davor, hier immer bleiben zu müssen." (zitiert nach: Fellke 2007)

In dieser Stimmung begann die Liebesaffäre mit dem Chefredakteur und (seit 1913) Mitinhaber von „Vimmerby Tidning" Reinhold Blomberg (1877–1947). Blomberg war verheiratet und dreißig Jahre älter als Astrid Ericsson. Seine Kinder Oskar und Berta waren mit Gunnar und Astrid Ericsson zusammen zur Schule gegangen. Als Redakteur in Vimmerby während der Jahre 1913 bis 1939 muss er die Tochter des Pächters und Agrarreformers Samuel August Ericsson von Kindheit an gekannt haben. Ihr wird er in vielerlei Hinsicht – durch Intellekt, Bildung, Einfluss, Ansehen, gesellschaftlichen Schliff und Souveränität – reizvoll erschienen sein. Die enge Vaterbindung Astrid Ericssons baute offensichtlich keine Schranken im Liebesverhältnis zu älteren Männern auf. Unbeantwortet muss die Frage bleiben, ob das sexuelle Erleben ein Trauma verursachte, das sie später im öffentlichen Leben wie in ihren Büchern veranlasste, das Thema Sexualität auszuklammern, oder ob schon in dieser wahrscheinlich ersten sexuellen Erfahrung die erotische Beziehung zu ihrem Liebhaber eine untergeordnete Rolle spielte.

Es gibt eine Erklärung der damaligen Situation, die sie als 70-Jährige ihrer Freundin und Biographin Margareta Strömstedt gab und die – versteckt genug – als eine der ganz wenigen bekannten Äußerungen Lindgrens zu ihrem Sexualleben gelten kann:

> „‚Wie konntest du nur?' fragte Hanna (ihre Mutter, die Verf.) traurig und mit unverstellter Verwunderung. Aber wann haben junge, unerfahrene, blauäugige kleine Dinger solche Fragen schon je beantworten können? Wahrscheinlich war es so, wie in dieser Novelle über Rännare-Lena stand, die ich irgendwann mit zwölf gelesen hatte. Rännare-Lena war kein bisschen schön, war aber – wie der Autor versicherte – ‚ein durchaus genießbares Wild auf dem Markt der Lüste', und ich weiß noch, was ich dachte, als ich das las: Wenn ich doch wenigstens das schaffen könnte! Und jetzt hatte es sich gezeigt, dass ich wenigstens auch das geschafft hatte …" (zitiert nach: Strömstedt 2012, S. 188)

Vielleicht stand Reinhold Blomberg tatsächlich für den Versuch der jungen Astrid Ericsson, sich begehrt zu fühlen, vielleicht aber auch für die Sphäre, die sie selber einmal – auf ihre Weise – zu erreichen hoffte. Die zugänglichen Fotos zeigen den Chefredakteur als gut aussehenden Mann, der über seine Redaktionstätigkeit hinaus erfolgreich und wohlhabend wurde. Olivia und Reinhold Blomberg trennten sich 1924. Der anstehende Scheidungsprozess wurde von beiden Seiten unter dem Gesichtspunkt der Versorgungszahlungen, nach damaligem Scheidungsrecht eng mit der Schuldfrage verbunden, vorbereitet.

Im März 1926 muss Astrid Ericsson schwanger geworden sein. Am 15. 8. 1926 schreibt ihr der Geliebte und Vater ihres Kindes als Chefredakteur ein Empfehlungsschreiben (s. www.astridlindgren.se), denn sie kündigt, um nach Stockholm zu gehen. Grund dafür ist aber nicht die ‚Schande' der verführten Unschuld vom Lande. Sie wird nicht von den Eltern davongejagt, sondern geht – wahrscheinlich juristisch beraten – aus eigenem Entschluss und ganz bestimmten Gründen. Astrid Lindgren hat nie behauptet, von Eltern und Umgebung zu etwas gezwungen worden zu sein. Aber die Legende kann bis heute mit der lange verschwiegenen Wahrheit schlecht umgehen. Während die schwangere Astrid Ericsson im Institut Bar-Lock (genannt nach einem Schreibmaschinenmodell) in Stockholm Kurse in Stenographie und Schreibmaschine belegt und zusammen mit einer Freundin in eine möblierte Wohnung zieht, reicht das Ehepaar Blomberg am 2. 9. 1926 die Scheidung ein. Von Reinhold Blomberg und Astrid Ericsson wird ein kurzer Prozessverlauf erwartet, der bis zur Geburt des Kindes einen (gemeinsamen?) Neubeginn hätte ermöglichen können. Aber Olivia Blomberg verzögert den Scheidungsprozess, weil sie dem Gericht Beweise liefern zu können glaubt, nach denen Reinhold Blomberg eine Geliebte hat, die ein Kind erwartet, und daher als Schuldiger zu erheblichen Unterhaltszahlungen an sie verpflichtet ist. Der 28. 10. wird als neuer Gerichtstermin festgelegt, Blomberg des Ehebruchs für schuldig gesprochen. Als er Berufung einlegt, wird die Revisionsverhandlung für den 9. 12., also ganz nahe dem anvisierten Geburtstermin des Kindes der jungen Geliebten, festgesetzt. Das Paar muss nun umdisponieren. Am 3. 11. besucht Astrid Ericsson hochschwanger das private Entbindungsheim der Hebamme Alva Svahn in Jönköpping, mit dem sie schon vorher Verbindung aufgenommen hatte. Sie meldet sich zur Entbindung an. Später schickt sie per Telegramm eine Absage, die den wahren Grund nicht nennt, sondern einen Verlobten erfindet, den sie heiraten will, um danach in seiner Heimatstadt Helsingborg zu entbinden. Laut mehrerer Zeugenaussagen im Gerichtsprozess haben sich Astrid Ericsson und Reinhold Blomberg am Wochenende des 6./7. 11. 1925 im Hotel Continental in Nässjo getroffen. Wahrscheinlich besprachen sie hier ihr weiteres Vorgehen. Der Entschluss, ins Rigshospitalet in Kopenhagen zu fahren, wo Frauen anonym, das heißt ohne Weitergabe des Vaternamens an die Behörden, entbinden konnten, war also ein weiteres Manöver, um Reinhold Blombergs Situation vor Gericht zu entlasten. Spätestens jetzt nimmt Astrid Ericsson in Stockholm Kontakt mit Eva Landen (1886–1970) auf, einer schwedischen Frauenrechtlerin, die sich auch für ledige und alleinstehende Mütter einsetzte und wahrscheinlich die Verbindung zum Rigshospitalet, vielleicht auch die Vermittlung der Pflegemutter herstellte. Astrid Ericsson brachte am 4. 12. 1926 ihren Sohn Lars in Kopenhagen zur Welt. Sie bleibt bis zum 23. 12. bei ihrem Kind. Dann kommt es zur Pflegemutter Stevens in Brönshöj, außerhalb von Kopenhagen. Die junge Mutter fährt zurück nach Stockholm. Was für ein Weihnachtsfest – so ganz anders als die Weihnachtsfeste in Bullerbü, Katthult, der Krachmacherstraße und Junibacken! Die Weihnachtsseligkeit der Lindgren'schen Kinderparadiese und der Wiederholungsdrang, dieses Thema wieder und wieder zu bearbeiten, können nicht ohne das Weihnachtsfest 1926 verstanden werden!

Die Scheidungsverhandlungen um den Unterhalt von Olivia Blomberg zogen sich hin, es kam zu weiteren Gerichtsterminen. Weiterhin bestreitet Reinhold Blomberg jede außereheliche Verbindung. Im Oktober 1927 wird er rechtskräftig wegen Ehebruchs schuldig gesprochen und muss Unterhalt und finanziellen Ausgleich (damals 1000 Kronen, heute 25 000 Schwedischen Kronen) zahlen. Die Scheidung führte nicht zu einer gemeinsamen Zukunft von Astrid Ericsson und Reinhold Blomberg. – Wann war diese Entscheidung gefallen? In ihren autobiographischen Äußerungen, die jede Einzelheit der Vorgänge verwischen, erweckt Astrid Lindgren den Anschein, als sei eine Heirat wohl von ihm, zu keinem Zeitpunkt aber von ihr erwogen worden. Wann und warum fasst eine

Neunzehnjährige einen solchen Entschluss? Warum dann das Versteckspiel in Stockholm, Jönköpping und Kopenhagen? Nur um den Vater des Kindes zu schützen, mit dem sie gleichwohl nichts zu tun haben wollte?

Noch komplizierter, aber verständlicher wird die Situation, wenn man den Vermutungen von Ulf Boethius (2009) folgt. Es gab sehr wohl einen weiteren, die nicht-eheliche Mutter Astrid Ericsson ganz empfindlich treffenden Grund, nach Kopenhagen zu gehen. Er kommt allerdings nur für den Fall in Betracht, dass Astrid Lindgren sich schon entschlossen hatte oder zumindest erwog, Blomberg nicht zu heiraten. Dass Lars in Dänemark blieb, schützte Lindgren vor möglichen Konsequenzen des schwedischen Gesetzes zum Wohl des Kindes. Dieses Gesetz war 1924 entworfen und 1926 als „Vanartslagan" in Kraft getreten. Sogenannte ‚unbehütete Kinder' konnten danach in Heimen und Pflegefamilien untergebracht werden. Dabei sah das neue Gesetz im Interesse des neu entdeckten individuellen Kindeswohls durchaus auch Konsequenzen vor, nicht-eheliche Kinder berufstätiger Frauen, deren Betreuung nicht gewährleistet werden konnte, den Müttern zu entziehen. Auch dieser möglichen Entwicklung baute Astrid Ericsson vor, als sie anonym entband, ihren Sohn in Kopenhagen ließ und sich in Stockholm eine Existenz aufzubauen versuchte.

Was immer zwischen den Eltern von Lars Ericsson wann und wo entschieden wurde, Ende 1927 stand fest, dass sein Vater im Leben seiner Mutter keine Rolle mehr spielen würde. Der Sohn traf seinen leiblichen Vater Reinhold Blomberg in den Jahren 1930/31 ein paar Mal in Badeorten an der schwedischen Küste. Der Vater setzte ihn als Erben ein und vermachte ihm nach seinem Tod 1947 ein nicht unbeträchtliches Vermögen. In Briefen aus den dreißiger Jahren mahnt Astrid Lindgren Verantwortung und Unterhaltszahlungen an.

Erst 1977 ließ Astrid Lindgren Einblicke in die Herkunft ihres Sohnes und die Umstände seiner Geburt und der ersten Lebensjahre zu. Der Reporter und Autor Jens Fellke (geb. 1961) veröffentlichte zunächst in der Jubiläumsschrift zum 150-jährigen Jubiläum der „Vimmerby Tidning" im Dezember 2006, dann zum 100. Geburtstag von Astrid Lindgren 2007 die Ergebnisse seiner seriösen, auf amtlichen Dokumenten und neutralen Quellen beruhenden Nachforschungen zu einer Lebensphase Astrid

Lindgrens, über die bis heute Legenden erzählt werden. Auf seinen Recherchen beruht der größte Teil der hier aufgeführten Chronologie der Ereignisse (s. Fellke 2006; Fellke 2007).

Über die Vorkommnisse im Zusammenhang mit der Liebesaffäre, der Schwangerschaft und der Trennung hat Astrid Lindgren – auch in der Familie – über Jahrzehnte geschwiegen, ebenso wie über den Alkoholismus ihres späteren Ehemanns Sture Lindgren und ihres Sohnes Lars. In autobiographischen Äußerungen bis zu Margareta Strömstedts erster freundschaftlicher Biographie „Astrid Lindgren" (schwed. 1977; dt. 2001) beschränkt sie sich auf glatte, Einzelheiten übergehende Bemerkungen zu ihren Kindern und ihrem Familienleben zu dritt:

> „1926 reiste ich nach Stockholm, lernte Stenografie und Schreibmaschine, nahm eine Stellung in einem Büro an und ließ mich als ‚Selbstversorger' nieder. Die Erfahrungen und Erlebnisse dieser Zeit haben sich in den ‚Kati'-Büchern niedergeschlagen. Nach meiner Heirat wurde ich Hausfrau. Ich habe zwei Kinder, einen Jungen und ein Mädchen. Beide sind heute längst erwachsen." (Meine Lebensgeschichte, S. 48)

Je länger sie – aus welchen Gründen auch immer – schwieg, umso schwieriger wurde es, die Tatsachen auszusprechen, weil dann auch das ‚Beschweigen', das die Familie und die Freundinnen einhielten, hätte erklärt werden müssen. Das Beschweigen evozierte allerdings Erklärungen der Geschehnisse, die Astrid Lindgren in die Rolle der verführten Unschuld, des minderjährigen Opfers einer bigotten Kleinstadtmoral versetzte, die vor der ‚Schande' floh. Rigoros hatte Astrid Lindgren dieser Legende nicht widersprochen.

Als sie dann im Gespräch mit Margareta Strömstedt 1977 in Vorbereitung auf die erste Biographie ihr Schweigen brach, entstand eine doppelte Kalamität. Medien nahmen begierig jede Einzelheit auf, und Astrid Lindgren, besonders auch Lars Lindgren mussten sich auf eine nervenaufreibende Weise mit den Berichten über Vergangenheit und Herkunft auseinandersetzen. Wieder sah sich Astrid Lindgren als Verursacherin für Lars' Ungemach. Was sie als Grund des Schweigens angab, die intolerante

Sexualmoral zur Zeit ihrer Jugend, gehörte in Schweden schon lange der Vergangenheit an. So reagierte das Publikum auch mit Unverständnis darauf, dass sie nicht längst die Fakten genannt hatte, zumal dies mit keinerlei Diskriminierung verbunden gewesen wäre, sondern den Respekt vor ihrer Lebensleistung eher erhöht hätte. – Hier Ausschnitte aus Astrid Lindgrens eigener Schilderung der Dinge:

> „Heutzutage … kann man innerhalb und außerhalb der Ehe Kinder bekommen, das macht überhaupt keinen Unterschied, aber als ich in den zwanziger Jahren ‚in Schande' geriet, erschütterte dies ganz Vimmerby viel schlimmer als Gustaf Vasas Rücknahme der Stadtrechte. Noch nie haben so viele so lange über so wenig getratscht. … Der Gegenstand dieses Tratsches zu sein, war ungefähr so, als würde man in einem Schlangennest liegen, daher beschloß ich, dieses Nest so schnell wie möglich zu verlassen. Es war aber nicht so – wie manche vielleicht glauben – dass ich gemäß guter alter Tradition aus dem Elternhaus ‚rausgeworfen worden wäre. Keinesfalls, nein, ich warf mich selber ‚raus. Keine zehn Pferde hätten mich zurückhalten können." (Strömstedt 2012, S. 187)

> „… ich bin der Ansicht, dass ich eine Vorreiterrolle gespielt habe, als ich meinen unschuldigen Sohn in eine Kleinstadt brachte, in der man es nicht gewohnt war, dass unverheiratete Mütter mit ihren Kindern herumliefen, als wären diese ebenso große Wunder wie alle anderen Kinder auch.
>
> Ich erinnere mich noch, dass mein Junge und ich einmal in Vimmerby in einem Kurzwarenladen waren und er Mama zu mir sagte, und ich wollte etwas bestellen und sagte, dass mein Name Fräulein Ericsson sei. ‚Fräu … Fräu … Fräulein …', sagt die Verkäuferin. ‚Ja', erwiderte ich, und dann gingen ich und Lasse hinaus und ich war mächtig stolz auf mich." (zitiert nach: Engqvist 2002, S. 833 f.)

Wenn Astrid Lindgren später von ihren schweren, leidvollen Jahren sprach, war damit auch die unausgesprochen entwürdigende Rolle gemeint, die

Reinhold Blomberg seiner jungen Geliebten in Scheidungsprozess und Ehekrieg zugemutet hatte. Nur war das eine Demütigung, von der kaum jemand etwas wusste.

Ihre Erfahrungen im Zusammenhang mit Schwangerschaft, Geburt und Abgabe des Sohnes in eine Pflegestelle, das problematischen Verhältnis zum Kindesvater und sein Scheidungsprozess werden für die behütete Bauerntochter ohne existentielle Leiderfahrung traumatisch und verwirrend gewesen sein. Sie stellten jedoch nur einen Teil ihrer Lebenswirklichkeit zwischen dem 19. und 24. Lebensjahr dar. Der andere Pol ihres Lebens war die Großstadt Stockholm mit beruflicher Ausbildung und Tätigkeit, der daraus resultierenden Selbstständigkeit und der langsamen Übernahme von mütterlicher Verantwortung. Diese Lebensbereiche waren weitgehend selbstbestimmt, arbeiteten den Lebensplänen, den Träumen der jungen Astrid Ericsson zu und hielten trotz aller widrigen Umstände vielleicht nicht Trost, aber doch Entlastung für ihren großen Kummer bereit.

Die zwanziger Jahre in Stockholm verliefen – auch durch die politische Neutralität und Stabilität, die Schweden im Ersten Weltkrieg bewahrt hatte – ruhiger und konfliktfreier als in Berlin oder Paris Die Reformbewegungen der Jahrhundertwende in Westeuropa griffen nun mit einer gewissen Verspätung um sich. Die Lieferungen Schwedens an die Krieg führenden Länder, die auch Astrid Lindgrens Vater Wohlstand gebracht hatten, wirkten sich positiv auf die Wirtschaft aus. Industrialisierung und die Veränderung der politischen Systeme in ganz Europa machten die zwanziger Jahre zur entscheidenden Epoche der schwedischen Arbeiterbewegung. Aber daran nahm Astrid Lindgren nicht teil, auch wenn sie später Sympathie für ihre Ziele bekundet hat.

Sie wohnte nicht in Söderholm, dem Arbeiterviertel Stockholms, und auch nicht im exklusiven Östermalm. Astrid Ericsson gehörte zur wachsenden Zahl der weiblichen Bürokräfte, die in Verwaltung, Werkskontoren und Vorzimmern gebraucht wurden. Eine Verelendung dieser großstädtischen Angestellten wie nach der Wirtschaftskrise in Berlin gab es in Stockholm nicht. Wohl aber musste der Arbeitsmarkt vor allem die aus der weitläufigen schwedischen Provinz zugereisten weiblichen Arbeitnehmer, die von ihrem Lohn den gesamten Lebensunterhalt bestreiten können mussten, erst einmal integrieren.

Astrid Lindgren fand eine Freundin, von der wir nur den Vornamen kennen: Gun. Sie wurde eine unverzichtbare Gefährtin in den schwierigen Stockholmer Anfängen. Gun bekam eine Tochter, die nach Heimaufenthalten von Pflegeeltern adoptiert wurde. Die fröhliche, lebenslustige Gun machte Astrid Ericsson mit Lebens- und Familienverhältnissen vertraut, deren Jämmerlichkeit der jungen Frau die Augen für ihre privilegierte Herkunft öffnete. Mit Gun zog sie in eine erste Wohnung in der Arteleriegatan. Das ist ganz in der Nähe der Kaptensgatan, wo sie zwanzig Jahre später die Literaturfigur „Kati“ wohnen ließ. Beide Straßen liegen in der Nähe des luxuriösen, komfortablen Strandvägs, sind also bestimmt keine arme oder gar asoziale Gegend – damals wie heute nicht! Astrid Ericsson ging – inzwischen trotz aller Schlankheit deutlich sichtbar schwanger – in ihre Ausbildungskurse. Bei der Ungewissheit über den Verlauf des Scheidungsprozesses war noch nicht klar, auf welche Art von Leben sie sich damit vorbereitete – auf alle Fälle aber auf etwas, auf das sie Hoffnung setzte und das ihrer Flucht aus Vimmerby einen positiven Sinn geben konnte. In der Lindgren-Ausstellung im Informationszentrum Näs gibt es eine kurze Filmsequenz, die – zufällig – Astrid Ericsson in Reih und Glied einer Gruppe junger Frauen vor der Schreibmaschine zeigt. Eine Lehrstunde, bei der Astrid Ericsson sich quirlig und ein bisschen überdreht verhält.

Stockholm gefiel ihr von Beginn an. Daran kann kein Zweifel bestehen. Die Stadt bedeutete ihr Freiheit, Selbstständigkeit, Anonymität und Selbstbestimmung. Stockholm blieb ihr lebenslanger Wohnort und wurde ab 1945 auch zum literarischen Ort einiger ihrer besten Kinderbücher. In den menschlich und materiell schweren, aber auch leichtlebigen jugendlichen ersten Jahren in Stockholm lernte sie die Vorzüge, die diese Stadt gerade ihr bot, systematisch prüfen, erkennen, leben und genießen. Sie atmete auf, als sie erfahren durfte, dass es neben der bäuerlichen Gesellschaft und den Vimmerbyer Honoratioren, mochten sie nun Ingeström oder Blomberg heißen, Lebensentwürfe gab, die Freude versprachen und in denen das Wertesystem Vimmerbys keine Gültigkeit besaß. Sie machte die befreiende Erfahrung, dass nicht jeder ungeprüfte Gedanke als verderbliche Flunkerei oder Lüge angesehen werden musste. Gegen Ende ihres langen Lebens hatte sie Stockholm ganz begriffen und sich zu eigen gemacht.

Zu den Kulturangeboten Stockholms gehörte die von dem Architekten Gunnar Asplund (1885–1949) gebaute und 1928 eingeweihte zentrale Stadtbibliothek Stockholm. In einem Artikel in der schwedischen Tageszeitung „Expressen" vom 24. 11. 1974 schildert Astrid Lindgren ihre Entdeckung:

> „Das Schlüsselerlebnis meiner Jugend war Knut Hamsun. Ich erinnere mich noch an einen Frühlingstag in den zwanziger Jahren, als ich oben bei der Engelbrektskirche unter einem blühenden Faulbaum saß und ‚Hunger' las, ein größeres Leseerlebnis habe ich wohl nie gehabt. Ich war jung und einsam und sehr arm, ich war erst vor kurzem aus der Provinz gekommen und kannte niemanden in Stockholm. Die Alltage im Büro waren ja erträglich, aber meine Sonntage waren einsam und trist. Ich konnte sie nur mit Hilfe von Büchern überstehen.
>
> Ich hatte vor kurzem die Stadtbibliothek am Sveavägen entdeckt, und ich vergesse nie, was für ein Gefühl es war, in diesen großen Rundbau zu kommen und ein Meer von Büchern vor mir zu sehen. Da brauchte ich mich bloß zu bedienen – wie ich glaubte. Lange wanderte ich dort genüsslich herum und sah mir die vielen Bände an, und als ich mich endlich entschieden hatte, trat ich an die Ausleihe.
>
> Dort stand ein sehr blonder junger Mann in einem hellblauen Pullover und stempelte die Bücher – das war Arnold Ljungdahl, aber das wusste ich damals noch nicht – und der erklärte mir, nein, so gehe das nicht! Zuerst müsse ich einen Bibliotheksausweis haben, und das werde ein paar Tage dauern. Das war eine Enttäuschung, ein Knacks. Ich konnte mich nicht beherrschen, sondern brach zu meiner ewigen Schande in Tränen aus.
>
> Arnold Ljungdal guckte mich erstaunt und leicht unangenehm berührt an: diese Literaturbegeisterung hielt er wohl für etwas übertrieben. Er konnte ja nicht wissen, dass ich einen ganzen langen einsamen Sonntag ohne Bücher und Menschen vor mir sah. Wenn ich nur Bücher hatte, kam ich gut ohne Menschen zurecht, aber da stand nun dieser steinharte blonde Kerl und sagte, dass ich

> keine Bücher kriegen könne! Kein Wunder, dass ich da weinte! Vermutlich war es wohl so, dass ich nicht nur nach Büchern ausgehungert war, in gewisser Weise war ich auch ausgehungert nach Essen, und dann kommen die Tränen schneller.“ (zitiert nach: Strömstedt 2012, S. 22 f.)

Arnold Ljungdal (1901–1968), den Astrid Lindgren hier als jungen Bibliothekar trifft, wurde später Direktor der Stockholmer Stadtbibliothek und ein einflussreicher Kulturpolitiker. Er war Autor, Übersetzer, Politiktheoretiker, gehörte dem linken Flügel der schwedischen Sozialdemokraten an und fungierte als Vorsitzender der Freundschaftsgesellschaft Schweden–DDR.

Margareta Strömstedt hat darauf hingewiesen, dass Astrid Lindgren nach langem Schweigen in diesem Artikel aus dem Jahr 1974 zum ersten Mal etwas von der schwierigen Situation offenbarte, in der sie sich damals befand. Gleichzeitig werden auch die Gefühlsschwankungen Lindgrens deutlich und die Lust, als alte Frau auch diese gängige Alltagserfahrung in einer Bibliothek dramaturgisch und selbstironisch aufzubereiten. Denn die Bibliotheks-Szene soll ja für etwas sprechen, das Astrid Lindgren nicht direkt benennen möchte. Dass Melancholie auch hier ihre vorherrschende Stimmung war, ist unübersehbar.

Der Vergleich der Stockholmer Lebensweise mit ihrer bäuerlichen Herkunft und dem Leben auf dem Land bringt sie in ein Dilemma. Sie liebt die ‚Provinz‘, hält sie – besonders für Kinder – für ‚gesünder‘. Der Bauernhof, die Kleinstadt sind für sie in der Erinnerung an ihre Kindheit und in der Fiktion des erinnerten Kinderparadieses ein Ort des Glücks, speziell des Kinderglücks. Aber das Leben in Stockholm liebt sie als junge und alte Frau gleichermaßen – auch weil sie es sich durch Fleiß und Qualifikation selbst erobert hat. Das Mondäne der Hauptstadt, die persönliche Freiheit der jungen, wenig, aber zum Überleben doch ausreichend verdienenden Frau wird auch als höhere Stufe der Kultur, Kenntnis und Übersicht angesehen. Astrid Lindgren hütete sich allerdings, diese Liebe zu Stockholm jemals öffentlich gegen Näs und Vimmerby auszuspielen.

Aber vorerst war Stockholm kein sicherer Hort. Zunächst musste sie das Kind zur Welt bringen und versorgen, ihr Verhältnis zu Reinhold

Blomberg klären, die Ausbildungskurse abschließen und dann eine Stellung suchen.

Die fand sie 1927 in der Radiozentrale der Svenska Bokhandelscentralen, also einer ihren Interessen sehr weit entgegenkommenden Institution. Ihr Monatsgehalt betrug 150 Kronen. Sie wurde die Nachfolgerin von Sara Stina Hedberg, die deutsche Leser unter ihrem Künstlernamen Zarah Leander (1907–1981) kennen. Vergegenwärtigt man sich, dass nicht nur Zarah Leander, sondern auch Greta Garbo (1905–1990) der gleichen schwedischen Frauengeneration angehörten wie Astrid Lindgren, so erhellt dies das Verständnis für die Epoche, in der sie lebte, jung war und älter wurde. Denn ihre eigenen Texte suggerieren ein trügerisches Bild ihrer Lebenszeit.

Astrid Ericsson schrieb für die Tochter ihres Chefs Axel Torsten Lindfors – das war die damals noch sehr junge, später international bekannte schwedische Filmschauspielerin Viveca Lindfors – ihren ersten dokumentierten fiktionalen Text: „Das Märchen von Viveca". Zurückblickend wird Astrid Lindgren dieses Märchen als „albern" bezeichnen, womit wahrscheinlich sowohl der Text als auch die Anbiederung gemeint waren.

Astrid Ericssons Stockholmer Jahre teilen sich bis 1930 auf in die Existenz einer Bürokraft, die mit Beruf, Freundin, Büchern und Neugierde auf die neue großstädtische Welt das Leben genießen kann, und in ihre Rolle als verantwortungsvolle junge Mutter, die mit Sehnsucht und Schuldgefühlen unter finanziellem Druck ihr 600 Kilometer entfernt lebendes Kind versorgen und lieben möchte. Ihr erhaltener Pass gibt Auskunft darüber, dass sie in den Jahren 1925 bis 1930 vierzehn Mal nach Kopenhagen fuhr, um Lars zu besuchen. – War das viel oder wenig? Auf alle Fälle nicht genug, um eine enge mütterliche Beziehung zu dem Kleinkind, das in dänischer Sprache zu reden begann und seine Pflegemutter Mutter nannte, aufzubauen.

1928 wird Astrid Ericsson die Stellung in der Radiozentrale der Svenska Bokcentralen gekündigt, weil ein Vorgesetzter sie in der Stadt sieht, als sie ohne Abmeldung die Arbeit verlassen hatte, um nach Kopenhagen zu fahren. Axel Torsten Lindfors empfiehlt sie dem Königlichen Automobilclub zur Mitarbeit an der Redaktion eines Tourenbuches, das noch 1928 erscheint. Aus dieser freien Mitarbeit entwickelt sich eine feste Anstellung. Ihr Vorgesetzter ist Sture Lindgren (1898–1952). Der Geschäftsführer war in Malmö aufgewachsen und hatte in Stockholm eine kaufmännische Ausbildung durchlaufen. Er war kein Intellektueller, sondern gehörte zu der wachsenden Klasse der leitenden Angestellten – mittleres Management, würde man heute vielleicht sagen. Beide beginnen ein Liebesverhältnis. Sture ist verheiratet, hat eine Tochter. Er leitet die Scheidung ein.

1929 ziehen die Freundinnen Gun und Astrid Ericsson um, in die Atlasgatan am Vasa-Park. Das Vasa-Viertel in Stockholm, mit großen Steigungen um den Vasa-Park, ist als bürgerliches Wohnviertel gebaut und besitzt bis heute einen eigenen Zauber. Der große, weitläufige Park, die mit Treppen und breiten Straßen verbundenen soliden Wohnblocks, die immer präsenten Wege hinunter zum Meer, zum zentralen Bahnhof, zum Geschäftszentrum Stockholms boten damals Rückzug und Betriebsamkeit zugleich. Hier konnte Astrid Lindgren Natur und Großstadt, Spiel und Beruf dicht beieinander erleben. Das Vasa-Viertel, zu jeder Tages- und Jahreszeit in eigener Stimmung und Atmosphäre, wird durch Lindgrens Kinderbücher zum literarischen Ort. Zwar wechselte sie nach ihrer Heirat noch zwei Mal die Wohnung, aber von 1929 bis zu ihrem Tod 2002 wohnte sie in diesem Viertel.

Man kann davon ausgehen, dass Astrid Ericsson sich Ende 1929 in Stockholm zurechtgefunden hatte. Das Geld war wie bei allen Berufsanfängerinnen mit familiären Verpflichtungen knapp, aber natürlich hungerte sie nicht, und ihre Dankbarkeit für die Lebensmittelpakete vom elterlichen Bauernhof zeigte vor allem, wie gut sie diese Zuwendungen in ihren Lebensstil integriert hatte:

> „Tausend Dank für den Korb, dessen Inhalt inzwischen bald zu Ende geht! Jeden Abend, wenn wir nach Hause kommen, schneiden wir uns je eine dicke Scheibe Wurst und ein Stück Käse ab und setzen uns auf unsere jeweilige Bettkante und beißen mal von dem einen und dann wieder von dem anderen ein Stück ab. Das ist herrlich, geht aber bald zu Ende." (Brief Astrid Lindgrens vom 3. 11. 1928; zitiert nach: Strömstedt 2012, S. 197)

> „Tausend Dank für den Korb und den Brief! Ach, was für ein Brot! Umgeben von weißen Brötchen und klebrigen Brotlaiben muss ich einfach sein Loblied singen! Eine anständige Scheibe Brot abschneiden, dann die erstklassige Butter aus der Vimmerbymolkerei draufstreichen und schließlich eine Scheibe von Mamas Käse darauf, das ist ein wirklich exklusiver Genuss." (Brief Astrid Lindgrens vom 18. 2. 1929; zitiert nach: Strömstedt 2012, S. 197)

Margareta Strömstedt hat erkannt, dass Astrid Ericssons Konfrontation mit prekären Lebensverhältnissen in Stockholm, mit Freundinnen, die eine wirklich arme Jugend bewältigen mussten, Astrid Lindgrens Erinnerungsarbeit an ihre gesicherte Kindheit in Gang setzte. Sie begann, sich an Näs, das sie aus freiem Willen verlassen hatte, als einen Sehnsuchtsort zu erinnern:

> „Die Eltern, die Geschwister und das Leben auf Näs – all das erstrahlte mit jedem Tag in einem immer stärkeren Glanz. Der gefühlsmäßige Boden für Astrids zukünftiges literarisches Werk wurde so vorbereitet, der Blick auf die Eltern und die eigene Kindheit erhielt seine Form." (Strömstedt 2012, S. 198)

Man wird also der Autorin gerade dann nicht gerecht, wenn man sie als bedauernswertes Opfer der Verhältnisse beschreibt. Astrid Lindgren wurde lebenstüchtig. Sie gehörte einer schwedischen Frauengeneration an, die auf sehr respektable Weise eine nicht-eheliche Schwangerschaft bewältigte, sich eine eigene Berufslaufbahn schuf und sich in der Großstadt Stockholm dank guter Schulausbildung, familiärer Hilfe und Solidarität von Freundinnen eine Existenz aufbaute. Der Zeitgeist, die gesellschaftliche Entwicklung unterstützten diesen unkonventionellen mutigen Weg, der durchaus auch jugendliches Glück zuließ. Vielleicht war es gerade die Lebensfreude in Stockholm, die ihre lebenslangen Schuldgefühle dem Sohn gegenüber verursachte. Diese äußern sich indirekt in Astrid Lindgrens Bericht über ihren Besuch in einem Kinderheim, in dem die Tochter einer Freundin aufwuchs. Dass sie dabei besonderes Gewicht auf die Schilderung von Hospitalismus-Symptomen legte, lässt sich als Rechtfertigungsversuch der eigenen Entscheidung für eine Pflegemutter lesen:

> „Sie (Astrid Lindgren, die Verf.) beschreibt, wie ihr bei ihrer Ankunft Verfall und Trostlosigkeit entgegenschlugen. Ein unerträglicher Geruch, eine Mischung aus Urin und stickiger Luft, hing in den Räumen.
>
> ‚Die Kinder benahmen sich so sonderbar. Sie stürzten sich auf mich. Ich hatte ein paar Bonbons für Britta, so hieß die Kleine, mitgebracht. Da nahm die Leiterin die Bonbons und verteilte sie an alle Kinder, so weit sie eben reichten. Für alle reichten sie allerdings nicht. Ein paar Kinder gingen leer aus. Ein Junge war so enttäuscht, dass er sich auf den Boden warf. Dann stand er schreiend auf und schmiss sich wieder rücklings hin, aus purer Verzweiflung!
>
> Ich nahm Britta auf den Schoß. Sie saß die ganze Zeit nur da und wimmerte vor sich hin, ohne etwas zu sagen. Wenn sie wenigstens hätte mitteilen können, wovor sie Angst hatte und warum sie traurig war! Es war ganz so, als wollte sie sagen: Eigentlich fürchte ich mich sehr davor, hier zu sein, aber noch mehr fürchte ich mich davor, zu sagen, warum ich mich fürchte.'" (zitiert nach: Strömstedt 2012, S. 199)

Im Dezember 1929 erkrankt die Pflegemutter von Lars Ericsson an einem Herzleiden. Zunächst wird der kleine Junge wechselweise bei Freunden und Bekannten der Pflegefamilie Stevens untergebracht. 1930 holt Astrid Lindgren ihn zu sich nach Stockholm. Wieder muss sie mit einer schwierigen Lebenssituation fertig werden, für die sie gleichwohl niemanden als sich selbst verantwortlich zu machen bereit ist. Lars wird von der Zimmerwirtin, von Freundinnen, von der überforderten berufstätigen Mutter betreut. Kinderkrankheiten erschweren die Lage. Das Verhältnis von Sture zu Lars muss geklärt werden. Im Mai 1930 schließlich willigt Astrid Ericsson ein, dass die Großeltern den Jungen nach Näs holen. Diese Lösung wäre sicher schon eher möglich gewesen. Aber vielleicht empfand sie den Aufenthalt von Lars bei ihren Eltern und unverheirateten Schwestern als Niederlage ihrer auf Selbstständigkeit gestimmten Zukunftspläne. Viel-

Astrid und Lars Ericsson 1930 im Vasa-Viertel, Stockholm.

leicht fürchtete sie, dass der Junge zu sehr unter den Einfluss seiner dominanten Großmutter kommen könnte. Im November 1930 wird Sture rechtskräftig von seiner ersten Frau geschieden. Astrid Lindgren kündigt ihre Stellung im Einflussbereich des zukünftigen Partners. Für einen Monat wohnt sie bei Eltern und Kind in Näs – eine Gewöhnungsfrist für Mutter und Kind und eine Gelegenheit, sich auf ein bürgerliches Eheleben vorzubereiten.

Am Ostersamstag, den 4. April 1931 heiraten Astrid Ericsson und Sture Lindgren. Lars wird vom Ehemann der Mutter adoptiert und trägt den Namen Lindgren. Die erste Wohnung der Familie lag in der Vulcanusgatan, einer seinerzeit ruhigen Wohnstraße unterhalb des Vasa-Parkes, ganz in der Nähe ihrer letzten gemeinsamen Wohnung mit der Freundin Gun. Ein Gefühl der Geborgenheit macht sich noch heute breit, wenn man vom Vasa-Park aus eine Verkehrsstraße überschreitet, durch einen Torbogen geht und die Treppen hinunter zum ersten Familienwohnsitz Astrid Lindgrens kommt. – War sie eine verliebte junge Frau? Stellte sich für die junge Mutter und Ehefrau ein, was sie als Maxime ihres Lebens erkoren hatte: Geborgenheit und Freiheit? Sie selbst und ihre Freundinnen wiesen rückblickend darauf hin, dass der Ehemann für sie ein guter Freund, aber kein geliebter Ehemann war.

> „Ihre Ehe mit Sture Lindgren bezeichnet sie als glücklich, lacht aber, wenn man sie fragt, ob sie in ihren Mann verliebt gewesen sei. ‚Im üblichen Sinn bin ich nie verliebt gewesen', sagt sie. ‚Nein es ist so: Ich habe Kinder immer mehr geliebt als Männer.'" (zitiert nach: Strömstedt 2012, S. 302)

Im Gespräch mit der Biographin Maren Gottschalk äußerte sich die Sekretärin und spätere Freundin Kerstin Kvint, die Astrid und Sture Lindgren nach ihrer Einstellung in den Verlag Rabén & Sjögren kennen lernte:

> „Es war eine Vernunftehe. Sie entstand aus der Sehnsucht nach Sicherheit und einem sozialen Rahmen, das ist meine Beobachtung – natürlich nach dem, was sie mir gesagt hat. Ich hatte nie das Gefühl, dass sie sehr in ihn verliebt war. Sie mochte ihn als einen guten Freund – bis er anfing zu trinken." (Gottschalk 2006, S. 61)

Astrid Lindgren selbst zieht in einem Interview 1992 das Resümee: „Ja, ja. Meine Ehe war anders, aber auch glücklich. Nur, ich habe Kinder immer mehr geliebt als Männer." (Die Zeit, 13. 11. 1992) – Sie war bei ihrer Hochzeit 23 Jahre alt. Noch dreizehn Jahre sollte es dauern, bis sie den Mut, die Sprache und die Form fand, Kinderschicksale literarisch zu verarbeiten. Die Kindheit war für sie zu einem zurückgesehnten paradiesischen Ort geworden. Der Kummer, das Leid ihrer jungen Jahre, in denen sie fast ohne Übergang vom Bauernkind zur Geliebten, zur Mutter und allein lebenden berufstätigen Großstädterin geworden war, hinterließ in ihrem Werk Spuren. Nicht nur traurige Begebenheiten und Situationen, auch eine leidvolle, Trost ersehnende Grundstimmung ist in zahlreichen Büchern zu finden. Sie sind die andere Seite der Medaille ihrer heiteren, burlesken und ungefährdeten Kinderwelt.

Die nicht-eheliche Geburt ihres ersten Kindes und der dreijährige Aufenthalt des Sohnes in einer Pflegefamilie verursachten bei Astrid Lindgren lebenslang Schuldgefühle. Sie verunsicherten ihr Verhalten dem Sohn gegenüber. Sicherheit über die Tragweite ihres Verhaltens erlangte sie nur in der Literatur. Das verlassene, vaterlose Kind gehört zu den zentralen Motiven ihres Gesamtwerkes, denen sich die Autorin aber erst nach einem langen schriftstellerischen Entwicklungsweg zuwandte. Unter Eliminierung realer autobiographischer Bezüge wird es mit der Handlung des phantastischen Kinderromans „Mio, mein Mio“ (schwed. 1954; dt. 1955) verwoben und taucht erneut in der romantisch-abenteuerlichen Sommerwanderung „Rasmus und der Landstreicher“ (schwed. 1955; dt. 1956) auf. – Mio, ein Pflegekind bei lieblosen Eltern, erzählt:

> „Ich war Pflegekind bei Tante Edla und Onkel Sixten. Ich kam zu ihnen, als ich ein Jahr alt war. Vorher wohnte ich in einem Kinderheim. Von dort hat mich Tante Edla geholt. Sie wollte zwar lieber ein Mädchen haben, aber es war keines da. Deshalb nahmen sie mich. Dabei mögen Onkel Sixten und Tante Edla Jungen nicht leiden. Jedenfalls nicht, wenn sie acht, neun Jahre alt werden. Sie fanden, es wäre zuviel Krach im Haus und ich trüge zuviel Schmutz hinein, wenn ich draußen im Tegnérpark gespielt hatte, ich schmisse meine Kleider herum und redete und lachte zu laut. Tante Edla sagte immer, der Tag, an dem ich ins Haus gekommen bin, sei ein Unglückstag gewesen.“ (Mio, mein Mio, S. 8)

> „Und dann grübelte ich, wer wohl mein richtiger Papa sein mochte und warum ich nicht bei ihm und meiner richtigen Mama sein durfte, sondern in einem Kinderheim und bei Tante Edla und Onkel Sixten sein musste. Tante Edla hatte mir gesagt, meine Mama sei gestorben, als ich geboren wurde. Wer mein Papa sei, das wisse niemand. ‚Man kann sich ja leicht ausrechnen, was das für ein Lump ist‘, sagte sie. Ich hasste Tante Edla, wenn sie so von meinem Vater sprach.“ (Mio, mein Mio, S. 9)

„Rasmus und der Landstreicher“ erzählt von einem Jungen aus dem Waisenhaus, der in einem Landstreicher einen Vaterersatz und bei dessen Frau schließlich ein Zuhause findet. Der Kinderroman spielt im „Pferdezeitalter“. Auch hier spielt die Sehnsucht nach elterlicher Liebe eine wichtige Rolle:

> „Das Waisenhaus von Västerhaga war eine städtische Anstalt, lebte aber zum Teil davon, dass man Eier und Gemüse verkaufte.

Die Kinder waren billige und unentbehrliche Arbeitskräfte und Fräulein Habicht verlangte sicher nichts Unmenschliches von ihnen, wenn Rasmus es auch seinerseits unmenschlich fand, dass er einen ganzen Tag lang Kartoffeln häufeln sollte. Da er aber ebenso wie alle übrigen elternlosen Kinder gezwungen sein würde für sich selbst zu sorgen, sobald er dreizehn Jahre alt war, so musste er beizeiten arbeiten lernen, das wusste Fräulein Habicht genau. Sie wusste dagegen nicht so richtig, wie notwendig es auch für Waisenhauskinder war, spielen zu können, aber das konnte man vielleicht nicht verlangen." (Rasmus und der Landstreicher, S. 13 f.)

„Die Vorsteherin machte die Abendrunde. Sie ging von einem Bett zum anderen und kontrollierte, ob alles war, wie es sein sollte. Ganz selten einmal kam es vor, dass sie einem Jungen ungeschickt und beinahe gegen ihren Willen übers Haar fuhr. Rasmus mochte den Habicht nicht. Aber Abend für Abend hoffte er, sie möge ihn streicheln. Er wusste nicht, weshalb, er sehnte sich nur danach, sie möge ihn streicheln.

Wenn sie mich heute Abend streichelt, dachte Rasmus, während er still dalag, dann bedeutet es, dass morgen auch ein ungeheuerlicher Wundertag für mich ist. Dann bedeutet es, dass die Leute, die morgen kommen, mich haben wollen, obwohl ich glattes Haar habe.

Fräulein Habicht war jetzt bei Gunnars Bett angelangt. Rasmus lag vor Spannung ganz steif da. Jetzt … jetzt kam sie zu ihm.

‚Rasmus, wie liegst du da? Du reißt ja die Decke kaputt', sagte Fräulein Habicht. Dann ging sie weiter und gleich darauf schloss sie die Tür hinter sich, ruhig und bestimmt und unerschütterlich. Im Schafsaal war es still. Aber von Rasmus' Bett kam ein tiefer Seufzer." (Rasmus und der Landstreicher, S. 19)

Gerade weil Astrid Lindgren weder in der Familie noch bei anderer Gelegenheit über die Geburt des Sohnes Lars gesprochen hat und es keine zugänglichen Quellen zu diesem Ereignis gibt, ist man versucht, eine entsprechende Passage aus dem dritten Band der Mädchenbuch-Trilogie „Kati“ (schwed. 1950–1953; dt. 1952–1954) zu zitieren. Die Ich-Erzählerin spricht dort zu ihrem neugeborenen – ehelichen – Sohn. Es handelt sich um die sehr emotionale Schlussszene, die auch im Ton absticht von den jugendlich-beschwingten Reiseschilderungen der drei Bände. Das Buch erschien nach dem Tod von Astrid Lindgrens Ehemann. Vielleicht spricht sie hier aus, was Astrid Ericsson nicht sagen konnte und auch erst als Quintessenz einer reifen Frau zu formulieren war. In einem Interview mit Brigitte Jakobeit sagt sie dazu: „Der dritte Band endet, wie Kati ihren Sohn im Arm hält. Das war eine Liebeserklärung. Mein Sohn ist seit 1986 tot.“ (Die Zeit, 13. 11. 1992) – Hier ist der Text:

> „Mein Sohn liegt in meinem Arm. Er ist so eine zarte kleine Last, man spürt sie fast gar nicht. Und doch wiegt sie schwerer als Erde und Himmel und Sterne und das ganze Sonnensystem.
>
> Wenn ich heute sterben müsste, so könnte ich die Erinnerung an diese holde kleine Last mit mir ins Paradies nehmen. Ich habe nicht vergebens gelebt.
>
> Mein Sohn liegt in meinem Arm. Er hat so winzig kleine Hände. Die eine hat er um meinen Zeigefinger geschlossen, und ich wage nicht, mich zu rühren. Er könnte dann vielleicht loslassen und das wäre unerträglich. Diese kleine Hand mit fünf kleinen Fingern und fünf kleinen Nägeln ist ein wahres Wunder des Himmels. Ich wusste ja, dass Kinder Hände haben, aber mir ist wohl nie richtig klar gewesen, dass mein Kind auch so etwas haben würde. Denn ich liege hier und schaue auf das kleine Rosenblatt, das die Hand meines Sohnes ist, und komme aus dem Staunen nicht heraus.
>
> Er liegt mit geschlossenen Augen da und bohrt seine Nase in meine Brust, er hat schwarzes flaumiges Haar und ich kann ihn atmen hören. Er ist ein Wunderwerk. …
>
> … Aber jetzt, in diesem Augenblick habe ich dich. Du bist mein, mein, mein – mit deinem flaumigen Kopf und deinen zarten kleinen Fingern und deinem kläglichen Weinen und deinem

Mund, der nach mir sucht. Du brauchst mich, denn du bist nur ein armes kleines Kind, das auf die Erde gekommen ist und gar nicht ohne Mutter sein kann. Du weißt nicht einmal, was das für ein Ort ist, an den du gekommen bist, und vielleicht klingt dein Weinen deshalb so verirrt. Hast du Angst, das Leben zu beginnen? Du weißt nicht, was dich erwartet? Soll ich es dir erzählen? …

… Deshalb sage ich dir, mein Sohn, dass die Erde ein guter Ort ist, um dort zu leben, und dass das Leben ein Geschenk ist. Glaub' nie denen, die etwas anderes zu sagen versuchen. Es stimmt, das Leben kann auch schwer sein, das will ich dir nicht verhehlen. Du wirst Kummer haben, du wirst weinen. Es kommen vielleicht Stunden, da du den Wunsch hast nicht mehr zu leben. Oh, du kannst nie verstehen, was für ein Gefühl es für mich ist, dies zu wissen. Ich könnte mein Herzblut für dich geben, aber ich kann nicht eine einzige von den Sorgen wegnehmen, die dich erwarten. Und doch sage ich dir, mein liebes Kind: Die Erde ist die Heimat des Menschen und sie ist eine wunderbare Heimat. Möge das Leben nie so hart gegen dich sein, dass du es nicht verstehst. Gott schütze dich, mein Sohn!" (Kati in Paris, S. 180–182)

Grenzüberschreitungen (1931–1954)

Ehe, Kinder, Krieg, erste Bücher

Astrid Lindgren lebte nun als junge Ehefrau eines neun Jahre älteren lebenserfahrenen Mannes in gefestigter beruflicher Position aus Stockholms bürgerlicher Mittelschicht der dreißiger Jahre. In den ersten Jahren mit Sture Lindgren und Lars pflegte sie vordergründig einen Lebensstil, der für sie in der Zeit davor ein Wunschbild gewesen sein könnte: Vater, Mutter, Kind in einer geordneten Umgebung. Zumindest war es ein Lebensstil, der den gesellschaftlichen Erwartungen ihrer städtischen Umgebung entsprach und wahrscheinlich auch von den Eltern der Autorin als ‚sicherer Hafen' nach stürmischer See angesehen wurde. Die Ehe ließ ihr Zeit für die Fortsetzung ihrer nun stundenweisen Tätigkeit an Projekten des Königlichen Automobilclubs und für die Wiederaufnahme einer Tätigkeit, die langsam Kontur bekam: die Veröffentlichung von Kurzprosa für Kinder in Zeitungen und Zeitschriften.

Vor welchen Dämonen Astrid Lindgren ihren Ehemann vorerst bewahrte und was sie ihm bedeutet hat, wissen wir nicht. Wir wissen auch nicht, ob Astrid Lindgren erfüllen konnte, was er sich von dieser zweiten Ehe versprochen hatte. Sein Beruf führte Astrid Lindgren in eine andere Welt, an der sie wahrscheinlich für einige Jahre Gefallen fand. Der Königliche Automobilclub war seinerzeit ein Hobbyklub betuchter Schweden. Man pflegte internationale Kontakte, veranstaltete Autorennen, Ralleys und gesellschaftliche Ereignisse. Stures Position war verbunden mit großzügiger Lebensart und gesellschaftlichem Auftreten. Das faszinierte Astrid Lindgren zunächst vielleicht ähnlich wie wenige Jahre vorher die intellektuelle Souveränität des Chefredakteurs der „Vimmerby Tidning" Reinhold Blomberg. Dass Sture Lindgren ihr voreheliches Kind respektierte und

Astrid und Sture Lindgren in den dreißiger Jahren.

adoptierte, wird in ihr Dankbarkeit und Loyalität hervorgerufen haben. Der Ehemann wird als ein geselliger Großstädter mit Freundeskreis und gesellschaftlichen Verpflichtungen geschildert, bei denen sich Vergnügen und Geschäft vermischten. Astrid Lindgren war diese Lebensart fremd, sie gewöhnte sich nicht ein. Vielleicht entwickelte es sich so: Sie konnte oder wollte da nicht mithalten und traute sich erst zaghaft, dann nachdrücklich, eine eigene Welt aufzubauen, in der das Familienleben, das sie ersehnt hatte, erhalten blieb, die ihr aber auch zumindest innerliche Freiräume bot: Geborgenheit und Freiheit – die Maxime aus ihrer Kindheit.

Sie versorgte Lars, spielte mit ihm, unternahm Reisen mit ihrem Mann, begleitete ihn dann und wann zu Gesellschaften. Daneben suchte sie Aufträge für Schreib- und Sekretärinnenarbeit und baute sich ein Netzwerk von Veröffentlichungsmöglichkeiten auf. Durch ausgedehnte

Lektüre bildete sie sich fort. Es war die noch heute nicht unbekannte Kombination kleinteiliger Aufträge, die ihr als Mutter und Ehefrau möglich und verantwortbar erschien. Die Verbindung von Familienpflichten und unterschiedlichen Aufträgen bestimmte ihren Tagesablauf und auch den Wirkungsradius. Dass ihr diese Kombination gelang, wird sie als Erfolg empfunden haben.

Denn die Flucht aus der nicht-ehelichen Mutterschaft und als schlecht bezahlte Kontoristin in Stockholm in die Ehe mit einem gut aussehenden Ehemann und ‚Stief'-Vater ihres Kindes in gesicherter Position war gelungen. Sie gehört subjektiv betrachtet zu den großen Lebensleistungen von Astrid Lindgren. – Was wäre die Alternative gewesen? Für ein unkonventionelles selbstständiges Leben, wie Künstlerinnen und finanziell unabhängige Frauen es im Stockholm der dreißiger Jahre durchaus führten, fehlte der jungen Frau die Qualifikation, das Geld und die Souveränität, substanzielle Werte ihrer Erziehung über Bord zu werfen. Lars und Astrid Ericsson in zwei Zimmern auf Näs, in möblierten Zimmern in Stockholm; Lars auf Näs und die berufstätige Astrid in Stockholm? Astrid Lindgren war diesen wenig attraktiven Alternativen ‚davongekommen'.

Das Ehepaar Lindgren unternahm im Zusammenhang mit Sture Lindgrens Tätigkeit beim Königlichen Automobilclub zahlreiche Reisen ins In- und Ausland. Wenn sie auch mit beruflichen Pflichten verbunden waren, so können sie doch als die ersten größeren Vergnügungsreisen für Astrid Lindgren gewertet werden. Jahrelang hatte sie an größeren Vergnügungen nicht teilgenommen. Die Reisen mit Sture knüpften an die Ausflüge und Wanderungen ihrer Kindheit, nicht an die Reisen zu Lars nach Kopenhagen, an und gehörten sicher zu den Freuden der ersten Ehejahre. Reisen wird zu einer Obsession von Astrid Lindgren – zu einer Obsession, die sich in ihrem Werk nicht niederschlägt. Es ist ebenso merkwürdig wie bezeichnend, dass sie zwar unzählige Briefe und Postkarten aus der Ferne schrieb, Reiseerlebnisse auch in ihrer Korrespondenz ausführlich und begeistert schilderte, in den zugänglichen Veröffentlichungen aber nur selten ihre Auslandserfahrungen einfließen ließ. Auch die Bücher – mit Ausnahme der „Kati"-Bände – nehmen so gut wie nichts davon auf. Das gesellschaftliche Klima des Automobilclubs, dem Sture als Manager, nicht als Mitglied angehörte, brachte sie in Kontakt zu einer mobilen, wohlhabenden und lebenslustigen Elite, der sie sich nicht zugehörig fühlen konnte und die sie literarisch nicht verarbeitete – wenn man sie nicht in den Königen, Räuberhauptmännern und Mächtigen ihrer phantastischen Geschichten erkennen will.

Vorsichtigen autobiographischen Äußerungen und Anmerkungen ihrer Familie und der Freundin und Biographin Margareta Strömstedt kann man entnehmen, dass das Ehepaar von Beginn an sehr unterschiedliche Interessen besaß und Astrid Lindgren sich zu Hause zurückzog. Die Unterschiede dieser beiden Menschen lassen sich aber nicht auf Mann und Frau, auf Bauerntochter und Großstädter, auf Manager und Hausfrau reduzieren. Es gab sicher auch keinen emanzipatorisch motivierten Unmut. Denn das Leben in der Kleinfamilie, das Astrid Lindgren jetzt führte, war ja genau das, was sie vordergründig angestrebt hatte und was sie später in ihren Aussagen über die Lebensumstände glücklicher Kinder für gesellschaftlich besonders tragfähig hielt.

Was war es also, das Astrid Lindgren dazu brachte, in diesen Jahren „kleine närrische Märchen" – wie sie die Texte später nannte – zu schreiben und zu veröffentlichen? Sie selbst hat – wie bei den Schreib- und Organisationsarbeiten für den Kunigliga Automobil Klubben – die Auffrischung der Wirtschaftskasse angeführt. Von der so oft wiederholten Entstehungsgeschichte von „Pippi Langstrumpf" wissen wir auch, dass Lindgren ihren Kindern Geschichten erzählte und diese Erzählungen durchaus als potentielle Manuskripte zur Veröffentlichung ansah. Lars und später auch die Tochter Karin waren in dem Alter des Geschichten-Erzählens ganz nahe bei ihr. Aber Lindgren muss Anfang der dreißiger Jahre auch eine Fähigkeit, eine Anrührung der Seele wahrgenommen haben, die schon aus der Kindheit stammte, eine erzählerische Begabung, die sie seinerzeit für die Verfolgung einer journalistischen Laufbahn, später für Ausbildung und Arbeitsaufgaben einer Stenotypistin aufgegeben hatte.

An keiner Stelle gibt Astrid Lindgren an, sie habe Geschichten erfunden, weil das, was der Markt bietet, für die eigenen Kinder nicht geeignet erschien – ein Motiv, das bei Kinderbuchautoren häufig anzutreffen ist. Zunächst wollte Astrid Lindgren in der Welt der Literatur für Kinder ‚dazugehören', nicht revoltieren. Und so waren auch die ersten veröffentlichten Texte nicht revolutionär, sondern traditionell und marktkonform. 1932 und 1933 erschienen in Weihnachtsbeilagen von Zeitungen Weihnachtsgeschichten wie „Johans äventyr på julafton" („Johanns Erlebnis am Weihnachtsabend") in „Landsbygden" und „Jultomtens underbara bildradio" („Das wunderbare Bildradio des Weihnachtswichtel") in „Stockholms Tidningen". Die Veröffentlichungen in „Landsbygden", einer Zeitung des Schwedischen Bauernverbandes, hatte der Bruder Gunnar Ericsson vermittelt – ein Kontakt und eine Publikationsmöglichkeit, die über lange Jahre aufrechterhalten wurden. Bei Einsicht in die Durchschriften der frühen Manuskripte des Nachlass-Archivs in der Schwedischen Nationalbibliothek fällt auf, wie sehr Lindgren noch um den richtigen Ton ringt. Sie hatte das poetische Potential und auch den Drang, etwas zu erzählen. Aber offensichtlich besaß sie noch nicht den Mut, das heißt die sprachliche und gedankliche Radikalität, es auszudrücken. Das spätere selbstkritische Urteil „närrische Märchen" beweist, dass sie sich des Qualitätsunterschiedes ihrer Texte vor und nach 1944 sehr wohl bewusst war.

Rückwärts, in Kenntnis ihrer so erfolgreichen Schriftsteller-Karriere betrachtet, handelt es sich bei dieser konventionellen Prosa um Vorübungen für die späteren Texte von genialer Einfachheit. Vorwärts betrachtet, vom Standpunkt der damaligen Situation aus, sucht Lindgren in diesen Jahren erst zaghaft, später aber immer nachdrücklicher einen Freiraum vom gerade errungenen Status der jungen Hausfrau und Mutter, der sie offensichtlich nicht wie gehofft und geplant erfüllt. Sie sucht etwas, was diesen Alltag überhöht, ihrem Leben eine andere Dimension hinzufügt, die in ihr steckt und sich einen Weg sucht. Diese verzweifelten Anstrengungen sind zu werten als Suche nach einem neuen Terrain, auf dem sie Empfindungen des Ungenügens und mangelnder Ausbildung ausgleichen und sich positiv etablieren kann. Sie folgt dem Gefühl, dass in der Sprache, im Erzählen, in der Rückbesinnung auf ihre Kindheit ein heilender, tröstender, Einsamkeit überwindender Prozess stattfindet und sie darüber hinaus dort so etwas wie Berufung und Qualität findet. Hier bereitet sich eine für sie später lebenserhaltende Verbindung des ‚Ich-schreibe-nur-für-mich-selbst' mit der souveränen Handhabung des Literaturbetriebes vor. Zu dieser Zeit muss ihr auch die Erkenntnis gekommen sein, dass ihre

Ausbildung verglichen mit der Qualifikation anderer Stockholmer, die sie in Stures Umfeld, in Zeitungsredaktionen und auf Konferenzen traf, nicht sehr tragfähig war.

Am 21. Mai 1934 wird zur großen Freude des Ehepaars Lindgren die Tochter Karin geboren, Astrid Lindgrens zweites Kind, acht Jahre jünger als der Halbbruder Lars. Karin Lindgren, später Karin Nyman, lebte bis zu Astrid Lindgrens Tod in ihrer Nähe, half ihr in geschäftlichen und privaten Dingen und betreute die Mutter bis zum Ende. Sie erhielt eine erstklassige Ausbildung, wurde Übersetzerin, gründete eine Familie und sorgte dafür, dass Astrid Lindgren der lebenswichtige Kontakt zu Kindern, Enkeln und Freunden erhalten blieb. Das Verhältnis Mutter–Tochter war von Pragmatismus geprägt. Karin Nyman wusste um die Qualitäten und um die Schwierigkeiten ihrer Mutter, wusste, wie sie zu nehmen war und was man von ihr erwarten oder nicht erwarten konnte. Wahrscheinlich gab es in Astrid Lindgrens Leben keine engere und längere emotionale Bindung als die zu ihrer Tochter. Auch heute, inzwischen 80 Jahre alt, kümmert sich Karin Nyman um Nachlass, Werk und Erbe der Mutter. Dabei ist ihre Handlungsmaxime, den Vorstellungen ihrer Mutter zu entsprechen, in ihrem Sinne zu verfahren. Nach Karin Nymans Auffassung gehören dazu die Bewahrung des literarischen Erbes, Diskretion, Einfachheit, Wohltätigkeit, Bewahrung der Familientradition, Distanz zu großen Marketingaktionen.

Mit dem gemeinsamen Kind von Sture und Astrid Lindgren war die Familie komplett. Astrid Lindgren – so hat sie selbst es weiter gegeben – genoss die Zeit mit dem Baby und dem Sohn in geordneter Existenz. Sie bejahte ihre Rolle als Familienmutter und wollte es gut machen.

Eine ganz private Freundin wurde Alli Viridén (1904–2003). Astrid Lindgren lernte sie kennen, als beide ihre Töchter im Kinderwagen durch den Vasa-Park fuhren. Daraus entstand eine lebenslange Freundschaft, die auf Sympathie und gemeinsamen Vorlieben außerhalb der beruflichen Sphäre beruhte. Alli Viridén blieb von der Prominenz ihrer Freundin unberührt und empfand sie eher als störend. Astrid Lindgren war auf dem Weg zu ihr, als sie im Januar 1944 ausrutschte, sich den Fuß verstauchte, liegen musste und die so oft erzählten Geschichten von „Pippi Langstrumpf" aufschrieb. Die Freundin war auch in der Todesstunde bei ihr.

Die Familie Lindgren lebte ein bürgerliches Leben mit Hausangestellter, ein Feriendomizil tat sich auf. Die Eltern von Sture Lindgren, die zunächst wenig begeistert von der neuen Schwiegertochter gewesen waren, zogen in das alte Lotsenhaus auf der Schäreninsel Furusund ungefähr sechzig Kilometer nördlich von Stockholm. Das Haus Stenhällen wurde zunächst gemietet, 1939 von den Schwiegereltern gekauft. 1935 verbrachte die Familie Lindgren mit den beiden Kindern zum ersten Mal die Sommerferien in Furusund, das Sture und Astrid Lindgren später renovierten. Stenhällen sollte nachher zum Sommerwohnsitz der Familie und vor allem zur zweiten Schreibwerkstatt Astrid Lindgrens werden. Die helle und frische Atmosphäre der Insel zeigte ihr eine Alternative zur bäuerlichen Kultur in Näs. Wenn sie nun an ihre Kindheit auf dem Bauernhof dachte, war es keine wehmütige Erinnerung an bessere, aber verlorene Zeiten ‚auf dem Lande'. Die Erinnerung an Näs war nicht mehr die einzig erfahrene Glücksmöglichkeit für ein Leben in der Natur. Die Phantasie Astrid Lindgrens hatte nun eine Wahl. Sie wählt – mit einer Ausnahme in der Ferienserie und dem Roman „Ferien auf Saltkrokan" – die Erinnerung an Näs und Vimmerby. Furusund, die Insel, auf der August Strindberg (1849–1912) und viele andere schwedische Künstler ihre Sommerhäuser hatten, macht sie zu ihrem positiv besetzten Rückzugsort – eine gelungene Synthese von Natur, Familie und schriftstellerischer Arbeit am frühen Morgen und nicht wenig beruflich-freundschaftlichem Austausch am Nachmittag.

Die Geburt der Tochter hält Astrid Lindgren nicht davon ab, weiterhin kleine Geschichten für Zeitschriftenbeilagen zu schreiben. 1934 veröffentlicht sie in einer pädagogischen Zeitschrift – ein neuer Berufskontakt, den sie weiter verfolgen wird – die Geschichte „Filiokus" (1934). Die Zusammenarbeit mit den Weihnachtsbeilagen der Zeitschrift „Landsbygden" wird fortgesetzt. 1936 erscheint „Pumpernickel och Hans Bröder", 1937 werden die Geschichten „Filiokus" und „Maja får en fästman" und 1938 „Jultomten hör på dagsnyheterna" gedruckt. 1939 veröffentlicht sie in einer Frauenzeitschrift für Mütter „Mors Hyllning" („Mütterlob") zum Muttertag die kleine Erzählung „Mors dagsgåvan", ein Jahr später die Fortsetzung „Också en Morsdagsgåvan". In „Landsbygdens Jul" erscheinen zu Weihnachten 1940 die Erzählung „Anders" (mit einer ihrer ersten literarischen Jungengestalten) und eine traditionelle Weihnachtswichtel-Geschichte mit dem Titel „Vännevan och harungen". 1941 übernimmt „Mors Hyllning" den Text „Sakletare". Zu Weihnachten 1942 schreibt sie für „Landsbygdens Jul" „Måns böria skolan". Nicht unwichtig für ihre spätere schriftstellerische Entwicklung sind auch die unzähligen Briefe, in denen sie Familienmitgliedern und Freunden Beobachtungen und Erlebnisse mit den Kindern schildert. Ähnliche Notate legt sie später über die Enkelkinder, insbesondere den ersten Sohn ihrer Tochter, Karl Johan Nyman (geb. 1959), an. Hier übt Astrid Lindgren, Bewegungsabläufe, Dialoge und Emotionen kleiner Kinder in einfacher, treffender Sprache festzuhalten. Die bis zum Beginn der Arbeit an „Pippi Langstrumpf" und „Britt-Mari erleichtert ihr Herz" veröffentlichten Manuskripte zeigen, dass ein großer Teil des Personals, der Themen und Schauplätze ihrer späteren Bücher bereits vorbereitet waren.

Als die Tochter Karin drei Jahre alt wird, übernimmt Astrid Lindgren 1937 Schreibarbeiten bei dem Kriminologen Harry Söderman (1902–1956). Söderman war in diesen Jahren ein international bekannter Kriminalexperte. Er führte ein privates kriminologisches Büro, war Redakteur eines Polizei-Journals und Dozent an der Universität Stockholm. 1939 wurde er der erste Leiter der gerade gegründeten Schwedischen Anstalt für Kriminaltechnik und bildete später norwegische Flüchtlinge in Schweden für den Polizeidienst für die Zeit nach dem Ende des Zweiten Weltkrieges aus. Astrid Lindgren arbeitete bei ihm zum ersten Mal mit einer politisch engagierten, erfolgreichen Persönlichkeit zusammen. Södermans Arbeit war international ausgerichtet und anerkannt. Auch diese Ausweitung der Perspektive wusste Astrid Lindgren sehr wohl zu schätzen. Durch die Korrespondenz des international tätigen Experten fortschrittlicher Polizeiarbeit erhält sie später zum ersten Mal Informationen über die Vorkommnisse im nationalsozialistischen Deutschland, über Judenverfolgung und KZs. Lindgren reagiert auf die politischen Entwicklungen mit Empörung. Sie fühlt sich vorerst wenig betroffen, aber froh, die Dinge, von denen sie nun weiß, aus der Ferne wahrnehmen zu können.

Irgendwann ab der Mitte der dreißiger Jahre muss Astrid Lindgren schmerzlich erkannt haben, dass die Lebensform, auf die sie ‚im zweiten Anlauf' zielstrebig hingearbeitet und die sie nun fast perfekt erreicht hatte, für sie Wünsche offen ließ und nicht die Erfüllung ihres Lebens war. Vielleicht hat sie diese Erkenntnis so erschreckt, dass sie sie zunächst verdrängte und für sich behielt. Vorerst stand weiterhin die Familie im Vordergrund ihres Bemühens. Doch die Nebentätigkeiten als Märchenautorin, Konferenz-Stenotypistin und Aushilfskraft nehmen zu. Astrid Lindgren ist immer öfter unterwegs. Von 1939 bis 1950 hilft ihr Linnéa Molander im Haushalt und sicher auch bei der Bewältigung häuslicher Probleme. Astrid Lindgren wird ihrer Dankbarkeit durch ein großzügiges Legat im Testament Ausdruck verleihen. Später kommt die gute Köchin Gerda Nordlund zu den Lindgrens.

Mit den Kindern gibt es durchaus Probleme. Die Halbgeschwister Lars und Karin sind fast neun Jahre auseinander, so dass die Schwester zu dem Schluss kommt: „Lars und ich hatten verschiedene Leben, wir spielten nicht viel zusammen.“ (zitiert nach: Gottschalk 2006, S. 65) Lars war sich bewusst, dass er eine ungewöhnliche Mutter besaß, die nicht dem traditionellen Mutterbild entsprach: „Sie war keine dieser Mütter, die still auf einer Parkbank sitzen und ihren spielenden Kindern zuschauen. Sie wollte selbst mitspielen.“ (zitiert nach: Ljunggren 2011, S. 76) Das magische Spiel der Kindheit, lange unterdrückt und in Arbeit sublimiert, kam wieder zum Vorschein:

> „Als ich sie (die Kinder, die Verf.) bekam, merkte ich ja, wie viel Spielfreude immer noch in mir war. Und das ist genau das, was man in den traurigen Zeiten seiner Jugend wissen muss: Es wird wieder schön. Oh, wie haben wir gespielt! Wir gingen zum Karlapark. Dort gab es herrliche Kletterbäume, und wir kletterten und kletterten. Als wir einmal den Abhang zum Karlakanal runtergerutscht sind, hab ich mir hinten das ganze Kleid aufgerissen. Ich erinnere mich, dass Lasse sich auf dem Weg nach Hause vor Lachen bog. Und dass er ganz dicht hinter mir gehen musste, damit der Riss nicht zu sehen war.“ (zitiert nach: Ljunggren 2011, S. 76)

Die kleine Schwester ist Anlass zur Eifersucht. Lars fühlt sich weniger geliebt, ihn verfolgen Verlustängste und Minderwertigkeitsgefühle. Die Verlagskollegin und Freundin Marianne Eriksson gab in einem Gespräch mit der Biographin Maren Gottschalk einen kleinen Einblick in die damalige Familiensituation:

> „Es war an einem Abend, als Astrid ihre Tochter ins Bett brachte. Karin war erst ein Jahr oder so alt. Astrid hielt sie auf dem Arm und sagte zu ihr: ‚Oh, meine kleine Karin, ich liebe dich so sehr‘ oder so etwas Ähnliches, und dann sah sie, dass Lars in der Tür stand. Sie ging mit ihm nach draußen, schloß die Tür und sagte: ‚Oh, mein kleiner Junge, ich liebe dich so sehr‘. Und Lars antwortete ihr:
>
> ‚Ich bin so froh, dass du das sagst, für einen kleinen Moment dachte ich, dass du nur Karin liebst.‘“ (zitiert nach: Gottschalk 2006, S. 65 f.)

Astrid Lindgren und ihr Ehemann unternehmen viele Versuche, um Lars das Gefühl der Geborgenheit zu geben und ihr immer waches schlechtes Gewissen ihm gegenüber zu beruhigen. Sie versucht, zwischen den Nöten des langsam in die Pubertät kommenden Lars und ihren eigenen Anliegen Gemeinsamkeiten herzustellen. Am 7. 12. 1939 veröffentlicht die Stockholmer Tageszeitung „Dagens Nyheter“ einen Leserbrief zur Situation der Kinder, von ihren Nöten und Sorgen und ihrem Unterlegenheitsgefühl gegenüber den dominanten Erwachsenen. Der Brief ist mit A. L., den Initialen der Autorin, und in Klammern mit „L. IV.“ gezeichnet. Damit ist der Sohn Lars, der damals als 13-Jähriger die vierte Klasse einer weiterführenden Schule besuchte und Mitautor war, gemeint. Klar wird die pädagogische Absicht einer besorgten Mutter, zwischen sich und dem Sohn zu vermitteln. Gleichzeitig liegt hier das erste schriftliche Zeugnis von Astrid Lindgren zur Förderung der Kinderrechte vor. Rückblickend erscheint es als eine mit Pseudo-Pennälerhumor garnierte Programmschrift, der noch die rechte sprachliche Leichtigkeit fehlte:

> „Es ist nicht leicht, ein Kind zu sein, las ich kürzlich in einer Zeitung, und ich war perplex, denn es passiert ja nicht jeden Tag, dass man etwas in der Zeitung liest, das wirklich wahr ist. Da spricht ein Revolutionär.

Es ist nicht leicht, ein Kind zu sein, nein! Es ist schwer, sehr schwer. Was bedeutet es eigentlich, Kind zu sein? Es bedeutet, dass man zu Bett gehen, aufstehen, sich anziehen, essen, Zähne putzen und die Nase putzen muss, wann es den Großen passt und nicht einem selbst. Es bedeutet, dass man Knäckebrot essen muss, wenn man lieber eine Scheibe frisches Brot hätte, und dass man ohne mit der Wimper zu zucken in den Milchladen hinunterstürzen muss, um eine Gasmarke zu besorgen, wenn man sich gerade mit einem Buch von Edgar T. Lawrence (laut Strömstedt steht im Originaltext nicht der Autorenname, sondern ‚Huckleberry Finn'; die Verf.) hingesetzt hat. Es bedeutet ferner, dass man ohne zu klagen die persönlichsten Bemerkungen von Seiten eines jeden Erwachsenen anhören muss, die das eigene Aussehen, den Gesundheitszustand, die Kleidung, die man trägt, und Zukunftsaussichten betreffen.

Ich habe mich oft gefragt, was passieren würde, wenn man die Großen in derselben Art behandeln würde.

Erwachsene haben einen unangenehmen Hang zum Vergleiche-Ziehen. Sie sprechen gern über ihre eigene Kindheit. Soweit ich es beurteilen kann, hat es in der Geschichte der ganzen Menschheit noch nie eine solche Ansammlung von begabten, wohlerzogenen Kindern gegeben wie damals als Papa und Mama jung waren. Zu jener Zeit waren die Kinder wirklich brav. Sie brachten nie Verwarnungen nach Hause, sondern hatten in sämtlichen Fächern Spitzenzeugnisse, sie putzten immer selbst ihre Schuhe und machten jeden Tag ihr Bett, sie wuschen jeden Morgen Ohren und Hals mit kaltem Wasser und sie liebten gute, nahrhafte Kost, vorzugsweise gekochten Fisch und Gemüse. Die kleinen Geschwister zu hüten war ihre höchste Lust, und der bloße Gedanke, als Entgelt Geld fürs Kino anzunehmen, war ihnen ausgesprochen zuwider.

Kurz gesagt – ihre Kindheit war eine einzige lange Erbauungsgeschichte. Diese Kinder muss der Dichter im Sinn gehabt haben, als er Folgendes schrieb: ‚wir ahnen Fürsten, wo wir Kinder sehen; aber erwachsene Könige nirgends stehen.'

Falls ich je eigene Kinder bekommen sollte, werden die jedenfalls keine Erbauungsgeschichten zu hören kriegen. Wenn sie

> auf zitternden Beinen mit ihrer ersten Verwarnung nach Hause kommen, werde ich sagen: ‚Fürchtet euch nicht! Den Rekord in Verwarnungen hält immer noch Euer Vater'." (zitiert nach: Strömstedt 2012, S. 208 f.)

Doch vorerst sind dunkle Schatten in der Familie Lindgren noch nicht sichtbar. Es ist die politische Weltlage, die Astrid Lindgrens Furcht und pessimistische Weltsicht, ihre Anfälle von Melancholie verstärken.

Für die Krieg führenden Staaten bedeutete der Beginn des Zweiten Weltkrieges nicht nur eine politische Zäsur, sondern veränderte auch das Leben der Bevölkerung radikal. In Schweden verlief der Alltag dagegen in relativ normalen Bahnen – trotz einiger Einschränkungen in der Lebensmittel- und Rohstoffversorgung, trotz der Angst vor einem Einmarsch der nationalsozialistischen deutschen Armee und vor einer ideologischen Unterwanderung und Umklammerung durch zwei totalitäre Systeme. Astrid Lindgren findet durch den Krieg eine neue Halbtagsbeschäftigung. Sie sorgt sich um die Zukunft von Mann und Kindern, legt Vorräte an, beteiligt sich an Hilfsaktionen für Flüchtlinge.

Nach Deutschlands Überfall auf Polen beginnt Astrid Lindgren am 1. September 1939 in ihrer persönlichen Kurzschrift Tagebuch zu schreiben. Bis 1945 füllt sie 22 Hefte. Sie liegen im Nachlass der Autorin in der Schwedischen Nationalbibliothek und sind bisher nur ausschnittweise in Margareta Strömstedts Biographie veröffentlicht. Die ausgewählten Eintragungen zeigen Astrid Lindgren als besorgte Familienmutter, Gegnerin von Hitler und Stalin, als mitleidige, mitfühlende Frau gegenüber den Opfern an allen Fronten. Sie äußert Solidarität für die Soldaten, die an Hitlers und Stalins Fronten verbluten. Aber auch die Mütter und Kinder im zerbombten Deutschland tun ihr leid.

Im Folgenden werden Tagebuchaufzeichnungen aus der nach Astrid Lindgrens Tod überarbeiteten Biographie Margareta Strömstedts zitiert. Sie bieten eine von Astrid Lindgren für die erste Auflage der Biographie im Jahre 1977 autorisierte Auswahl, können also einen Einblick in ihre Art des Erinnerns, aber kein vollständiges Bild bieten. Margareta Strömstedt merkt an:

> „Den größten Platz in den Kriegstagebüchern nehmen die außenpolitischen Zusammenfassungen ein, aber das, was die Tagebücher jetzt nach so langer Zeit fesselnd und interessant macht, ist das Bild, das sie von Astrid Lindgren und ihrem eignen Familienleben vor dem Hintergrund eines Weltkrieges bieten." (zitiert nach: Strömstedt 2012, S. 215)

> „Meinen kleinen Hamstervorrat habe ich heute in einer Küchenecke, von der aus es in den Dachboden hinaufgeht, eingerichtet. Er besteht aus: 2 kg Zucker, 1 kg Zuckerwürfel, 3 kg Reis, 1 kg Kartoffelmehl, 1½ kg Kaffee in verschiedenen Dosen, 2 kg Schmierseife, 2 kg Persil, 3 Stück Seife, 5 Packungen Kakao, 4 Packungen Tee und einigen Gewürzen.
>
> Ich habe mir und den Kindern Schuhe gekauft, bevor die Preise gestiegen sind: 2 Paar für Karin für 12,50 das Paar, ein Paar für Lars für 19,50 und ein Paar für mich für 22,50." (Tagebuchaufzeichnung vom 4. 9. 1939; zitiert nach: Strömstedt 2012, S. 214)

Durch die Nachbarschaft Schwedens zu Finnland, das 1939 von der Sowjetunion überfallen wurde, war Lindgren ebenso gut mit den Gräueltaten Stalins wie mit denen Hitlers vertraut. Sie gehörte zu der Gruppe der schwedischen Bevölkerung, die gegen den Nationalsozialismus wie gegen den sowjetischen Sozialismus eingestellt war und auch vor antisemitischen Aktionen sympathisierender Landsleute zurückschreckte. Das war nicht so selbstverständlich, wie es heute scheint, denn im völkerrechtlich offiziell neutralen Schweden gab es durchaus Annäherungen an den Nationalsozialismus, und auch der sowjetische Kommunismus hatte seit den Zeiten der Komintern-Bewegung seine organisierten Anhänger.

> „Heute haben die Russen Helsinki und eine Reihe anderer Orte in Finnland bombardiert. Eine Menge Geld und Kleider sind gesammelt worden. Ich war vorgestern oben auf dem Dachboden und kratzte alles zusammen, was ich nur konnte, u. a. Stures ‚Kutschermantel' und Mutters makabre Strickjacke, obwohl die Finnen schon genug leiden müssen – auch ohne Mutters Strickjacke."

(Tagebuchaufzeichnung vom 30. 11. 1939; zitiert nach: Strömstedt, 2012, S. 215)

„Neulich war in einer Buchhandlung in der Beridarebansgatan auf einem Schild zu lesen: ‚Kein Zutritt für Juden und Halbjuden'. Vor dem Laden gab es einen Volksauflauf mit größtem Krawall. Anschließend haben die Behörden dem Besitzer offenbar auferlegt, das Schild so anzubringen, dass man es von der Straße aus nicht sehen kann." (Tagebuchaufzeichnung vom 1. 10. 1941; zitiert nach: Strömstedt 2012, S. 218)

Die Reserve-Übung des Ehemanns kann vor diesem Hintergrund fast wie eine Slapstick-Szene gelesen werden:

„Ein winziges Käppi oben auf dem Scheitel und ein unglaublich hässlicher und schlecht sitzender Uniformmantel. Darunter Jacke und viel zu enge Hose, die über den Bauch spannt. Seit dem Lunch gestern, bevor er den Einrufungsbefehl bekam, hat er nichts mehr gegessen. Er brachte es nicht über sich, aus fetten Kochtöpfen zu essen. Die Nacht hat er angezogen in seinen zivilen Mantel gewickelt auf dem Fußboden verbracht, mit ein bisschen Stroh als Unterlage. Er hat gefroren wie ein Hund." (Tagebuchaufzeichnung aus dem Jahr 1940; zitiert nach: Strömstedt 2012, S. 216)

Astrid Lindgren reflektiert immer wieder die gefährliche Weltlage und das im Vergleich dazu privilegierte Leben ihrer Familie und der meisten Schweden.

„Ich habe rosa Rosen bekommen und ein Paar schöne Seidenstrümpfe, ein Buch – Mrs. Minever – und eine Schachtel Pralinen. Am Nachmittag ging ich mit den Kindern nach Karlberg. …

So friedlich kann man 1941 in Stockholm leben, aber ringsum auf der Welt sieht es zu traurig aus. Inzwischen sind auf Kreta Unruhen ausgebrochen. Es heißt, die Deutschen würden bereits den westlichen Teil der Insel beherrschen." (Tagebuchaufzeichnung vom 25. 5. 1941, Muttertag; zitiert nach: Strömstedt 2012, S. 206 f.)

„Früher redete man über nichts anderes als den Krieg. Inzwischen betrachtet man ihn als ein notwendiges Übel, an das man so wenig Worte und Gedanken wie möglich verschwendet. Worüber man tatsächlich spricht, das sind ganz andere Dinge: wie wenig Fleisch man für die Lebensmittelmarken bekommt, wie viele Eier man ohne Coupons ergattert hat, ob das Haus im Winter kalt sein wird. … Die Nahrung bedeutet alles, und dabei haben wir ja immer noch reichlich zu essen, auch wenn Fleisch und Fisch Mangelware geworden sind. Wenigstens in Stockholm … Ich dachte an die russischen und französischen Kriegsgefangenen in den deutschen Häfen: laut den Briefen schwedischer Seeleute sind sie entsetzlich ausgehungert und suchen in Mülleimern nach Kartoffelschalen. Also vergessen wir den Krieg trotz allem nicht. Er ist fortwährend wie eine Verzweiflung im Hintergrund gegenwärtig, die durch Schilderungen in den Zeitungen verstärkt wird. In Griechenland sterben immer noch 1000 Menschen täglich an Hunger …“ (Tagebuchaufzeichnung vom 5. 9. 1942; zitiert nach: Strömstedt 2012, S. 218)

„Endlich, endlich hat der Transitverkehr ein Ende, der in ganz Schweden so verabscheut wurde. … In Deutschland gehen die schrecklichen Bombenangriffe weiter, die Schilderungen aus Hamburg treiben einem die Tränen in die Augen, unfasslich, dass es trotz allem noch Kinder gibt, es ist herzzerreißend, unerträglich.“ (Tagebuchaufzeichnung vom Juli 1943; zitiert nach: Strömstedt 2012, S. 219)

Als 1943 im Radio die Nachricht von der bedingungslosen Kapitulation des faschistischen Italiens durchgegeben wurde, notiert sie:

„Gestern Abend, am 8. September saß ich bei Karin auf der Bettkante und las ‚Die Kinder des Kapitän Grant‘ als Lars hereinkam und verkündete, dass Italien bedingungslos kapituliert hat. Das war zwar zu erwarten gewesen, aber dennoch war es ein ganz besonderes Gefühl, mit diesem Datum einen Markstein in diesem Krieg zu erleben, und zur Erinnerung daran schenkte ich beiden Kindern 25 Öre." (Tagebuchaufzeichnung vom 9. 9. 1943; zitiert nach: Strömstedt 2012, S. 220)

Was für eine rührende Geste der schwedischen Demokratin und Familienmutter, die ihrer Freude über die Niederlage des italienischen Faschismus Ausdruck geben möchte! Astrid Lindgrens politisches Bewusstsein verschafft sich Ausdruck in den Ohnmachtsgefühlen einer Privatperson – ein Ausdrucksmuster, das auch später auftauchen wird.

Die gegenwärtige Lesergeneration der Lindgren-Bücher, die Kriegshandlungen nur aus den Medien und in weit entfernten Regionen kennt, kann sich vielleicht besser in die Rolle der Autorin während des Zweiten Weltkriegs einfühlen als die Kriegskinder der ersten deutschen Lesergeneration nach 1945. Astrid Lindgren wusste, dass der Krieg jederzeit auch auf schwedisches Gebiet übergreifen konnte und empfand eine ständige Angst vor persönlichen Einbußen. Hinzu kam angesichts der persönlichen Lage beschämtes Mitleid mit den fernen Opfern. Eine hautnahe Konfrontation mit den Kriegsgräueln gab es für ihre Familie jedoch nicht. Astrid Lindgrens Kinderliteratur wird in einem friedlichen Land Europas, nicht an Kriegsorten oder unter direktem Kriegseinfluss entstehen.

Aber durch den Krieg sieht sich Astrid Lindgren in eine Rolle gedrängt, die ihr nicht gefällt, obwohl sie ihr größere wirtschaftliche Beweglichkeit ermöglicht. Harry Söderman vermittelt ihr 1940 eine Tätigkeit bei der kriegsbedingt neu eingerichteten Abteilung für Briefzensur des Schwedischen Geheimdienstes, die ihren Sitz in der Bryggaregatan nahe dem Centralbahnhof Stockholm hatte. Sie verdient 385 Kronen im Monat. „Dem Krieg habe ich es zu verdanken, dass ich 385 Kronen im Monat verdiene", sagte sie später. (zitiert nach: Strömstedt 2012, S. 218)

Juristische Grundlage der Arbeit bildete ein neues Zensurgesetz der Schwedischen Regierung vom 12. Juni 1940, das als Reaktion auf die Besetzung von Dänemark durch die deutsche Wehrmacht formuliert wurde. Astrid Lindgren las Briefe auf kriegsrelevante Aussagen hin, die direkt oder verdeckt über Aktivitäten von deutscher Wehrmacht und Roter Armee und ihren Sympathisanten berichteten. Sie musste aber auch solche brieflichen Äußerungen erkennen, die – gewollt oder ungewollt – den Geheimdiensten der Nazis und der Sowjets wichtige Informationen bieten konnten. Natürlich konnte sie darauf verweisen, dass Deutschlands Kriegsführung ihrem Land diese Arbeit aufzwang und die Zensur der Unversehrtheit ihres Landes diente. Aber eine ehrenvolle Arbeit war es in ihren Augen nicht, die Briefe anderer Menschen zu öffnen und zu lesen und gegebenenfalls zurückzuhalten. Sie kollidierte mit Lindgrens moralischen und gelebten Begriffen von Arbeit und Leistung. Ihre tiefe Abneigung gegen die Diktatoren Adolf Hitler und Josef Stalin, gegen den Nationalsozialismus und den sowjetischen Sozialismus wurde durch den Gedanken verstärkt, dass der Krieg sie in diese zweifelhafte Tätigkeit versetzte, die ihr ein gutes Gehalt und leidvolle Einsichten, aber keinerlei Befriedigung einbrachte. Die Arbeit war natürlich geheim, konnte aber mit individueller Zeiteinteilung in ihrer Privatwohnung durchgeführt werden. Nicht nur einmal hat Astrid Lindgren in ihren Tagebüchern Erkenntnisse aus den Briefen reflektiert.

In einem Interview mit Astrid Surmatz 1996 beschreibt sie ihre Tätigkeit:

> „Ja, damals musste man schwören, dass man nie auch nur ein Sterbenswörtchen darüber verlieren würde, aber das war ja damals. Also, ich glaube, das war so die Zeit zwischen 1940 und 1945. Wir waren eine große Anzahl Angestellter, mehrere hundert, und auch aufeinander angewiesen, weil wir nichts nach außen weitergeben durften. Vielleicht hatten wir auch deshalb einen guten Zusammenhalt. Wir mussten die ganze Militärpost überprüfen, da die Armisten nicht weitergeben durften, wo sie stationiert waren. Wir hielten die Briefe dann zurück; ich nehme an bis an das Kriegsende, wo die Briefe dann ausgehändigt wurden. Und wir mussten – wie gesagt – schwören, dass wir nie etwas darüber nach außen tragen würden.“ (zitiert nach: www.efraimstochter.de; letzter Zugriff: 24. 4. 2013)

Von 1940 bis 1945 nimmt sie diesen ‚Drecksjob' wahr – gemeinsam mit der Kindheitsfreundin Anne-Marie Fries, geb. Ingeström, die mit ihrem Mann nach Stockholm gezogen war und für die nächsten fünf Jahrzehnte zum engeren Lebenskreis Lindgrens gehörte. Die Freundinnen komponieren ein ironisches Lied auf ihre Tätigkeit. Es beginnt mit den Zeilen:

> „Wir sorgen, wie ihr wisst,
> für die Sicherheit des Reichs.
> Seid stark, seid stark, Hüter des Lichts!
> Will ein dummer Kerl
> so unvorsichtig schreiben,
> dann wird er sehen: wir haben Macht
> und stoppen die verräterischen Zeilen.
> Dann schreiben wir einen Zettel, ach!"
> (zitiert nach: www.astridlindgren.se; letzter Zugriff: 24. 4. 2013)

Man muss sich die spannungsgeladene Mischung von Texten vorstellen, mit denen Astrid Lindgren in dieser Zeit beschäftigt war. Sie liest und zensiert im Auftrag des Schwedischen Nachrichtendienstes Briefe von schwedischen Soldaten auf verräterische Stellen, schreibt Tagebuch, in dem sie über die geheime Korrespondenz reflektiert und ihr Alltagsleben schildert. Sie verfasst Kunstmärchen für Weihnachtsbeilagen verschiedener Zeitschriften und arbeitet weiterhin an Tourenbüchern für den KMK (s. Lindgren: Tourenbuch 1939). Parallel zu diesen Tätigkeiten schreibt sie private Briefe über das Leben mit den Kindern. Geschichten, die sie ihrer Tochter und deren Freunden erzählt, bewahrt sie zur möglichen Verwendung auf. Es war diese Mischung, aus der die Schriftstellerin Astrid Lindgren einen Weg ins Freie der Kunst suchte und bald finden sollte.

In Astrid Lindgrens weiterer Familie hatten sich die Lebensläufe der Geschwister gefestigt. Ihre Generation schiebt sich nun vor die Eltern in den Vordergrund des Interesses. 1938 heiratet die Schwester Ingegerd, die jüngste der drei Ericsson-Töchter, den Offizier Ingwar Lindström. 1939 wird die Schwester Stina die Ehefrau des Schriftstellers Hans Hergin, der bis 1945 als Lokaljournalist in Vimmerby arbeitete, bevor er als freier Schriftsteller tätig wurde.

1940 gab Astrid Lindgrens Vater die Leitung des Hofes Näs in die Hände von Bruder Gunnar. Gunnar Ericsson war von 1936 bis 1942 Bürgerbeauftragter (Riksombudsman) der Schwedischen Landjugend. Von 1946 bis 1956 nahm er als Vertreter der Zentrumspartei einen Sitz im Schwedischen Reichstag ein. Unter dem Pseudonym Gunnar på Lidarrende veröffentlichte er in den Jahren 1956 bis 1972 politisch-satirische Jahreschroniken.

Die Eltern leben weiterhin auf dem Hof. In einem Gespräch mit Sybil Gräfin Schönfeldt im Juni 1984 gab Astrid Lindgren in der Schilderung der Schwierigkeiten zwischen Gunnars Frau Gunhild und der Schwiegermutter ein wenig von ihrer Kritik an der mütterlichen Dominanz preis:

> „Meine Mutter war sehr tüchtig und klug. Das Gesinde hat sie geachtet, weil sie es mit Autorität behandelte. Gunhild fürchtete, sie könnte es nicht so gut machen wie meine Mutter. Und sie konnte sich nicht verstellen. Sie war, wie sie war. Vater war ja ein Engel, aber mit Mutter war es nicht leicht." (zitiert nach: Schönfeldt 2007, S. 62)

1940 stirbt Astrids Schwiegervater. Seine Frau bleibt auf Furusund. Astrid Lindgren hält den Kontakt auch außerhalb der Sommerzeit aufrecht. 1941 wird Sture Lindgren Direktor beim Königlichen Automobilclub. Die Familie zieht in eine große Mietwohnung im ersten Stock der Dalagatan 46. Dort wohnt Astrid Lindgren bis zu ihrem Tod im Jahr 2002.

Straße und Haus sind bis heute fast unverändert erhalten. Die Wohnung wird von der Erbengemeinschaft im ursprünglichen Zustand gehalten. Sie ist digital zugänglich (www.astridlindgren.de; letzter Zugriff: 22. 4. 2013) und vermittelt einen guten Einblick in Lindgrens Lebens- und Arbeitsatmosphäre. Ein kleines Namensschild „Astrid Lindgren" weist den Weg.

Die Dalagatan ist eine der 1880 angelegten Hauptstraßen des Vasa-Viertels, das zum literarischen Ort vieler Lindgren-Texte mutierte. Mittelpunkt des bürgerlichen Viertels, dessen Straßen steil zum Stadtzentrum und Centralbahnhof hinunterführen, ist der 1900 angelegte Vasa-Park.

Wenn die Baumkronen die Aussicht nicht behindern, blickt man von der Wohnung auf die stufenförmigen Zugänge und Wiesen des Parks, deren erster Teil inzwischen den Namen Lindgren-Terrassen trägt. Der Vasa-Park auf dem ehemaligen Gelände des Botanischen Gartens der Brüder Bengt und Peter Jonas Bergius wurde für viele Jahre zu einem Lebensmittelpunkt Astrid Lindgrens. Seine Geschichte und Geschichten (im Ersten Weltkrieg pflanzte man hier Kartoffeln zur Verbesserung der Nahrungsmittelversorgung in Stockholm, im Winter wurden die Wiesen überflutet, damit die Kinder Schlittschuh laufen konnten) beflügelte die Anwohnerin, wenn sie mit den Kindern im Park spazieren ging. Kleine Fluchten aus dem Alltag waren hier ohne Regelverstoß möglich.

Zu den vielen kleinen Geschichten, mit denen Astrid Lindgren immer wieder die Beständigkeit ihres Lebens, die Verbindung von Kindheitserlebnissen zum schriftstellerischen Werk unter Beweis stellen wollte, gehört die Erinnerung an eine Postkarte, die ihr die Freundin Anne-Marie Ingeström Anfang der zwanziger Jahre von einer Familienreise nach Stockholm schrieb:

> „Ja … aber das Merkwürdigste am Vasapark ist doch, dass ich schon von ihm gehört habe, als ich noch ein kleines Bauernmädchen in Småland war. Meine beste Freundin fuhr mit ihrer Mama und ihrem Papa nach Stockholm und schrieb mir einen Brief. ‚Die Knaben im Vasapark sind g–z', schrieb sie. Das hieß in unserer Geheimsprache: Die Jungen im Vasapark sind süß. Das ist doch merkwürdig, nicht wahr? Dass sie ausgerechnet vom Vasapark schrieb. Wo ich später fünfzig Jahre lang wohnen würde." (zitiert nach: Ljunggren 2011, S. 18 f.)

In der Wohnung am Vasa-Park überschritt Astrid Lindgren die Grenze von der erzählenden Mutter, der Gelegenheitsschriftstellerin zur Schriftstellerin. Verschanzt hinter den Attributen einer bürgerlichen Mittelklassefamilie – führende Position des Ehemannes, große Wohnung, Tätigkeit bei einer staatlichen Einrichtung, Haushilfe – lebt sie nun immer auch in der Welt ihrer Träume von Kindheit und überschreitet so die Grenze zur Kunst.

Große Kinder- und Jugendbuchautoren (wie Johanna Spyri, Christine Nöstlinger, Paul Maar, Kirsten Boie, Gudrun Pausewang, Otfried Preußler, Cornelia Funke, Joanne K. Rowling) sind in aller Regel keine Wunderkinder, werden meistens nicht bereits in jungen Jahren berühmt, sondern beginnen oft erst mit Ende zwanzig oder Mitte dreißig zu publizieren. Als Anlass wird – wie bei Hoffmanns „Struwwelpeter“ bis hin zu Rowlings „Harry Potter“ – oft ein biographisches Motiv genannt, nicht selten der Wunsch, für die eigenen Kinder zu schreiben, wenn sie ins Geschichten- und Lesealter hineingewachsen sind. Die Forschung geht davon aus, dass für viele Autoren die Phase der eigenen Kindheit so weit verarbeitet und lebensgeschichtlich entfernt sein muss, dass sie als literarischer Reinkarnationsprozess möglich und erlaubt erscheint. Astrid Lindgren dürfte die Möglichkeit, ihre eigene Kindheit in Literatur für und über Kinder wieder herbeischreiben und sie in sprachlichen Phantasien gleichzeitig verarbeiten und überhöhen zu können, wie einen Befreiungsschlag empfunden haben. Ihre ‚Anomalie', die eigene Kindheit ohne die übliche Amnesie der Erwachsenen immer präsent zu fühlen, hatte einen legitimen Ort gefunden. Das kam für sie, die ganz andere Träume hatte verwirklichen wollen, unerwartet. Ihre Gelegenheitsdichtungen waren von ihr selbst als Versuche einer ‚zweiten Selma Lagerlöf' nicht ganz ernst genommen worden. Nun eröffneten gerade diese Schreibübungen den Weg in eine Welt jenseits des Alltags, wo sie – ganz legitim – für immer ein Kind sein konnte. Bis ins hohe Alter staunte Astrid Lindgren, dass diese, wie sie meinte, „wenigen guten Einfälle“ in ihrem Leben so hoch gewürdigt wurden. Man kann vermuten, dass die Dankbarkeit für diese „Gnade“ einer der Gründe für die lebenslange Bescheidenheit, Disziplin und innere Zurückgezogenheit der Autorin darstellt. In dieser Balance konnte sie ihr Leben ertragen.

„Pippi Langstrumpf“ war nicht das erste Buch, das Astrid Lindgren veröffentlichte, gilt aber zu Recht als der explosive Auftakt ihrer künstlerischen Tätigkeit. Die Autorin und später ihre Tochter Karin Nyman haben die Entstehungsgeschichte immer wieder erzählt. Daher wissen wir, dass Astrid Lindgren seit 1941, als ihre siebenjährige Tochter mit einer Lungenentzündung krank im Bett lag und nach Geschichten über Pippi verlangte, an dieser Literaturgestalt arbeitete. Am 28. März 1944 rutschte Astrid

Lindgren auf einem vereisten Weg im Vasa-Park aus, verstauchte sich den Fuß und nutzte die Ruhezeit, um die bereits vorliegenden Texte zu einem Manuskript zusammenzufügen. Es gilt festzuhalten, unter welchen Umständen dieses Manuskript entstand:

Der Zweite Weltkrieg war auf seinem zerstörerischen Höhepunkt. Astrid Lindgren arbeitete für den Schwedischen Nachrichtendienst. Lars war in einer schwierigen Entwicklungsphase. Besonders unglücklich aber machte Astrid Lindgren, dass ihr Mann ein Verhältnis mit einer anderen Frau hatte. So erinnert sich die Tochter Karin Nyman:

> „Ihr Privatleben in dieser Zeit war schwierig, denn mein Vater hatte eine Affäre, es war nur vorübergehend, aber er war für jemand anderen entflammt. Im Vergleich mit meiner Mutter war er ein bisschen kindisch. Es hat ihr großen Kummer gemacht." (zitiert nach: Gottschalk 2006, S. 86)

Ab Ende April 1944 lag eine vollständige Niederschrift vor. Am 21. Mai 1944 schenkte sie das mit einer Titelillustration versehene und mit der Schreibmaschine geschriebene Manuskript ihrer Tochter zum Geburtstag. Bereits einen Monat vorher, am 27. 4. 1944, hatte sie das erste Manuskript im Verlag Bonnier mit folgendem Anschreiben eingereicht:

> „Ich gestatte mir, beiliegend ein Kinderbuchmanuskript zu übersenden, dessen Rücksendung ich voller Zuversicht demnächst erwarte.
>
> Pippi Langstrumpf ist, wie Sie feststellen werden, wenn Sie sich die Mühe machen, das Manuskript zu lesen, ein kleiner ‚Übermensch' in kindlicher Gestalt, angesiedelt in einem ganz normalen Umfeld. Dank ihrer übernatürlichen Körperkräfte und sonstiger Umstände ist sie völlig unabhängig von allen Erwachsenen und lebt ihr Leben ganz so, wie es ihr beliebt. Bei ihren Auseinandersetzungen mit erwachsenen Personen behält sie stets das letzte Wort.
>
> Bei Bertrand Russell (Erziehung zum Lesen, S. 85) lese ich, in der Kindheit herrsche vor allem das Verlangen vor, erwachsen zu werden, oder vielmehr der Wille zur Macht. Das normale Kind

hänge in der Fantasie Vorstellungen nach, die den Willen zur Macht beinhalten.

Ich weiß nicht, ob Bertrand Russell recht hat. Der geradezu krankhaften Beliebtheit nach zu urteilen, die Pippi Langstrumpf im Lauf von zwei Jahren bei meinen eigenen Kindern und ihren gleichaltrigen Freunden genossen hat, bin ich jedoch geneigt, es zu glauben. Nun bin ich natürlich nicht so vermessen, mir einzubilden, nur weil einige Kinder sich gern von Pippis Heldentaten haben erzählen lassen, dass deshalb daraus ein druck- und lesbares Buch entstehen muss, wenn ich es zu Papier bringe.

Um mich zu überzeugen, wie es sich damit verhält, lege ich das Manuskript hiermit in Ihre sachkundigen Hände und kann nur hoffen, dass Sie nicht das Jugendamt alarmieren. Sicherheitshalber sollte ich vielleicht darauf hinweisen, dass meine eigenen, unglaublich wohlerzogenen, engelsgleichen Kinder keinerlei Schaden durch Pippis Verhalten genommen haben. Sie haben sofort verstanden, dass Pippi ein Einzelfall ist, der normalen Kindern kein Vorbild sein kann.

Hochachtungsvoll

Astrid Lindgren" (zitiert nach: Lundqvist 2007, S. 120 f)

Ein merkwürdiger Brief, ein merkwürdiger Ton! Die Absenderin ist gleichzeitig unsicher und selbstbewusst, weist auf Theorien zur Absicherung der Geschichte, auf praktische Erfahrungen mit dem Text hin, übt sich in Bescheidenheit und setzt auf nassforschen Humor. Hier hat eine Schreiberin Angst, der Adressat könne das Genie der Absenderin nicht erkennen. Und so kam es auch. Bonnier lehnte das Manuskript nach Astrid Lindgrens Mahnung vom 9. 8. 1944 in einem Schreiben vom 5. 9. 1944 ab. Eine Publikationsmöglichkeit für „Pippi Langstrumpf" eröffnete sich erst ein Jahr später durch Astrid Lindgrens Kontakt zum Verlag Rabén & Sjögren, in dem 1944 ihr erstes Buch erschien.

Der Verlag Rabén & Sjögren schrieb 1944 einen Preis für das beste Mädchenbuchmanuskript aus. Astrid Lindgren verfasste nach eigenen Aussagen im Sommer 1944 die Geschichte „Britt-Mari erleichtert ihr Herz" (schwed. 1944; dt. 1954). Im September 1944 sprach die Jury der auch ihre spätere Freundin Elsa Olenius angehörte, dem eingereichten Lindgren-Manuskript den zweiten Preis zu. Das Mädchenbuch mit dem für Lindgrens Seelenzustand so programmatischen Titel ist ein Briefroman. Ein junges Mädchen aus einer Kleinstadt berichtet ihrer Freundin in Stockholm Woche für Woche von ihrem Leben in einer Familie mit vier Kindern: von der etwas zerstreuten Mutter, die als Übersetzerin arbeitet, von dem seriösen Vater, der Direktor des örtlichen Jungengymnasiums ist, von ihren Schulerlebnissen und ihren Gefühlen für einen treulosen Jungen aus der Großstadt, später für den zuverlässigen Bertil. Die Briefe der 15-Jährigen, die Journalistin werden möchte, sind kleine Fingerübungen für den erträumten Beruf und kommentieren die geschilderten Ereignisse mit eigenen Ansichten und Urteilen.

Die Entstehungszeit des Manuskriptes deutet sich in einer Szene an, die rückblickend merkwürdig vage bleibt. Dort ist von Kriegsflüchtlingen die Rede, die in der Familie Britt-Maris für kurze Zeit Aufnahme finden:

> „Vier fremde Vögel haben sich in unserem Nest niedergelassen, um sich ein Weilchen bei uns auszuruhen, vier jüdische Flüchtlinge, um die Mama sich kümmert. Sie sind schon am Sonntagabend gekommen, eine Mutter mit ihren drei Kindern …
>
> … Darf ein Mensch auf dieser Welt überhaupt so todtraurige Augen haben wie diese Mutter? Und die Kinder – so blasse und frühreife Gesichtchen wie diese drei dürften Kinder nicht haben! Die beiden Mädchen schlafen bei mir im Zimmer, und nicht mal im Schlaf finden sie Ruhe. Ich bin ganz verzweifelt, wenn ich sehe, wie sie immer gleichsam auf dem Sprung liegen, bereit, bei dem geringsten Geräusch aus dem Bett zu stürzen …
>
> … Ihr Junge, Michael, ist so alt wie Jerker und er wohnt auch mit ihm zusammen. Ihm sind die schweren Erlebnisse am wenigsten anzumerken, und ich höre ihn und Jerker oft laut lachen. Aber das Kecke und Freimütige, das Jerker hat, das fehlt Michael. …
>
> … Morgen fahren sie alle an einen anderen Ort. Dort bleiben sie wieder eine Zeit, bis sie endlich irgendwo für immer bleiben können." (Britt-Mari erleichtert ihr Herz, S. 139 ff.)

In der ersten deutschen Ausgabe 1954 fehlte der Hinweis, dass es sich um jüdische Flüchtlinge handelt. Offensichtlich erschien es schwierig, die Herkunft der Flüchtlinge und den Grund ihrer Flucht klar zu benennen.

Das Genre Mädchenbuch war Astrid Lindgren seit ihrer Jugend vertraut. In ihren Erinnerungen nennt sie Titel aus der „Anne"-Serie von Lucy Maud Montgomery (kanadische Originalausgaben 1908–1921) und Frances Hodgson Burnetts „Die Kleine Prinzessin" (Originalausgabe 1905) und hat dabei wohl vor allem ihre Leser im Blick, denen sie ihre Freude am Lesen unter Beweis stellen möchte. Andere Lektüreauskünfte verraten mehr über die Bücher, die für die Kinderbuchautorin wichtig waren und in denen sie vermutlich viel von ihrem späteren Handwerkszeug vorfand:

> „Und dann all die wunderbaren Mädchenbücher. Dass es überhaupt so viele nette und lustige Mädchen in der Welt gab, die einem plötzlich ebenso nahe standen, wie Geschöpfe aus Fleisch und Blut! Da war Hetty, der irische Wildfang, und Polly, die Krone aller Mädchen aus New England, ferner Pollyanna und Katy, ganz zu schweigen von Sarah, dem Mädchen mit den Diamantengruben, die so unsäglich arm wurde und frierend in ihrer Bodenkammer hockte, bis Ram Dass mit Suppe und warmen Decken zu ihr über das Dach geklettert kam. Und dann natürlich Anne auf Avonlea, o du Unvergleichliche, auf ewig fährst du im Einspänner neben Matthew Cuthbert unter Avonleas blühenden Apfelbäumen." (Das entschwundene Land, S. 75)

Lindgren konnte also auf eigene Leseerfahrungen, nicht aber auf eine intellektuelle oder professionelle Beschäftigung mit der Gattung Mädchenbuch zurückgreifen. Ihr Mädchenroman greift das Genre gewissermaßen als Echo auf ihre Lektüreerfahrungen auf, ironisiert es in einzelnen Zügen (z. B. im Spiel mit dem Briefroman „Daddy Langbein" von Jean Webster, Originalausgabe 1911) und treibt die Handlung voran, indem sie aktuelle Fragestellungen aufgreift und eine starke Protagonistin auf dem Hintergrund eines – in Maßen – unkonventionellen Familienbildes agieren lässt. Diese Trias ist originell und gefällt der Autorin, dem Verlag und den Leserinnen. Sie verleiht ihr eine bisher nicht erfahrene Souveränität über ‚die Verhältnisse'.

Geborgenheit in vertrauter Erzähltradition, verbunden mit dem Spott und der Distanz einer ‚Quereinsteigerin' zu eben dieser Tradition dokumentieren sowohl die Lust an Veränderung wie auch an der Rückzugsmöglichkeit in geschütztes Terrain. Dieses Muster wird Astrid Lindgren in ihren folgenden Mädchenbüchern wieder aufgreifen, ironisieren und vorwärtstreiben. Es entspricht dem Seelenzustand der Autorin und wird von ihr wohl deshalb konsequent verfolgt, weiter ausgebaut und lange beibehalten.

Über keinen der vielen Literaturpreise und Anerkennungen ihrer Bücher hat sich Astrid Lindgren so gefreut wie über den zweiten Preis für ihr erstes Buch „Britt-Mari erleichtert ihr Herz":

> „Und das Wunder geschah. Ich gewann in diesem Wettbewerb den zweiten Preis. Mehr habe ich mich wohl nie gefreut als an jenem späten Herbstabend des Jahres 1944, an dem ich diese Nachricht erhielt." (Astrid Lindgren über Astrid Lindgren, S. 17)

Das 1944 ebenfalls erschienene Theaterstück „Huvudsaken är att ma är frisk" („Hauptsache, man ist gesund"; liegt in deutscher Sprache nicht vor) fiel dabei zunächst gar nicht ins Gewicht. Ihre Mentorin und spätere Freundin Elsa Olenius, eine Expertin für das schwedische Kindertheater, hatte darum gebeten. Es war ein Stück für Freilicht- und Kindertheater, das erste von insgesamt 15 Theaterstücken im Gesamtwerk Astrid Lindgrens.

In ihrem zweiten Mädchenbuch „Kerstin und ich" (schwed. 1945; dt. 1953) berichtet eine der 16-jährigen Zwillingsschwestern Barbro und Kerstin vom mühsamen Wiederaufbau eines heruntergekommenen Landgutes, das der Vater, ein pensionierter Major, erwirbt und mit der tätigen Hilfe der Mädchen und großer landwirtschaftlicher Sachkenntnis rentabel macht. Der ländliche Arbeitsalltag wird minutiös geschildert. Hier schlägt sich sowohl die landwirtschaftliche Sachkenntnis als auch die in der Kindheit auf Näs anerzogene Arbeitsmoral in einem Mädchenbuch nieder, in dem auch Freizeit, Freundschaft, Lebensfreude und erste Liebe eine Rolle spielen und weltanschauliche Differenzen zur Sprache kommen, die das Zusammenleben mit einer aristokratischen Nachbarsfamilie belasten. In den Geschichten vom Landleben der beiden jungen Mädchen werden Motive als realistische Versatzstücke eingesetzt, die wenig später im historischen Bauernmilieu der „Bullerbü"- und „Michel"-Bände als skurrile Anekdoten wieder auftauchen. Die Leser haben die heiter gestimmten Anekdoten, nicht aber die harte Landarbeit der Schwestern als Szenen aus der Kindheit der Autorin in Erinnerung behalten.

In „Kerstin und ich" treten die Themen in einem ernsteren Zusammenhang auf. Die vernachlässigten Kinder der ländlichen Arbeiter, die Ehelosigkeit des Personals, die Lebensklugheit der langjährigen Knechte, ein unbändiger Stier, eine ländliche Auktion – all das wird hier realistischer und weniger auf Pointen hin erzählt.

> „Und dann hielt er Papa einen Zeitungsausschnitt unter die Nase, auf dem stand, dass ‚infolge Todesfalls' am nächsten Samstag auf Lindakra eine öffentliche Versteigerung stattfinde, bei der unter anderem Fahrzeuge und Geräte verkauft werden sollten. … zum Beispiel … ein Selbstbinder, System Mac Cornick usw." (Kerstin und ich, S. 113)

Nach Gabriele Cromme ist „Kerstin und ich" „wohl das Buch, das den engsten autobiographischen Bezug zu Astrid Lindgrens Zeit als Bauerntochter aufweist" (Cromme, 1996, S. 149). In diesem Buch zeigt sich auch, dass die Autorin mit aktuellen Entwicklungen in der schwedischen Landwirtschaft vertraut ist. Das Militär, das durch den Vater der Zwillinge hier, aber auch in anderen Büchern eine Rolle spielt, kannte Astrid Lindgren durch den Offiziersberuf des Ehemanns ihrer Schwester Ingegerd. Es besaß im neutralen Schweden, dessen Truppen im Krieg nicht aktiv geworden waren, einen unbelasteten Stellenwert.

Der Preis für „Britt-Mari erleichtert ihr Herz" stärkte ihr Selbstbewusstsein. Sie wusste nun, dass sie auch in den Augen ihrer Umgebung, der professionellen Verlagsleute, Kenner und Experten auf dem richtigen Weg war. Für ihre schriftstellerische Laufbahn profitierte sie vor allem von der Verbindung mit dem Verlag Rabén & Sjögren und der Bekanntschaft mit den dort vertretenen Fachleuten. In dem Verleger Hans Rabén (1905–1988) fand sie einen lebenslangen Unterstützer, mit dem sie von 1946 bis 1970 im Verlag zusammenarbeitete, aber auch freundschaftlich verbunden war. Elsa Olenius, Jurymitglied bei den Verlagswettbewerben, wurde ihre Mentorin und der Verlag fortan nicht nur ihre Arbeitsstätte, sondern auch ihre Lehranstalt.

Die Formulierung ihrer Texte war schon damals und blieb auch weiterhin ihre ureigenste Aufgabe, bei der sie sich von niemandem beraten ließ. Ihre Tochter erinnert sich:

> „Sie diskutierte nie mit jemandem, das hätte sie gehasst. … Sie war so sehr, sehr sicher, wie ihre Geschichten sein sollten, dass sie diesen Austausch auch nicht brauchte. Sie war selbst wahnsinnig kritisch und schrieb die Kapitel immer wieder um, aber sie erlaubte niemandem, sich einzumischen. Ich weiß, dass mein Vater ein paar Ideen hatte, was man ändern könnte, aber Astrid ließ ihn nur reden." (zitiert nach: Gottschalk 2006, S. 103)

Kerstin Kvint erinnert sich:

> „… sie hatte überhaupt keinen Spaß daran, über ihre Bücher zu reden. Die Leute konnten es mögen oder nicht, aber Astrid wollte ihre Bücher weder diskutieren noch analysieren. Ihr gefiel auch nicht, was die Literaturwissenschaftler herausfanden, und sie machte sich darüber lustig." (zitiert nach: Gottschalk 2006, S. 104 f.)

Es gibt keinen Beleg dafür, dass Astrid Lindgren 1945 als ein Schicksalsjahr empfunden hat. Von heute aus betrachtet begann jedoch für sie ein neues Leben. Das zeigte sich auch in kleinen alltäglichen Dingen. Zum Teil allein, zum Teil mit der Familie fährt Astrid Lindgren zu Winterferien in die noch heute existierende Pension Langbersgarden bei Tällberg in Dalarne. Bis mindestens 1976 dauern diese Winterferien an. In Landbersgarden behält sie ihren gewohnten Tagesrhythmus bei und schreibt in den frühen Morgenstunden. Gewöhnlich arbeitet sie im Bett an ihren Manuskripten – in ihrer individuellen Stenographie, die es der Forschung auch heute noch schwer macht, die Quellen auszuwerten. Im Sommer auf Furusund beginnt ihr Tag oft um fünf Uhr morgens auf der Terrasse. Später übernimmt sie den Text auf der Schreibmaschine. – Das Bild von der schreibenden Astrid Lindgren an einem Wintermorgen im verschneiten Dalarne kann also den vielen Bildern von der schreibenden Astrid Lindgren in der Stockholmer Dalagatan und auf Furusund hinzugefügt werden.

Der neue Alltag fügte sich ein in die veränderte politische Lage. Auch wenn Schweden weiterhin neutral blieb und eine eindeutige Ausrichtung im sogenannten Kalten Krieg der Supermächte vermied, orientierte es sich doch an westlicher Politik und Kultur. Im Vergleich zu den vom Krieg unmittelbar betroffenen Nationen bewirkten die deutsche Kapitulation und das Kriegsende für Schweden keine erhebliche Veränderung des Alltags. Das Leben wurde leichter, Schweden nahm eine fürsorgende Rolle bei Kriegsopfern aller Art wahr und genoss den Ruf moralischer Integrität in einem weithin auch ethisch zerstörten Europa. Bisher hatte Astrid Lindgren aus familiären Bindungen heraus die Zentrumspartei und sporadisch die Liberale Volkspartei gewählt. Seit Mitte der vierziger Jahre orientierte sie sich – im Gegensatz zu ihrem konservativ ausgerichteten Ehemann, Vater und Bruder – an der Sozialdemokratischen Partei Schwedens. Deren Programmatik blieb sie trotz aller zukünftigen Kontroversen verpflichtet (s. Strömstedt 2012, S. 307).

Neben der Arbeit an den Büchern setzt sie ihre Nebentätigkeit als Stenotypistin fort, veröffentlicht kleine Texte in Zeitungen und Zeitschriften. – Warum unterzog sie sich der zeitaufwendigen kleinteiligen Tätigkeit auf unterschiedlichen Gebieten? War es finanzielle Not nach dem Wegfall ihres Gehaltes für die Briefzensur beim Schwedischen Nachrichtendienst? Lag der inzwischen gehobenere Lebensstil der Familie über den verfügbaren finanziellen Mitteln? Rief schon in diesen Jahren Sture Lindgrens Alkoholismus finanzielle Engpässe hervor? Wir wissen es nicht. – Die Lindgren-Ausstellung in Näs zeigt sie als penibel rechnende Hausfrau:

> „Astrid führte sehr genau Buch über diverse Haushaltskonten. Dieses Kassenbuch stammt aus dem Jahr 1940. Die aufgeschlagene

> Seite gibt Auskunft darüber, was die Familie zu Karins sechstem Geburtstag gekauft hat. Für einen Fotografen gab sie beispielsweise 3,25 Kronen aus, die Kekse kosteten 1,08 Kronen.“ (zitiert nach: www.astridlindgren.se; letzter Zugriff: 24. 4. 2013)

1945 überarbeitete sie das „Pippi“-Manuskript, das dann im selben Jahr im Verlagswettbewerb von Rabén & Sjögren um das beste Kinderbuch-Manuskript den ersten Preis gewinnt. Ulla Lundqvist hat im ersten Abdruck des Originalmanuskriptes zum 100. Geburtstag Astrid Lindgrens den Bearbeitungsprozess, bei dem rund 40 % des Textes ausgetauscht wurden, minutiös aufgezeigt (s. Lundqvist 2007).

Vor allem der Literaturwissenschaftlerin Vivi Edström (s. Edström 1997 u. Edström 2004) und der Biographin Margareta Strömstedt, aber auch vielen anderen Experten aus Schweden, Deutschland und den USA ist es zu verdanken, dass die literarischen Einflüsse und Vorbilder Astrid Lindgrens heute fast lückenlos erforscht sind. Alle ihre Texte besitzen Bezüge zur literarischen Tradition. Volksmärchen des europäischen und orientalischen Kulturkreises, romantische Kunstmärchen des ausgehenden 19. Jahrhunderts, die Weltliteratur, wie sie in der schwedischen höheren Schulbildung der ersten Jahrzehnte des 20. Jahrhunderts vermittelt wurde, skandinavische Gegenwartsliteratur der zwanziger bis vierziger Jahre, die ersten akzeptierten Kinderbücher z. B. von Else Beskow und Selma Lagerlöf, aber auch Mark Twains ‚Bad-Boy‘-Geschichten, Kriminal-Storys und vor allen Dingen mündlich überlieferte Moritaten, Geschichten, Volkslieder, Reime und Gedichte gehören zum Fundus, aus dem Astrid Lindgren sich bewusst und nachdrücklich bediente. Die Legende vom Naturkind, das ausschließlich seiner Eingebung und der Erinnerung an eine goldene Kindheit folgt, ist ärgerlich, weil es die Kunstfertigkeit der Astrid Lindgren, aber auch die künstlerische Qualität der Kinder- und Jugendliteratur ganz allgemein herabwürdigt.

Fragt man nach den literarischen Einflüssen, denen der Protest, die Revolte, die Anarchie des Kinderbuches „Pippi Langstrumpf“ Rechnung trägt, so ist – wie Angelika Nix gezeigt hat – der Schwedische Modernismus der vierziger Jahre zu erwähnen (s. Nix 2009). Der Bruch mit Formen und Tabus in Astrid Lindgrens frühen Texten fand in diesen literarischen

Reformbemühungen seine Vorbilder. Festzuhalten aber ist, dass Astrid Lindgren keine biographische Nähe zur Szene des Schwedischen Modernismus besaß. Sie erlebte ihn als Leserin und einsame Autorin, die Teile des Modernismus auf der Ebene der Kinderliteratur adaptierte und das Genre auf diese Weise reformierte.

Der Rückbezug auf literarische Traditionen ist auch im originalen „Pippi"-Manuskript nachzuweisen, das Anleihen bei der Nonsens-Literatur aufweist. Pippis Lieder persiflieren bekannte schwedische Bänkellieder und Schlager. Die Autorin verdreht Zitate schwedischer Klassiker und reiht sich ein in die europäische Literatur des Absurden der späten vierziger Jahre. Im Vergleich zu der späteren Fassung besitzt die ‚Ur-Pippi' geringere familiäre Bezüge und ist ein eher böses Mädchen, ein sogenanntes anarchisches Kind. Erst in der Bearbeitung wechselt Astrid Lindgren (vielleicht auf Anraten des Verlags) das Genre. Pippi wird zum unverbildeten Naturkind, das seine Streiche zum Wohle der Kinder einsetzt – ein eher romantisches Prinzip, wie wir es von den ‚fremden' Kindergestalten in der Literatur des 19. Jahrhunderts kennen.

Im November 1945 erschien dann „Pippi Langstrumpf" (schwed. 1945; dt. 1949), das „Kinderbuch des Jahrhunderts", mit Illustrationen von Ingrid Vang Nyman (1916–1959). Schnell löste es besorgte und kritische Stellungnahmen in Zeitungen und Rundfunk aus. Die durchaus zwiespältigen Urteile galten einer der inzwischen bekanntesten Figuren der Weltliteratur, die in folgender Gestalt an die Öffentlichkeit trat:

> „… Sie sah so aus: ihr Haar hatte dieselbe Farbe wie eine Möhre und war in zwei feste Zöpfe geflochten, die vom Kopf abstanden. Ihre Nase hatte dieselbe Form wie eine ganz kleine Kartoffel und war völlig von Sommersprossen übersät. Unter der Nase saß ein wirklich riesig breiter Mund mit gesunden weißen Zähnen. Ihr Kleid war auch ziemlich merkwürdig. Pippi hatte es selbst genäht. Es war wunderschön gelb; aber weil der Stoff nicht gereicht hatte, war es zu kurz, und so guckte eine blaue Hose mit weißen Punkten darunter hervor. An ihren langen dünnen Beinen hatte sie ein Paar lange Strümpfe, einen geringelten und einen schwarzen. Und dann trug sie noch ein Paar schwarze Schuhe, die genau doppelt so groß

waren wie ihre Füße. Die Schuhe hatte ihr Papa in Südamerika gekauft, damit sie etwas hätte, in das sie hineinwachsen könne, und Pippi wollte niemals andere haben." (Pippi Langstrumpf, S. 14 f.)

Dieses Bild ist Psychogramm, vorausdeutendes Motiv der folgenden Episoden, Lebensprogramm der Person und Haltung der Autorin zu ihrer literarischen Figur in einem: eine vitale, unangefochtene, unangepasste, selbstständige kleine Person, deren Aussehen man mit gutem Essen und guter Laune assoziiert, mit internationaler Lebenserfahrung, großer Vaterliebe, eigener Logik und der Gewissheit, sich selbst immer treu zu bleiben – so steht sie vor uns. Was folgt, sind nur Variationen, Bestätigungen dieses ersten, durchschlagenden Auftrittes. Das Bild brennt sich ein.

In den drei Bänden – „Pippi Langstrumpf" (schwed. 1945; dt. 1949), „Pippi Langstrumpf geht an Bord" (schwed. 1946; dt. 1950) und „Pippi in Taka-Tuka-Land" (schwed. 1948; dt. 1951) – erzählt Astrid Lindgren Episoden von der starken Pippi, die mit dem Pferd Kleiner Onkel und dem Affen Herrn Nilsson in einer etwas verwahrlosten Villa am Rande einer kleinen Stadt wohnt. Pippis Mutter ist gestorben, ihr Vater, ein Kapitän und Häuptling, weilt in der Ferne. Pippi ist mit außermenschlichen Kräften ausgestattet, verfügt über unerschöpfliche finanzielle Mittel aus einem Handkoffer voller Goldstücke. Ihre Lebensweise, ihre Argumentationsführung widersprechen jeder Erwartung und erscheinen auf den ersten Blick absurd. Sie verfügt über eine eigene Logik, die sie zwar immer wieder in Schwierigkeiten mit ihrer Umgebung bringt, der sich der Leser aber zunehmend schwerer entziehen kann. So geht es auch den artigen Geschwistern Annika und Tommy, die mit ihren Eltern im Haus nebenan wohnen. Sie kommen bei Pippi mit einem Leben in Berührung, dessen Freiheit, Ungezwungenheit und Fröhlichkeit sie lieben lernen und an dem sie gerne teilnehmen. Pippi Langstrumpf erscheint der bürgerlichen Umgebung als unerzogenes, nervenaufreibendes Kind. Für die Kinder – als Literaturfiguren wie als Leser – jedoch wird sie zur Inkarnation kindlicher Wünsche nach Macht und Omnipotenz.

Im ersten Band legt sich Pippi – voll bester Absichten – mit aggressiven Jungen, Polizisten, dem Schulbetrieb, einem Zirkusdirektor, mit Dieben und den Damen eines Kaffeekränzchens an. Gleichzeitig arrangiert sie aufregende Spiele, organisiert Ausflüge und feiert ausgelassene Feste, wird schließlich sogar zur Lebensretterin. Die Rettungsaktion gehört zu den ebenso befremdlichen wie großartigen Szenen der „Pippi"-Trilogie:

> „Auf dem Marktplatz vor dem Wolkenkratzer sammelte sich eine Menge Menschen, und die Polizei versuchte sie auseinander zu treiben, damit die Feuerwehr durchkommen konnte. Aus den Fenstern des Wolkenkratzers schlugen lodernde Flammen, und die Feuerwehrmänner waren von Rauch und Funken eingehüllt. Aber sie gingen mutig daran, das Feuer zu löschen. … Ganz hoch oben im Haus unterm Dach war ein Zimmer. Am Fenster, das gerade von einer kleinen Kinderhand geöffnet wurde, standen zwei kleine Jungen und riefen um Hilfe. … Mitten unter den Menschen saß Pippi auf ihrem Pferd. Sie schaute interessiert das Feuerwehrauto an und überlegte, ob sie sich auch eins kaufen sollte. Es gefiel ihr so gut, weil es rot war und weil es solchen Krach gemacht hatte, als es durch die Straßen fuhr. Dann sah sie in das prasselnde Feuer und sie fand es schön, wenn ein paar Funken auf sie fielen.
>
> Schließlich bemerkte sie auch die beiden Jungen in der Dachstube. Zu ihrem Erstaunen schienen sie das Feuer nicht besonders spaßig zu finden.
>
> Das war mehr, als sie verstehen konnte, und schließlich fragte sie die Leute, die neben ihr standen:
>
> ‚Warum schreien die Kinder?'
>
> Zuerst bekam sie nur Schluchzen zur Antwort, aber schließlich sagte ein dicker Herr:
>
> ‚Ja, was denkst du denn? Glaubst du nicht, dass du schreien würdest, wenn du da oben ständest und nicht runterkönntest?'
>
> ‚Ich schreie niemals', sagte Pippi. ‚Aber wenn sie durchaus runterkommen wollen, warum hilft ihnen dann niemand?'" (Pippi Langstrumpf, S. 176–177)

Pippi organisiert eine professionelle Rettungsaktion, die sie selbst in Lebensgefahr bringt. Als die Rettung gelungen ist, heißt es:

„Nun war Pippi allein oben im Baum. Sie lief auf das Brett, und alle Leute schauten zu ihr hinauf und alle waren gespannt, was sie tun wollte. Pippi tanzte auf dem schmalen Brett hin und her. Sie hob und senkte die Arme so schön und sang mit heiserer Stimme, die die Menschen unten auf dem Marktplatz kaum hören konnten:
‚Es brennt ein Feuer,
es brennt so hell,
es brennt in tausend Kränzen.
Es brennt für dich,
und es brennt für mich
und brennt zu unseren Tänzen!'

Während sie sang, tanzte sie wilder und wilder, und viele auf dem Marktplatz schlossen vor Schreck die Augen, weil sie glaubten, dass Pippi herunterfallen und sterben würde. Aus dem Fenster der Dachstube schlugen große Flammen, und in ihrem Feuerschein konnten sie Pippi ganz deutlich sehen. Sie hob die Arme gegen den Abendhimmel, und während ein Funkenregen über ihr niederging, schrie sie laut: ‚So ein lustiges, lustiges, lustiges Feuer!'

Jetzt machte sie einen Sprung zum Seil.

‚Heil!', schrie sie und sauste wie ein geölter Blitz zur Erde hinunter.

‚Ein vierfaches Hurra für Pippi Langstrumpf! Sie soll leben!', schrie der Feuerwehrhauptmann.

‚Hurra, hurra, hurra, hurra!' schrien alle. Aber jemand schrie fünfmal. Und das war Pippi." (Pippi Langstrumpf, S. 183 ff.)

Hier wird klar, dass misstrauische Leser bestimmte Motive für höchst gefährlich halten konnten – weil sich etwa Pippis Liebe zum Feuer mit Pyromanie in Verbindung bringen ließ. Die Kritik an „Pippi Langstrumpf" nahm Befürchtungen dieser Art auf. Geharnischte Angriffe kamen von dem Pädagogikprofessor und Literaturkritiker John Landquist (1881–1974), der die Prämierung „Pippi Langstrumpfs" mit dem Preis des Verlages Rabén & Sjögren für das beste Kinderbuch des Jahres 1945 monierte. Seine Stellungnahme in „Aftonbladet" vom 18. 8. 1946 soll hier stellvertretend für die Fülle ablehnender Urteile zitiert werden, die das

Buch bei den internationalen (auch deutschen) Literaturexperten jener Jahre auslöste.

> „Ich kaufte ein Kinderbuch namens Pippi Langstrumpf von Astrid Lindgren, weil ich gehört hatte, es habe einen Preis bekommen und begann es meiner Tochter vorzulesen. Nachdem ich an verschiedenen Stellen ein paar Kapitel gelesen hatte – in der Hoffnung etwas Besseres zu finden als den Anfang – kapitulierte ich angesichts der Ansammlung von Dummheiten und brach die Lektüre zu meiner eigenen und zur Erleichterung meines Kindes ab, weil wir beide nicht begreifen konnten, was an diesem Buch lustig sein sollte ...
>
> Ein Beispiel. Zwei Kinder sind in einem brennenden Haus in der oberen Etage eingeschlossen. Die wunderbare Pippi klettert in einen Baum, schiebt ein Brett vor einem Ast zum Fenster und rettet die beiden. Gut und schön. Aber anschließend stellt sie sich tanzend und singend auf das Brett: ‚Es brennt ein Feuer, es brennt für dich, und es brennt für mich' etc. Das Singen des Liedes und sein Bezug zu der Feuersbrunst sind wahrlich Prachtexempel für Geschmacklosigkeit. Die Autorin erreicht an dieser Stelle zwei Dinge: Zum einen zerstört sie den ernsten Eindruck einer Feuersbrunst, bei der ein paar Kinder beinahe verbrannt werden, zum anderen zerstört sie auch den Eindruck des an sich schönen Lieds, da das Feuer, das für dich und für mich brennt, keine physisch zerstörerische Feuersbrunst ist. Was für einen Sinn sollte es aber machen, das Lied angesichts der Feuersbrunst parodistisch zu singen? Kinder begreifen natürlich nichts vom dem, was ihnen entgeht. Das Beispiel ist typisch für das Vorgehen des fantasielosen Dilettanten, der glaubt, eine Szene sensationell oder ausdrucksvoll zu gestalten, indem er als einen Farbklecks die erstbeste Assoziation hineinwirft, die ihm einfällt." (zitiert nach: Berf/Surmatz 2002, S. 181 ff.)

Immer wieder stellten sich Leser und Experten für Jugendliteratur die Frage, ob Astrid Lindgren mit dem „starken Adolf" eine Karikatur von Adolf Hitler gezeichnet hat:

> „Meine Damen und Herren! Jetzt wärden Sie sähen das greeßte Wunder aller Zeiten, den schdärksden Mann der Welt, den schdarken Adolf, den bis jetzt noch keiner besiegt hat. … Und in die Manege trat ein riesengroßer Kerl. Er hatte ein fleischfarbenes Trikot an und ein Leopardenfell um den Bauch. Er verbeugte sich vor dem Publikum und sah sehr zufrieden aus." (Pippi Langstrumpf, S. 126)

Natürlich besiegt Pippi das Monster nach einem langen Kampf:

> „Als der starke Adolf zum dritten Mal angestürmt kam, hob ihn Pippi hoch und trug ihn mit ausgestreckten Armen rund um die Manege herum. Dann legte sie ihn wieder auf die Matte und hielt ihn da fest.
>
> ‚Na, Alterchen, ich glaube, wir hören auf', sagte sie. ‚Noch lustiger als bis jetzt wird es jedenfalls nicht mehr.'" (Pippi Langstrumpf, S. 131 f.)

Astrid Lindgren hat in der Schwebe gelassen, ob sie mit dem „starken Adolf" tatsächlich Hitler meinte. Ihr war es wichtiger, dass man in Pippi eine Figur erkannte, die auf Augenhöhe wirksamen Widerstand gegen die Diktatur der Gewalt übte. Natürlich assoziieren besonders deutsche Leser bei dem Namen „Adolf" den Diktator. Aber erst spätere Überarbeitungen betonen – z. B. durch Illustrationen mit Schnurrbart – die Nähe zu Hitler, und es hat den Anschein, als wollten sie einen Zusammenhang herstellen, nicht nachzeichnen.

Es gibt in „Pippi Langstrumpf" ein Motiv, bei dem sich Astrid Lindgrens Lust an Absurditäten und der versteckte Zorn ihrer erfahrenen oder subjektiv empfundenen Demütigungen treffen. Frauen mit nur eingebildeter Autorität und sozialer Macht sind ‚das rote Tuch' ihres dichterischen Personals. Es findet sich eine Fülle dummer, eingebildeter, dem Klatsch und der Bösartigkeit zugetaner Frauen. Dieser Frauentyp zieht sich in unterschiedlicher Gestalt durch das Gesamtwerk und muss für Astrid Lindgren vielfach Auslöser von Angst, Ärger, auch von Neid und Verachtung gewesen sein. In Kinderbüchern die eigenen Vorbehalte gegen eine bestimmte Art von Frauen – Lehrerinnen, Freundinnen des

Hauses, Respektspersonen, Honoratioren – zu transportieren, ist für eine Autorin nicht einfach. Denn sie muss damit rechnen, dass sich Käuferinnen und Vermittlerinnen dieser Bücher darin wiedererkennen könnten. Lindgren spielt hier mit Klischees, aber das geschieht so oft und so nachdrücklich, dass ein biographisch interessierter Blick darauf lohnend erscheint.

Im Kapitel „Pippi geht zum Kaffeekränzchen" erleben die törichten Hausfrauen bürgerlicher Herkunft ihr unübertroffenes Debüt. In ihrer Klage über die Hausmädchen dokumentieren sie ihre soziale Überlegenheit. Pippi Langstrumpf konterkariert diese Überlegenheit, indem sie Lügengeschichten zu monströsen Besonderheiten von Dienstmädchen erzählt und daraus so etwas wie einen entlarvenden Wettkampf der Empörung unter den feinen Damen anzettelt:

> „Die Damen tranken eine zweite Tasse Kaffee, und alles war wieder ruhig und friedlich. Und wie es bei Kaffeekränzchen manchmal so ist, fingen die Damen an, von ihren Hausangestellten zu reden. Es waren wohl keine besonders guten Hausangestellten, die sie bekommen hatten, und sie waren sich darüber einig, dass man eigentlich keine Hausangestellten haben sollte. Es wäre viel besser, alles selbst zu machen, dann wüsste man wenigstens, dass es ordentlich gemacht würde.
>
> Pippi saß auf dem Sofa und hörte zu, und nachdem die Damen eine Weile geredet hatten, sagte sie:
>
> ‚Meine Großmutter hatte einmal ein Mädchen, das Malin hieß. Sie hatte Frostbeulen an den Füßen, aber sonst hatte sie keine Fehler. Das einzig Dumme war, dass sie, sobald Gäste kamen hinlief und sie ins Bein biss.' … ‚Wenn meine Rosa wenigstens sauber wäre', sagte Frau Berggren, ‚dann würde ich sie vielleicht behalten. Aber sie ist ein richtiges Ferkel.'
>
> ‚Da hätten Sie Malin sehen sollen', fiel Pippi ein. ‚Malin war so ungeheuer dreckig, dass es eine richtige Freude war, sagte Großmutter. Lange Zeit hatte Großmutter geglaubt, dass sie eine Negerin wäre, weil sie so eine dunkle Haut hatte, aber das war nur der allerwaschechteste Dreck.' … ‚Ich bin ja nicht ganz sicher, aber ich

> vermute stark, dass meine Hulda stiehlt. Ich habe tatsächlich gemerkt, dass einige Sachen verschwunden sind.' … ‚ja, aber ich wollte nur erzählen, dass Malin auch gestohlen hat', sagte Pippi. ‚Wie ein Rabe. Mitten in der Nacht stand sie gewöhnlich auf, um ein bisschen zu stehlen, sonst konnte sie nicht ruhig schlafen, sagte sie. Einmal klaute sie Großmutters Klavier und schleppte es ‚runter und stopfte es in ihr oberstes Kommodenschubfach. Sie war sehr fingerfertig, sagte Großmutter'". (Pippi Langstrumpf, S. 158 ff.)

Im zweiten Band der „Pippi"-Trilogie, „Pippi Langstrumpf geht an Bord" (schwed. 1946; dt. 1950), setzt die Begegnung Pippis mit ihrem heimgekehrten Vater, der sie mit auf große Seereise nehmen will, neue Akzente. Der Freudentanz von Tochter und Vater und die symbolträchtige Abschiedsszene gehören zu den auch biographisch aussagekräftigen Teilen des Textes:

> „Und da sprang Pippi auf und tanzte mit ihrem Papa. Sie bildeten Figuren und jauchzten und schrien, und hin und wieder machten sie so hohe Sprünge, dass Tommy und Annika vom Zusehen ganz schwindlig wurden. Herrn Nilsson schien es genauso zu gehen, denn er hielt sich die ganze Zeit die Augen zu.
>
> Allmählich ging der Tanz in einen Ringkampf zwischen Pippi und ihrem Papa über. Kapitän Langstrumpf schleuderte seine Tochter von sich weg, sodass sie auf der Hutablage landete. Aber dort blieb sie nicht lange sitzen. Mit Geheul machte sie einen Riesensprung quer durch die Küche direkt auf Papa Efraim. Und einen Augenblick später hatte sie ihn von sich geschleudert, sodass er wie ein Meteor mit dem Kopf zuerst in die Holzkiste flog. Seine dicken Beine ragten in die Luft.
>
> Er konnte nicht allein wieder hochkommen, einmal deswegen, weil er zu dick war, und zum anderen, weil er so furchtbar lachen musste. Es grollte wie Ungewitter unten in der Holzkiste. Pippi nahm seine Füße, um ihn hochzuziehen, aber da lachte er so, dass er beinah erstickt wäre. Er war nämlich so schrecklich kitzlig.
>
> ‚Ki-ki-kitzle mich nicht', stöhnte er. ‚Wirf mich ins Meer

oder schmeiß mich aus dem Fenster, was du willst, aber ki-ki-kitzle mich nicht an den Füßen!‘

Er lachte so, dass Tommy und Annika Angst hatten, die Kiste würde zerspringen. Schließlich gelang es ihm, sich aus der Kiste hochzuziehen, und sobald er auf die Beine kam, stürzte er sich auf Pippi und schleuderte sie einfach quer durch die Küche. Sie landete mit dem Gesicht auf dem rußigen Fußboden vor dem Herd.

‚Haha, und schon ist die Taka-Tuka-Prinzessin fertig!‘, rief Pippi begeistert und drehte Tommy und Annika ein kohlschwarzes Gesicht zu. Dann stieß sie erneut ein Geheul aus und warf sich auf ihren Papa. Sie schlug auf ihn ein, sodass der Bastrock krachte und der Bast in der ganzen Küche herumflog. Die Goldkrone fiel herunter und rollte unter den Tisch. Schließlich gelang es Pippi, ihren Papa auf den Boden zu werfen. Sie setzte sich auf ihn und sagte: ‚Gibst du dich geschlagen?‘

‚Ja, ich bin besiegt‘, sagte Kapitän Langstrumpf. Und die beiden lachten, und Pippi biss ihren Papa ganz leicht in die Nase …“ (Pippi Langstrumpf geht an Bord, S. 165 ff.)

„‚… Ich bleib in der Villa Kunterbunt!‘

Kapitän Langstrumpf stand eine Weile still.

‚Mach, was du willst‘, sagte er schließlich. ‚Das hast du immer getan.‘

Pippi nickte zustimmend.

‚Ja, das hab ich immer getan‘, sagte sie ruhig.“ (Pippi Langstrumpf geht an Bord, S. 202)

Der abschließende Band „Pippi in Taka-Tuka-Land“ (schwed. 1948; dt. 1951) zeigt noch einmal den ganzen Aktionsradius des mächtigen Kindes Pippi Langstrumpf. Wieder werden Personen und Institutionen der bürgerlichen Gesellschaft – Investoren, vermeintliche Wohltäterinnen, feine Damen – angegriffen. Sprachphilosophisch geht es zu bei der Suche nach der Bedeutung des Wortes „Spunk“. Der Aufenthalt mit Annika und Tommy auf der Südseeinsel Taka-Tuka bringt abenteuerlich-exotische Farben in das Geschehen.

Der vermeintliche Kolonialismus dieser Szenen ist gerade wieder in letzter Zeit scharf angegriffen worden.

> „Das Getöse der Trommeln wurde immer lauter, als König Efraim mit großer Würde auf seinem Thron Platz nahm. Er hatte nicht mehr seinen Cordanzug an, sondern ein königliches Gewand: eine Krone auf dem Kopf, einen Bastrock um den Leib, eine Kette von Haifischzähnen um den Hals und dicke Ringe um die Fußgelenke. Pippi setze sich unbeschwert auf ihren Thron. Sie hatte den gleichen kleinen Schurz um den Bauch, aber sie hatte sich einige rote und weiße Blüten ins Haar gesteckt …
>
> … Unterdessen näherten sich die kleinen schwarzen Taka-Tuka-Kinder Pippis Thron. Aus irgendeinem unbegreiflichen Grund bildeten sie sich ein, dass weiße Haut viel feiner sei als schwarze und deshalb waren sie voller Ehrfurcht, je näher sie an Pippi und Tommy herankamen." (Pippi in Taka-Tuka-Land, S. 102 f.)

Auf Indizien von Rassismus und Kolonialismus im Werk Astrid Lindgrens wurde häufig kritisch hingewiesen. Sie gaben Anlass, ihr Werk wie auch die Autorin selbst einer politischen Bewertung zu unterziehen. Pippis Vater ist im Originaltext ein „Negerkönig". Die US-Übersetzung (Pippi Longstocking, 1954) macht ihn zum „Cannibal King". In der DDR-Ausgabe (1975) wurde der Begriff „Negerkönig" ganz weggelassen. Vor allem die Political Uncorrectness des ersten und dritten „Pippi"-Bandes wird angeprangert. Wissenschaft, Pädagogik, Journalismus und Politik kommen zu unterschiedlichen Einschätzungen:

Es wird zum einen die Auffassung vertreten, Kolonialismus bzw. Rassismus seien durchaus vorhanden, müssten allerdings aus der Entstehungszeit heraus verstanden werden. Daneben ist man der Meinung, da die fraglichen Szenen sehr deutlich mit Humor und Ironie gezeichnet seien, könnten sie nicht ernst gemeint sein; Astrid Lindgren mache hier den Kolonialismus lächerlich. Schließlich wird geurteilt, in Pippis Ablehnung der Rolle der feinen weißen Prinzessin eröffne sich ein erster Schritt politischer Reflexion. Überwiegend ist man bemüht, „Pippi" und ihre Autorin zu retten, sie in Sicherheit zu bringen vor harschen Rassismusvorwürfen, als ob man es nicht ertrüge, dass der Autorin bei der Auswahl von Motiven und Kulissen aus Kinderbuchklassikern vielleicht einmal ein Fehlgriff unterlaufen sein könnte.

Schließlich muss Astrid Lindgren einen Abschluss für das Kinderparadies der Pippi Langstrumpf finden, denn die Zeit vergeht. Man sieht es daran, dass die Freunde Annika und Tommy älter werden. Es kommt zu der auch biographisch vieldeutigen Szene des Verzichtes auf das Älterwerden:

> „Plötzlich flog ein düsterer Schatten über Tommys Gesicht. ‚Ich will niemals groß werden', sagte er entschieden.
>
> ‚Ich auch nicht', sagte Annika.
>
> ‚Nee, darum muss man sich wirklich nicht reißen', sagte Pippi …
>
> ‚Usch, dass man unbedingt groß werden muss!'
>
> ‚Wer hat gesagt, dass man es werden muss?' fragte Pippi. ‚Wenn ich mich nicht irre, habe ich irgendwo ein paar Pillen.' …
>
> ‚Und diese Pillen sollen helfen?' fragte Annika zweifelnd.
>
> ‚Natürlich', versicherte Pippi. ‚Aber man muß sie im Dunkeln nehmen, und dazu muß man sagen:
>
> Liebe kleine Krummelus,
> niemals will ich werden gruß.'
>
> … Die Sterne leuchteten über dem Dach der Villa Kunterbunt. Dort war Pippi. Sie würde immer dort sein. Es war wunderbar, daran zu denken. Die Jahre würden vergehen, aber Pippi und Tommy und Annika würden nicht groß werden …
>
> Ja, das war ein wunderbar tröstlicher Gedanke – Pippi würde für immer in der Villa Kunterbunt bleiben." (Pippi in Taka-Tuka-Land, S. 166 ff.)

Die kritische Aufnahme der „Pippi"-Bände veranlasste Astrid Lindgren, nicht nur das Buch, sondern auch ihre Auffassung von freier Kindererziehung zu verteidigen. Vielleicht war diese Verteidigungsrede nach dem Leserbrief, den sie im Namen ihres Sohnes veröffentlicht hatte, der eigentliche Beginn ihres pädagogischen Engagements. Sie wurde also auch über die Rechtfertigung ihrer Literatur zur Verfechterin der Rechte des Kindes. Auf einen Artikel von Ewa Sällberg in der Frauenzeitschrift „Husmodern", Heft 11/1948, in der auch „Pippi Langstrumpf" angegriffen worden war, reagiert sie in Heft 15/1948:

> „Wenn es wirklich stimmen würde, dass der Instinkt eines Mutterherzens immer den rechten Weg weist, würde ich Ewa Sällbergs Rat voll und ganz zustimmen. Aber wenn man die unerhörte Dummheit und Fantasielosigkeit sieht, mit der unendlich viele Erwachsene die kleinen Sprösslinge behandeln, die ihnen ausgeliefert sind, möchte man ihnen lieber den Rat geben, sich etwas weniger auf ihren Instinkt zu verlassen. ... Behandelt eure Kinder mit ungefähr der gleichen Rücksicht, die ihr wohl oder übel euren erwachsenen Mitmenschen zeigt. Schenkt den Kindern Liebe, mehr Liebe und noch mehr Liebe, dann kommen die Manieren von allein." (zitiert nach: Berf/Surmatz 2002, S. 190 ff.)

Wirtschaftlich war „Pippi Langstrumpf" von Beginn an ein großer Erfolg. Der schwedische Verlag verkaufte in wenigen Wochen 21 000 Exemplare.

1946 erhält Astrid Lindgren zusammen mit Anna Lisa Lundkvist (1902–1980) das jährlich vergebene Nachwuchs-Stipendium über 5000 Kronen der schwedischen Tageszeitung „Svenska Dagblat". In seiner Verleihungsansprache weist der Minister auf die Tatsache hin, dass das Stipendium mit dieser Entscheidung nun auch für Autorinnen und Autoren der Kinder- und Jugendliteratur geöffnet sei. Astrid Lindgren eroberte hier zum ersten Mal einen der allgemeinen Belletristik gewidmeten Literaturpreis für die Kinder- und Jugendliteratur – ein Vorgang, der sich wiederholen sollte (s. Strömstedt 2012, S. 245).

Immer mehr positive Stimmen zu dem Buch wurden laut. Beifall kam auch aus anderen Ländern, die den radikalen Anspruch des Kinderbuches als Aufbruch empfanden. Der erste Band wurde bereits 1946 in Finnland, Norwegen und Dänemark herausgebracht. 1948 erschien eine Ausgabe in Island. 1949 folgte die deutsche, 1950 die englische Ausgabe in Großbritannien und den USA. 1951 erschien eine sehr freie, vielfach bearbeitete Fassung in Frankreich. Die erste Filmfassung des Regisseurs Per Gunvall aus dem Jahr 1949 entsetzte Astrid Lindgren, eröffnete ihren Texten aber wie der frühe „Kalle Blomquist"-Film für die Zukunft ein neues Medium. 1949 lässt Astrid Lindgren das Warenzeichen „Pippi Langstrumpf" schützen.

Über kein Kinderbuch ist so viel geschrieben worden wie über die „Pippi Langstrumpf"-Trilogie. Man fand heraus, dass Karins Freundin Sonja Melin Astrid Lindgren zu Pippis äußerer Erscheinung inspirierte. Joakim Langer und Hélena Regius machten in dem schwedischen Abenteurer Carl Pettersson (1857–1937) das Vorbild für Kapitän und König Langstrumpf aus (s. Langer/Regius 2002). Die Forschung, allen voran die schwedische Literaturwissenschaftlerin Ulla Lundquist (geb. 1938) mit ihrer 1979 verfassten Dissertation und die deutsche Skandinavistin Astrid Surmatz (geb. 1966; s. Surmatz 2005), hat das Kinderbuch des Jahrhunderts ausführlich untersucht und beschrieben.

1949 veröffentlichte der Hamburger Verleger Friedrich Oetinger in seinem jungen Unternehmen, das ursprünglich nicht auf Bücher für Kinder und Jugendliche spezialisiert war, Astrid Lindgrens international erfolgreichstes Buch, „Pippi Langstrumpf". Neben verlagshistorischen Aspekten markiert „Pippi Langstrumpf" in Hamburg einen wichtigen Wendepunkt in der Entwicklung der in Deutschland verbreiteten Kinder- und Jugendliteratur.

Die politischen, wirtschaftlichen und kulturellen Rahmenbedingungen waren entscheidend für Aufnahme und Wirkung des „unerhörten" Textes einer Autorin, die gerade zu diesem Zeitpunkt, in dieser Stadt einer bestimmten Kindergeneration einen kulturellen Neuanfang bieten und diesen Neuanfang für sich selber als Sprungbrett zu ihrer internationalen Karriere nutzen konnte. In Hamburg traf das Kinderbuch aus Schweden auf eine von Nationalsozialismus, Kriegsjahren, Bombenangriffen und Nachkriegsnot destabilisierte Stadt, die gerade wieder begann, ein normales Leben – in einer neuen politischen Ordnung – aufzubauen. Nur drei Aspekte der herrschenden Lebensumstände sollen hier – für die Rezeption von „Pippi Langstrumpf" entscheidend – genannt werden.

Wie in ganz Deutschland herrschte in Hamburg für einige Jahre eine weitgehend ‚vaterlose Gesellschaft' von Frauen mit Kindern. Ehemänner, Väter waren im Zweiten Weltkrieg gefallen, verwundet, vermisst, in Kriegsgefangenschaft oder nicht selten nach ihrer Rückkehr krank, desillusioniert, orientierungs- und kraftlos, unglaubwürdig. In dieser Situation besaß die Geschichte eines starken, selbstständigen kleinen Mädchens mit einem Vater in der Fremde eine ganz eigentümlich zeitbezogene Bedeutung – umso mehr, als die neue politische Programmatik für die Zukunft die intakte Familie nach alter Rollenverteilung in den Mittelpunkt stellte. Astrid Lindgrens „Pippi Langstrumpf" bot eine Utopie von der positiven Bewältigung des ungeschützten Kinderlebens ohne elterliche Autoritäten, aber auch ohne Not und Entbehrung und erwies sich hier zum ersten Mal als Text mit der Möglichkeit zur Projektion leserbezogener Bedürfnisse.

Die Kindergeneration, die 1949 in Hamburg mit „Pippi Langstrumpf" zu Leserinnen und Lesern wurde, war im Zweiten Weltkrieg geboren, kannte nationalsozialistisches Gedankengut, Bombenangriffe, Hunger, Notunterkünfte, Mangelkrankheiten und Flüchtlingselend. Gleichzeitig wurde sie mit ungewohnten politischen und kulturellen Programmen konfrontiert, die ein freies, auch mangelfreies Leben in Aussicht stellten. Nur ein sehr geringer Prozentsatz des 1949 verfügbaren Lesestoffes – außerhalb der als ‚Schmutz und Schund' ohnehin abgelehnten Comics der Nachkriegszeit – besaß die mit den Lebenserfahrungen der Kinder und den demokratischen Erziehungsprogrammen übereinstimmende literarische Qualität. „Pippi Langstrumpf" war auch im Konzert der wenigen anderen neuen Kinderbücher eine absolute Ausnahme, die sofort mit ‚der neuen Zeit' verbunden wurde.

Nach der Währungsreform 1948 füllten sich in den drei Besatzungszonen der westlichen Alliierten die Warenlager und Läden. Das Warenangebot – auch an Büchern – wuchs. Allerdings entwickelte sich von Beginn an auch eine Ungleichheit der finanziellen Verhältnisse. Kinderbücher waren teuer. Astrid Lindgrens „Pippi Langstrumpf" gehörte mit einem Preis von 2,85 DM in das oberste Preissegment und war ein kostspieliges Geschenk, kein Teil der neuen Massenmedien für Kinder. Zwar boten die wieder eröffneten Hamburger Öffentlichen Bücherhallen Zugang für alle Kinder und stellten – trotz einiger Bedenken – „Pippi Langstrumpf" auch zur Verfügung. Aber die wirtschaftliche Situation im

Hamburg des Jahres 1949 war nicht geeignet, eine ausländische Autorin über Nacht zum erfolgreichen Liebling der Kinder werden zu lassen. Gleichzeitig war der Hunger nach Literatur, Bildern, Musik umso größer, je mehr der Bevölkerung klar wurde, wie viel ihr in den Jahren des Nationalsozialismus und der kriegsbedingten Mangelwirtschaft vorenthalten worden war.

Was bewog Astrid Lindgren nach ihren Kriegserfahrungen, die Verbindung mit Deutschland zu suchen? Wie war ihr Verhältnis zu dem Land, dessen Literatur und Musik sie in der Schule kennen gelernt, dessen unmittelbare nationalsozialistische Vergangenheit der Welt Holocaust und Krieg gebracht hatte?

Wie in früheren Jahren äußerte die Autorin 1996 in einem Interview mit Astrid Surmatz erneut ihren Abscheu gegen Adolf Hitler und seine Taten. Ihre Urteile sprechen für eine eher humanitäre als politische Protesthaltung gegen den Nationalsozialismus. Durch ihre Tätigkeit von 1940 bis 1945 bei der Stelle für Briefzensur beim Schwedischen Geheimdienst besaß sie präzise Kenntnisse über die politische Situation in Europa.

Schweden war nach dem Zweiten Weltkrieg noch nicht der liberale Wohlfahrtsstaat, als den man ihn heute international im Bewusstsein hat, trotzdem konnte das Land – im Vergleich zum übrigen Europa – als Vorbild und als Land der Hoffnung gelten. Schweden hatte Neutralität bewahren können und wurde daher in den Nachkriegsjahren auch nicht in den Ost-West-Konflikt eingebunden. Es hatte Emigranten aufgenommen, wenig Kriegsopfer und Zerstörungen zu beklagen und leistete nach dem Krieg – wie vorher schon in KZs und Arbeitslagern – humanitäre Hilfe für die Not leidende deutsche Bevölkerung, besonders für Kinder und Jugendliche. Die in Hamburg in den Jahren 1947/48 organisierte Kleinkinder-Speisung des Schwedischen Roten Kreuzes ist dafür ein bis heute von den Betroffenen unvergessenes Beispiel.

Auf ihrem Weg nach Deutschland war sich Astrid Lindgren der großen moralischen Superiorität ihres Landes durchaus bewusst. Schweden ermöglichte seinen Bürgern – wenn auch mit Visaverordnungen und Devisenbeschränkungen – schon sehr früh Auslandsreisen und internationale Kontakte. Als passionierte Reisende machte Astrid Lindgren gleich nach ihren ersten literarischen Erfolgen Gebrauch von diesen Vorzügen.

Selbst das in seiner Bevölkerung und Wirtschaftskraft dezimierte Nachkriegsdeutschland bot skandinavischen Autoren einen potentiell großen Buchmarkt – wenn man an eine positive Entwicklung nach 1949 glaubte und einen deutschen Verleger fand, der als Gewährsmann dieser Entwicklung glaubhaft wirkte. In den drei Besatzungszonen der westlichen Alliierten bereitete sich mit der Wirtschaftsreform und der Gründung der Bundesrepublik Deutschland ein offener Wirtschaftsraum mit neu gegründeten und wieder eröffneten Verlagen vor. Skandinavische Kinderbücher (Elsa Beskow, Marie Hamsun) gehörten in Deutschland seit Beginn des 20. Jahrhunderts zu den Klassikern der Gattung. Allerdings ließ die Erfahrung der ‚Umarmungstaktik' nationalsozialistischer Kulturpolitik mit ihrer rassistisch motivierten Vorliebe für alles ‚Nordische' in den ersten Kriegsjahren zunächst eine unklare Situation des schwedisch-deutschen Kultur- und Literaturtransfers entstehen. Im Bereich der Kinder- und Jugendliteratur, der als Teil der Erziehung zu einer demokratischen Gesellschaftsordnung gelten konnte, gab es von Schweden aus offensichtlich wenig Bedenken. Astrid Lindgrens Verlag suchte den Kontakt nach Deutschland und hatte das „Pippi Langstrumpf"-Manuskript bereits – vergeblich – zur Begutachtung an einige deutsche Verlage gesandt, bevor Friedrich Oetinger zugriff.

Astrid Lindgrens Verhältnis zu Deutschland war in jener Zeit geprägt von ihrem oft geäußerten Hass auf Hitler und den Nationalsozialismus, aber von Mitleid und Hilfsbereitschaft deutschen Kindern gegenüber und von der Erwartung, über Deutschland Zugang zu einem großen, internationalen Buchmarkt zu erlangen.

Im Hamburg des Jahres 1949 waren es neben den allgemeinen Lebensbedingungen in einer deutschen Großstadt der Nachkriegszeit vor allem die Kulturarbeit der britischen Besatzung, die Situation von Verlagen und Buchmarkt sowie die Verteilungsmechanismen der Kinder- und Jugendliteratur, die die Aufnahme eines Kinderbuches wie „Pippi Langstrumpf" bestimmten.

Stellt man einen Zusammenhang zwischen dem Wirken der britischen Besatzungsbehörden und der Aufnahmebereitschaft für „Pippi Langstrumpf" her, so waren es vor allem die Re-education-Bemühungen der Kulturoffiziere, die geöffneten, beleuchteten und beheizten Bibliotheksräume der Begegnungsstätte Brücke, die britischen Kulturhäuser mit ihren Lesungen und Filmveranstaltungen, die hier eine Voraussetzung schufen. Literatur galt als Erziehungsmittel für eine neue politische Ordnung. Besonders wirkungsvoll wurde ein anderes Medium, der Rundfunk: Hugh Carletin Greene (1910–1987), Journalist, Rundfunkreporter und später Generaldirektor der BBC, baute für die britische Besatzungsmacht ab 1946 den Nordwestdeutschen Rundfunk (NWDR) mit Hauptsitz in Hamburg und einem Funkhaus in Köln auf. In dem nach dem Vorbild der BBC organisierten Öffentlichen Rundfunk sah Greene ein der Demokratie dienendes Medium. Zum wirksamsten literarischen Medium der Nachkriegszeit wurde das Hörspiel. Es bot neue künstlerische und weltanschauliche Orientierung und ermöglichte so manchem Autor – auch Kinderbuchautor – finanzielle Überlebenshilfe. Das Hörspiel geriet zur tragenden Säule des neu gegründeten Kinderfunks. Für die späteren triumphalen Erfolge der Hörspielbearbeitung der „Kalle Blomquist"-Romane legte der frühe Kinderfunk des NWDR die Grundlagen.

Doch neben diesen positiven Einflüssen der britischen Besatzung gab es nach der Kapitulation im kulturellen und publizistischen Bereich auch einschränkende politische Auflagen der Siegermächte. Nach Kriegsende verbot die Militärregierung der britischen Besatzer zunächst jedes Drucken, Erzeugen, Veröffentlichen und Verkaufen von Zeitungen, Büchern, Plakaten und allen anderen Printmedien. Ausnahmegenehmigungen wurden ausschließlich von der britischen Besatzungsbehörde erteilt. Die Verantwortung lag beim Book Censorship Bureau.

Schon im Dezember 1945 erhielten vierzehn Antragsteller eine Verlagslizenz. Sie war verbunden mit der Zuteilung von Papier und Packmaterial. Zu den Lizenzinhabern gehörte auch der bereits einige Jahre arbeitende Heinrich Ellermann Verlag, in dem zu dieser Zeit Friedrich Oetinger arbeitete. Bedingungen für die begehrten Verlagslizenzen waren ein politisches Entlastungsschreiben, die Vorlage des druckreifen Verlagsprogrammes und monatliche Geschäftsberichte an die Militärbehörde.

Vor der Währungsreform blieb die Buchproduktion aber auch deshalb gering, weil es zu wenig Rohstoffe (Papier, Pappe) und funktionierende Technik (Heftung) gab. Dabei waren der Hunger nach Literatur riesig und die Nachfrage größer als das Angebot. Die geöffneten Märkte nach der Währungsreform machten eine größere Produktion möglich. Aber angesichts der nun – gemessen an Einkommen und Lebenskosten – hohen Buchpreise ging die Nachfrage zurück. Viele der gerade gegründeten Verlage mussten aufgeben.

Nach der Gründung der Bundesrepublik Deutschland im Mai 1949 wurde die Book Section der britischen Militärregierung in Hamburg zwar geschlossen. Die erste Buchmesse und Publikumsausstellung Hamburger und schleswig-holsteinischer Verlage in der Hamburger Kunsthalle vom 1. bis zum 23. Oktober 1949 wurde von Bürgermeister Brauer jedoch noch in Anwesenheit des britischen Gouverneurs eröffnet.

Es war die Buchmesse, auf der Friedrich Oetinger „Pippi Langstrumpf" bekannt machte. Gemeinsam mit Heinrich Ellermanns Bilderbuchprogramm gehörte der Oetinger Verlag zu den ganz wenigen Hamburger Unternehmen, die im Kinder- und Jugendbuchmarkt, im Engagement für diese spezielle Literaturgattung eine im doppelten Sinne gewinnbringende Zukunft sahen. Um das Interesse der Hamburger Bevölkerung für die neue Buchproduktion zu wecken, fand am 14. Oktober 1949 ein von Ernst Rowohlt, der gerade mit dem Druck der „Rowohlt Rotations Romane" begonnen hatte, organisierter ‚Verleger-Marsch' über die notdürftig wieder hergerichtete Mönckeberg-Straße durch die Hamburger Innenstadt statt. Das Marketing für „Pippi Langstrumpf" hatte begonnen.

Spätestens seit der von Pädagogen geprägten Jugendschriften- und Kunsterziehungsbewegung an der Wende zum 20. Jahrhundert kann Hamburg als ein Mittelpunkt deutscher Kinder- und Jugendliteratur gelten. Doch auch die traditionsreichen Jugendschriften-Ausschüsse ließen sich von der nationalsozialistischen Kulturpolitik ab 1933 gleichschalten und folgten – wie die Mehrzahl der ansässigen Verlage und die Hamburger Öffentlichen Bücherhallen – der Literaturdoktrin des sogenannten Dritten Reiches.

1948 wurden die Deutschen Jugendschriften-Ausschüsse unter dem Vorsitz des Hamburger Pädagogen John Barfaut neu gegründet. Ab 1949 wurde die traditionsreiche Fachzeitschrift „Jugendschriften-Warte" in neuer Folge aufgelegt. Sie blieb bis zur Mitte der 1950er Jahre, als ein nationaler Bundesjugendplan viele Neugründungen im Bereich der Kinder- und Jugendliteratur motivierte und finanzierte, die einzige Fachzeitschrift für dieses Genre. Der Bundesjugendplan finanzierte unter anderem den Arbeitskreis für Jugendliteratur, den Deutschen Jugendliteraturpreis und neue Fachzeitschriften für Kinder- und Jugendliteratur. Die Hamburger Jugendschriften-Ausschüsse knüpften erfolgreich gewerkschaftliche Kontakte. Auch in der nur kurze Zeit realisierten Hamburger Reformschule gelang ein Neuanfang bei der Vermittlung von Kinder- und Jugendliteratur – wenn auch vorerst noch im Rahmen der schon zu Zeiten der Weimarer Republik entwickelten Programmatik. Politisch links orientiert und mit deutlicher Betonung einer sozialpädagogisch motivierten Vermittlung der Kinderliteratur prägten die Jugendschriften-Ausschüsse zusammen mit der Gewerkschaft für Erziehung und Wissenschaft (GEW) indirekt bis in die 1990er Jahre das Verhältnis der Hamburger Lehrerinnen und Lehrer zur Kinder- und Jugendliteratur.

Die in Phantastik, Nonsens und Absurdität angesiedelte „Pippi Langstrumpf" war 1949 für die Jugendschriften-Programmatik kein Buch, dessen ‚Pilotfunktion' für die neue bundesrepublikanische Kinderliteratur sofort erkannt und akzeptiert wurde. Dazu stand sie zu wenig in der Tradition der Aufklärung, des Realismus, der Kunsterziehungsbewegung. Vielmehr waren es die Verpflichtung zu Liberalität, Experiment und Weltoffenheit, die das merkwürdige kleine Kinderbuch bei Hamburgs Pädagogen, Bibliothekaren und Buchhändlern willkommen sein ließ.

In einer nationalen Umbruchphase zwischen Restauration und Avantgarde, Not und Beginn des Wirtschaftswunders, zwischen stabilisierender Familienpolitik und vaterloser Gesellschaft entschieden sich eine schwedische Autorin und ein Hamburger Verleger für die Publikation einer deutschen „Pippi Langstrumpf". Cäcilie Heinig, die jüdische Frau des nach Schweden emigrierten Schriftstellers und Oetinger-Freundes Kurt Heinig, übernahm die Übersetzung. Der Hamburger Graphiker Walter Scharnweber (1910–1975) entwarf in Kenntnis der Illustrationen von Ingrid Vang Nyman zur schwedischen Originalfassung ein etwas gefälligeres, für Deutschland allerdings noch genügend irritierendes „Pippi"-Bild.

Von den im September 1949 gedruckten 10 000 Exemplaren waren bis zum Weihnachtsfest 3000 Stück verkauft. Wer das Weihnachtsfest 1949 erlebt hat, dem fällt es schwer, diese Zeit mit der heutigen Lindgren-Begeisterung und -Verbreitung in Verbindung zu bringen – und doch war Pippi, als sie nach Hamburg kam, ganz ein Kind ihrer Zeit (s. Dankert 2008).

Literaturhistorisch betrachtet stellte das Erscheinen der drei „Pippi"-Bände einen Meilenstein in der Geschichte der Kinder- und Jugendliteratur dar. Für Astrid Lindgren jedoch waren die Bücher eine noch unsichere Option auf die Zukunft. Für sie galt es, nach den ersten Erfolgen weiterzuarbeiten.

1946 erscheint der erste Band der „Bullerbü"-Trilogie, die später durch zusätzliche Episoden in drei Bilderbüchern der Illustratorin Ilon Wikland (geb. 1930) ergänzt wird („Weihnachten in Bullerbü": schwed. 1962; dt. 1963; „Lustiges Bullerbü": schwed. und dt. 1965; „Kindertag in Bullerbü": schwed. 1966; dt. 1967). Mit dem Kinderbuch „Wir Kinder aus Bullerbü" (schwed. 1946; dt. 1954) beginnen Astrid Lindgrens realistisch angelegte Kindheitsschilderungen im Bauernmilieu Smålands. Sechs Kinder im Grundschulalter leben auf drei nebeneinander liegenden Bauernhöfen. Vorbild für dieses Terrain war Sevedstorp, der ehemalige Wohnort von Astrid Lindgrens Vater. Auch dort gab (und gibt) es einen Nordhof, Mittelhof und Südhof.

Astrid Lindgren lässt die siebenjährige, im letzten Band der Trilogie neunjährige Lisa erzählen. Sie ist ein selbstbewusstes, in gesicherter Existenz lebendes kleines Mädchen („Ich habe 13 Bücher, die mir gehören"). Lisa weiß nur, was sie mit Kinderaugen gesehen oder mit Kinderohren aufgenommen hat. Diese Erzählkonstellation enthebt die Autorin der Notwendigkeit, die bäuerliche Realität komplex und in größeren Zusammenhängen zu schildern. Die Episoden folgen dem Rhythmus der Jahreszeiten mit seinen anfallenden Arbeiten, dem Kirchen- und dem Schuljahr, wobei das Weihnachtsfest wie in vielen Büchern Lindgrens – als Familienfest, nicht als religiöse Feier – den Höhepunkt darstellt. Die Autorin gibt der kleinen Erzählerin kein authentisches Kinderidiom, wohl aber das Temperament und Urteilsvermögen einer Sieben- bis Neunjährigen. Lisa erzählt und erlebt gleichzeitig, wobei sie häufig nicht sich, sondern den großen Bruder Lasse (wir erinnern uns an Astrid Lindgrens großen Bruder Gunnar) in den Mittelpunkt der Erzählung stellt.

Spiele, Ausflüge, Hilfe in der Landwirtschaft, Feiertage, erste Schulerfahrungen, gemeinsame Stunden mit dem blinden Großvater, die

Freude an Tieren, die Natur in wechselnden Jahreszeiten, Geistererscheinungen, das Ausreißen von zu Hause und kleine Machtkämpfe zwischen Großen und Kleinen, drei Jungen und drei Mädchen bilden den Inhalt der siebzehn kurzen Szenen:

> „Lasse wollte, wir sollten ein Wettspringen machen, wer am höchsten springen könnte. Das heißt natürlich: von oben herunter, nicht von unten hinauf. Wir kletterten bis unter das Dach und sprangen ins Heu hinunter. Oh, wie das im Bauch kitzelte! Lasse hatte gesagt, der Gewinner sollte einen Schokoladenfrosch als Preis bekommen. Er hatte ihn am selben Tag gekauft, als er vom Kaufmann in Storbü für Mama Hefe geholt hatte. Und wir sprangen und hüpften um die Wette. Schließlich kletterte Lasse so hoch hinauf, wie es nur ging, und sprang auf einen kleinen Heuhaufen hinunter. Dort lag er eine Weile still und konnte sich nicht rühren. Nachher sagte er, er glaubte, das Herz sei ihm in den Bauch gerutscht, und er müsse es nun sein Leben lang im Bauch tragen. Keiner von uns anderen wagte, von dort oben herunterzuspringen, und da stopfte Lasse sich den Schokoladenfrosch in den Mund und sagte: ‚Überreicht an Lasse für mutige Taten im Heuschober'." (Wir Kinder aus Bullerbü, S. 46 f.)

Im zweiten Band „Mehr von uns Kindern aus Bullerbü" (schwed. 1949; dt. 1955) kommt mit der neu geborenen Schwester Kerstin ein weiterer kindlicher Erfahrungshorizont hinzu. Die Szenen erhalten nun mehr burlesken Charakter, wie etwa bei der Taufe:

> „‚Da ist sie', sagte Ole und sah uns dabei an, als zeige er uns ein wahres Wunder. ‚Ist sie nicht süß?' fragte er und sah ganz entzückt aus.
>
> Aber das war sie wahrhaftig nicht. Sie war ganz rot und runzlig. Ja, sie sah entsetzlich aus, fand ich …
>
> … Niemals habe ich jemanden so verblüfft gesehen wie Lasse, als er Oles Schwester sah …
>
> … ‚Armer Ole! Stell dir vor – so eine Schwester haben zu

müssen. Lisa ist ja auch nicht gerade eine Schönheit, aber sie sieht doch wenigstens einigermaßen wie ein Mensch aus. …

… Der Pfarrer stand da und wartete. Plötzlich ging die Tür auf, und Tante Lisa kam mit Oles kleiner Schwester auf dem Arm herein.

Und, oh nein – wie war die Kleine süß geworden! …

Lasse sah genauso verblüfft aus wie damals, als er sie das erste Mal gesehen hatte.

‚Habt ihr eine neue bekommen?‘ fragte er Ole flüsternd.

‚Eine neue – was meinst du damit?‘ fragte Ole erstaunt.

‚Ein neues Kind!‘ sagte Lasse.

‚Nun behaupte nur nicht, du hättest vergessen, dass ich eine Schwester bekommen habe‘, sagte Ole, der nicht begriff, dass Lasse glaubte, es sei ein anderes Kind. Da sagte Lasse gar nichts mehr.“ (Mehr von uns Kindern aus Bullerbü, S. 160–162)

Die „Bullerbü“-Welt ist ein perfekt erträumtes, in einzelnen Segmenten auch erinnertes Kinderparadies, das die großen, tiefen Konflikte auch eines Kinderlebens und der bäuerlichen Lebenswirklichkeit bewusst ausspart oder sprachlich gekonnt harmonisiert. Im dritten Band „Immer lustig in Bullerbü“ (schwed. 1952; dt. 1956) gestattet sich Astrid Lindgren auf kindgemäße Weise einen sehr eindrucksvollen Ausflug in die Realität außerhalb dieses friedlichen Paradieses; es kommt zu einem Riss in der Kulisse: Weil die anderen zu einem Fest fahren oder verhindert sind, beschließen Inga und die Erzählerin Lisa ganz enthusiastisch, auf das Kleinkind Kerstin aufzupassen – auch weil sie sich vorstellen, später einmal Kindermädchen zu werden. Es stellt sich aber heraus, dass diese Aufgabe unvorhergesehen schwierig ist. Eine wunderbare Slapstick-Szene zur vergeblichen Bändigung des Kindes reiht sich an die andere. Schließlich muss der große Bruder eingreifen. Ein kleiner Hauch von Wirklichkeit weht über Bullerbü, wenn Lisa feststellt:

„‚Arme Tante Lisa‘, sagte ich, ‚die hat das nun jeden Tag so.‘ …

‚Inga, willst du wirklich Kindermädchen werden, wenn du groß bist?‘ fragte ich schließlich.

> ‚Vielleicht', sagte Inga. Aber dann blickte sie nachdenklich und starr über das Stalldach hinweg und sagte:
> ‚Ich weiß es noch nicht genau …'" (Immer lustig in Bullerbü, S. 266 f.)

Die Welt der „Pippi Langstrumpf" zeigt die Risse im Lebensgefühl der Autorin. Das „Bullerbü"-Paradies aktiviert auf heiterste Weise die positiven Momente ihrer Erinnerung an die Kindheit. Zum Portfolio der Autorin gehört daneben eine weitere Erzählvariante.

Mit der Kinderkrimi-Trilogie des „Meisterdetektivs Kalle Blomquist" (schwed. 1946–1953; dt. 1950–1954) wagte Astrid Lindgren sich neben ihrer Arbeit an „Pippi Langstrumpf" und „Bullerbü" auf ein neues, ihr im doppelten Sinne unbekanntes Terrain. Zum ersten Mal wandte sie sich einem kriminalistischen Sujet – abweichendem menschlichen Verhalten im juristischen Sinne – zu und machte sich – als Pionierin der Gattung – die literarischen Regeln des Detektivromans für ein schwedisches Kinder- und Jugendbuch vor einer Kleinstadtkulisse zunutze. Einzelheiten der kriminologischen Praxis, wie den Gebrauch von Codes, wird sie bei Harry Söderman aufgeschnappt haben. Margareta Strömstedt sieht enge Bezüge zwischen dem Text und den Berufserfahrungen der Autorin:

> „Harry Söderman arbeitete an einem Kompendium der Kriminaltechnik. Während er der Stenografin den Text diktierte, nahm die Stenografin den Inhalt für spätere Verwendung in sich auf. Als der Meisterdetektiv Kalle Blomquist zehn Jahre später seinen Freunden Eva-Lotta und Anders einen Vortrag über Kriminaltechnik hält – über Indizien und Wahrscheinlichkeitsberechnung – spricht er oft mit Harry Södermans Worten." (Strömstedt 2012, S. 212)

Wichtiger aber war der Transfer eines ‚Erwachsenen'-Sujets auf die Jugendebene. Besonders am ersten Band, „Meisterdetektiv Kalle Blomquist" (schwed. 1946; dt. 1950), lässt sich Astrid Lindgrens harte Arbeit nachvollziehen. Es galt, die literarischen Gesetzlichkeiten des Detektivromans auf eine Geschichte im kleinstädtischen schwedischen Jugendmilieu zu übertragen, die von einem 13-Jährigen und seinen Freunden, einer verfeindeten Kindergruppe und einem Täter aus dem familiären Umfeld der Freundin und Bäckerstochter Eva-Lotte handelt. Den hochgradigen Reflexionsgrad des ersten „Kalle Blomquist"-Romans, der nicht viel Action bietet, rechtfertigt sie mit dem Hinweis auf die Kombinationsgabe des jungen Detektivs und arbeitet sich so in einen Erzählfluss, der in den nächsten Bänden an Fahrt und Spannung gewinnt.

Im ersten Band werden zwei Handlungsstränge verfolgt und schließlich zusammengeführt: der eine schildert die Erlebnisse zweier Jugendgruppen, die einen „Krieg der Rosen" gegeneinander austragen; der andere besteht aus einer dazu parallel laufenden Kriminalgeschichte. Durchgängiges Stilprinzip ist der ironische Ernst, mit dem Kalle Blomquist die Recherchetechnik seiner großen literarischen Vorbilder Sherlock Holmes, Asbjörn Krag, Hercule Poirot und Lord Peter Wimsey nachahmt, bis ihn die Wirklichkeit einholt und er zusammen mit Anders und Eva-Lotte in eine tatsächliche Ermittlung gerät. Doch anders als im klassischen Detektivroman ist hier die Polizei, zunächst in Gestalt des gutmütigen Wachtmeisters Björk, eine nicht angetastete Autorität, auch wenn sich Intelligenz, Teamgeist und Wendigkeit der Kinder als ebenbürtig oder manchmal überlegen erweisen. Die drei Freunde erproben das literarische Erzählmuster des Kinderkrimis, bei der ein Detektivteam mit unterschiedlichen, sich ergänzenden Fähigkeiten zur Entlarvung des Täters beiträgt.

Der zweite Band, „Kalle Blomquist lebt gefährlich" (schwed. und dt. 1951), bricht mit einem Tabu. Astrid Lindgren führt das bisher dem Kriminalroman für Erwachsene vorbehaltene klassische Delikt, den Mord, in die Kinder- und Jugendliteratur ein. Eva-Lotte findet den Toten. Der Schock, den sie erleidet, kommt einer Vertreibung aus dem Paradies der Kindheit gleich. Das Motiv des ‚Nicht-mehr-spielen-Könnens' wird aufgenommen und der Unterschied zwischen Spiel und Wirklichkeit erkannt:

> „Nein, sie wollte daran nicht denken. Aber sie wollte ein anderer Mensch werden. Ja, ja, das wollte sie. Sie wollte etwas mehr Frau sein, mädchenhafter, wie Onkel Björk gesagt hatte. Nie mehr wollte sie in einem Krieg der Rosen mitmachen. Denn war nicht gerade

der Krieg der Rosen die Ursache, dass sie in all diese Dinge hineingeraten war. … Nein, für sie sollte Schluss sein mit dem Krieg. Sie wollte nie mehr spielen. Nie mehr! …

Dann schlief sie ein. Aber bevor sie in die barmherzige Bewusstlosigkeit sank, wunderte sie sich noch ein wenig, was wohl Kalle jetzt denken mochte. Kalle, der jahrelang Mörder gejagt hatte! Was tat er wohl, wenn wirklich einer auftauchte?“ (Kalle Blomquist, S. 208)

In der Tat ist Eva-Lotte im dritten Band, „Kalle Blomquist, Eva-Lotte und Rasmus“ (schwed. 1953; dt. 1954), weicher und weiblicher geworden. Es geht um die Entführung eines bekannten Wissenschaftlers und seines kleinen Sohnes. Da das jugendliche Detektivtrio den Tätern auf eine Insel folgt und entdeckt wird, kann Eva-Lotte in der Betreuung des entführten kleinen Jungen neben ihrer attraktiven Gelenkigkeit und Körperbeherrschung weibliche Fähigkeiten ausspielen. Der Aufenthalt von Entführern und Entführten auf der Schäreninsel – ein erster Vorstoß, das Sommerdomizil Furusund der Familie Lindgren literarisch zu verwenden – ermöglicht neue Handlungsräume für das Agieren der jugendlichen Detektive.

Astrid Lindgrens Detektivromane für Kinder müssen auch als die Eroberung einer Gattung der Belletristik für das junge Lesealter gedeutet werden. Kriminal- und Detektivroman waren zur Zeit der Niederschrift der „Kalle Blomquist“-Trilogie der Unterhaltungsliteratur zugehörige, nicht als Dichtung angesehene Gattungen. Wie Inger Lison herausgearbeitet hat, bedient sich Astrid Lindgren dieser Gattung mit zunehmender Souveränität, geht über das starre ‚Who-has-done-it‘-Prinzip hinaus und schafft mit der sorgfältigen Personengestaltung der drei Hauptfiguren eine psychologische Tiefe, die der klassische Kriminalroman skandinavischer Spielart erst viel später entwickeln wird (s. Lison 2010, S. 368 ff.).

Angesichts des enormen Publikumserfolges der „Kalle Blomquist“-Bücher und ihrer Adaptionen in Radio und Film erhebt sich hier noch dringender als bei den Mädchenbüchern oder der darin enthaltenen Reiseliteratur die Frage, warum Astrid Lindgren den Kinderkrimi, die psychologisch vertiefte Detektivgeschichte für Kinder, nicht weiter verfolgt hat. Wir wissen die Antwort nicht. War die Erzählstruktur ausgereizt? Fühlte sie sich auf Dauer doch nicht wohl als Autorin der Jugendversion einer Literaturgattung, die nicht zum Kanon der Hochliteratur gehörte? Zielte der Ehrgeiz zunehmend auf das ureigenste Genre spezieller Kinderliteratur? Oder war die Anspannung, drei oder vier Romanserien nebeneinander weiterzutreiben, doch zu groß und länger als ein Jahrzehnt nicht durchzuhalten?

Astrid Lindgren erhält 1946 im Erscheinungsjahr des ersten „Kalle Blomquist"-Bandes zusammen mit Åke Holmberg den Preis des Verlages Rabén & Sjögren für den besten Jugendkrimi. Vielleicht war ja die Ausschreibung dieses dritten Verlagspreises, bei dem sie reüssierte, der Anlass zur Aufnahme der Gattung gewesen und entwickelte dann über sieben Jahre so etwas wie eine Eigendynamik.

Der Legende nach bekommt Lindgren beim Lunch zur Feier dieses Preises von Hans Rabén das Angebot, für den Verlag Rabén & Sjögren zu arbeiten: „Das haben wir mit einem Lunch gefeiert, und bei dieser Gelegenheit holte mich Doktor Rabén in den Verlag." (zitiert nach: Schönfeldt 2007, S. 83) Man einigt sich auf eine Halbtagstätigkeit als Lektorin. Der Verlag hatte damals sein Domizil in der Tegnérgatan 28 und war somit für Astrid Lindgren von der Dalagatan aus gut zu Fuß zu erreichen. Da die Kinderbuchabteilung des Verlages erst langsam Kontur gewinnt, steht auch hier Pionierarbeit ins Haus. Wie schon beim Schwedischen Nachrichtendienst holt sie auch hier Anne-Marie Fries, geb. Ingeström in ihr berufliches Umfeld; die Freundin wird Gutachterin im Verlag. Diese Kombination von Familie, Freundschaft und Beruf, die sicher nicht ohne Probleme ablief, behielt sie in vielen Fällen auch in den folgenden Jahrzehnten bei.

Von Erfolgen gestärkt, wagt der Verlag mit seiner neuen Lektorin, die sich langsam zur Programmleiterin im Segment Kinder- und Jugendliteratur entwickelt, zwei Bilderbücher – besser: zwei Typen von Bilderbüchern – auf den Markt zu bringen, die bis in die neunziger Jahre hinein das Gesamtwerk Astrid Lindgrens bereichern. 1947 erscheint „Kennst du Pippi Langstrumpf" (schwed. 1947; dt. 1961), eine separate „Pippi"-Episode für Kleinkinder mit eigenen Illustrationen, aufgearbeitet von der kongenialen Ingrid Vang Nyman. Im gleichen Jahr wird das Vorschulbilderbuch „Nein, ich will noch nicht ins Bett“ (schwed. 1947; dt. 1989 mit den späteren Illustrationen von Ilon Wikland) mit Illustrationen der seinerzeit bekannten und viel beschäftigten Künstlerin Birgitta Nordenskjöld (geb. 1919) fertig. Bilderbücher mit hinzuerfundenen oder übernommenen Episoden aus dem Universum ihrer literarischen Milieus und Romane, daneben kleine, für sich allein stehende Geschichten aus Lindgrens hellem Kindheitsparadies oder ihrer tröstlichen Phantasiewelt – so lassen sich ihre Bilderbuchtexte aus den nächsten 50 Jahren charakterisieren.

Immer wieder macht sie in diesen Aufbruchsjahren ihrer schriftstellerischen Karriere neue Erfahrungen. 1947 muss sie sich, nach gelungenen und erfolgreichen Rundfunk- und Theateradaptionen ihrer Texte, zum ersten Mal mit der Verfilmung eines ihrer Kinderbücher anfreunden – der ersten Version des Kinderfilmes „Kalle Blomquist“ unter der Regie von Rolf Husberg, der am 20. 12. 1947 in Stockholm aufgeführt wurde. – War es die Machart, das neue Medium oder der mangelnde Einfluss als Autorin, die sie als Kinobegeisterte der ersten Stunde diesen Film kritisieren ließ? Offensichtlich leitete er aber nicht das Ende, sondern den Beginn einer über Jahrzehnte andauernden Kooperation mit Regisseuren und der Filmwelt ein. Sicher spielte bei den Zusagen zu den ersten Verfilmungen von „Kalle Blomquist“ und „Pippi Langstrumpf“ auch der finanzielle Hintergrund eine Rolle. Erst später kam Astrid Lindgren zu der Überzeugung, dass hier ihre Mitarbeit Sinn machen könnte.

In der Fassung von 1989 ist Astrid Lindgren von Ilon Wikland abgebildet – als Tante Lotte mit der Zauberbrille, dem Symbol für die Gabe der Phantasie und des Geschichtenerzählens.

In das Jahr 1948 fällt auch ihre erste Übersetzung aus dem Englischen: „Nalle Teddy“ („Little Teddy Stories“) von M. E. Rhodes. Astrid Lindgren gehörte damit jetzt auch zu den Übersetzerinnen im Verlag Rabén & Sjögren.

1949, im gleichen Jahr wie der zweite „Bullerbü“-Band, erschien Astrid Lindgrens erste Sammlung von Kunstmärchen bzw. phantastischer Kurzprosa unter dem Titel „Im Wald sind keine Räuber“ (schwed. 1949 dt. 1952). An den neun hier zusammengestellten Texten lässt sich die Wandlung ihres Werks – ausgehend von ihren früheren Weihnachtsgeschichten für Zeitungsbeilagen hin zu vieldeutigen Kinderwelten – sehr gut nachvollziehen. Unter Rückgriff auf das Arsenal traditioneller Märchenfiguren wie Räuber, Zwerge, Puppen, Prinzessinnen und sprechendem Spielzeug entwickelt Astrid Lindgren Szenarien, in denen diese Personen zu Trostspendern, Alter Egos mit abgespalteten Persönlichkeitsmerkmalen und Protagonisten eines verdrängten Bewusstseins werden. In „Nils Karlsson Däumling" erhält das einsame Stadtkind einen Gefährten, „Im Land der Dämmerung" führt ein fliegender Bote das kranke Kind in das tröstliche Reich der Phantasie. In der Titelerzählung wartet das vorerst noch spielerische Böse auf den Jungen, der im Puppenhaus seiner Mutter eine erste ernste Warnung erfährt. Die Zwergengeschwister aus „Peter und Petra" führen für eine Weile im Vasa-Park ein anmutiges Leben, aber auch eine vergängliche Freundschaft vor.

Astrid Lindgren erhielt für diese Sammlung 1950 den gerade ins Leben gerufenen Kinderliteraturpreis des Schwedischen Bibliotheksverbandes, die Nils-Holgersson-Medaille, die mit einer Preissumme von 10 000 Schwedischen Kronen ausgestattet ist. Mit der Kurzprosa begründete die Autorin einen weiteren Teil ihres literarischen Werkes, das in zwei nachfolgenden Sammelbänden, aber auch in späteren Bilderbuchtexten fortgesetzt wurde. Es sind dichte Texte, deren Grundidee und deren längerer erzählerischer Atem, den Astrid Lindgren nun einübte, auch Kinderromane wie „Mio, mein Mio", die „Karlsson"-Bände, „Die Brüder Löwenherz" und „Ronja Räubertochter" bestimmen sollten.

Der zweite Sammelband erschien 1950, im gleichen Jahr wie das Mädchenbuch „Kati in Amerika", unter dem Titel „Sammelaugust" (schwed. 1950; dt. 1952). Hier sind elf kurze, realistisch erzählte Geschichten zusammengestellt, von denen einige als literarische Lehrstücke für Kinder bezeichnet werden können, andere einen fast soghaften Zug in eine nicht ausgesprochene Ebene tieferer Bedeutung besitzen. Die Geschichten sind von großer sprachlicher und inhaltlicher Variationsbreite. „Ein smäländischer Stierkämpfer" erzählt die später in anderem Zusammenhang wieder auftauchende Geschichte vom Sieg eines kleinen Jungen über einen wilden Stier. „Goldi" ist die Befreiungsgeschichte eines von den lieblosen Tanten gequälten kleinen Mädchens. „Sammelaugust" zeigt den Stammvater aller Sammelsucher in Lindgrens Büchern. Auch dem Motiv der kindlichen Trotzgeschichte „Pelle zieht aus" werden wir in „Lotta zieht um" noch einmal begegnen. „Unterm Kirschbaum" erzählt von einem phantasiebegabten Kind, das sich ein anderes, dramatischeres Leben – eine andere Mutter – wünscht. Die Erzählung „Märit" ist eine düstere, melancholische Geschichte vom Zauber und der Sinnlosigkeit des Liebens.

Von einer Mischung aus realistischer und phantastischer Sphäre sind die Geschichten der dritten Anthologie „Klingt meine Linde" (schwed. 1959; dt. 1960) geprägt. Alle vier Stücke beginnen mit der Märchenformel „Vor langer Zeit, in den Tagen der Armut". Diese Formel ist das Eingangstor zu einer Welt, in der Astrid Lindgren sich von Kinderparadiesen abwendet und von Kinderleid erzählt, das es zu überwinden gilt.

In „Sonnenau" erscheint zwei armen Waisenkindern auf dem winterlichen Schulweg ein paradiesischer Garten, in dem eine Allmutter auf sie wartet. Die „Schafe auf Kapela", die der Wolf gerissen hat, werden von einem Mädchen gerettet, das dafür eine scheinbar lange Zeit mit den „Unterirdischen" leben muss und für immer gezeichnet bleibt. „Klingt meine Linde" ist eine Opfergeschichte, in der ein kleines Mädchen der Metamorphose zu einer klingenden Linde unterliegt und sich der Sehnsucht der Armen nach Schönheit opfert. „Junker Niels von Eka" erzählt eine Rittergeschichte vom Kampf des Guten gegen das Böse. Sie entsteht im Kopf eines fiebernden Jungen, der mit dieser Fieberphantasie Selbstheilungskräfte mobilisiert. Der vergleichsweise lange Text (etwa 35 Seiten) ist eine Vorgeschichte zu „Mio, mein Mio" und den „Brüdern Löwenherz".

Der deutsche Verleger Friedrich Oetinger nahm die Rittergeschichte zunächst nicht in die deutsche Ausgabe auf. Er fand sie wohl zu martialisch und gewalttätig und wollte im Kinderbuch der neuen Bundesrepublik Deutschland angesichts der Gräuel des Zweiten Weltkrieges noch Vorsicht walten lassen. Vielleicht aber hatte er auch sehr persönliche Bedenken, wie sie später bei dem Roman „Die Brüder Löwenherz" zum Ausdruck kamen.

1948 erhielt Astrid Lindgren ein Angebot, das die inzwischen erfolgreiche Kinder- und Jugendbuchautorin, die als junges Mädchen einmal von einer Journalistinnen-Karriere geträumt hatte, nicht ablehnen konnte. Der Verlag Ahlen & Akerlund sandte sie für eine Artikelserie der schwedischen Frauenzeitschrift „Damernas Värld“ in die USA. Zwei Jahre später fasst Lindgren diese Artikel zum Auftakt einer Mädchenbuch-Trilogie zusammen, deren erster Band, „Kati in Amerika“ (schwed. 1950; dt. 1952), im Verlag Bonnier, deren Folgebände aber wieder bei Rabén & Sjögren erscheinen.

Astrid Lindgrens USA-Rundreise beginnt im Hotel Ritz – dem Domizil Greta Garbos in New York. Ihrer eigenen Darstellung nach war es die Idee Sture Lindgrens, hier als zweite weltberühmte Schwedin abzusteigen. Aber da sie in Überseereisen nicht erfahren war, hatte sie nicht bedacht, dass es für Europäer in den USA zu Devisenschwierigkeiten kommen könnte. Prompt stellten sich Engpässen bei den Reisespesen ein, die sie vom Zeitschriftenverlag erhalten hatte (s. Strömstedt 2012, S. 318 f.). Astrid Lindgren hielt sich einige Wochen in New York und in angrenzenden Staaten auf. Fotos von dieser USA-Reise zeigen sie als europäischen Gast, der sich nur schwer zurechtfindet und die heimischen Maßstäbe an nordamerikanische Verhältnisse anlegt. Die Rassentrennung, die sie in öffentlichen Verkehrsmitteln und Restaurants beobachtet, stößt sie ab. Da einige männliche Mitglieder aus der Generation ihrer Großväter und ihres Vaters in die USA ausgewandert waren, sucht sie nach Spuren schwedischer Einwanderer – und natürlich nach Themen, die das Lesepublikum einer schwedischen Frauenzeitschrift interessieren könnten. Daneben knüpft sie erste Kontakte mit US-Verlagen und Fördervereinen der Kinder- und Jugendliteratur. Sie lernt in den USA Werbestrategien für Kinder- und Jugendbücher, für Leseförderung und literarische Kinderbetreuung kennen, die sie als Ideenbörse für ihre Verlagsarbeit und für die Vertretung ihrer eigenen Interessen als Autorin mit nach Schweden bringt. Ihre frühen Kontakte zu den USA werden sich später in Preisverleihungen und Ehrungen niederschlagen.

Wie aus Astrid Lindgrens Büchern und autobiographischen Äußerungen hervorgeht, schärfte diese erste USA-Reise ihr Amerikabild. Amerika war für sie zunächst das Land, in das „in den Zeiten der Armut“ (wie einige ihrer Trostgeschichten und Kunstmärchen beginnen) zahlreiche Schweden ausgewandert waren. Nun beeindrucken sie der technische

Entwicklungsstand und der Reichtum des Landes. Die damals noch überall virulente Rassentrennung macht sie fassungslos. Das positive Bild von den USA bekommt später – vor allem in den Zeiten des Vietnamkrieges – dunkle Schatten. Trotzdem aber bleiben die USA für sie ein Partnerland, das ihr gefühlsmäßig näher liegt als Deutschland. Die Lindgren-Rezeption in den USA bringt ihr Preise und Ehrungen ein. Auch ihre in Biographien und der Fachliteratur noch weitgehend vernachlässigte Übersetzertätigkeit für angelsächsische Autoren bezeugt diese Nähe.

Für heutige Leser enthält dieser Reisebericht durch die USA befremdliche Passagen. Sie stehen für die Eindrücke und Reaktionen der fiktiven Hauptperson:

> „Ja, die Menschen in New York waren faszinierend. Sie waren so verschiedenartig. Für einen, der alles in allem nicht mehr als *einen* Schwarzen gesehen hat, war Haarlem ein richtiges Abenteuer. Eine weiße Frau dürfte nicht allein dort hingehen, war mir gesagt worden. Aber eine weiße Frau mit anhängender Tante geht praktisch überall hin.
>
> Früher habe ich immer gedacht, neugeborene kleine Ferkel wären die süßesten aller Geschöpfe, aber das ist falsch.
>
> Schwarze Kinder sind süßer. Da saßen fünf kohlschwarze kleine Exemplare in einer Reihe auf einer Treppe, alle schweigend und genießerisch am Daumen lutschend. Sie waren unwiderstehlich. Tante musste mich fast mit Gewalt weiterziehen." (Kati in Amerika, S. 26 f.; in der schwedischen und deutschen Originalausgabe hieß es ursprünglich „Neger" und „Negerkinder" anstelle von „Schwarzer" und „schwarze Kinder")

> „Als das letzte bisschen Eis in seinem Mund verschwunden war, tanzte er (der Sohn der schwarzen Haushälterin, die Verf.) mir etwas vor, um seine Dankbarkeit auszudrücken. Es war, als hätte man ein kleines, geschmeidiges Dschungeltier losgelassen. Das ganze Kind zitterte vor Rhythmus und er schlängelte sich so unglaublich, dass ich auf meinem Krankenlager stöhnte. Sein kleines Hinterteil wirkte wie ein ganz selbstständiges Wesen, das er nach Belieben drehen und wenden

> konnte. Meine Augen mussten sich im Kreise drehen, wenn ich versuchte, diesen Schwingungen zu folgen …" (Kati in Amerika, S. 113)

Astrid Lindgren findet in der „Kati"-Trilogie einen der Aufgabe adäquaten, neuen Ton. Sie zeichnet eine moderne junge Schwedin, die frisch und unbefangen von ihren Eindrücken erzählt. Die drei „Kati"-Bände – „Kati in Amerika", „Kati in Italien" (schwed. 1952; dt. 1953) und „Kati in Paris" (schwed. 1953; dt. 1954) – schildern die Erlebnisse einer jungen mutterlosen Schwedin der Nachkriegsjahre, die zunächst gemeinsam mit ihrer Tante, später mit einer Freundin und dem zukünftigen Ehemann Amerika, Italien und – zur Hochzeit – Paris erlebt. Die Geburt des ersten Kindes schließt die Trilogie und Katis Entwicklung vom ungebändigten jungen Mädchen zur verantwortungsvollen jungen Frau ab. Zeitversetzt um 25 Jahre verarbeitet Lindgren hier Erlebnisse und Kämpfe, aber auch nicht in Erfüllung gegangene Zukunftsträume der jungen Stenotypistin Astrid Ericsson in den Jahren 1926 bis 1930 in Stockholm. Astrid Lindgren versucht sich hier als Reiseberichterstatterin und entwickelt eine von Band zu Band wachsende Routine in diesem Metier.

Ihre Reisen mit Sture zu Ereignissen des Königlichen Automobilclubs, Reisen zu Konferenzen der Kinder- und Jugendliteraturszene, Urlaubsreisen mit der ganzen Familie – und später mit Elsa Olenius – vermittelten ihr eine bisher ungekannte Weltläufigkeit. Südeuropa, Italien und das damalige Jugoslawien, waren gemäß dem Trend der Zeit bevorzugte Reiseziele, deren Kenntnis sie auch in die „Kati"-Serie einfließen ließ. 1952 folgt mit „Kati in Italien" (schwed. 1952; dt. 1953) der zweite Band der „Kati"-Serie. Ein Lotto-Gewinn erlaubt der Ich-Erzählerin und ihrer Freundin eine Gruppenreise nach Italien. Dieses Mal steht eine Liebesgeschichte, Katis Weg zum richtigen Partner, im Mittelpunkt des Geschehens. Der Reisebericht transportiert viel Bildungsgut, liest sich an einigen Stellen auch wie eine Satire auf den Italien-Tourismus der Skandinavier nach dem Zweiten Weltkrieg. Doch nicht selten unterliegt die Erzählerin – und die Autorin? – selber der Klischee beladenen Naivität einer nordeuropäischen Touristin mit Bildungsanspruch.

Der dritte Band, „Kati in Paris" (schwed. 1953; dt. 1955), wird über weite Strecken zum literarischen Reiseführer. Lindgrens Arbeit an den Tourenbüchern der Königlichen Automobil Gesellschaft kommt ihr hier zugute. Sie kennt und liebt Paris, obwohl sie später einmal sagen wird, dass ein sommerlicher Haag in Småland ihr mehr zu Herzen geht als ein Gang über die eleganten Champs-Élysées. Allerdings passt das Reiseliteratur-Genre weniger zur eigentlichen Handlung, die von Heirat, Hochzeitsreise, erster Ehezeit und dem neugeborenen Sohn Katis bestimmt ist. Hinzu kommt das merkwürdige Motiv der Hochzeit zu dritt, denn die Freundin Eva ist die ganze Zeit über mit von der Partie. Auf diese Weise ergibt sich, dass weder von Hochzeitsnacht noch von Zeugung und Geburt erzählt wird. Hier kamen sich wohl die Erzählprinzipien des Mädchenbuchs und die Darstellungsform des Reiseberichts in die Quere. Mit „Kati in Paris“ verabschiedete sich Astrid Lindgren von beiden Genres.

Unbeantwortet bleibt die Frage, warum Astrid Lindgren ihre Begabung als Reiseschriftstellerin nach der „Kati“-Trilogie nicht weiter nutzte. Ihre Reisetätigkeit hielt Jahrzehnte an. Vielleicht wäre hier auch ein Anschluss an die Literatur für Erwachsene erfolgreich gewesen. Sie entschied sich anders. Reisen und Literatur passten bei ihr nur in den Fotobilderbüchern mit Anna Riwkin-Brick zusammen. Kindheit und Vorpubertät waren die Lebensalter, auf die sie sich nach den „Kati“-Bänden fast ausnahmslos beschränkte. Erst in „Ferien auf Saltkrokan“ wandte sie sich wieder der ausführlichen Schilderung Erwachsener zu.

Eine weitere Aufgabe wurde ihr 1948 zugetragen, die sie zunächst wahrscheinlich als journalistische Tätigkeit wahrnahm, die ihr aber als Werbemaßnahme für ihre Bücher zugute kam. Von 1948 bis 1960 gehörte sie zum Rateteam der beliebten Rundfunksendung „Zwanzig Fragen“, als deren verantwortlicher Produzent der Komponist und Medienmanager Per-Martin Hamberg (1912–1974) zeichnete. Dabei mussten Begriffe und Persönlichkeiten erraten werden. Lindgren kannte Hamberg aus der Zeit ihrer Arbeit bei der Briefzensur. Er verfügte über gute Kontakte, die sie für ihre eigene schriftstellerische Tätigkeit und Verlagsarbeit nutzen konnte (s. Hamberg 2002). Schlagfertigkeit und gute Allgemeinbildung, Astrid Lindgrens Freude an abfragbarem, rasch einsetzbarem Wissen trugen zum großen Publikumserfolg der Sendung bei und erhöhten ihren Bekanntheitsgrad. Ihr Auftreten gestattet einen Blick in das Bildungsniveau, mit dem sie aufgewachsen war und das sie in den frühen Mädchenbüchern ganz unbefangen, später eher ironisch einbaute.

‚Vielschreiberei' wurde Autoren der Kinder- und Jugendliteratur schon im 19. Jahrhundert vorgeworfen, als die Gattung spezieller Texte für Kinder und Jugendliche sich etablierte. Betrachtet man bestimmte Segmente der heutigen internationalen Buchproduktion, die in Serien, unter bestimmten Handelsmarken und Autoren jedes Jahr zwei 600 Seiten starke Fantasy-Romane oder vier Ponyhof-Geschichten herausbringen, wird man von der beobachteten Quantität kaum auf Qualität schließen. Bei der Vielzahl der Bücher, die Astrid Lindgren in dem Jahrzehnt von 1944 bis 1954 veröffentlichte, zeigt sich ein anderes Bild, und man wird hier kaum von ‚Vielschreiberei' sprechen wollen. Astrid Lindgrens Bücher erobern sich ein Genre nach dem anderen, führen neuartige Darstellungsweisen von Kindern und Jugendlichen in die Literatur ein und formulieren ein ethisches Programm, das auf sehr unterschiedliche Weise literarisch transportiert wird. Werkgeschichtlich kann dabei nicht von einer Entwicklung zum ‚immer Besseren' gesprochen werden. Eher leuchtet ein, dass Lindgren endlich einen Weg gefunden hatte, dem in ihr aufgestauten Potential an Stoffen, Emotionen, Sehnsüchten und Beschwernissen Ausdruck zu verleihen, einfache Handlungsverläufe mit Sinn und Stimmung zu versehen und die Mischung aus Glückserfahrung und Glückssehnsucht in ihrer Kindheit zu einem zeitlosen Kinderuniversum zu kompilieren. Astrid Lindgrens Phantasie, ihre Sprachkunst, ihr Kompositionsgeschick explodierten förmlich. Genau so sollte es noch ein Jahrzehnt bleiben. Das Familienleben lief weiter. Aber es gab jetzt auch etwas anderes. Die Literatur bot ihr die Chance, Melancholie, Alltagsanforderungen, familiäre Sorgen und ihre konflikthaltige Mischung aus Selbstbewusstsein und Unsicherheit in den Griff zu bekommen.

Eva-Maria Metcalf von der University of Mississippi brachte auf den Punkt, wie sehr Astrid Lindgrens literarisches Werk mit Widersprüchen arbeitet:

> „While Lindgren's stories are funny and full of suspense, they also touch the reader's innermost soul. They effortlessly merge the ephemeral with the archetypal, the local with the universal. Indeed,

> much of the attraction of Lindgren's stories lies in their polyvalence and complexity. Conflict and ambiguity are not only important structural elements for Lindgren, but are also paradigmatic irreconcilable opposites – resistance and compliance, truth and lies, nature and culture, childhood and adulthood – form a productive dialectic tension, leaving her narratives open to a great variety of readings and interpretations. ... Lindgren's stories are written in the twilight zone between engagement and escape, tradition and revolt." (Metcalf 1995, S. VII–VIII)

Die Erfolge der jeweils ersten Bände ihrer Kinderbuchserien besaßen eine Stetigkeit, die der Autorin erst langsam klar wurde. Alle ersten Bände von „Pippi", „Bullerbü" „Kalle Blomquist" und „Kati" zogen – unterstützt von Kinderanfragen, Verkaufszahlen, Prämierungen und später potentiellen Fernsehserien – die Versuchung und Notwendigkeit von Folgebänden nach sich. Sie bediente Anfang der fünfziger Jahre drei Serien, hatte Beiträge für neue Prosasammlungen parat und behielt eine kontinuierliche Bilderbuchproduktion im Auge. Bei der Verfilmung des zweiten „Kalle Blomquist"-Bandes stellt sie dem Regisseur Rolf Husberg (1908–1988) die Bedingung, sie als Drehbuchautorin anzustellen, und übernimmt damit eine weitere arbeitsintensive Aufgabe. Für die privat wie beruflich stark angespannte Astrid Lindgren, deren Gemütszustand sich immer mehr verdüsterte, wurde 1951 im Verlag die 15-jährige Kerstin Kvint (geb. 1936) angestellt, zunächst als ‚Mädchen für alles', dann als Hans Rabéns Sekretärin. 1962 ging sie mit ihrem Ehemann Lennart Frick und ihrem Kind nach Värmland, wo sie ebenfalls für Rabén & Sjögren arbeitete, und kehrte 1971 nach Stockholm zurück. 1982 wird sie Astrid Lindgrens persönliche Assistentin, die nach ihren Notizen auch die Korrespondenz erledigt, sich um Lizenzen und Termine kümmert, die schwindende Sehkraft und Agilität der Autorin auffängt. Daneben betreibt sie seit 1983 eine Literaturagentur. 1996 veröffentlichte sie den Band „Astrid i vida världen", eine Hommage an Astrid Lindgren, mit Betonung der Lindgren-Verbreitung im Ausland. Nach Aussagen von Karin Nyman war sie beim Tod Lindgrens anwesend. In der Zeitung „NWT" regte sie am 24. 2. 2010 aus persönlicher langjähriger

Kenntnis der Korrespondenz Lindgrens „wie bei Strindberg" eine Ausgabe des gesamten Lindgren-Briefwechsels an.

Von 1949 an waren die nächsten drei Jahre erfüllt von Sorge um den Ehemann Sture Lindgren, dessen Alkoholismus ihn langsam zum Pflegefall werden ließ. Die Freude am ersten Enkelkind Mats, der in Lars' erster Ehe 1950 geboren wird, verschafft ihr kurze Erholungspausen. Astrid Lindgren ist eine junge Großmutter, selber gerade mit dem Aufbau einer neuen Existenz beschäftigt. Trotzdem entspricht sie der Rolle und pflegt – bei Spielen, Geburtstagsfeiern und z. B. in Form von Weihnachtsüberraschungen – großmütterliche Rituale, die später alle sieben Enkel genießen.

Am 15. Juni 1952 stirbt Sture Lindgren im Krankenhaus am Sabbatsberg in Stockholm an den Folgen seiner Alkoholsucht. In ihr Tagebuch schreibt sie Abschiedsworte, die einen intimen Einblick in das Verhältnis der Eheleute zueinander geben:

> „‚While strolling out an afternoon in June …' Das hat mein Liebster früher einmal gesungen. Und genau das tut er jetzt – strolling out an afternoon june. Da liegt er nun und stirbt vor meinen Augen. ‚Birds were singing everywhere' – auch das sang er. Ja, jetzt gerade singen sie in den Bäumen von Sabbatsberg. Und MEIN Liebster liegt im Sterben. Er hört mich nicht mehr, sieht mich nicht mehr. Sonst hätte ich ihm danken wollen – dafür, dass er so lieb und gut war – an diesem Juni-Abend verlässt uns ein lieber, guter Mensch. Er war mir ein Kind, das ich sehr geliebt habe. Ich habe ihm immer die Hand gehalten. Aber da, wo er jetzt hingeht, darf ich ihn nicht begleiten und ihm auch nicht die Hand halten. Gott, hilf ihm, trotzdem den richtigen Weg zu finden! Ich hätte ihm gern immer die Hand gehalten." (zitiert nach: Strömstedt 2012, S. 216)

Begraben wird Sture Lindgren auf dem Stockholmer Friedhof Haga Norra. Das Ehepaar wird im Tod nicht vereint sein. Lindgrens bei Strömstedt überlieferter Tagebucheintrag schildert Astrid Lindgrens emotionale Situation. Eine Postkarte als Antwort auf den Kondolenzbrief der Verlegerfamilie Oetinger zeigt aber deutlich, dass sie kein großes Aufheben um den Verlust ihres Mannes machen und sich schnell wieder der Arbeit zuwenden wollte. Wie groß und welcher Art ihre Trauer ist, kommt nur in versteckten autobiographischen Hinweisen zum Ausdruck.

Sture Lindgren hatte ihr in einer schwierigen Lebenssituation ein bürgerliches Leben ermöglicht, eine gesellschaftliche Position mit einigen Vergnügungsmöglichkeiten geboten, ihre schriftstellerischen Ambitionen nicht behindert und war auch für den vorehelichen Sohn ein präsenter Vater. Die zwanzig Jahre mit ihm waren ein gemeinsames Ringen um einen nicht immer sorglos zu finanzierenden Lebensstil, um die Bewältigung von Kriegseinschränkungen und um einen Neuanfang 1945/46. Beide wollten eine glückliche Ehe führen und den Kindern ein erfolgreiches Leben ermöglichen. Das gelang nur teilweise. Es sieht so aus, als ob Sture Lindgren die schnellere Gangart des Nachkriegsschwedens nicht so gut bewältigte wie seine Frau. Er geriet langsam in die Rolle des Begleiters und Beraters. Astrid Lindgrens von der Familie bis heute unterstützte Diskretion in Bezug auf Sucht und Todesumstände darf als Zeichen ihrer lebenslangen Loyalität gedeutet werden. Über den Alkoholismus ihres Schwiegervaters schwieg sie nicht.

Wie soll man mit so wenig Kenntnis Astrid Lindgrens Ehe beurteilen? Eine Liebesehe war es nach ihren eigenen Aussagen nicht. War es eine Vernunftehe? Um Lars einen Vater zu geben, um Halt an einer scheinbar gefestigten, gesellschaftlich sicheren und lebensfrohen Persönlichkeit zu finden? Sicher scheint, dass ihr diese Ehe – außer der geliebten Tochter – nicht das brachte, was sie sich erhofft hatte, ja, dass ihr mit einer Ehe vielleicht gar nicht zu helfen war. Die Lücke, die blieb, ersetzte sie durch Geschichten, und diese Geschichten waren offensichtlich nicht die Erfüllung ihres Familienlebens, sondern die Kompensation ihrer unerfüllten Erwartungen.

Die Sorge um Lars wurde größer. Biographien und Berichte der Freundinnen erzählen von Episoden der frühen Selbstständigkeit, die bei der Mutter Angst auslösen. Eine das Mutter-Sohn-Verhältnis erhellende Geschichte hat Astrid Lindgren im Juni 1984 der Biographin Sybil Gräfin Schönfeldt erzählt:

> „Schauplatz Furusund im Sommer, als Lasse neunzehn war (1945): Zwei Feriengäste hatten auf eine Nachbarinsel gewollt,

> und Lasse, der gerade sein Boot klarmachte, gefragt, ob er sie zum Tanzplatz hinüberrudern würde. ‚Er hatte nur sein T-Shirt an. Er hat die Damen auf die Insel gebracht und hat dort die Ruderblätter versteckt, damit sie keiner finden konnte, und beim Tanzen zugeschaut. Es gibt aber nun gewisse Dinge, die eine Mutter wahnsinnig vor Angst machen können: Sturm zog auf und um Mitternacht immer noch kein Boot und kein Lasse daheim. Vielleicht war er abgetrieben nach Finnland, dachte ich, oder das Boot gekentert, was sollte ich tun.‘ Astrid Lindgren lief also die paar Schritte zum Gasthaus, neben dem der Zollschuppen stand, traf dort hilfsbereite Nachbarn, und zum Schluß fuhren sie alle miteinander auf dem Zollboot hinaus und Astrid Lindgren rief unablässig über das dunkle Wasser: ‚Lasse! Lasse!‘ ‚Um drei Uhr kamen wir zurück und da stand Lasse in seinem kleinen dünnen Hemd – ach, wie war ich so glücklich!‘ Lasse hatte die Ruderblätter so gut versteckt, dass er sie selber nicht wieder finden konnte, und in der Finsternis hatte er stundenlang danach suchen müssen. Astrid Lindgren wollte ihn in ihrem Glück diese Nacht ‚ganz dicht bei mir haben‘ was die Schwiegermutter, die im Sommer auch auf Furusund war, für vollkommen überspannt und albern hielt.“ (Schönfeldt 2007, S. 64 f.)

Ob Lars auf der Insel wirklich nur zugeschaut und die Ruder gesucht hat, ist nebensächlich. Es scheint aber, dass Astrid Lindgrens ständige Angst um ihn seine Labilität und seinen Unmut vergrößerten. Das Erbe seines 1947 verstorbenen Vaters gab ihm Bewegungsfreiheit. Vielleicht wollte er nun auch als der Sohn seines Vaters leben. Reinhold Blomberg hatte 1939 nach zwei Herzinfarkten die „Vimmerby Tidning“ verkauft, war ein reicher Unternehmer geworden, hatte ein drittes Mal geheiratet und starb als Vater von dreizehn Kindern. Wer sich – wie Astrid Lindgren – ständig mit Schuldkomplexen quälte, konnte auch in diesem Versuch des Sohnes, sich eine Identität aufzubauen, eigenes Versagen hineinlesen. Lars verließ Eltern und Schwester so früh wie möglich, reiste viel, zog sein Studium in die Länge, heiratete früh, wurde früh Vater, war früh geschieden. In seiner zweiten Ehe wurde der Alkoholismus ein Problem. Wie schon bei ihrem

Ehemann musste sich Astrid Lindgren dem Suchtverhalten ihres Sohnes stellen. – Kerstin Kvint erzählt:

> „Lars heiratete sehr früh, etwa mit vierundzwanzig. Seine Frau war intelligent und smart, eine Apothekerin, ein bisschen älter als er und nicht sehr freundlich zu ihm. Sie hatten schon früh Probleme und trennten sich bald." (zitiert nach: Gottschalk 2006, S. 116)

> „Nach der Scheidung traf Lars eine andere, sehr nette Frau, sie waren verliebt und heirateten 1961. Ihre Kinder Annika und Anders wurden 1962 und 1965 geboren. Doch nach einigen Jahren begann Lars, heftig zu trinken. Astrid sprach nie darüber, das war ein Geheimnis und sie versuchte, ihn zu decken. Lars war Ingenieur, aber er konnte seinen Beruf nicht mehr ausführen, und sie sagte, er solle dann eben für die Familienfirma arbeiten. Es war nicht schwierig, es ging um die Film- und Theaterrechte. Das Geld, das dafür eingenommen wurde, musste er verwalten." (zitiert nach: Gottschalk 2006, S. 152)

> „Er trank schlimmer als je zuvor. Seine Frau auch. Vorher hatte sie nicht getrunken, sie war so ein süßes Mädchen gewesen. Sie geriet sogar tiefer hinein als er, denn er konnte besser damit umgehen. Aber er machte nie eine Entziehungskur. Und als er im Jahr 1986 starb, trank seine Frau weiter, trank noch mehr, bis Astrid und ihre Mutter sie in eine Klinik schickten. Sie haben viel darüber geredet. Sie starb dann auch an ihren Alkoholproblemen." (zitiert nach: Gottschalk 2006, S. 174 f.)

Alkoholprobleme in der Familie und im Freundeskreis haben Astrid Lindgren besonders bei Ehemann und Sohn über Jahrzehnte beschäftigt und ihr hart zugesetzt. – Kerstin Kvint erinnert sich:

> „Irgendwann war sie so müde, über die Alkoholprobleme reden zu müssen. … Lars' Frau wandte sich immer an sie und sagte: ‚Du

> musst mit deinem Sohn reden, so kann er nicht weitermachen'. Astrid war ja stark, sie war die Anführerin eines großen Clans, und jeder erwartete, dass sie alle Probleme löste." (zitiert nach: Gottschalk 2006, S. 152)

Autobiographische Erinnerungen an Alkoholismus in der Kernfamilie aus Näs existieren nicht. Man kann vermuten, dass Bestandteil von Astrid Lindgrens Kindheitsbeschwörung auch das problemfreie Leben ohne Alkohol war. Als literarisches Motiv mit versteckten biographischen Bezügen zieht sich der Alkoholismus jedoch durch ihr gesamtes schriftstellerisches Werk:

Der Schuster in den „Bullerbü"-Bänden, der zum Stadtbild gehörende Alkoholiker in „Kalle Blomquists" Kleinköpping, die zuviel Wein trinkenden Italiener in „Kati in Italien", der betrunkene Däne in „Kati in Paris", Maditas ausführliche Bekanntschaft mit dem Kampf der Putzfrau gegen die Trunksucht und dem alkoholsüchtigen Vater des Nachbarjungen Abbe, die Ekzesse in der „Michel"-Trilogie und der saufende Immobilienmakler des Ferienhauses auf Saltkrokan – sie alle sprechen von Astrid Lindgrens Vertrautheit mit dem Thema Alkohol und von ihrem um Distanz ringenden, grimmigen Umgang mit diesem Motiv in ihren Büchern.

> „Es war Samstag, Frederik mit dem Fuß war bereits betrunken und stand wie gewöhnlich vor der Gerberei mit einem Kreis von Zuhörern." (Kalle Blomquist, S. 13)

> „Sie gingen zur Gerberei hinunter. Frederik mit dem Fuß war bereits betrunken und stand da und wartete auf Wachtmeister Björk." (Kalle Blomquist, S. 141)

> „Das war ein Verzeichnis der ‚häufiger vorkommenden Krankheiten'. Es begann äußerst verheißungsvoll mit Alkoholvergiftung und schloß tatsächlich mit Nierenschrumpfung. Ein gefährliches Land, dieses Italien! Da sieht man, wohin ungehemmte Trunksucht führt.
>
> Ich vertiefte mich in die Krankheiten. Eine Krankheit könne entweder ereditaria, das heißt erblich sein, oder di corso lento,

schleichend, oder incurabile, unheilbar, erklärte das Wörterbuch.“ (Kati in Italien, S. 47)

„… und da sahen wir eine einzigartige Erscheinung. Wir sahen nämlich einen betrunkenen Dänen.

Unser erstes Gefühl war Dankbarkeit und Erleichterung – weil er kein Schwede war. Das pflegen sonst alle Betrunkenen in Helsingör zu sein, wird behauptet.“ (Kati in Paris, S. 24)

„Alle Lieder, die Linus-Ida singt, sind traurig, eins wie das andere. Die Mütter sterben in einem fort, und die Väter sitzen immer nur im Wirtshaus und trinken so lange, bis die Kinder auch sterben. Dann gehen die Väter nach Hause und weinen und bereuen alles ganz schrecklich und schwören, nie wieder einen Tropfen zu trinken – aber das hätten sie sich lieber früher überlegen sollen.“ (Madita, S. 10)

„‚Wir brauchten nicht so jämmerlich arm zu sein, aber du musst ja jeden Pfennig mit diesen Lumpenkerlen im ›Kehr-Wieder‹ versaufen.‘

‚Kehr-Wieder‘ ist eine kleine Kneipe, wohin sich Onkel Nilsson alle naselang verdrückt um einen zu heben, das hat Madita von Linus-Ida gehört.“ (Madita, S. 195)

„‚Was ist los mit dir? Warum stehst du da rum? Ist was passiert?‘, fragte Michels Mama.

Lina lächelte vor sich hin.

‚Ob was passiert ist? Ja, ich weiß nicht, wie ich es sagen soll … Aber die Hühner sind jedenfalls tot! Und der Hahn ist besoffen! Und Knirpsschweinchen ist besoffen! Und was Michel angeht … nun ja …‘

‚Was ist mit Michel?‘ fragte Michels Mama besorgt.

‚Michel‘, sagte Lina und seufzte schwer, ‚Michel ist auch besoffen!‘“ (Michel aus Lönneberga, S. 270)

„Aber damit ist die Geschichte noch nicht zu Ende. Gegen Abend schritten drei würdevolle Herren durch die Zauntür von Katthult,

> drei Guttempler von der Guttempler-Vereinigung Lönneberga. Ja, du weißt wohl nicht, was eine Guttempler-Vereinigung ist, aber ich kann dir sagen, dass sie damals in Lönneberga und ganz Småland sehr nötig war. Die Guttempler bemühten sich nämlich, der entsetzlichen Sauferei Einhalt zu gebieten, die früher so viele Menschen unglücklich machte und übrigens auch heute noch unglücklich macht." (Michel aus Lönneberga, S. 86)

Von dem Immobilienmakler, der das Ferienhaus auf Saltkrokan verkaufen will, heißt es: „Manchmal sitzt er im Stadthotel und säuft." (Ferien auf Saltkrokan, S. 319)

Ende des Jahres 1953, mit 46 Jahren früh verwitwet, Großmutter aus der ersten Ehe ihres Sohnes und Mutter einer gerade flügge werdenden Tochter, hat Astrid Lindgren in dem zurückliegenden Jahrzehnt ein dichterisches Werk geschaffen, das quantitativ und qualitativ Literaturgeschichte schreiben wird. In den Jahren 1944 bis 1953 erschienen fünf Mädchenbücher, die „Pippi-Langstrumpf"-Trilogie, die „Kalle Blomquist"-Trilogie, die „Bullerbü"-Trilogie, zwei Sammelbände mit Kurzprosa, dazu Bilderbücher und Theaterstücke. Die Autorin hatte sie nicht geschrieben, um die schwedische Kinderliteratur zu reformieren. Theoretische Überlegungen über die neuen Genres, die sie vertrat, waren ihr fremd. Sie schrieb im Dialog mit einem Teil ihrer selbst, dem trostbedürftigen Kind. Astrid Lindgren selbst war aus dem Käfig ihrer bürgerlichen Vorstellungen geflohen, hatte die Grenze zur Kunst überschritten und sich unter Verzicht und Mühen, mit viel Disziplin und Durchsetzungskraft eine Identität geschaffen, mit der sie ihre Schuldgefühle, ihre Melancholie, ihre innere Zerrissenheit und Angst ausbalancieren und leben konnte.

Arbeit (1954–1973)

Verlag, Literaturbetrieb, Film

„Ich habe oft in traurigen Momenten meines Lebens zu schreiben begonnen", gestand Astrid Lindgren in einem Interview (s. Schönborn 2002, S. 49). Niemand, der ihren Lebensweg nachvollzieht und den Kinderroman „Mio, mein Mio" (schwed. 1954; dt. 1955) gelesen hat, wird den Bezug dieses Buches zu einem „traurigen Moment" abstreiten: Das vernachlässigte Stockholmer Pflegekind Bo Wilhelm Olsson, das von seinem Vater zu sich ins Land der Ferne geholt wird, besteht als Prinz Mio einen siegreichen Kampf zwischen Gut und Böse, erfährt die stärkende Kraft der väterlichen Liebe, die freundschaftliche Solidarität des Gefährten und hört Märchen voller Lebensweisheit. Astrid Lindgren lässt sich ohne Schranken und erzählerische Vorbehalte auf die Trostfunktion einer längeren phantastischen Geschichte ein. Die Handlung beginnt im Vasa-Viertel auf einer Bank im Tegnér-Park, nahe an Astrid Lindgrens Wohnung. Dort sitzt der traurige Junge zu Beginn der Handlung auf einer Bank. Was sie im Leben bedrängte und mit Arbeitsdisziplin unterdrückte, fand ein Ventil in einer Geschichte: das Schicksal ihres Sohnes, die Liebe zu ihrem Vater, die sie ihrem Sohn nicht hatte ermöglichen können, Siechtum und Verlust des zum Problem gewordenen Ehemannes. Es war der geübte Griff in die Fiktion, um die Realität ‚anders' aussprechen und ertragen zu können. Gleichzeitig benutzte sie ihre Erschütterung und Erfahrung ungeniert, um schriftstellerisch tätig sein zu können.

Auch in der deutschen Übersetzung liest sich das Stakkato von Mios begeisterter Vaterliebe sehr wohl als eine Mischung von Verzweiflung und Hysterie:

„Jemand kam den Strand entlang. Es war *mein Vater, der König*. Ich erkannte ihn sofort, als ich ihn sah. Ich wusste, dass es mein Vater war. Er breitete die Arme aus und ich flog an seine Brust. Lange hielt er mich fest. Wir sprachen kein Wort. Ich legte nur die Arme um seinen Hals, so fest ich konnte.

Oh, wie wünschte ich mir, daß Tante Edla meinen Vater, den König, hätte sehen können! Wie schön er war und wie seine Kleider glitzerten von Gold und Diamanten! Er hatte Ähnlichkeit mit Benkas Vater, aber er war schöner. Schade, schade, dass Tante Edla ihn nicht sehen konnte! Dann hätte sie begriffen, dass mein Vater kein Lump war.

Aber Tante Edla hatte damit recht gehabt, dass meine Mama gestorben war, als ich geboren wurde. Und die dummen Leute im Kinderheim hatten nie daran gedacht, meinem Vater, dem König, Nachricht zu geben, wo ich war. Neun lange Jahre hatte er nach mir gesucht. Ich bin so froh, dass ich schließlich doch angekommen bin.

Nun bin ich schon recht lange hier. Den ganzen Tag über habe ich es schön. Und jeden Abend kommt mein Vater, der König, und wir bauen Modellflugzeuge und sprechen miteinander.

Ich wachse und es geht mir gut im Land der Ferne. Und jeden Monat macht mein Vater, der König, einen neuen Strich an der Küchentür, um zu sehen, wie viel ich gewachsen bin.

‚Mio, mein Mio', unglaublich, wie du schon wieder gewachsen bist', sagt er, wenn wir nachmessen.

‚Mio, mein Mio' sagt er, und es klingt so weich und warm. Wenn man darüber nachdenkt, heiße ich überhaupt nicht Bosse.

‚Neun lange Jahre habe ich dich gesucht', sagt mein Vater, der König. ‚Nachts habe ich wachgelegen und gedacht: Mio, mein Mio. Ich muss doch wohl wissen, dass du so heißt'. Da sieht man es. Das mit dem Bosse war so falsch, wie alles falsch war – damals in der Upplandsgatan. Und jetzt ist es richtig geworden.

Ich habe meinen Vater, den König, so lieb und er hat mich auch so lieb." (Mio, mein Mio. Hamburg 2008, S. 22–24)

Kindliche Sehnsucht nach dem Vater, der kindliche Versuch, durch kleine Lügen, Übertreibungen, Angebereien die Wirklichkeit nach den eigenen Wünschen zu gestalten, der Drang, täglichen Erfahrungen einen Sinn nach den Regeln kindlicher Logik zu geben – all das sind Beobachtungen, die Lindgren hier zu einem dramatisierten Dialog verarbeitet hat. Die Landschaft sucht nun trotz aller bekannten Einzelheiten wie Apfelblüten und Rosengarten keine Ähnlichkeit mit dem heimatlichen Småland mehr. Die Autorin entwirft eine der Dramaturgie der Handlung angemessene Kunst- und Seelenlandschaft. Das erlebende und erzählende Ich des beglückten Kindes sucht mit seiner Schilderung vor allem Kontakt zu Benka, seinem einzigen, beneideten Freund in der Realität des Vasa-Viertels.

In „Mio, mein Mio" wird auch der Weg festgelegt, den das Kinderglück, das zur Sublimierung von Erwachsenenleid taugt, gehen muss, wenn es Bestand haben soll: er führt in die Welt der Phantasie, der Träume, in ein imaginiertes Land der Ferne. Für „Mio, mein Mio" erhielt Astrid Lindgren 1956 den Sonderpreis des Deutschen Jugendliteraturpreises. Auch hier war sie unter den ersten Preisträgern eines neu gegründeten Literaturpreises für Kinder- und Jugendliteratur, den die Bundesregierung der Bundesrepublik Deutschland als Teil neu formulierter Jugendpolitik gestiftet hatte.

Aber „Mio, mein Mio" war nicht nur die Verarbeitung persönlichen Leids, sondern auch ein Verlagsprodukt der Lektorin Astrid Lindgren, für das sie eine neue Partnerschaft, ein neues Team aufstellen und erproben musste. Ihre erste, kongeniale Illustratorin, die für die nächsten 50 Jahre langsam vergessene und unterschätzte Ingrid Vang Nyman (1916–1959), ging zurück nach Dänemark. Für das neue Buch wandte sich Astrid Lindgren an die junge Ilon Wikland (geb. 1930), die nach ihrer Ausbildung ab 1953 schon einige Bücher für Rabén & Sjögren illustriert hatte. Ilon Wikland war bei ihren Großeltern in Estland aufgewachsen und 1944 vor der Roten Armee nach Stockholm geflüchtet. Für die junge Künstlerin war die Zusammenarbeit mit der erfolgreichen Schriftstellerin und Verlagsautorität Astrid Lindgren eine große Chance, die sie ergriff, um sie 50 Jahre lang nicht loszulassen. Ilon Wikland war mit einem Marineoffizier verheiratet, zog vier Töchter auf und hat zehn Enkelkinder. Nach der Neugründung des souveränen Staates Estland übergab sie im

Jahr 2006 achthundert Originalzeichnungen an das Museum in Haapsalu, dem Ort ihrer Kindheit. Dort richtete sie – ähnlich wie Junibacken – einen Themenpark für Kinderliteratur ein. Ihre Illustrationen waren in Junibacken und Astrids Värld nicht zum Zug gekommen. Das holte sie nun außerhalb Schwedens nach.

Seit „Mio, mein Mio" sind Astrid Lindgrens Texte mit Ilon Wiklands Illustrationen verbunden. Nur die „Michel"-Interpretationen des Illustrators Björn Berg (1923–2008) drangen ähnlich tief ins Bewusstsein der Leser. Beide Illustratoren erhielten die Elsa Beskow-Plakette (Ilon Wikland 1969; Björn Berg 1970). Die graphischen Interpretationen von Ilon Wikland und Björn Berg beeinflussen ganz wesentlich sowohl die Lindgren-Lektüre als auch das Lindgren-Bild. Und hier setzen auch die Fragen nach der Interpretationskunst und der Angemessenheit der Wikland-Illustrationen an.

Die Zusammenarbeit mit Ilon Wikland war in erster Linie eine berufliche Entscheidung. Aus zeitlicher Distanz und im Hinblick auf Lindgrens Gesamtwerk ist eine gewisse Statik der Bilder, eine Dominanz der heiteren Naturseligkeit und ‚gesunden' Kindlichkeit nicht zu übersehen. Im Gegensatz zur schwierigen, labilen, aber kongenialen Ingrid Vang Nyman, für die Kindheit ein Ewigkeitszustand war und jedes Stoffmuster von Kinderschürzen zur symbolträchtigen Aussage wurde, brachte Ilon Wikland so etwas wie bodenständige (Pseudo-)Realität in das Autor/Illustrator-Team. Das machte den Arbeitsprozess, den Umgang leichter. Ilon Wikland war kein Konterpart, sondern wurde eine perfekte Unterstützerin von Astrid Lindgrens Vorstellungen. Der künstlerische Wert erhöhte sich dadurch nicht. Die Harmonie trat in den Vordergrund. Psychologische Feinheiten, tiefe Einsichten in die Figuren blieben dem Text überlassen. Vielleicht war es der Autorin ganz recht, dass sie nun mit einer Illustratorin arbeitete, die ihr – anders als Ingrid Vang Nyman – nicht ebenbürtig war, aber auch keine Schwierigkeiten machte. Zum 100. Geburtstag von Astrid Lindgren illustrierten Studentinnen und Studenten der Hochschule für angewandte Wissenschaften Hamburg (HAW) unter der Leitung von Bernd Mölck-Tassel einige ihrer literarischen Figuren und zeigten eindrucksvolle Alternativen zu Ilon Wiklands Interpretationen (s. Ist das noch Pippi Langstrumpf? 2008). Auch Pia Lindenbaum (geb. 1955) und Marit Törnquist (geb. 1964) loten die Lindgren-Texte in ihren Bilderbüchern von „Die Puppe Mirabell“ (Hamburg 2003), „Im Land der Dämmerung“ (Hamburg 1995) und „Sonnenau“ (Hamburg 2003) neu aus.

An „Mio, mein Mio“ lässt sich nachweisen, wie die Produktions- und Verbreitungsmechanismen, die Astrid Lindgren im Verlag Rabén & Sjögren aufbaute, auch für ihre eigenen Bücher greifen. Das erste Kapitel des Kunstmärchens wurde schon 1950 in der Zeitschrift „Idun“ veröffentlicht. Mit den Illustrationen der neuen Künstlerin Ilon Wikland erschien das Buch 1954 bei Rabén & Sjögren. Mit dem fertigen Buch ging Astrid Lindgren auf die erste große Lesereise durch Schweden. Es wurde inklusive der Illustrationen in Lizenz an den Hamburger Oetinger Verlag verkauft, eine inzwischen eingespielte Zusammenarbeit. Die – mittlerweile mehrere Male veränderte – Übersetzung ins Deutsche lieferte Karl Kurt Peters. Zahlreiche Übersetzungen in andere Länder folgten. 1955 erschien die deutsche Ausgabe. 1987 wurde das Buch in einer schwedisch-sowjetischen Produktion mit dem Regisseur Wladimir Grammatikow verfilmt.

Im Herbst 1946 hatte der Verlag Rabén & Sjögren seine neue Autorin Astrid Lindgren als Lektorin eingestellt, später leitete sie die Kinderbuchabteilung – ein Resort, das erst noch aufgebaut werden und Profil gewinnen musste. Es handelte sich um eine Halbtagsstelle, die sie bis 1970 innehatte. Ihre Doppelfunktion als Autorin und leitende Angestellte in dem Verlag, der ihre Werke veröffentlichte, aber gleichzeitig auch nach anderen Autoren Ausschau halten musste, war eine nicht einfache Aufgabe, der sie sich mit Hingabe, Einfallsreichtum und Disziplin widmete. Morgens arbeitete sie zu Hause an ihren Manuskripten. Ab 13.00 Uhr ging sie in den Verlag und kehrte gegen Abend nach Hause zurück. Die 23 Jahre währende Verlagsarbeit bei Rabén & Sjögren war Astrid Lindgrens erste feste und klar definierte Anstellung in der professionellen Arbeitswelt. Der Verlag ermöglichte ihr Lesereisen sowie die Teilnahme an Kongressen und Preisverleihungen. Das war nicht nur freundliches Entgegenkommen, sondern Bestandteil der Marketingstrategie eines aufstrebenden Verlages, der zusammen mit seiner erfolgreichen Autorin adäquate Vertriebswege erprobte.

1954 hatte sie sich in der Welt der Bücher und Verlage sowie im schwedischen und internationalen Literaturbetrieb etabliert. Sie be-

Astrid Lindgren mit dem Verleger Hans Rabén 1970.

stimmte das Kinder- und Jugendbuchprogramm von Raben & Sjögren, sie lektorierte die Texte und verhandelte – oft brieflich – mit den Autoren und Illustratoren. Sie kümmerte sich um Lizenzen aus dem und für das Ausland. Sie nutzte Reisen zu Kongressen und Preisverleihungen, um neue Kontakte zu knüpfen und mit der internationalen Fachwelt zu kommunizieren. Heute sind die jährliche Kinderbuchmesse in Bologna, vor allem aber die Frankfurter Buchmesse die wichtigsten Treffpunkte der Kinder- und Jugendliteratur-Profis, und das Interesse hat sich klar auf den wirtschaftlichen Aspekt im globalen Markt verschoben. In der ersten Hälfte der fünfziger Jahre des vorigen Jahrhunderts jedoch waren es vor allem die Non-Governmental Organizations zur Förderung der Kinderkultur im Frieden nach dem Zweiten Weltkrieg, die den Austausch von Meinungen und Manuskripten förderten. Als Astrid Lindgren 1954 in Zürich am Kongress des IBBY (International Board on Books for Young People) teilnahm, kam es zu einem Treffen mit Erich Kästner und Pamela Travers, das ihr zum ersten Mal Gelegenheit bot, sich mit Autoren gleichen literarischen Anpruchs auszutauschen.

Die größte Hilfe bei ihrem Eintritt in die Verlagswelt war Elsa Olenius (1896–1984). Die Kinderbibliothekarin der Stadtbibliothek Stockholm, Märchensammlerin und Expertin für Kinder- und Jugendtheater hatte Astrid Lindgren bereits 1944 als Jurymitglied für das Preisausschreiben des Verlages Rabén & Sjögren kennen gelernt. Ihre Schilderung des ersten Zusammentreffens mit Astrid Lindgren zeigt deutlich den Charakter ihrer Annäherung und die Rolle, die die Autorin zunächst dabei spielte:

> „Es kam ein zartes Geschöpf – sie sah aus wie ein Vögelchen – mit einem strahlenden Lächeln zu mir in die Bibliothek und hielt ein Manuskript in der Hand. ‚Ja, hier bin ich nun, und hier ist das Kapitel, das Frau Olenius haben wollte.'" (Olenius 1967, S. 131)

Es gibt allerdings auch eine andere Schilderung von Elsa Olenius, die vielleicht weniger stilisiert ist:

> „Plötzlich stand sie da, eine zierliche Dame zwischen 35 und 40, in einem braunen Kostüm und mit einer kleinen Baskenmütze auf dem Kopf. Ich hatte am Telefon über gewisse Änderungen mit ihr gesprochen, die sie meiner Meinung nach noch am Manuskript vornehmen sollte. Inzwischen hatte sie geändert. Gleichzeitig erzählte sie, dass sie daheim in der Schublade noch ein weiteres Manuskript liegen habe, das von Bonniers schon abgelehnt worden sei. Das war ‚Pippi Langstrumpf'.
>
> Gleich bei unserer ersten Begegnung entstand ein ganz starker Kontakt zwischen Astrid und mir. Ich sah, dass sie wegen irgendetwas unglücklich war. Als ich sie danach fragte, erzählte sie mir plötzlich ganz offen, was los war. Ich weiß noch, dass ich am Abend, als ich nach Hause kam, meinem Mann von ihr erzählte." (zitiert nach: Strömstedt 2012, S. 223)

Elsa Olenius kann als Astrid Lindgrens Mentorin gelten. Sie half ihr bei der Eroberung des Literaturbetriebes und war ihr Vorbild für weltgewandtes Auftreten auf Reisen und internationalen Kongressen. Elsa Olenius war souverän, kompetent und elegant. Gemeinsame Reisen waren ihrer beider Lieblingsbeschäftigung. Wenn Astrid Lindgren ohne ihre Freundin unterwegs war, schrieb sie ihr. Das große Konvolut von Postkarten und kleinen Briefen an Elsa Olenius im Lindgren-Archiv der Schwedischen Nationalbibliothek dokumentiert, wie begeistert Astrid Lindgren ihr ihre Reiseerlebnisse mitteilt: USA, Barcelona, die Niederlande, Moskau, Sardinien, Jugoslawien, Kreta, Palermo – von überall schreibt die Autorin voller Freude und Zärtlichkeit an die Freundin. Die Beziehung war Anfang der siebziger Jahre besonders herzlich. Für Astrid Lindgren bedeutete sie besonders in Zeiten der Melancholie ein Lebenselixier.

Neben größeren Reisen unternahmen beide während vieler Jahre gemeinsam zum Geburtstag Astrid Lindgrens am 14. November einen mehrtägigen Ausflug nach London. Aber ihr eigentliches gemeinsames Feriendomizil über Jahrzehnte war das Hotel Gletscherblick in Hasliberg-Goldern in der Schweiz. 2007 gab das Hotel eine Jubiläumsbroschüre heraus, in der auch eine Eintragung von Astrid Lindgren zu finden ist: „Alles geht vorüber, auch die allerschönste Woche. Wir aber kommen wieder zurück. Astrid Lindgren. 25. September 1977."

Bei der täglichen Verlagsarbeit war Marianne Eriksson (geb. 1936) ab 1952 die größte Hilfe. Sie wurde zunächst Astrid Lindgrens Assistentin und nach ihrer Pensionierung 1970 deren Nachfolgerin im Verlag. Sie ist vielleicht diejenige, die Lindgrens Arbeitszeit und Arbeitsweise im Verlag am besten kennt. Nachdem sie ihre Tätigkeit für Rabén & Sjögren beendet hatte, gründete Marianne Eriksson 1989 zusammen mit der Kinderbuchautorin Barbro Lindgren (geb. 1937; nicht mit Astrid Lindgren verwandt) den Kinderbuchverlag Eriksson & Lindgren, Stockholm. Astrid Lindgren beschreibt ihr Arbeitsverhältnis so:

> „Mit der Zeit bekam ich eine Assistentin, die, als die Zeit erfüllt war, meine Nachfolgerin werden sollte, nach so ungefähr zehn Jahren. Sie kam 1952 in den Verlag. Vielleicht war Elsa Olenius auch diesmal am Werk und fragte Hans Rabén: ‚Warum stellst Du Marianne Eriksson nicht ein? Sie kann Schreibmaschine schreiben und schön ist sie auch noch'. Das stimmte, schön war sie und Schreibmaschine konnte sie auch schreiben. Aber zielstrebig lernte sie noch eine Menge anderer Sachen, die ein guter Verlagslektor können muss." (zitiert nach: Strömstedt 2012, S. 364)

Die Herkunft dieser Aussage ist bei Strömstedt nicht notiert. Nehmen wir sie wörtlich, so lesen wir wie so oft eine Camouflage. Was die Anstellung angeht, spricht Lindgren eine Vermutung aus. Das antizipierte Gespräch enthält Aussagen über die Schönheit von Marianne Eriksson, die dabei scheinbar an Hans Rabén gerichtet sind. Aber auch im darauf folgenden Satz, der aus der Vermutung in die Realität springt, wird die Schönheit der jungen Frau erwähnt. Sie war wichtig für Astrid Lindgren.

Marianne Eriksson stellte das Verhältnis so dar:

> „Ich hatte damals ein kleines Kind und bekam einen 3-Stunden-Job als Sekretärin. Später wurde ich Astrids Assistentin. Sie war absolut einzigartig, intelligent, schnell, effektiv. Briefe diktierte sie flüssig, Klappentexte gingen ihr leicht von der Hand. Astrid hatte einfach alles gelesen. Außerdem war sie ungeheuer diszipliniert. Ob sie das von uns auch erwartete? Ja sicher, aber sie hat das niemals gesagt, das war überhaupt nicht nötig. Ihre Autoren verdanken ihr viel. Sie wusste genau, wie man gute Bücher schreibt.“ (zitiert nach: Gottschalk 2006, S. 99)

Astrid Lindgren arbeitete für den Verlag Rabén & Sjögren erfolgreich, sachkundig und souverän. Sie war von zupackender Spontanität. Über lange Zeit planendes, systematisches Management war ihr fremd und zu Beginn ihrer Verlagstätigkeit in einem kleinen Programmbereich auch nicht zwingend notwendig. Sie war eine ihren Autoren, Illustratoren und Übersetzern mit Freundlichkeit, aber Distanz begegnende Betreuerin, deren professionelle Herzlichkeit nicht dazu verleiten sollte, wirkliche persönliche Nähe anzunehmen. Diese bei aller Freundlichkeit spürbare Abgrenzung hat auch Rita Törnqvist-Verschuur, die Übersetzerin der Lindgren-Texte ins Niederländische und Mutter der späteren Illustatorin und Kuratorin des Geschichtenzuges von Junibacken, beobachtet (s. Sörensen 2011).

In ihrer Doppelrolle als Autorin und angestellte Mitarbeiterin desselben Verlages bot Astrid Lindgren allerdings auch Reibungsflächen. Wenn sie Autoren Hinweise für Überarbeitungen und Kürzungen gab, schwebte immer ein Vergleich – vielleicht auch ein Ranking – mit ihren eigenen Texten im Raum. Auch die Ratschläge – im Verlag oder in Publikationen – an andere Autoren, wie ein gutes Jugendbuch aussehen müsse, konnten missverständlich aufgefasst werden. Waren es Anweisungen, war es Fortbildung, war es die respektierte, aber subjektive Meinung einer erfolgreichen Autorin, die über ihre ureigensten Erfolgsrezepte berichtet? In ihrem „Kleinen Zwiegespräch mit einem künftigen Kinderbuchautor" – geschrieben nach 25 Jahren Berufserfahrung am Verlagsschreibtisch und mit eigenen Manuskripten – gibt sie ein paar Hinweise, aber nur, um sie schließlich wieder zu relativieren:

> „Ferner hoffe ich, dass du nicht allzu sehr unter dem Druck dieses ‚Wie muss ein gutes Kinderbuch sein' stehst, weder heute noch morgen, noch übermorgen! Schreibe frisch von der Leber weg und aus Herzenslust. Denn Freiheit wünsche ich dir und allen anderen Kinderbuch-Autoren, die Freiheit, die einem für Erwachsene schreibenden Schriftsteller ganz selbstverständlich zugebilligt wird, nämlich zu schreiben, was er will und wie er will. Möchtest du ein erschütterndes Buch für Kinder schreiben, darüber, wie schwer und unmöglich es ist, in dieser unserer Welt ein Mensch zu sein, dann ist es dein gutes Recht, es zu tun. Möchtest du über Rassenwahn, Unterdrückung und Klassenkampf schreiben, dann ist es dein gutes Recht, es zu tun. Und möchtest du nur ein Gedicht über eine blühende Insel inmitten der Schären schreiben, so ist es fraglos dein gutes Recht, auch dies zu tun, ohne dass du dabei denken musst: Welche Wörter reimen sich denn bloß auf Dreckwasser und Ölpest? Kurzum: Freiheit! Denn ohne Freiheit welkt die Blume der Poesie, wo immer sie auch blühen mag." (Das entschwundene Land, S. 95 f.)

Bei Verträgen über eigene Bücher musste sie als Verlagsfrau z. B. in Lizenz- und Honorarfragen für sich, aber auch für die übrigen Beteiligten verhandeln und dabei sorgfältig abwägen. Ein gutes Beispiel dafür sind die Honorarverhandlungen für die Illustratorin Ingrid Vang Nyman bei der Übernahme des Bandes „Sammelaugust und andere Kinder" durch den Oetinger Verlag, die durch Briefe Astrid Lindgrens an den Oetinger Verlag (7. 1. 1952) und an Ingrid Vang Nyman (7. 10. 1952) dokumentiert sind. Astrid Lindgren hatte mit Oetinger ein Honorar von 300 DM für die erste Auflage von 4000 Exemplaren vereinbart und musste nun diese von der Illustratorin als viel zu niedrig empfundene Summe rechtfertigen. Das war für die Autorin dieses Buches, die ja gleichzeitig ein Honorar für sich selbst verhandelt hatte, nicht ganz einfach.

Kritiker an ihrer Arbeit verstand sie geschickt in ihr Netzwerk zu integrieren, wenn sie qualifiziert und einflussreich waren. In Margareta Strömstedt (geb. 1931) fand Astrid Lindgren ihre erste Biographin. Sie war zunächst Lehrerin und als Journalistin verantwortlich für die Kinderbuchseite der schwedischen Tageszeitung „Dagens Nyheter":

> „Ich lernte Astrid Ende der 60er Jahre kennen. Ich hatte gerade einen kritischen Artikel über sie veröffentlicht. Denn Astrid schrieb die Geschichte von ‚Ferien auf Saltkrokan' zuerst als Drehbuch. Dann machte sie ein Buch daraus, dann ein Bilderbuch, dann noch ein Bilderbuch und schließlich noch eine Radiogeschichte. Ich fand damals, dass das mehr als genug sei, und schrieb, sie solle das Thema nicht weiter ‚melken'. Das hat sie geärgert. Ein paar Wochen später rief sie mich an und fragte, ob sie mich wegen eines Buches über Småland treffen könnte. Ich lud sie zu mir nach Hause ein und kochte ein Abendessen. …" (zitiert nach: Gottschalk 2006, S. 148)

Margareta Strömstedt und ihr Mann, Redakteur bei der Tageszeitung „Expressen", wurden Freunde der Schriftstellerin. Ihre große, freundschaftlich gestimmte Lindgren-Biographie erschien in Schweden erstmals 1977. Strömstedt verfasste auch den Text zu der ständigen Lindgren-Ausstellung im Kulturzentrum Näs in Vimmerby und gestaltete den Lindgren Garden im weiteren Umkreis des Freizeitparks Astrids Värld.

Mit dem Oetinger Verlag in Hamburg arbeitete Astrid Lindgren besonders intensiv und erfolgreich zusammen. Sarah Prochazka hat den Verlauf dieser Kooperation mit Auszügen aus der Korrespondenz von Astrid Lindgren und der Verlegerfamilie verfolgt (s. Prochazka 2012). Selten hat es in der internationalen Verlagsgeschichte eine solche Win-win-Situation gegeben wie zwischen Astrid Lindgren mit dem von ihr betreuten Programm im Verlag Rabén & Sjögren und dem Hamburger Oetinger Verlag. Selten konnten geschäftlicher Erfolg und literarischer

Gewinn so eng miteinander verknüpft werden. In Stockholm entging man mit den Büchern Astrid Lindgrens und den zugehörigen Lizenzeinnahmen, die sich im Gefolge ihres Einflusses und ihrer Wirkung steigerten, einem drohenden Konkurs. In Hamburg entstand mit der finanziellen Rückversicherung aus der Astrid-Lindgren-Produktion ein gut funktionierender, gut sortierter Kinderbuchverlag.

Das Treffen, das im Frühling 1949 zwischen Astrid Lindgren und dem Hamburger Verleger Friedrich Oetinger (1907–1986) stattfand, wird von beiden – gemäß ihrer Interessen und Ausgangssituationen – sehr unterschiedlich geschildert. Für Friedrich Oetinger war es die Fortsetzung einer wunderbaren Entdeckung in einer Stockholmer Buchhandlung. Astrid Lindgren schildert ein abenteuerliches Zusammentreffen mit einem etwas abgerissen wirkenden Bittsteller aus Deutschland. Ihre Schilderung der ersten Begegnung mit ihrem späteren deutschen Verleger liest sich so:

> „Als ich an einem Vorfrühlingstag 1949 in meinem kleinen engen Büro in einem alten, nunmehr niedergerissenen Haus in der Oxtorsgatan in Stockholm saß, wurde ein deutscher Buchverleger angemeldet ... Etwas Derartiges hatte ich noch nie erlebt, und ich wartete neugierig. Herein trat ein sehr bescheidener Herr; ein sanftmütiger, braunäugiger, freundlich lächelnder Mann, der Franz Schubert auffallend ähnlich sah. Nach einem besonders erfolgreichen Verleger sah er nicht gerade aus. Er war in der Tat sehr dürftig gekleidet, aber während dieser ersten Nachkriegsjahre war es wohl in Deutschland nicht so leicht, elegant gekleidet zu sein. Der sanftmütig Blickende stellte sich vor ... und fragte, ob er eine Option für Deutschland bekommen könnte. ‚Von mir aus gern', sage ich." (zitiert nach: Schönfeldt 2007, S. 88)

Friedrich Oetinger schreibt:

> „... der Tag begann wie ein gewöhnlicher Tag. Ich besuchte eine Buchhandlung, kam mit dem Buchhändler ins Gespräch, und als er hörte, dass ich mich für Kinderbücher interessiere, ging er plötz-

> lich an ein Regal, gab mir ein kleines, unscheinbares Buch und sagte, dieses Buch sei ein großer Erfolg. … Er fragte mich, ob ich die Verfasserin kennenlernen möchte. Noch bevor ich etwas sagen konnte, war er schon am Telefon. Die Verabredung gelang und wenige Minuten später saß ich einer stillen, liebenswürdigen Frau gegenüber: Astrid Lindgren. Glücklicherweise sprach sie Deutsch und so konnte ich ihr von meiner Arbeit erzählen und von dem, was ich über das kleine Buch erfahren hatte. Ich bat sie um eine Option. ‚Das ist wahr', sagte sie, ‚hier in Schweden ist Pippi Langstrumpf ein großer Erfolg geworden, aber sonst nirgendwo. Fünf deutsche Verleger haben es gehabt (darunter auch Heinrich Ellermann, die Verf.), und sie alle haben es mir zurückgeschickt.' – ‚Frau Lindgren', sagte ich, ‚ich kann Schwedisch lesen und das Buch selbst beurteilen.' ‚Nun gut, versuchen Sie es', war Astrid Lindgrens Antwort." (Oetinger 1977, S. 7 f.)

Zunächst beschränken sich die Partner auf geschäftliche Verabredungen und Verhandlungen. Für beide gibt es Grund genug, ein gewisses abwartendes Misstrauen walten zu lassen. Astrid Lindgrens Argwohn gegen das eben noch faschistische Deutschland blieb wach. Friedrich Oetinger konnte nicht sicher sein, dass der Einkauf dieses sehr unkonventionellen Buches im Nachkriegsdeutschland ein Geschäft würde. Ihr Risiko ist kleiner als seins, sein Risiko größer als ihres, und das lässt sie ihn in zähen Verhandlungen um die Druckrechte durchaus spüren.

> „Sehr geehrte Frau Lindgren!
>
> Haben Sie herzlichen Dank für die Uebermittlung der drei Pippi-Bücher. Wir haben uns einige Abschnitte in einem kleinen Freundeskreis vorlesen lassen und sind zu derselben Beurteilung gekommen wie unsere schwedische Uebersetzerin, Frau Cäcilie Heinig. Nach der Einsichtnahme in die abenteuerlichen Geschichten der kleinen Pippi haben wir uns nun mehr entschlossen, einen Vertrag vorzulegen, den wir Ihnen in den nächsten Tagen übermitteln werden. Wir verbleiben mit freundlichen Grüssen!" (Brief vom 29. 4. 1949; zitiert nach: Prochazka 2012, S. 106)

> „Sehr geehrte Frau Lindgren!
> Von Frau Heinig erfuhren wir von Ihrer Beanstandung unseres Vertragsentwurfes. Wir haben den Vertrag jetzt dahingehend geändert, dass wir nur die Rechte für die Ausgabe in Deutschland erwerben, wobei es allerdings einige Schwierigkeiten macht, genau abzugrenzen was unter Deutschland zu verstehen ist. Wir möchten daher vorschlagen, dass Sie unsere nachstehend gegebene Gebietsabgrenzung für den Rahmen unseres Vertrages anerkennen. Für den Vertrag soll unter Deutschland verstanden werden die derzeitigen vier Besatzungsgebiete, nämlich die britische, amerikanische, französische und russische Zone, wozu hinzukommen soll alles, was etwa zu einem späteren Zeitpunkt noch wieder der Souveränität eines deutschen Staates unterstellt wird. …" (Brief vom 18. 5. 1949; zitiert nach: Prochazka 2012, S. 107)

Astrid Lindgren nutzte ihre Deutschlandbesuche oder Durchreisen Anfang der fünfziger Jahre auch, um kurz in Hamburg vorbeizuschauen und ihre finanziellen Ansprüche zu regeln, denn das Devisengeschäft war nach dem Zweiten Weltkrieg noch lange ein mühseliger bürokratischer Prozess.

Aus diesem anfänglich kühlen Arbeitsverhältnis wuchs menschliches Verständnis und eine Beziehung, die Astrid Lindgren, Friedrich Oetinger und Heidi von Hacht (später Heidi Oetinger) sowie ihre Tochter Silke von Hacht (später Silke Weitendorf) als Freundschaft empfunden haben. Aus den kurzen Stippvisiten im Hamburger Verlagshaus wurden längere Aufenthalte, aus dem ‚Sie' der Deutsch sprechenden Partner wurde das freundschaftliche ‚Du'. Einmal reiste das gesamte Team des Oetinger Verlages nach Schweden und machte Station in Astrid Lindgrens Sommerhaus auf Furusund. Man teilte sich auch die geschäftlichen und finanziellen Sorgen mit. Man schrieb sich Elogen und Glückwünsche.

Die geschäftlichen Beziehungen bezogen sich bald nicht nur auf die Abdruckrechte der Lindgren-Publikationen, sondern auch auf gegenseitige Empfehlungen für die Produktion der Verlage in Stockholm und Hamburg. Außerdem klärte Oetinger Lizenzgeschäfte mit Österreich und der DDR:

„… Ich kann Ihnen einige ganz erfreuliche Mitteilungen machen, und zwar habe ich inzwischen mit der Buchgemeinschaft Donauland in Wien einen Lizenzabschluss über je 15 000 Exemplare Pippi Langstrumpf vornehmen können. Der 1. Band wird bereits im September d. J. zur Auslieferung kommen. Des Weiteren habe ich auch mit dem Freund Bindel nach langem Hin und Her ebenfalls einen Lizenzabschluss über 10 000 Exemplare des 1. Bandes von Pippi Langstrumpf tätigen können, doch wird diese Ausgabe innerhalb einer Weihnachtsaktion der österreichischen Jugend zu einem sehr niedrigen Preis abgegeben werden. …" (Brief vom 15. 7. 1954; zitiert nach: Prochazka 2012, S. 152)

„Ja, und dann die Angelegenheit einer ostdeutschen Lizenzausgabe. Ich kann dazu nur sagen, daß ich in dieser Frage ganz und gar den Standpunkt von Luise Hartung einnehme. Wie schwer dieses Kapitel auf uns lastet, wirst Du wohl verstehen, und es ist sicher kein Nationalismus, der uns in dieser Frage treibt, sondern uns geht es hierbei um das rein Menschliche, um die Not und das Elend, das durch diese Spaltung seit dem letzten Krieg heraufbeschworen wurde, das immer wieder geschürt und verstärkt wird, so dass Tausende und aber Tausende Woche für Woche von ihren Höfen, aus ihren Häusern und damit aus ihrer Heimat vertrieben werden. So kann es für uns gar nichts anderes geben, als diese Stellungnahme zu beziehen, obgleich ich es traurig finde, daß wir damit den vielen Kindern, die nun einmal im Osten Deutschlands leben und aufwachsen müssen, etwas vorenthalten, was sie, und sei es nur für einen Augenblick, glücklich machen könnte. Du wirst daraus ersehen, wie schwer es für uns ist, eine solche Entscheidung des Gewissens zu treffen, aber irgendwo gibt es Grenzen, die man nicht überschreiten kann." (Brief vom 10. 12. 1958; zitiert nach: Prochazka 2012, S. 155)

Wie eng für Friedrich Oetinger und Astrid Lindgren Geschäft und Freundschaft miteinander verwoben waren, zeigt ein Brief vom 18. 8. 1967, in dem Oetinger sich für Lindgrens Brief zu seinem 60. Geburtstag bedankt:

> „… Ja, wie herrlich jung fühlte man sich damals noch, als die kleine ‚Episode' in Stockholm begann, die sich zu einem solchen Abenteuer entwickelte und mein ganzes weiteres Leben beeinflußt und ausgefüllt hat. Ich fuhr damals wirklich ahnungslos nach Hamburg zurück mit dem kleinen Pippi-Band im Koffer, und wie oft habe ich es erzählt, ich ahnte nicht, welchen ‚Fund' ich – um es mit Pippi zu sprechen – bei mir führte. Und dann die guten menschlichen und freundschaftlichen Beziehungen, die sich im Laufe der Zeit zwischen uns entwickelten. Nur viele Male habe ich es bedauert, daß dieser Kontakt nicht noch enger, nicht noch herzlicher war, und daß Du oftmals nicht dabeigewesen bist, wenn wir uns über ein neues Lindgren-Buch und wie gefreut haben, oder wenn es uns geglückt war, eine Lindgren-Sendung im Rundfunk oder Fernsehen unterzubringen, oder wenn uns ein guter Werbebrief oder Prospekt in puncto Lindgren-Bücher gelang. Ja, wir waren manches Mal ganz aus dem Häuschen und haben uns wie die Kinder benommen, die ein fröhliches Ereignis erleben durften. Du und Deine Bücher sind uns im wahrsten Sinne zum Lebensinhalt geworden, weil wir mit ihnen leben, aber auch von ihnen leben. Noch einmal, liebe Astrid, meinen allerbesten Dank und sei herzlichst umarmt von deinem Friedrich." (Brief vom 18. 8. 1967; zitiert nach: Prochazka 2012, S. 116 f.)

Der Briefwechsel zwischen Astrid Lindgren und Friedrich Oetinger riss auch nach dem Rückzug Oetingers aus dem Verlag um 1971 nicht ab. Zu seinem 65. Geburtstag widmet ihm Astrid Lindgren 1972 das Bilderbuch „Drei kleine Schweinchen im Apfelgarten" mit Linolschnitten von Ingrid Jörg, das als Verlagssonderdruck in niedriger Auflage verteilt wird. Das Geschäftliche ging über auf Heidi Oetinger, Silke und Uwe Weitendorf. Der Verlag kümmerte sich auch um Besuchstermine, Lesungen, Interviews. Das Lindgren-Archiv in Stockholm bewahrt eine Fülle von Briefen auf, in denen Astrid Lindgren und Silke Weitendorf Absprachen treffen, sich auf Formulierungen und Daten einigen. Daraus geht auch hervor, dass Anfang der achtziger Jahre das Merchandising mit Fanartikeln zu den Lindgren-Büchern professionell in das Verlagsgeschäft eingebunden wurde. Der dort zugängliche persönliche Briefwechsel geht bis in die neunziger Jahre.

Zur Verlagsarbeit der Autorin gehörte auch die Betreuung und Verfolgung von Buchprojekten in anderen Ländern, wo es nicht nur unterschiedliche, durch Übersetzungs- und Illustrationsvarianten unterstützte Interpretationen, sondern auch dem Literaturbetrieb des jeweiligen Landes angepasste Lindgren-Übernahmen gab.

1960 gab der Hamburger Oetinger Verlag das Bilderbuch „Die Kinder im Dschungel" (schwed. und dt. 1960) von Leif Krantz und Ulf Löfgren heraus. Es handelte sich um ein experimentelles Bilderbuch, in dem Kinder sich eine gefährliche Dschungelwelt herbeiträumen und -zeichnen. In der schwedischen Originalausgabe wird Astrid Lindgren, die das Buch im Verlag betreute, nicht genannt. Für die deutsche Ausgabe bearbeitete Lindgren den Text noch einmal, und auf dem deutschen Markt erschien es – mit Erlaubnis von Leif Krantz – auch unter ihrem werbewirksamen Namen als Mitautorin. Daher wird das Bilderbuch hierzulande zu Astrid Lindgrens Werkkorpus gerechnet.

Ebenfalls 1960 erschienen unter dem Titel „Wir kommen zu Euch. Geschichten aus Schweden" Texte (Ausschnitte und abgeschlossene Geschichten) aus Werken Lindgrens in der Reihe „Deutsches Lesewerk" des Schulbuchverlages Westermann. Die Serie „Wir kommen zu Euch" wurde vom Lesebuchausschuss der Gesellschaft der Freunde des vaterländischen Schul- und Erziehungswesens zu Hamburg herausgegeben. Der historische Name sollte nicht darüber hinwegtäuschen, dass es sich um ein pädagogisches Projekt handelte, das Schülern ab der 2. Klasse neben dem üblichen Kanon schulischen Lesestoffs mit Astrid Lindgren sowohl schwedische Kinderkultur als auch gute Kinderliteratur überhaupt vermittelte. Lindgren war in die schwer einzunehmende Bastion (west-)deutscher Schullektüre eingedrungen. Sie wurde, zumindest von einer Minderheit fortschrittlicher Hamburger Lehrer, als Schullektüre anerkannt.

Als Verlagslektorin arbeitete Astrid Lindgren auch mit anderen deutschen Verlagen zusammen. Hans Rabén wollte den Stuttgarter Thienemann-Verlag für die Autorin Viola Wahlstedt (1901–1992) interessieren. Astrid Lindgrens im Stockholmer Archiv einzusehende Korrespondenz mit der Autorin aus den Jahren 1947 bis 1969 zeigt ein freundliches, aber immer auch ergebnisorientiertes Verhalten. In Astrid Lindgrens Vermittlungsbrief an den Thienemann-Verlag vom 9. 4. 1953 kommt sie auch auf das Privatleben Viola Wahlstedts zu sprechen, das sie aber in den Werbetexten des Verlages nicht erwähnt haben möchte.

Die Übernahme des Kinderbuches „Zwieselchen" (dt. ab 1931) von Werner Bergengruen (1892–1964) durch den Verlag Rabén & Sjögren erfolgte erst nach deutlichen Veränderungen, die die Lektorin Astrid Lindgren so beschreibt:

> „Wie Sie sehen, haben wir das Buch ziemlich viel gekürzt, aber ich kann Ihnen versichern, dass das Buch jetzt für schwedische Kinder viel mehr geeignet ist. Was wir aus dem Buch gezogen haben ist die reizende Alltagsgeschichte eines glücklichen Kindes mit guten Eltern und mit einem wunderbaren Onkel, der den Alltag zu einem herrlichen Abenteuer machen kann. Was wir weggenommen haben ist nur die mehr fantastischen Erzählungen die zwar sehr nett sind aber doch unserer Meinung nach für das Buch nicht unbedingt nötig sind. Ich bitte Sie Herrn Bergengruen dies zu erklären und Ihm zu sagen dass wir sein Buch sehr gern haben. Wir sind ganz sicher dass das Buch in Schweden eine gute Empfehlung bekommen wird. Mit herzlichen Grüßen" (Brief an Lotte Weitbrecht vom 24. 4. 1953).

Neben der Installierung des Teams Astrid Lindgren/Ilon Wikland und der Festigung der Kooperation mit dem Hamburger Oetinger Verlag begann eine weitere Kooperationsphase. Sie ist im Bewusstsein der Lindgren-Bewunderer verloren gegangen und auf dem Buchmarkt, in Vorträgen und Projekten kaum präsent, für die Verlagsarbeit Astrid Lindgrens jedoch von erhellendem Interesse.

Ab 1954/55 beginnt die Zusammenarbeit mit der Fotografin Anna Riwkin-Brick (1908–1970). Die in Weißrussland gebürtige, mit der Familie im Zuge der Russischen Revolution nach Schweden geflüchtete Fotografin war kein Nachwuchstalent, für das Astrid Lindgren das Sprungbrett zu einer Karriere sein konnte. Sie war gleichaltrig, hatte erfolgreiche Publikationen vorgelegt und gewann die Schriftstellerin für eine Buchreihe, an der sie bereits mit anderen Autoren gearbeitet hatte. Bettina Kümmerling-Meibauer hat diese künstlerische und biographische Phase Astrid Lindgrens sachkundig geschildert (s. Kümmerling-Meibauer 2009).

Anna Riwkin-Brick und ihre erste Texterin Elly Jannes (1907–2006) hatten Fotobilderbücher entwickelt, die Kinder unterschiedlicher Kulturkreise und Nationen in Bild und Text vorstellten. Das erste Buch „Elle-Kari" erschien 1951 in Schweden und 1954 in Deutschland – auch im Oetinger Verlag. Die Bücher verbanden die Schönheit und Authentizität von Kindern in ihrer Lebenswirklichkeit und Kultur mit gleichzeitig informativen, erzählenden und poetischen Texten. Interessant für deutsche Leser ist der Zusammenhang der Arbeit dieses Teams mit UNESCO-Projekten und einer 1951 in der gerade gegründeten Internationalen Jugendbibliothek in München stattfindenden Kinderbuch-Ausstellung (s. Kümmerling-Meibauer 2009, S. 236 f.). Für insgesamt 14 Bände der Reihe zeichnete Anna Riwkin-Brick verantwortlich.

Anna Riwkin-Brick und Astrid Lindgren schufen in den Jahren 1956 bis 1968 neun Fotobilderbücher, die in Deutschland unter dem Serientitel „Kinder dieser Welt" liefen. Danach ging die Fotografin zusammen mit ihrem Mann, einem Israeli, nach Israel, wo sie zwei Jahre später an einer Krebserkrankung starb. Zu einigen ihrer Projekte reisten Astrid Lindgren und Anna Riwkin-Brick in die Länder, deren Kinder sie in den Mittelpunkt stellten.

Im ersten Band „Noriko-San" (schwed. und dt. 1956) wird das Reisen als Austausch gleichberechtigter unterschiedlicher Kulturen gedeutet:

> „Mama las Eva aus einem Buch über ein fernes, fremdes Land vor. Das Land heißt Japan. Da sagte Eva:
>
> ‚Weißt du, Mama, morgen reise ich nach Japan.'
>
> ‚Ja, tu das nur', sagte Mama.
>
> ‚Ich will so gern sehen, was die Kinder in Japan machen', sagte Eva.

‚Dort gibt es sicher irgendein Mädchen, das auch fünf Jahre alt ist, genau wie ich, und mit dem ich spielen kann.'
‚Das gibt es sicher', sagte Mama.
‚Was glaubst du, wie sie heißt?' fragte Eva.
‚Vielleicht Noriko-San', sagte Mama." (Noriko-San, S. 3/4)

Diese Sicht entspricht wahrscheinlich Lindgrens Einstellung zur Zeit der Entstehung der Bücher. Vor allem aber ermöglicht ihr die Zusammenarbeit mit Anna Riwkin-Brick, von eher klischeehaften Reiseberichten der „Kati"-Bände zu einer künstlerisch anspruchsvolleren Behandlung des ‚Fremden' zu kommen. Denn sobald Astrid Lindgren ihr Augenmerk auf Kinder lenkt, wird sie traumwandlerisch sicher und quasi unfehlbar. Die neun Fotobilderbücher führen in die Länder Japan, Tansania, Jugoslawien, Holland, Norwegen, Thailand, Finnland, nach Dalarne und in den Zirkus.

Der Verleger befürwortete die Kombination der Riwkin-Brick-Fotos mit den Texten Astrid Lindgrens wohl auch, um der Reihe einen Werbe- und Verkaufsschub zu geben – was auch für einen gewissen Zeitraum gelang. Für Astrid Lindgren besaß die Zusammenarbeit mit der Künstlerin Anna Riwkin-Brick eine andere Bedeutung. Es war eine erste Gelegenheit, Internationalität und Reiseerfahrungen mit der schriftstellerischen Arbeit zu verbinden. Die Oetinger-Verlegerin Silke Weitendorf – damals noch ein junges Mädchen – schilderte ihre Erinnerung an diese Zeit:

„Sie sind zusammen in die jeweiligen Länder gereist. Die Fotografin ist dann oft etwas länger geblieben. Aber sie haben die Orte und Kinder für ihre Geschichten gemeinsam ausgesucht. Die beiden mussten ja erst mal Land und Leute kennen lernen. Ich erinnere mich noch gut an die sechziger Jahre: Wenn man damals im Verlag anrief, hieß es oft: ‚Astrid ist jetzt gerade mit Anna Riwkin-Brick in Holland' oder in Jugoslawien oder wo immer sie gerade unterwegs waren. Für ‚Noriko-San' sind sie sogar nach Japan gereist (Bettina Kümmerling-Meibauer geht davon aus, dass Astrid Lindgren nicht in Japan war, die Verf.). Es schrieben zwar auch andere Autoren für diese Reihe, aber die meisten Texte waren von Astrid. Das merkte man. Ihr Stil war unverkennbar." (Weitendorf 2004, S. 503 f.)

Die vielen Reisen Lindgrens, privat, als Verlagsfrau und international gefeierte Autorin schlagen sich sichtbar – mit Ausnahme der fast reisejournalistisch wirkenden Passagen in den „Kati"-Bänden – in Lindgrens Literatur nicht nieder. Hier aber konnte sie Reiselust, ihr Interesse an Kindheit in unterschiedlichen Variationen und ihre Berührtheit von Kinderschönheit mit schriftstellerischer Tätigkeit verbinden. Allerdings – so hat es Kümmerling-Meibauer belegt – besaß die Fotografin das Primat und Lindgren fügte die Texte hinzu. Das war für die Schriftstellerin ungewohnt. Es wird ihr nicht sonderlich gefallen haben. Aber das Resultat überzeugte die Fachleute. Das Team erhielt 1959 für den Band „Sia wohnt am Kilimandscharo" (schwed. und dt. 1958) den Children's Spring Festival Award der „New York Herald Tribune". Und Anna Riwkin-Brick erhielt 1963 als erste Fotografin den renommierten schwedischen Illustratorenpreis für Kinder- und Jugendbücher, die Elsa-Beskow-Plakette. Offensichtlich gelang es nicht, diesen Qualitätslevel unter der Dominanz der Fotos lange aufrecht zu erhalten. Kümmerling-Meibauer weist nach, dass im Band „Matti aus Finnland" (schwed. 1968; dt. 1969) die Arbeitsmethode geändert und die Fotos nach Lindgrens Text aufgenommen wurden (s. Kümmerling-Meibauer 2009, S. 242). Die Autorin, die den auch wirtschaftlichen Erfolg der Serie garantierte, hatte sich durchgesetzt. Mit diesem Band endete jedoch die Zusammenarbeit.

Lindgren hat sich später negativ über die Buchreihe geäußert – ein sehr seltener Vorgang, der wohl mehrere Gründe hatte. Sie war hier nicht die führende Kraft. Die politische Komponente der Bücher, die ja zu ihrer Entstehungszeit auf eine ganz bestimmte Weltlage und schwedische Außenpolitik trafen, war ihr, wo sie über die Fürsprache einer friedlich-lebenswerten Kindheit hinausging, eher unheimlich. Den Text für ein Kinderbuch mit dem realen, aktuellen Handlungsort Tansania oder Jugoslawien zu schreiben, entzog der Autorin den Boden, auf dem sie sich sicher fühlte. Die Fotobilderbücher mit Anna Riwkin-Brick blieben die einzigen Printpublikationen, in denen nicht die Lindgren-Texte dominierten. So war ihr vielleicht die sinkende Nachfrage nach schwarzweißen Fotobilderbüchern auf dem schwedischen und deutschen Markt willkommen, um die Serie zu beenden. – Silke Weitendorf erklärte es so:

> „Das (das Ende der Reihe im Verlagsprogramm Oetinger, die Verf.) lag daran, dass der Kinderbuch-Markt Bücher mit Schwarzweiß-Fotografien irgendwann nicht mehr annahm und die Fotos nicht in Farbe vorlagen. Deshalb haben wir die Reihe einstellen müssen. Selbst der Name Astrid Lindgren hat da nicht geholfen." (Weitendorf 2004, S. 504)

Für drei weitere Fotobilderbücher der Fotografin Ylla (Camilla Koffler, 1911–1955) von Tierkindern mit ihren Müttern (Bären, Löwen, Elefanten), die in den Jahren 1955, 1960 und 1961 entstanden, schrieb Astrid Lindgren die Texte. Sie erschienen ausschließlich in Schweden. Das Medium Fotobilderbuch in Schwarzweiß verschwand langsam.

Zur gleichen Zeit wurde das Medium Film ein wichtiger Arbeitsbereich Astrid Lindgrens. Im Jahr 1957, als sie mit dem Staatlichen Autorenstipendium einen erneuten Beweis ihrer Anerkennung durch die Kulturpolitik erhielt, begann die Zusammenarbeit mit dem schwedischen Regisseur Olle Hellbom (1925–1982). Astrid Lindgren hatte durch frühere Verfilmungen ihrer Bücher bereits Kontakte mit Regisseuren und Produktionsfirmen. Die Kooperation mit Olle Hellbom und der kleinen Firma Artefilm, bei der er angestellt war, besaß eine andere Qualität.

Hellbom war im Alter ihres Sohnes Lars; er respektierte Lindgrens Werk und Persönlichkeit und machte sie zum Partner seiner Ideen für das Projekt neuer schwedischer Kinderfilm. Hellbom erkannte das filmische Potential der Lindgren-Texte und prägt mit seinen Filmen unser Lindgren-Bild bis heute. Die Zusammenarbeit endete mit Hellboms Tod während der Vorbereitungen zu der Verfilmung von „Ronja Räubertochter" im Jahr 1982. Zwanzig seiner insgesamt vierzig Filme drehte er nach Lindgren-Stoffen. Astrid Lindgrens Filmarbeit war nicht Bestandteil ihrer Verlagstätigkeit, sondern bezog sich ausschließlich auf ihre eigenen Texte. Für den Film wurde Musik gebraucht. Auch hier fand Astrid Lindgren qualifizierte Partner. Pippi Langstrumpfs Erkennungslied wurde von dem Jazzmusiker Jan Johansson (1931–1968) komponiert. Als

Dreh-Arbeit zu „Michel“ 1971.

langjähriger Filmmusiker im Team Hellbom/Lindgren wirkte Georg Riedel (geb. 1934).

Das Medium, für das Astrid Lindgren nun zunehmend arbeitete, besaß eine eigene Dynamik und Bildhaftigkeit, die ihre Rolle als Schriftstellerin veränderte. Bis ins hohe Alter achtete sie allerdings konsequent und nachdrücklich – ebenso wie es die Erbengemeinschaft heute tut – auf das Primat der Dichtung und Sprache. Quantität wie Qualität der Filmarbeit Lindgrens werden vielleicht auch deshalb trotz aller Filmregister und Analysen durch Cineasten und Medienwissenschaftler in ihrem biographischen Wert vernachlässigt.

1956 war in Schweden das Staatsfernsehen eingeführt worden. Als Autorin und Übersetzerin, als Hörspiel- und Theaterautorin erkannte Astrid Lindgren sofort die Möglichkeiten dieses neuen Mediums für

Filmadaptionen ihrer Texte. Auch hier wirkt sie als Pionierin, auch hier springt sie in eine neue Tätigkeit ohne Ausbildung, ohne Erfahrung – mit großem Erfolg. Zu dieser Erfolgsgeschichte gehört allerdings auch, dass sie früh gelernt hatte, vorlieb zu nehmen, aus eher bescheidenen Ressourcen das Beste herauszuholen und sich auf der Welle des Zeitgeistes tragen zu lassen. Fernsehfilme zu ihren Büchern oder als Vorläufer ihrer Bücher gehören einige Jahre später ganz selbstverständlich zu ihrer Arbeit. Es wird zwei Jahrzehnte geben, in denen die Arbeit daran im Mittelpunkt ihrer Tätigkeit steht. Astrid Lindgren gehörte zu der ersten Frauengeneration, die – dank der Kinos in Vimmerby – mit dem Film schon als junges Mädchen vertraut war und keine Berührungsängste kannte. Von 1957 bis weit in die neunziger Jahre war sie als Drehbuchautorin tätig.

Die Schauspieler und Schauspielerinnen der Lindgren-Filme schlagen einen anderen Ton in der Schilderung ihrer Beziehung zu der Autorin an als Angehörige der literarischen Welt. Für sie war der Auftritt in einem Lindgren-Film eine zeitlich klar begrenzte Aufgabe, die allerdings zum Sprungbrett zu einer Filmkarriere werden konnte. Das traf besonders auf die Kinderdarsteller und jugendlichen Schauspieler und Schauspielerinnen am Beginn ihrer Laufbahn zu. Die Promotiontouren des Filmteams, zu deren Höhepunkten auch Astrid Lindgren erschien, verschoben die Aufmerksamkeit und das Selbstwertgefühl der Darsteller und Darstellerinnen. Sie wurden zu Stars und umschwärmten Idolen der jungen Kinogänger. Hier kamen die fiktiven Welten der Astrid Lindgren auf eine fast gefährliche Weise mit der Realität lebendiger Kinder und Jugendlicher zusammen – vielleicht der risikoreichste Moment im Arbeitsleben Astrid Lindgrens. Pår Sundberg, der Darsteller von Tommy in den „Pippi Langstrumpf"-Filmen, erinnert sich an seine Jahre als durch die Welt reisender Kinderdarsteller:

> „Das Sonderbarste war wohl, so früh von zu Hause auszuziehen. Mein Vater wohnte in Stockholm, wo ich manchmal am Wochenende war, aber oft nahm ich allein ein Taxi nach Bromma, den Flug nach Bulltofta und dann ein Taxi nach Hause. Da sagte Mama ‚Das Essen ist fertig', und ich antwortete: ‚Nee, ich geh lieber ins Restaurant.' Das war kurz nach meinem 10. Geburtstag. Mit dem

Flugzeug zu pendeln kam mir gar nicht besonders cool vor, sondern es war einfach so. An diesen Wochenenden war mir gar nicht richtig bewusst, was es hieß, zu meiner Familie nach Hause zu kommen. Maria (d. i. Maria Persson, die Annika-Darstellerin, d. Verf.) stand mir näher als mein richtiger Bruder.'" (zitiert nach: Karlsson/Erséus 2006, S. 96).

Während die Pippi-Darstellerin bis heute die Verbindung zu ihrer Rolle und der Schöpferin ihres literarischen Vorbildes herzustellen sucht, haben andere – in nüchterner Einschätzung der Realität – von dieser Zeit Abschied genommen, einige verschweigen sie lieber, und nur einzelne haben Lindgrens Genie in ihrem weiteren Arbeitsleben weiter verfolgt.

Die Journalisten und Autoren Petter Karlsson und Johan Erséus haben in ihrem Überblick über die Filmwelt Astrid Lindgrens (s. Karlsson/Erséus 2006) die Spuren einiger Darsteller im Kindes- oder Jugendlichenalter verfolgt. Das Ergebnis ihrer Nachforschungen wird hier kurz zusammengefasst. Es steht neben den Zeugnissen millionenfacher Begeisterung über die Bücher und gehört zur Wirkung ihrer Texte.

In den Fernsehserien „Ferien auf Saltkrokan", die später auch zu Filmen zusammengeschnitten wurden, fielen vor allem zwei Mädchenrollen auf, deren Darstellerinnen nach den Dreharbeiten sehr unterschiedliche Lebenswege einschlugen. Für die Rolle der Malin – treu sorgende Tochter des zerstreuten Autors und liebevolle Schwester ihrer jüngeren Brüder – hatte Olle Hellbom (nicht Astrid Lindgren) – den Teenager aus gutem Hause Louise Edlind engagiert. Sie wurde zum angehimmelten Teenagerstar der Serie. Nach der Heirat und der Geburt von zwei Kindern arbeitete sie für eine Zeit als Schauspielerin, danach wurde sie Politikerin. Zum Liebling der Nation aber wurde Maria Johansson in der Rolle der Tjorven, des „majestätischen Kindes". Es fiel ihr später schwer, auf Popularität und Öffentlichkeit zu verzichten, eine neue Orientierung zu finden. Über Jahrzehnte versuchte sie, auf unterschiedlichen Schauplätzen Fuß zu fassen. Über „Saltkrokan" will sie nicht mehr reden.

Die bekannteste Kinderdarstellerin in den Lindgren-Filmen der Regisseure Olle Helbom und Tage Danielsson war Inger Nilsson in der Titelrolle von „Pippi Langstrumpf". Maria Persson als Annika und Pär

Sundberg als Tommy wurden ebenfalls populär. Drei Jahre lang lebten die Darsteller von Pippi, Annika und Tommy bei den Dreharbeiten wie Geschwister miteinander, gingen danach auch auf Werbereisen und hatten gemeinsame Auftritte. Pår Sundberg bemerkte bald, dass er kein guter Schauspieler werden würde, und arbeitet in der PR-Branche. Maria Persson arbeitet nach vergeblichen Filmversuchen und wechselvollen Beschäftigungen inzwischen als Altenpflegerin. Inger Nilsson hat trotz zahlreicher Ansätze zu anderen Berufswirklichkeiten inzwischen die nie wirklich verblasste Popularität im Zusammenhang mit Gedenkfeiern und PR-Aktionen wieder herstellen können. Sie wird im Bewusstsein der Öffentlichkeit immer die Inkarnation von Pippi Langstrumpf bleiben und pflegt die Erinnerungskultur um Astrid Lindgren als persönliches Anliegen. Ob die Autorin ihr wirklich so nahe war, wie es in ihren Aussagen den Anschein hat, erscheint fraglich.

Jan Ohlsson wurde Michel und lebte viele Jahrzehnte mit seiner Rolle. Er setzte seine Arbeit zunächst in kleinen Filmrollen und Erinnerungsauftritten, 1976 als werbewirksames Maskottchen für die Schwedische Olympiamannschaft in Montreal fort. Noch lange war er für die Öffentlichkeit der Männchen schnitzende Lausejunge auf Katthult. Aber irgendwann begann er, die Öffentlichkeit zu meiden. Er lebt als Familienvater und arbeitet in der Computerbranche. Auch er will sich über die Filmarbeit nicht mehr äußern.

Jonna Liljendahl spielte Madita, Liv Alsterlund ihre jüngere Schwester Lisabet. Beide haben positive Erinnerungen an die Dreharbeiten. Schwierig wurde für Liljendahl die Zeit der Fanbegeisterung, die ihr eine normale Jugend unmöglich machte. Sie ist inzwischen Familienmutter und arbeitet für eine Werbeagentur. Liv Alsterlund war weiterhin für Film, Fernsehen und Theater tätig, bis sie ein Studium der Medienwissenschaften begann.

Hanna Zetterberg, im Film die Räubertochter Ronja, wurde 1994 als Abgeordnete der Linkspartei in den Reichstag gewählt. Nach einer Legislaturperiode begann sie ein Studium der Wirtschaftsgeschichte, blieb der Politik und Partei aber treu. Über den Film möchte sie nicht mehr sprechen. Ihr Partner Birk wurde von Dan Håfström gespielt. Es hieß, er sei vor allem wegen seiner Ähnlichkeit mit dem Regisseur Tage Danielsson – beide besaßen leuchtend rote Haare – gecastet worden. Heute ist Dan Håfström

Journalist. Für ihn ist der Film „Ronja Räubertochter" nur mehr eine Kindheitserinnerung.

Lars Söderdahl, der Darsteller des Lillebror im Film „Karlsson vom Dach" und von Krümel in „Die Brüder Löwenherz", ging kurz auf eine Theaterschule, wandte sich dann aber der Pfingstkirche zu, leistete seinen Zivildienst und besuchte die umstrittene Bibel- und Missionarschule Livets Ord, um Missionar zu werden. Auf der Feier zum 80. Geburtstag Astrid Lindgrens in Staffan Götestams Privattheater Göta Lejon erschreckte er das Geburtstagskind und die Gäste, von denen viele ihn als anrührenden kleinen Jungen in Erinnerung hatten, mit seinem verhärmten Äußeren und seinem düsteren Verhalten. Wenig später wandte er sich von Livets Ord ab und begann ein bürgerliches Leben. Seit 2006 ist Lars Söderdahl Postarbeiter in Malmö, wird auf der Straße immer noch als „Krümel" erkannt, misst aber der Filmarbeit mit Astrid Lindgren keine große Bedeutung mehr zu. Auch für ihn ist Astrid Lindgren eine Kindheitserinnerung.

Die Darsteller der Kinder in den Lindgren-Filmen wurden fast alle auf konfliktreiche Weise erwachsen. Ein Verbleiben in der Kindheit, in ihrem Fall in der Filmwelt von Astrid Lindgren, Olle Hellbom und Tage Danielsson, war ihnen nicht möglich.

Staffan Götestam (geb. 1952), der Darsteller von Jonathan in dem Film „Die Brüder Löwenherz", wurde Schauspieler, Regisseur und Produzent. Er hat Theaterstücke, Musicals und Fernsehfilme nach Lindgren-Stoffen produziert. Die Musical-Fassungen laufen zum Teil in seinem Privattheater. Er ist auch der Initiator des 1996 eröffneten Indoor-Vergnügungsparks Junibacken und konnte Astrid Lindgren überzeugen, dem Kinderliteraturhaus zuzustimmen.

Die Ausflüge in die Filmwelt hinderten den Fluss der literarischen Werke nicht. 1955 beginnt die Autorin mit der Veröffentlichung einer neuen Reihe von Kinderbüchern, der Trilogie um „Karlsson vom Dach" (schwed. 1955–1968; dt. 1956–1968).

Folgt man Astrid Lindgrens ständigem Bemühen, die Entstehung und Namensnennung ihrer literarischen Figuren in der eigenen Biographie zu verankern, so ist die Figur des Karlsson eine Fortentwicklung, eine heiter-aufsässige Variante des Herrn Lilienstengel aus der Trostgeschichte „Im Land der Dämmerung", die 1949 (dt. 1952) in der Anthologie „Im

Wald sind keine Räuber“ und später in den Bilderbuchfassungen „Herr Lilienstengel“ (1969; mit Illustrationen von Hans-Joachim Krantz) und „Im Land der Dämmerung“ (1995; mit Illustrationen von Marit Törnqvist) veröffentlicht wurde:

> „Jahre später tauchte Herr Lilienstängel wieder auf, doch ohne mich zu fragen hatte dieser Racker inzwischen seinen Charakter geändert, und wie gründlich! So unleidlich und hochnäsig war er geworden, dass man ihn nicht mal mit der Feuerzange hätte anfassen wollen! Er selber freilich hielt sich für einen ‚schönen, grundgescheiten und gerade richtig dicken‘ Mann in den besten Jahren. Ein netter kleiner Herr Lilienstängel war er bei Gott nicht mehr und deshalb musste er zwangsläufig auch anders heißen. … Warum aber ausgerechnet ‚Karlsson vom Dach?‘
>
> Als kleines Mädchen ging ich für mein Leben gern mit unseren zerissenen Schuhen zum Schuster. … Der Schuster … hieß Karlsson und wurde von allen Leuten ‚Karlsson vom Fass‘ genannt. Der Rhythmus dieses Namens muss wohl in mir herumgespukt haben …“ (Das entschwundene Land, S. 100)

„Lillebror und Karlsson vom Dach“ (schwed. 1955; dt. 1956) spielt im Stockholmer Vasa-Wohnviertel, in dem Astrid Lindgren mit ihrer Familie zu Hause war. Lillebror, ein siebenjähriger schüchterner Junge mit viel beschäftigten Eltern und zwei Geschwistern im Teenageralter, fühlt sich einsam und ist glücklich, dass er Karlsson trifft, einen kleinen dicken Mann mit einem Propeller auf dem Rücken. Karlsson wohnt in einem chaotischen kleinen Haus auf dem Dach. Der Luftraum über den Dächern des Vasa-Viertels ist sein Revier. Er zieht den Jungen in seinen Bann, imponiert ihm mit seinem großsprecherischen Gehabe und verschafft ihm trotz aller turbulenten Situationen immer größeres Selbstbewusstsein. Karlssons Unverschämtheiten stärken die Widerstandskraft des jüngsten Kindes in der Familie, die sich schließlich mit der Existenz des schrägen Gefährten abfindet:

> „Lillebror seufzte tief. Da hörte er ein leises Brummen. Das Brummen wurde lauter und ehe er sichs versah, kam ein kleiner, dicker

Mann langsam am Fenster vorbeigeflogen. Das war Karlsson vom Dach. … ‚Heißa hopsa', sagte er. ‚Darf man sich hier ein bisschen niederlassen?' ‚Ja, bitte sehr', sagte Lillebror. ‚Ist es nicht schwer, so zu fliegen?', sagte er dann.

‚Für mich nicht', sagte Karlsson und warf sich in die Brust. ‚Für mich ist es überhaupt nicht schwer. Ich bin nämlich der beste Kunstflieger der Welt. Ich möchte aber nicht jedem x-beliebigen Strohkopf raten, es nachzumachen.'

…

Aber Lillebror konnte sich nicht so richtig freuen. Ihm traten die Tränen in die Augen.

‚Meine Dampfmaschine', sagte er. ‚Sie ist kaputt.'

‚Stört keinen großen Geist', sagte Karlsson …" (Karlsson vom Dach, S. 13 f. u. S. 16)

Am Ende des ersten Bandes nimmt Lillebrors Einsamkeit auch ohne Karlsson ein Ende. Er bekommt den ersehnten Hund. Das Buch war offensichtlich nicht auf eine Fortsetzung angelegt. Aber die Handlungskonstellation – unleidlicher kleiner Mann mit Propeller auf dem Rücken über den Dächern des Vasa-Viertels im Verein mit einem braven kleinen Jungen – war zu gut, um sie fallen zu lassen.

Im zweiten Band, „Karlsson fliegt wieder" (schwed. 1962; dt. 1963), sind Lillebrors Eltern, später auch die Geschwister abwesend, und Fräulein Bock, eine Hauspflegerin, passt auf ihn auf. Vor diesem Hintergrund können die Streiche der beiden ausladender, die Unverschämtheiten gegen den „Hausbock" größer und Lillebrors Auseinandersetzung mit Karlssons herausfordernder Persönlichkeit noch intensiver werden. Er entwickelt dabei so etwas wie Verantwortungsgefühl für den Kameraden, der zwar fliegen, aber sich nicht wirklich versorgen kann.

Die Abwesenheit von Eltern und Geschwistern erhöht den Handlungsspielraum und das Vergnügen auch im dritten Band, „Der beste Karlsson der Welt" (schwed. und dt. 1968). Zum „Hausbock" gesellt sich der nörgelige Onkel Julius. Lillebror und Karlsson geraten erneut in turbulente Situationen. Der fliegende Frechdachs wird von der Öffentlichkeit entdeckt, gesucht und für einen Spion gehalten. Schließlich meldet er sich selbst, um die ausgesetzte Belohnung für seine Enttarnung einzukassieren. Dem besorgten Lillebror erklärt er noch einmal sein Lebensprinzip:

> „Es gibt drei Arten, das weißt du. Tirritieren und schabernacken und figurieren. Und ich habe die Absicht, diese Arten anzuwenden, alle drei …'
>
> … ‚Hohoho, ein reicher und schöner und grundgescheiter und gerade richtig dicker Mann in seinen besten Jahren, das bin ich. Der beste Karlsson der Welt in jeder Weise. Hast du verstanden, Lillebror?'" (Karlsson vom Dach, S. 395–396)

Die „Karlsson"-Trilogie entspricht exakt den Kompositionsgesetzen der phantastischen Kinderliteratur, in der erfundene Gefährten von in Bedrängnis geratenen und phantasievollen Kindern zum Tröster und Motor eines Selbstheilungsprozesses werden. Daher ist Karlsson von Kinderliteraturexperten und Psychologen als revoltierendes Alter Ego des angepassten und einsamen Lillebror gedeutet worden. Diese Deutung hat Astrid Lindgren verärgert als Überinterpretation und Instrumentalisierung der Karlsson-Figur zurückgewiesen. Auch bei „Mio, mein Mio" und „Die Brüder Löwenherz" verbat sie sich die rationale oder psychologische Deutung der phantastischen Welt. Dieser Verweis ist ein gutes Beispiel für das feine Gespür der Autorin, dass die Vereinnahmung ihrer literarischen Figuren für irgendwelche Theorien dem künstlerischen Wert Schaden zufügen könnte.

„Karlsson vom Dach" erlebte unvorhergesehene Erfolge in der Sowjetunion. Ab 1957 existierte – fern jeder Copyright-Vereinbarung – ein Raubdruck. 1968 und 1970 wurden sowjetische Zeichentrickfilme hergestellt, die ausschnittweise noch auf www.youtube. com (letzter Zugriff: 24. 4. 2013) zu sehen sind. Sowjetische Politiker, mit denen Astrid Lindgren in Kontakt kam, kannten das Buch und sprachen sie darauf an. In der westlichen Fachliteratur wird die Vermutung ausgesprochen, die Karlsson-Figur sei im Sowjetsystem als Satire auf einen überheblichen Polit-Apparatschik rezipiert worden.

Nach „Mio, mein Mio", dem Beginn der „Karlsson"-Trilogie und dem ersten Fotobilderbuch der Reihe „Kinder dieser Welt" mit Anna

Riwkin-Brick wandte sich Astrid Lindgren in den Jahren 1956 bis 1958 wieder der Darstellung realistisch gedeuteter Kinderwelten zu.

Der Kinderroman „Rasmus und der Landstreicher" (schwed. 1956; dt. 1957) erzählt von dem achtjährigen Rasmus, der in einem ländlichen Waisenhaus lebt und sich nach Eltern sehnt. Nach einem Missgeschick gegenüber der Heimleiterin reißt er aus, um sich Eltern zu suchen. Der Landstreicher Paradies-Oskar erlaubt ihm, für eine Weile mit ihm zu gehen. Beide geraten in eine Kriminalhandlung. Als der Landstreicher für den Jungen ein liebevolles Pflegeelternpaar auf einem Bauernhof gefunden zu haben glaubt, verzichtet Rasmus, um den Landstreicher nicht verlassen zu müssen. Schließlich findet er bei der verständnisvollen Frau des Landstreichers eine Heimat. Einen Sommer lang wandern Mann und Junge durch ein vorindustrielles Schweden. ‚On the road' genießt der Junge die väterliche Zuwendung, muss bangen und hoffen, bis sich sein Traum von einem Zuhause erfüllt.

Lindgren erzählt hier ein soziales Märchen im realistischen Gewand, das sich von Bearbeitungen des Sujets im 19. Jahrhundert durch hohe psychologische Differenziertheit, den Verzicht auf Sentimentalität und die Fokussierung des kindlichen Bewusstseins der Hauptfigur unterscheidet. – Als Rasmus erkennt, dass er das Bauernpaar verlassen muss, um Oskar zu folgen, heißt es:

> „Es ist nicht so leicht, zu Leuten hinzugehen und ihnen zu sagen, man wollte sie als Eltern nicht haben. Und für einen, der schüchtern ist, bedeutet es ein schreckliches Unterfangen. Aber Rasmus war bereit, alles Mögliche auszuhalten, wenn er nur mit Oskar gehen durfte.
>
> Er ging zur Pumpe auf den Hofplatz und wusch sich die Tränenspuren aus dem Gesicht. Dann winkte er Oskar zu, um sich selber Mut zu machen, und ging entschlossen in die Küche.
>
> Sie waren beide drinnen, der Stensätrabauer und seine Frau. Sie saßen am Tisch und frühstückten. Rasmus blieb an der Tür stehen, wie Landstreicher es tun. Es durchlief ihn ein Schauder. Jetzt musste er anfangen, alles zu erklären. Was würden sie sagen? Würden sie sehr böse werden?
>
> ‚Ich möchte lieber mit Oskar gehen', murmelte er.

> Zuerst war es still in der Küche, dann sagte Frau Nilsson:
> ‚Komm und setz dich her und iss, dann kannst du uns erzählen, weshalb du lieber mit Oskar gehen möchtest.' Rasmus wandte sich ab.
> ‚Ich bin mehr an ihn gewöhnt', sagte er leise.
> Frau Nilsson wollte ihn an den Tisch ziehen, aber er sträubte sich. Er stemmte die Füße gegen den Fußboden und sperrte sich wie ein störrisches Zicklein. Er hatte solche Angst, dass sie ihn daran hindern wollten, mit Oskar zu gehen.
> ‚Du musst essen, wenn du auf die Walze gehen willst', sagte der Stensätrabauer und lachte." (Rasmus und der Landstreicher, S. 192 f.)

Astrid Lindgren greift in diesem Sommertraum eines Waisenkindes viele vertraute Motive auf: die Armenhausatmosphäre, die Kleinstadt-Honoratioren, die Sehnsucht nach der Mutter, die verlassenen Regionen der Amerikaauswanderer, die stets wiederkehrenden Redensarten aus religiösen Zusammenhängen und die Verquickung von Abenteuer- und Kriminalhandlung. Sie schafft literarische Identitäten, die nicht von ihr oder von Familienangehörigen erzählen, wohl aber durch Erfahrung und Anliegen glaubhaft erscheinen. Authentisch sind die Personen ausschließlich in Bezug auf den schöpferischen Willen der Autorin. Das Buch wirkt wie ein gelungenes Fazit bisheriger schriftstellerischer Errungenschaften. Ein Subtext, der Hinweise auf ihre Situation Mitte der fünfziger Jahre zulässt, ist gleichwohl vorhanden.

Für „Rasmus und der Landstreicher" und das Gesamtwerk wurde ihr im Palazzo Vecchio in Florenz am 17. 5. 1958 die Hans-Christian-Andersen-Medaille des International Board on Books for Young People überreicht. Sie war die zweite Preisträgerin der 1957 ins Leben gerufenen Auszeichnung. Der Zauber des Sommers ‚on the road' wird in ihrer Dankesrede noch einmal beschworen:

> „Wäre ich auch nur zehn Jahre später zur Welt gekommen, so hätte ich nichts von jener fernen Zeit gewusst, als … noch Pferdewagen statt Automobile auf den Straßen fuhren. Das Pferdezeitalter – das

> war eine Zeit mit einem ganz anderen und langsameren Rhythmus als die unsere. Ich glaube, es war schön, in jener Zeit ein Kind zu sein." (zitiert nach: Schönfeldt 2007, S. 41)

Mit „Rasmus, Pontus und der Schwertschlucker" (schwed. 1957; dt 1958) kehrt Astrid Lindgren zurück in die Kleinstadtwelt von „Britt-Mari erleichtert ihr Herz" und der „Kalle Blomquist"-Trilogie. Für die elfjährigen Schulfreunde Rasmus und Pontus ist der jährliche Frühjahrsmarkt Mittelpunkt einer Ereigniskette, die sich vom Familienleben über die Rache am ehrlosen Freund der großen Schwester bis hin zum Raubdelikt des Schwertschluckers zieht. Astrid Lindgren erprobt hier die dritte Variante einer Kriminalhandlung – eine handwerklich sehr gekonnt aufgestellte Groteske, die sich besonders in den Erinnerungen des Schwertschluckers an seine Mutter zeigt:

> „‚Nein, ihr solltet solch eine Mama gehabt haben wie meine kleine Mammi, die konnte Kinder züchtigen. Kleine, eisenharte Pranken hatte sie, die alle ihren achtzehn Kindern nur so um die Ohren klatschten.' …
>
> ‚sie hat mich verdroschen, Himmel, Arm und Zwirn! Aber davon kriegte sie auch starke Finger. Schwedischer Meister im Fingerhakeln, das wurde sie auf dem Markt in Kivik 1912.' …
>
> ‚Ach, sie war eine großartige Frau, meine kleine Mammi. Da lag ich auf meinen Knien neben ihr in dem Herbstabend, der Regen strömte über uns runter und der Wind pfeifte und meine kleine Mammi hat das Genick gebrochen. ‚Tut es sehr weh, liebe Mama?' fragte ich und weinte. ‚Nein, kleiner Alfredo', sagte sie, ‚es tut nicht weh, nur wenn ich lachen muss', sagt sie. Und das waren ihre letzten Worte.'" (Rasmus, Pontus und der Schwertschlucker, S. 351–352)

Eine Variation des „Bullerbü"-Schemas bringt das Kinderbuch „Die Kinder aus der Krachmacherstraße" (schwed. 1958; dt. 1957), das früher in Deutschland als in Schweden erschien. Geschildert werden Ereignisse aus dem Alltag einer Kleinstadtfamilie mit den Kindern Jonas, Mia Maria und Lotta in der Stadt und beim Besuch der Großeltern auf dem Land. Erzählt wird hier aus der Sicht des mittleren Kindes Mia Maria. Bekannte Episoden wie der Arztbesuch, das Zahnziehen, Besuch von Cousin und Cousine, das Weihnachtsfest und einfallsreiche Kinderspiele werden hier konflikreicher dargestellt. Das liegt besonders an der Kleinsten, Lotta. Sie gehört zu den begabten, unangepassten Kindern in Astrid Lindgrens Gesamtwerk. Über sie schreibt die Autorin später noch vier Bilderbuchtexte: „Lotta zieht um“ (schwed. 1961; dt. 1962), „Na klar, Lotta kann Rad fahren“ (schwed. 1971; dt. 1972), „Lotta kann fast alles“ (schwed. und dt. 1977) und „Natürlich ist Lotta ein fröhliches Kind“ (schwed. und dt. 1991). In „Na klar, Lotta kann Rad fahren“ hat Ilon Wikland Astrid Lindgren ein zweites Mal als Schornsteinfegerin mit charakteristischer Nase porträtiert.

> „‚Und den Teddy‘, sagte Lotta.
> Der Teddy, das ist ein großes rosa Stoffschwein, das gehört Lotta und das will sie überallhin mitnehmen. Sie denkt, es ist ein Bär, und darum nennt sie es Teddy.
> ‚Aber es ist ein Schwein, und das ist es immer gewesen‘, sagt Jonas.
> Dann schreit Lotta und sagt, es ist ein Bär.
> ‚Bären sind aber nicht rosa‘, sagt Jonas. ‚Denkst du, es ist ein Eisbär oder ein gewöhnlicher Bär?‘
> ‚Es ist ein Schweinsbär‘, sagt Lotta.“ (Die Kinder aus der Krachmacherstraße, S. 32)

Für die Figur der Lotta interessierte sich der schwedische Filmregisseur Ingmar Bergman (1918–2007) und erwog, „Lotta zieht um“ zu verfilmen.

> „Die Geschichte hat die gleiche Sprengkraft wie eine antike Tragödie mit großen Gesten und heftigen Gefühlsausdrücken. Gleichzeitig ist sie erfüllt von einer zarten Sensibilität.“ (zitiert nach: Schönborn 2002, S. 160)

Auch für eine Verfilmung der „Brüder Löwenherz“ hatte man sich im Umkreis des großen Regisseurs interessiert. In diesem Zusammenhang schrieb Astrid Lindgren am 19. 1. 1976 einen Brief, der mit den Worten „To your own self to be true – kära Ingmar" beginnt und ihm erklärt, dass sie ihre gewohnte Zusammenarbeit nicht aufgeben möchte. Es kam zu keinem gemeinsamen Filmprojekt, und Astrid Lindgren hat sich später ein bisschen lustig gemacht über die Vorstellung, dass der düstere Bergman zu ihrer heiteren Kinderwelt griff. Aber in Wahrheit liegen Bergmans Erinnerung an seine Kindheit in bigott-religiöser Umgebung und Lindgrens authentische Kinderwelt so weit nicht auseinander. Bergman erspürte die dunkle, die konfliktreiche Seite der hellen, fröhlichen „Krachmacher"-Kinderwelt und bereitete Astrid Lindgren damit eine Anerkennung, wie sie sie nicht oft erfuhr.

1960 erschien der Kinderroman „Madita" (schwed. 1960; dt. 1961), zu dessen Fortsetzung „Madita und Pims" (schwed. und dt. 1976) Astrid Lindgren sich erst sechzehn Jahre später entschließen sollte. Sie schildert in beiden Bänden Episoden aus dem Leben eines behüteten, zu Beginn der Geschichte fast siebenjährigen Mädchens am Rande einer kleinen Stadt. Maditas Vater arbeitet als Redakteur bei der örtlichen Zeitung. Die Familie gehört also zu den Honoratioren der Stadt, gleichzeitig wahrt sie – infolge des Berufs und der intellektuellen Einsicht des Vaters – eine gewisse Distanz. Die macht es der Autorin möglich, zusammen mit Madita die Welt fröhlich, staunend, aber auch rätselnd zu betrachten, weil Vorstellung und Wirklichkeit des eigenwilligen Mädchens sich selten decken. Handfeste Realität muss daher Maditas kleine Schwester Elisabet in die Handlung einbringen. Denn selbst Not und Alkoholismus im Haus des Nachbarjungen, Verwahrlosung bei Mitschülern und geistige Verwirrtheit eines Armenhausbewohners dringen nicht in den Alltag, wohl aber in die empfindsame Seele des wilden kleinen Mädchens ein. Die Freude am Leben, das Spiel mit Elisabet, der liebevolle Umgang in der Familie und zum guten Schluss die Geburt der jüngsten Schwester rahmen die Ereignisse ein und nehmen ihnen die Schärfe.

„‚Eis find ich zu schön', sagte Madita.

‚Eis finden alle zu schön', sagt Lisabet.

Aber Madita findet es nicht nur schön – sie ist so froh, dass ihr das Herz aus der Brust fliegen könnte. Diese Eisbahn ist ein

> Wunder. Der Winterfluss und der Sommerfluss, das ist wirklich zweierlei. An den Sommerabenden rudern sie hier manchmal mit Papa, oft bis nach Apelkullen, um Eier zu kaufen. Dann ist es ein sanftes, stilles Flüsschen, das zwischen grünen Bäumen dahinplätschert. … Aber der Winterfluss ist wie verzaubert. Das blanke, schwarze Eis und die stillen, weiß bereiften Bäume, die in der Sonne ganz rot glitzern, das ist alles so frostig und fantastisch schön, dass Madita ganz außer sich gerät vor Freude. Schneller und schneller schlittert sie dahin, immer wilder und ausgelassener wird sie, ihr kommt es fast vor, als flöge sie zum Himmel." (Madita, S. 117–118)

Im zweiten Band schiebt sich die kindliche Auseinandersetzung mit sozialen Fragen in den Vordergrund der Erlebnisse. Der Vater erklärt dem Mädchen die „Hilflosigkeit der Armut". Die rothaarige Schulkameradin aus dem Armenviertel wird von der geprügelten Feindin zur Freundin, die Madita vor Ungerechtigkeiten in Schutz nimmt. Der Vater nimmt das Dienstmädchen Alva mit auf den Ball und bricht damit ein gesellschaftliches Tabu:

> „‚Die Hilflosigkeit der Armut, was ist das?', fragt sie ihren Papa. Und er erklärt ihr, wenn man richtig arm ist, dann ist es genauso, als wäre man an Händen und Füßen gefesselt, man kann nichts tun. Man ist ganz hilflos, wenn etwas passiert, Krankheiten oder etwas anderes, was schwer ist in diesem Leben. Madita ist eine Weile über die Hilflosigkeit der Armut betrübt und denkt auch später noch manchmal daran." (Madita, S. 192–193)

> „‚Mein Verehrtester', sagt sie, ‚auf diesen Ball Dienstboten mitzubringen ist aber nicht üblich, …' ‚So, das ist nicht üblich', sagte er. ‚Nun, dann ist es wirklich an der Zeit, dass sich das ändert, finde ich.'" (Madita, S. 322 f.)

Aber Maditas Glück ist in diesem Buch vorerst noch das Glück des kleinen bürgerlichen Mädchens:

> „Heute ist ein besonderer, ein lustiger Tag und solche gibt es nicht oft. Walpurgisnacht ist heute und abends wird draußen auf der Jahrmarktwiese das Maifeuer angezündet. Außerdem soll Madita neue Sandalen bekommen und in die Schule braucht sie auch nicht zu gehen. So ein Tag sollte im Kalender eigentlich mit roten Buchstaben stehen, findet Madita." (Madita, S. 170)

„Madita" ist der deutliche Beweis dafür, dass Astrid Lindgren, die immer wieder betonte, ihre Kinderbücher für sich selbst zu schreiben, die Kinderwelt – mit Ausnahme von „Pippi Langstrumpf" – aus dem Blickwinkel von Bauernkindern und Kindern des bürgerlichen Mittelstandes beschrieb. Das war die übliche Haltung in der Entstehungszeit ihrer Manuskripte. „Arme Kinder" waren ein Motiv, keine Zielgruppe.

Vorbild für die literarische Figur Madita war Astrid Lindgrens Jugendfreundin Anne-Marie Ingeström, deren Vater der Bankdirektor von Vimmerby war und in deren Elternhaus das Schulkind Astrid Ericsson bürgerliches Leben kennen lernte. Das liberale Klima auf Birkenlund (schwed. Junibacken) in „Madita" und die positive Zeichnung dieses behüteten Ortes bezeugen die Anziehung, die das Elternhaus von Anne-Marie Ingeström für das Mädchen Astrid Ericsson gehabt haben muss. Bemerkenswert ist, dass Astrid Lindgren nur hier, in „Madita", das bürgerliche Milieu ohne kritische Untertöne zeichnet und auch die distinguierte Hausherrin nicht als ironisch-neidvoll beäugte ‚feine Dame' charakterisiert wie viele andere bürgerliche Damen in ihren Büchern. Bemerkenswert ist auch, dass Maditas Vater als Journalist und Redakteur einem Arbeitsbereich angehört, der für Astrid Ericsson ein Wunschbereich war – weil er Freiheit verhieß. Ein bisschen von der Faszination, die später Vimmerbys Redakteur Reinhold Blomberg ausübte, ist vielleicht auch spürbar. Mit Maditas – nicht Anne-Marie Ingeströms – Elternhaus schuf Astrid Lindgren ein Zuhause, das ihre Erziehungsmaxime „Geborgenheit und Freiheit" auf eine neue Weise interpretierte.

Während die „Karlsson"-Serie und die Fotobilderbuch-Reihe mit Anna Riwkin-Brick – parallel zu Bilderbüchern aus der „Bullerbü"-Welt und „Krachmacherstraße" – liefen, eröffnete Astrid Lindgren 1963 einen neuen Kinderkosmos: die Welt des Michel (bzw. Emil, wie er im

Schwedischen heißt) vom Bauernhof Katthult in Lönneberga. Michel ist ein bei Beginn der Erzählungen fünfjähriger hoch intelligenter, eigenwilliger Junge. Er wohnt auf einem gut geführten Bauernhof, hat eine kleine Schwester und trennt sich nie von seiner Mütze („Müsse") und seinem Holzgewehr („Büsse"). Seine Streiche – oder Erprobungen der Wirklichkeit – bringen ihn in einen Dauerkonflikt mit dem Vater. Um der gegenseitigen Aggression zu entgehen, wird Michel bei jeder Eskalation zur Strafe in den Tischlerschuppen gesperrt. Dort schnitzt er kleine Männchen, an deren wachsender Anzahl man die Menge seiner Streiche, das Ausmaß seiner eigenen Art der Weltbewältigung, ablesen kann. Die Mutter sorgt sich um das ungewöhnliche Kind, der ganze Ort bedauert die Eltern, aber Astrid Lindgren macht gleich zu Beginn ganz klar, dass hier ein durchsetzungsfähiges, hoch begabtes Kind auf seinem Weg ist:

> „‚Sie können einem leidtun, die Svenssons auf Katthult, die einen solchen Lausejungen zum Sohn haben!' sagten sie. ‚Aus dem wird niemals was.'
>
> So dachten die Lönneberger, ja! Wenn sie gewusst hätten, was noch aus Michel werden sollte, hätten sie nicht so geredet. Wenn sie gewusst hätten, dass er einmal Gemeinderatspräsident werden sollte, wenn er groß war!" (Michel aus Lönneberga, S. 11)

Der erste Band, „Michel in der Suppenschüssel" (schwed. 1963; dt. 1964), enthält die beiden bekanntesten Streiche: die Sache mit dem Kopf in der Suppenschüssel und der kleinen Schwester Ida an der Fahnenstange. Insgesamt erzählt dieser erste Band drei Episoden, die aber weit ausholen und neben Michels Verhalten das bäuerliche Milieu behaglich, burlesk und mit treffsicherer Heiterkeit zeichnen.

Im zweiten Band, „Michel muß mehr Männchen machen" (schwed. und dt. 1966), erzählt Lindgren erneut drei Episoden, in denen Michels Einfallsreichtum, seine Geschäftstüchtigkeit und schließlich sein tätiges Mitleid mit den Armen von Lönneberga zum Thema werden. Hier ist es „Das große Aufräumen von Katthult", die Einladung der Armenhäusler zum Weihnachtsschmaus in die von Essen überbordende Bauernküche von Katthult, das in multimedialen Fassungen am bekanntesten geworden ist. Der Besuch des Jahrmarktes wird auch hier mit einer Kriminalhandlung kombiniert. Die Freundschaft zu dem Knecht Alfred kleidet Astrid Lindgren in fast poetische Bilder:

> „Aber im Katthult-See, zwischen weißen Seerosen, schwammen Michel und Alfred in dem kühlen Wasser herum, und am Himmel hing der Julimond wie eine rote Laterne und leuchtete ihnen.
> ‚Du und ich, Alfred', sagte Michel.
> ‚Ja, du und ich, Michel', sagte Alfred. ‚So soll's sein!'
> Quer über dem See lag eine breite, blanke Straße aus Mondlicht, aber rings ums Ufer stand die schwarze Finsternis." (Michel aus Lönneberga, S. 114–115)

Der abschließende Band, „Michel bringt die Welt in Ordnung" (schwed. und dt. 1970), schließt nach sechs Episoden versöhnlich. Michel rettet dem Knecht Alfred das Leben und erringt damit die Achtung der Dorfbewohner. Doch im Gedächtnis bleibt vor allem die Groteske von der Alkoholvergiftung der Hühner und Michels Vollrausch durch die Maische vom Kirschwein für die feine Frau Petrell.

> „Das Kirschenessen hatte aber nicht mehr den rechten Schwung. Denn plötzlich fiel der Hahn wieder um und kurz darauf auch das Knirpsschweinchen. Michel war so wütend auf die beiden – es interessierte ihn einfach nicht mehr, ob sie lebten oder starben, und übrigens konnte er ja sehen, dass sie nicht tot waren wie die Hühner. Der Hahn röchelte schwach und zuckte ein wenig mit den Beinen und Knirpsschweinchen machte wohl ein Nickerchen, denn ab und zu versuchte es die Augen zu öffnen, und in ihm rasselte es.
> Es lagen immer noch ziemlich viele Kirschen im Gras und Michel kostete eine. Sie hatte nicht gerade den Geschmack einer Kirsche, aber tatsächlich, sie schmeckte eigentlich nicht schlecht. Wie konnte Mama nur auf den Gedanken kommen, dass man so gute Beeren vergraben sollte?" (Michel aus Lönneberga, S. 258)

Liest man die Streiche des intelligenten, gerissenen Michels nicht nur als Kinderbuch, sondern ähnlich wie Ludwig Thomas (1867–1921) „Lausbubengeschichten“ (1905) auch als stellenweise fast satirischen Rückblick, so wird deutlich, dass die Episoden vom Leben auf dem Hof Katthult auch eine Hommage an ein Bauernmilieu Schwedens ist, das zur Entstehungszeit des Manuskriptes längst der Vergangenheit angehörte. Wie sich aus der Erwähnung historischer Ereignisse – das Erdbeben in San Francisco (1906) und das Erscheinen des Halleyschen Kometen (1910) – schließen läßt, verlegte Astrid Lindgren Handlung und Milieu in die Zeit ihrer Geburt. Immer wieder aber wies sie darauf hin, dass viele Ereignisse und Einzelheiten aus der Erlebniswelt ihres Vaters stammen, sodass eine zeitliche Verschiebung in das ausgehende 19. Jahrhundert stattfindet. Weitere Zeitebenen werden durch die Erinnerungen alter Menschen – wie etwa die Erinnerung der Krös-Maja an Wölfe in Schweden – hinzugefügt. Für Lindgren waren diese Zeitverschiebungen – schon in der „Bullerbü“-Trilogie und den beiden „Madita“-Bänden nachvollziehbar – kein Problem, solange der Zusammenhalt der Szenen und Kulissen stimmig blieb und die gemeinsame Klammer griff: die melancholisch-groteske Rückschau auf eine Welt, deren Verschwinden die Schriftstellerin als objektiven und subjektiven Verlust empfand. Sie schrieb mit „Michel“ gegen das Verschwinden der Welt an, derer sie sich zugehörig fühlte. Sie rettete ihre Kindheit wie die Erinnerungen ihres Vaters in eine Sphäre immerwährender künstlerischer Gültigkeit.

Das Buch zu der seit 1962 vorbereiteten Fernsehserie „Ferien auf Saltkrokan“ (schwed. 1964; dt. 1965) wurde in einem Jahr abgeschlossen, das frei von schriftstellerischer Arbeit, aber übervoll von Verlags- und Filmverpflichtungen war. Saltkråkan hieß das Segelboot des Verlegers Hans Rabén, das Astrid Lindgren gekauft hatte und das der Fernsehserie den Namen gab. Saltkråkan heißt heute die Firma der Erbengemeinschaft Lindgren. Die Fernsehproduktion, die in ähnlicher Weise wie die „Bullerbü“-Serie auch zu Kinofilmen zusammengeschnitten und vermarktet wurde, hat schwedische und deutsche Zuschauer wie auch die späteren Leser über viele Generationen begeistert und beeinflusste auch den deutschen Schwedentourismus. Betrachtet man das Filmmaterial, das in zwei Staffeln gedreht wurde, aus 16 Fernsehfolgen besteht und zu fünf Spielfilmen geschnitten wurde, kann man die Eleganz der nachträglichen Buchfassung in Form eines Jugendromans nur bewundern. Hier zeigen sich die multimedialen Qualitäten der Autorin. Astrid Lindgren eröffnete mit dem neuen schwedischen Schauplatz „Saltkrokan“ und dessen eigener Mentalität eine neue Variation von Kindheit – diejenige der ‚Schärenkinder‘.

Mit der Schärenwelt war Astrid Lindgren seit 1935 durch ihre Aufenthalte auf Furusund vertraut, das der Familie regelmäßig als Sommerdomizil gedient hatte. In ihren letzten Lebensjahren wurde es für Astrid Lindgren auch zum Rückzugsort aus dem immer wieder neue Ansinnen fordernden Stockholm. Gearbeitet hat Lindgren auch hier. Der lebhafte Briefwechsel von und nach Furusund beweist, dass es eine rigorose Trennung zwischen Arbeit und Ferien nicht gab. Viele Treffen – halb freundschaftlich, halb beruflich – fanden hier statt. In den Sommermonaten ging dabei die Kommunikation zwischen Astrid Lindgren, Verlag, Autoren und Illustratoren auch von Sommerhaus zu Sommerhaus.

„Ferien auf Saltkrokan“ spielt in den Schären. Zunächst während der langen schwedischen Sommerferien, später auch im Winter zieht ein verwitweter Schriftsteller mit seinen Kindern in ein altes Haus auf die Insel Saltkrokan. Die Inselkinder freunden sich schnell mit den Gastkindern an. So entsteht ein neues ‚Biotop‘ der Kindheit, das vom Inselleben, von der Ostsee und den Freiräumen fast menschenleerer Landschaften geprägt ist.

Die Lebensumstände des Schriftstellers Melcher Melcherson bergen viele Sorgen. Er ist verwitwet, die älteste Tochter Malin (19) fungiert als Hausfrau. Seine drei Söhne Johann (13), Niklas (14) und Pelle (7) werden von ihr versorgt. Melcher ist ungeschickt, unpraktisch und unsicher. Die Inselbewohner, besonders die ‚Schärenkinder‘, strahlen dagegen ein ungetrübtes Selbstbewusstsein aus. Allen voran „das majestätische Kind“ Tjorven, eine Sechsjährige, die auf der Insel alles im Griff hat und mit Melcher bald eine Schicksalsgemeinschaft eingeht. Diese Schicksalsgemeinschaft zwischen dem Schriftsteller Melcher und Tjorven, dem Urbild des freien, starken Kindes, erklärt Astrid Lindgren so:

> „Zwischen Melcher und Tjorven war eine Freundschaft entstanden, wie man sie bisweilen zwischen einem Kind und einem Er-

wachsenen antrifft, eine Freundschaft zwischen zwei Ebenbürtigen, die vollkommen aufrichtig miteinander sind und das gleiche Recht haben zu sagen, was sie denken. Melcher hatte genügend von einem Kind in sich und Tjorven genügend von etwas anderem, nicht gerade etwas Erwachsenem, aber eine merkwürdige innere Kraft, die es ermöglichte, dass sie tatsächlich als Ebenbürtige oder jedenfalls als beinahe Ebenbürtige miteinander umgehen konnten." (Ferien auf Saltkrokan, S. 123)

Zu der Kindergemeinschaft, die in Ferienabenteuer verstrickt wird, gehören außerdem die dreizehn und zwölf Jahre alten Schwestern Teddy und Freddy und die kleine Stina. Wie in den meisten Kinderbüchern Astrid Lindgrens sind auch Tiere – der Bernhardiner Bootsmann, das Kaninchen Jocke, der Welpe Jum-Jum und der zahme Seehund Moses – Mitglieder der Feriengemeinschaft. Als die Familie beschließt, das alte Haus zu kaufen, muss sie sich gegen einen reichen Käufer mit anspruchsvoller Tochter behaupten, kann sich aber durchsetzen. Das Haus gehört nun der Familie, und neuer Mittelpunkt ist Malins kleine Tochter Skrollan. Malin schreibt Tagebuch, und der Leser erfährt aus ihren Formulierungen immer wieder Beurteilungen der Lage:

> „An diesem Abend schrieb Malin in ihr Tagebuch:
> Manchmal ist es so, als ob das Leben einen seiner Tage herausgriffe und sagte: ‚Dir will ich alles schenken! Du sollst solch ein rosenroter Tag werden, der dir im Gedächtnis leuchtet, wenn alle anderen vergessen sind.' Dies ist so ein Tag. Nicht für alle Menschen natürlich. Viele, viele weinen gerade jetzt und werden sich an diesen Tag mit Verzweiflung erinnern. Es ist seltsam, wenn man sich das vorstellt. Aber für uns, für Melchersons im Schreinerhaus auf Saltkrokan, ist es ein Tag so überschäumend von Lust und Freude und Glanz und Glück, dass ich nicht weiß, was wir anstellen sollen." (Ferien auf Saltkrokan, S. 333)

Auf der Suche nach Personen, Motiven und Orten ihrer Bücher, die nicht mit der Kindheit, sondern mit der erwachsenen Identität von Astrid Lindgren verbunden werden können, ist Melcher, der zerstreute Vater und Schriftsteller der Familie Melcherson, sicherlich ein Treffer:

> „Melcher liebte seine Kinder stürmisch und hin und wieder dachte er über sie nach. Zwar war er Schriftsteller, und wenn man ihn fragte, was ihn im Augenblick beschäftigte, antwortete er: ‚Melcher ist nur mit Melcher beschäftigt!' Das stimmte aber nicht so ganz." (Ferien auf Saltkrokan, S. 141)

Gedreht wurde die Vorlage für diesen Jugendroman ab 1962, hauptsächlich auf der Insel Norröra. Die Winterszenen wurden auf Söderöra und die Szenen, die einen Zugang zum offenen Meer erforderten, auf Rödlöga gedreht – weitere Orte, die dem Lindgren-Universum einverleibt wurden. Bis 1969 dauerten die Dreharbeiten und die Zusammenarbeit mit dem „Saltkrokan"-Team unter dem Regisseur Olle Hellbom an. Astrid Lindgren liefert die Drehbücher, erscheint sporadisch zu den Dreharbeiten und schreibt die Dialoge schnell und zuverlässig um, wenn es nötig erscheint. In der Schilderung der Zusammenarbeit des „Saltkrokan"-Teams übt die Malin-Darstellerin Louise Edlind weniger Zurückhaltung bei der Beurteilung Astrid Lindgrens als bei ihren beruflichen Weggefährten üblich:

> „Ich weiß, dass Astrid mich eigentlich nicht für die Rolle haben wollte. Malin sollte ja 19 sein und ich war erst 16. Aber die Probeaufnahmen klappten recht gut und Olle muss Astrid wohl überredet haben. Die beiden haben sich voll und ganz vertraut.
>
> Ehrlich gesagt hat Astrid auf die Figur der Malin nicht gerade ihre Energie verschwendet. Malin war für sie einfach nicht wirklich spannend. Mit Jungen konnte Astrid sich viel besser identifizieren. Guck dir doch an, wie oft ihre Figuren Jungen sind. Ich meine, im Grunde ist nicht einmal Pippi ein Mädchen. Sie ist ja eher ein … Wesen. Und Pippis Mama ist tot und die von Madita liegt meistens krank im Bett." (zitiert nach: Karlsson/Erséus 2006, S. 44)

Neben ihrer Verlagsarbeit, ihrer schriftstellerischen Tätigkeit und Beschäftigung beim Film geht das Privat- und Familienleben für die verwitwete Autorin weiter. Zwei Tage vor dem Heiligen Abend 1954 macht sie nach mehreren Ansätzen den Führerschein, fährt kurze Zeit einen Volvo PV 444, kehrt dann aber – aufatmend wie die gesamte Familie – in die Rolle der Beifahrerin zurück.

1958 heiratet die Tochter Karin den Verlagslektor Karl Olof Nyman (geb. 1931). Er übernahm Ende der neunziger Jahre die Betreuung der Lizenzen und anderer rechtlicher Fragen für seine Schwiegermutter. Karin Nyman zieht aus der Wohnung in der Dalagtan aus, und von nun an lebt Astrid Lindgren allein. 1961 stirbt die Mutter Hanna Ericsson 82-jährig. Im gleichen Jahr geht der Sohn Lars seine zweite Ehe ein. 1965 gibt Astrid Lindgrens Bruder die Landwirtschaft auf Näs auf. Die Autorin kauft das Geburtshaus und ein großes Grundstück um das Haus herum, so dass einige landwirtschaftliche Gebäude erhalten bleiben. Der übrige Grundbesitz wird in Parzellen aufgeteilt und verkauft. Im Juli 1969 stirbt Astrid Lindgrens Vater (1875–1969) im Alter von 94 Jahren. Er wohnte in den letzten zwei Lebensjahren in einem Pflegeheim. Bei Besuchen hatte Astrid Lindgren ihn mit „Michel"-Episoden aufgeheitert, einer Figur, die er als sein Alter Ego erkannte:

> „Mein Vater hat mir viel erzählt, und auch ich habe ihm, als er alt und so schwachsichtig geworden war, dass er nicht mehr lesen konnte, mancherlei erzählt. Aus dem letzten Michel-Buch hat er, kurz bevor er von uns ging, nur noch von Michels Bravourstück auf der Versteigerung in Backhorva erfahren. Da er selber sein Leben lang mit großem Vergnügen Geschäfte getätigt hat, fand er an Michels Gewitztheit großen Gefallen. Nachdem ich ihm von dieser Versteigerung in Backhorva erzählt hatte, vergingen ein paar Monate bis zu unserem nächsten Wiedersehen, und da fragte er gleich als Erstes: ‚War Michel mal wieder auf ‚ner Auktion?'" (Das entschwundene Land, S. 103 f.)

1970 beendet Astrid Lindgren ihre Tätigkeit bei Rabén & Sjögren, auch der Verleger Hans Rabén verlässt den Verlag. Die Zusammenarbeit mit dem Verlag, das professionelle Netzwerk, auch die Freundschaft zu Mitarbeitern des Verlages wie Ilon Wikland, Marianne Eriksson, Kerstin Kvint bleiben aber erhalten.

Zwischen 1954 und 1972, der Zeit von Astrid Lindgrens angespanntester beruflicher Tätigkeit als Verlagsfrau, Schriftstellerin, Drehbuchautorin und internationale Botschafterin eines neuen Kinderbuches und einer gewaltfreien Kindheit, erhielt sie so zahlreiche Ehrungen, dass hier nur ein Ausschnitt gegeben werden kann.

Die Berufung auf Lebenszeit in die 1913 gegründete literarische Gesellschaft Samfundet de Nio (Gesellschaft der Neun) im Jahr 1963 wird sie sowohl als Anerkennung ihrer literarischen Arbeit als auch als gesellschaftliche Anerkennung und Beleg für die wachsende Akzeptanz der Gattung Kinder- und Jugendliteratur empfunden haben. Zu den Gründungsmitgliedern der Gesellschaft hatten die beiden großen Frauen ihrer Jugend, Selma Lagerlöf und Ellen Key, gehört. Astrid Lindgren war sich der Bedeutung ihrer Nachfolge bewusst. 1980 übernahm sie den Vorsitz. Inzwischen schreibt Samfundet de Nio auch einen Astrid-Lindgren-Gedächtnispreis aus.

Astrid Lindgren erhält 1965 den Schwedischen Staatspreis für Literatur. Er honoriert ihr Gesamtwerk, das den damaligen Verantwortlichen schon so umfänglich erscheint, dass es dieser Auszeichnung würdig ist. Gleichzeitig wird ihr damit so etwas wie der Status einer saturierten Autorin zugesprochen, denn in der Tat umfasste Lindgrens Werk bereits damals ein nicht nur quantitativ, sondern auch qualitativ beträchtliches literarisches Volumen, sodass es als Lebenswerk gelten konnte.

1966 wird ihr das Swedish Ladies Paper Literature Scholarship zugesprochen. Es ist der erste Preis, der sie in die Nähe weiblicher Literaturnetzwerke bringt und ihre Kinder- und Jugendbücher nicht per se als weiblich dominierte Gattung versteht.

In Berlin-Spandau wird 1966 die erste Schule nach Astrid Lindgren benannt. Sie reist zur Namensfeier und schreibt einen vielsagenden Brief an den Spandauer Stadtrat Blödorn, der sie um ihr Einverständnis gebeten hatte:

> „Lieber Herr Blödorn!
>
> Nie in meinem Leben habe ich einen solchen Ehrenbeweis bekommen! Eine Astrid-Lindgren-Schule in meinem beliebten Berlin, das klingt ganz unglaublich in meinen Ohren. Natürlich muß

ich mit Freude und Dankbarkeit meine Zustimmung geben. Es ist für mich ein großes Glück, dass die Berliner Kinder meine Bücher gerne haben. Ich kann nie aufhören mich zu wundern was Bücher schaffen können … hier sitze ich und schreibe, still und ruhig wie eine Maus, und plötzlich bekomme ich von allen Teilen der Welt die erfreulichsten Nachrichten und Gaben und Liebeserklärungen von Menschen, die ich gar nicht kenne und ohne dass ich verstehen kann, dass ich es wirklich verdient habe …" (Brief an Alfred Blödorn vom 13. 10. 1965)

Diese Mischung aus wirklicher Freude, geschäftsmäßigem Freudenecho und der Relativierung der Ehre, weil sie ihr neben vielen anderen Freundlichkeiten zuteil wird, ist ein Markenzeichen der Autorin und in vielen ihrer Briefe zu finden.

Die Zusage zur Anwesenheit bei der Eröffnung am 18. April 1966 verbindet Astrid Lindgren in einem Brief vom 30. 1. 1966 mit vielen freundlichen Bitten, d. h. Anweisungen. Sie bittet um eine Vorleserin und schlägt die deutsche Kabarettistin Ursula Herking (1912–1974) vor, die ihr in München schon einmal zu Diensten war. Außerdem mahnt sie – auf Grund schlechter Erfahrung – eine intakte Mikrophonanlage an.

1967 stiften die Verlage Rabén & Sjögren und Friedrich Oetinger je einen schwedischen und deutschen Astrid-Lindgren-Preis. Das Renommee und der Marktwert der Autorin sind inzwischen so gewachsen, dass sie nicht nur Literaturpreise erhält, sondern Anlass zur Stiftung von Literaturpreisen mit ihrem Namen wird.

1970 verleiht die schwedische Tageszeitung „Expressen" Astrid Lindgren zusammen mit Tove Jansson den „Heffaklump", ein seit 1966 vergebener Kinderbuchpreis für das Buch „Michel bringt die Welt in Ordnung". Der Name des Preises bezieht sich auf eine Gestalt aus dem Kinderbuchklassiker „Pu, der Bär" (1926) von A. A. Milne (1882–1956). Im gleichen Jahr erhält sie den Literaturpreis „Das Goldene Schiff" der Schwedischen Gesellschaft zur Förderung der Literatur.

Das Bilderbuch „Weihnachten im Stall" (mit Illustrationen von Harald Wiberg) wird 1970 mit dem Lewis Carroll Shelf Award ausgezeichnet. Der Preis wurde in den Jahren 1958 bis 1979 im Gedenken an den Autor Lewis Carroll (1832–1898) von der School of Education der University of Wisconsin verliehen. Es ist nicht die erste und bleibt nicht die letzte nordamerikanische Auszeichnung. In den USA nahm man das Werk Astrid Lindgrens sehr aufmerksam wahr.

Die Goldmedaille der Schwedischen Akademie für Literatur überreichte ihr 1971 der schwedische Autor Artur Lundkvist (1906–1991), der zu den 18 Jurymitgliedern des Literaturnobelpreises gehörte. Genüsslich weisen die Autoren des Erinnerungsbandes „Astrid Lindgren. Bilder ihres Lebens“ mit einem ‚Beweisfoto‘ darauf hin, dass Artur Lundkvist bei seiner Vergabe des Preises an die stehende Astrid Lindgren sitzen blieb (s. Forsell u. a. 2007, S. 212 f.). Aus Anlass von Astrid Lindgrens 100. Geburtstag ging der Journalist Ingvar Hedlund noch einmal der Frage nach, warum die Autorin den Nobelpreis nicht erhalten habe. Dabei beruft er sich auf einen Gewährsmann aus der Jury. Laut dessen Aussagen kam es im Zusammenhang mit dem Namen Astrid Lindgren zu lebhaften Diskussionen über den Kunstwert der Kinder- und Jugendliteratur. Dazu gab es in der Jury sehr kontroverse Positionen. Einer der Hauptgegner einer Anerkennung der Kinder- und Jugendliteratur und damit Gegner der Prämierung von Astrid Lindgren war Artur Lundkvist, der nur sogenannte Hochkultur akzeptierte. Es kam nie zu einer Mehrheit für Astrid Lindgren. Sie wurde auch nicht Mitglied der Akademie (s. Hedlund 2007). – Beide Entscheidungen hat Astrid Lindgren mit grimmigem Humor kommentiert und akzeptiert:

> „Ich glaube, wir sollten Gott lieber bitten, mich mit dem Nobelpreis zu verschonen. Nelly Sachs ist daran gestorben, davon bin ich überzeugt, und das würde ich auch tun.“ (zitiert nach: Strömstedt 2012, S. 279)

> „‚Bist du enttäuscht, dass du kein Mitglied der Schwedischen Akademie bist?‘ ‚Hahahahaha. Nein, das bin ich nicht. Das ist eine arbeitende Institution und dafür hätte ich niemals Zeit gehabt. Womit ich nichts Negatives über die Schwedische Akademie gesagt haben möchte, im Gegenteil.‘“ (zitiert nach: Engqvist 2002, S. 835 f.)

Astrid Lindgren erkannte, dass hier die rote Linie ihrer gesellschaftlichen und künstlerischen Anerkennung verlief. Wie immer man zu der Entscheidung des Nobelpreiskomitees steht, festzuhalten ist, dass in der Kulturpolitik Schwedens schon zu dieser Zeit der Kampf um den künstlerisch-ästhetischen Wert der Kinder- und Jugendliteratur ernsthaft geführt wurde. Astrid Lindgren war die Person, an der sich dieser Kampf entzündete – vorerst noch zu ihren Ungunsten. – Vorerst? Sind heute in der Schwedischen Akademie der Literatur, in der Académie française und in der Berliner Akademie der Künste Autoren der Kinder- und Jugendliteratur vertreten? Gegenwärtig verfolgen Kulturpolitik und Literaturbetrieb eher ein getrenntes System: hier Belletristik und ihre Förderung, dort spezielle Projekte zur Förderung der Kinder- und Jugendliteratur.

Astrid Lindgren bewältigte ein gewaltiges Arbeitspensum in unterschiedlichen Tätigkeitsbereichen. Hinzu kamen die Verpflichtungen der von ihr nie aufgegebenen engen menschlichen Bindungen zu Berufskollegen und die Verantwortung für ein intaktes Familienleben mit Eltern, Geschwistern, Kindern und Enkeln. Sie war zur zentralen Figur eines Familienclans geworden, in dem Bruder, Schwester, Sohn und Tochter ihr und ihrem Werk mit Beziehungen, Verlagsarbeiten, Betreuung von Finanzen und Terminen zuarbeiteten, aber auch Unterstützung erwarteten. Diese Belastungen hatten ihren Preis. Überliefert sind drei Zeugnisse vom Heiligen Abend 1963, dem Silvesterabend 1964 und dem Weihnachtstag 1970, in denen Lindgren zu erkennen gibt, wie nötig sie Einsamkeit, Ruhe und Rückzug von allen braucht, um ihr Gleichgewicht zu wahren.

> 1963 „Das Wohnzimmer sah völlig wahnsinnig aus, als sämtliche Pakete sich darin ergossen. Doch dann zogen sie alle weiter zu neuen Geschenkquellen, und ich räumte auf und verbrachte ein herrliches Stündchen mit dem ‚Okkulten Tagebuch' von Strindberg, Musik aus dem Radio und einem köstlichen Abendessen, bestehend aus kalten Rippchen, Bier und Schnaps, haha!" (zitiert nach: Strömstedt, 2012, S. 279)

> 1964 „Heute habe ich mir Alleinsein vorgenommen, den ganzen Tag nichts als das wonnigste Alleinsein. Bücher, ein dänisches

Buch, ‚Det dyrebare liv', und dazu Beethoven (...) Wie ist es möglich, dass es Menschen gibt, die sich langweilen, lieber Gott, wie soll die Zeit nur ausreichen, wie um Himmels willen soll man es schaffen, alle Bücher zu lesen, alle Musik zu hören, alle Orte der Welt zu sehen? Nein, das war gelogen, die will ich gar nicht sehen, viel lieber will ich Zeit finden für die unglaublichsten Naturerlebnisse, Menschenerlebnisse und Kunsterlebnisse, die uns während dieses kurzen Lebensaugenblickes geboten werden. Und dann braucht man ja auch noch Zeit, um dazusitzen und vor sich hinzustarren ..." (zitiert nach: Strömstedt 2012, S. 280)

1970 „Heute Vormittag habe ich eine Sendung über den jungen Beethoven im Radio gehört und darin hieß es, am allerglücklichsten sei er gewesen, wenn alle übrigen Familienmitglieder unterwegs waren und er ganz allein sein konnte! Lieber Ludwig, wie gut ich dich verstehe! Du und ich und Fredrika Bremer, wir sind einer Meinung! Aber kaum habe ich diese hochmütige Äußerung hingeschrieben, fällt mir natürlich ein, wie sehr ich mich nach meinen Kindern und Enkelkindern sehne, wenn ich sie nicht um mich habe. Doch das hindert mich also nicht daran, dass ich geradezu unheimlich gut allein sein kann, der einzige Punkt, worin ich mich mit Beethoven und Fedrika messen kann ..." (zitiert nach: Strömstedt 2012, S. 280)

Die letzte Bemerkung erwähnt mit Fredrika Bremer (1801–1865) eine erfolgreiche schwedische Autorin aus wohlhabender Familie, die sowohl durch ihre populären Romane als auch durch Reiseberichte und als Verfechterin der Frauenrechte und Initiatorin von Wohltätigkeitsprojekten bekannt und beliebt wurde. Diese Mischung trifft auch auf das Leben Astrid Lindgrens zu, und man kann sich vorstellen, dass sie in Fredrika Bremers Biographie Anreiz und Vorbild fand. Aus der Erwähnung ihres Namens lässt sich ferner schließen, dass Astrid Lindgren sich nicht mit anderen Autoren der Kinder- und Jugendliteratur verglich, sondern ihre Vorbilder, Leitbilder und Maßstäbe an anderen Orten suchte.

Die selbst verordneten einsamen Abende zu Weihnachten und Silvester sind die Realität der Autorin. Zum Weihnachtsfest 1961 erschien das Bilderbuch „Weihnachten im Stall“ (schwed. und dt. 1961), 1963 „Weihnachten in Bullerbü“ (schwed. 1963; dt. 1963). 1965 folgt „Tomte und der Fuchs“ (schwed. 1965; dt. 1966) und 1979 schließlich „Pippi plündert den Weihnachtsbaum“ (schwed. 1979; dt. 1981). Die fröhlichen Weihnachtsfeste ihrer Kinderbücher spiegeln eher den Wunsch der Autorin, den ‚Geist der vergangenen Weihnacht‘ aus Charles Dickens’ „Weihnachtsgeschichte“ zu beschwören, als das Bedürfnis, selbst an solcher Fröhlichkeit teilzunehmen.

Am 15. April 1971 beginnt der Briefwechsel mit der damals zwölf Jahre alten Sara Ljungcrantz (heute Schwardt) aus der Kleinstadt Ulriceham. Anlass des ersten Briefes war der Wunsch des Mädchens, die Hauptrolle der Fia oder Fideli in der Verfilmung des Kinderbuches „Der weiße Stein“ (schwed. 1964; dt. 1966) von Gunnel Linde (geb. 1924) zu bekommen. Das sensible, schwierige Mädchen mit ausgeprägtem Selbstwertgefühl glaubte, Astrid Lindgren könne ihr zu der Rolle verhelfen. In den nächsten 30 Jahren wird sie etwa 80 Briefe an die Autorin schreiben, und Astrid Lindgren wird ihr antworten. Unter dem Titel „Dina brev läggar jag under madrassen“ („Ich lege deinen Brief unter die Matratze“, 2012) hat sie mit Hilfe von Lena Törnqvist (geb. 1945) den Briefwechsel geordnet. Ihr waren in dem riesigen Briefkonvolut im Lindgren-Nachlass die sporadisch, aber kontinuierlich auftauchenden Briefe dieser Absenderin aufgefallen. Der Briefwechsel erschien 2012 im Verlag Salikon der Lindgren-Erbengemeinschaft Saltkråkan.

Lindgren wurde für die immer wieder in Schwierigkeiten steckende, psychisch labile Briefpartnerin eine Beraterin, die aber auch von ihrem eigenen Kummer schrieb. Sara Schwardt, die nach einem wechselvollen Leben als geschiedene Mutter von drei erwachsenen Kindern in Borås lebt, sieht eine Gemeinsamkeit in ihrer beider Einsamkeit. Es gibt Briefe von Astrid Lindgren, in denen sie ihre persönlichen Schwierigkeiten, ihre Depressionen zur Sprache bringt. Auch die Anforderungen ihrer Schriftstellerexistenz bringt die Autorin dem jungen Mädchen nahe (s. Schwardt 2012). Die dokumentierte Brieffreundschaft mit Sara Schwardt gehört zu dem Teil des privaten Lebens von Astrid Lindgren, in dem sie sich der Öffentlichkeit entzog. Sie zeigt sich hier als eine kluge Ratgeberin, die ein bedrücktes, desorientiertes junges Mädchen zum Reden bringt, gleichzeitig ihre eigene Schwäche offenbaren kann, weil sie sicher ist, dass ihre Briefpartnerin – beschäftigt mit schweren Problemen – sie nicht instrumentalisieren wird. Der Briefwechsel ist ein menschlich anrührendes Dokument für Freiräume fern aller Ansprüche, die ihre Umgebung, aber auch sie selbst an sich stellte.

Erfolg (1973–1992)

Welterfolge, Politik, Ehrungen

Der lange erwartete Jugendroman „Die Brüder Löwenherz“ (schwed. 1973; dt. 1974) wurde zu Astrid Lindgrens zweitem Welterfolg und markiert einen neuen Lebens- und Schaffensabschnitt der Autorin. Sie hatte 1969 keinen neuen Text und in den Jahren 1970 bis 1972 je einen neuen Band der „Michel“- und „Krachmacherstraße“-Folgen herausgebracht – eine für Astrid Lindgren ungewohnte Abstinenz. Die Arbeit an den „Pippi“- und „Michel“-Serien für Fernsehen und Film nahm sie in Anspruch. In der Literatur für Kinder suchte sie nach einem neuen Weg. Einige der früheren Erzählweisen erschienen ihr ausgereizt, und es hat den Anschein, dass Astrid Lindgren jetzt reflektierter, weniger unbefangen an ihren Manuskripten saß. Es erscheint auch fraglich, dass die nun weltbekannte Autorin ihr neues Buch unter der immer wieder geäußerten Prämisse, nur für sich selbst zu schreiben, verfasste. In die lange Reihe der Trostmärchen jedoch reihte es sich nahtlos ein.

Für Astrid Lindgren gab es vieles zu bedenken. Das neue Buch würde sich der internationalen Kritik stellen müssen. Schon vor seinem Erscheinen war klar, dass es verfilmt werden würde. Die Autorin hatte sich mit Äußerungen zur gewaltfreien Erziehung, zur kinderorientierten Literatur und zu Qualitätsansprüchen an die schwedische Kinderkultur weit vorgewagt, und es war abzusehen, dass man ein neues Lindgren-Buch an diesen öffentlich geäußerten Ansprüchen messen würde. Der Erwartungsdruck war hoch. Es ging ihr in den letzten Monaten der Niederschrift schlecht. Davon schreibt sie in einem Brief an Sara Schwardt im Mai 1973. Krankheiten in Familie und Bekanntenkreis beschäftigen sie. Mit den letzten zwei Kapiteln des Buches kommt sie nicht voran, und sie ärgert sich, weil sie ihre depressive Grundhaltung nicht in den Griff bekommt. „Die Brüder Löwenherz“ erscheinen schließlich 1974.

Von einem nicht näher bestimmbaren Ort aus erzählt Krümel, der kleine todkranke Bruder des großen, mutigen und schönen Jonathan, wie beide in einem phantastischen Land Nangijala den Kampf gegen den Unterdrücker Tengil und ein urzeitliches Ungeheuer, das Drachenweibchen Katla, gewinnen, aber schließlich doch dem Tod unterliegen und in ein zweites phantastisches Land Nangilima eingehen. Jonathan war bei der Rettung seines Bruders aus einer Feuersbrunst ums Leben gekommen, holte Krümel in das paradiesische Kirschtal, wo sie als furchtlose starke Brüder Löwenherz gemeinsam mit vielen Freunden ihre Heimat verteidigen und das benachbarte Heckenrosental befreien.

In „Die Brüder Löwenherz“ tritt ein ethischer Subtext mit den Facetten Bruderliebe, Solidarität, Friedensfähigkeit, die Stärke der Schwachen, das Recht auf Gewaltanwendung gegen Diktatoren stark in den Vordergrund. Als das Buch erscheint, polarisiert es die Kritiker. Aber nun geht es – anders als bei „Pippi Langstrumpf“ – nicht mehr um die literarische Qualität. Lindgrens neuer Jugendroman ist in der Weltliteratur angekommen und wird gerade deshalb auf seine Botschaft an die Zielgruppe Kinder und Jugendliche überprüft. Während das humanistische Credo Jonathans „Aber es gibt Dinge, die man tun muss, sonst ist man kein Mensch, sondern nur ein Häuflein Dreck“ (Die Brüder Löwenherz, S. 166) zum geflügelten Wort wurde, erregte eine andere Frage die Gemüter. Strittig in der erwachsenen Öffentlichkeit war die Frage, ob das Schlussbild der Geschichte als Suizid (und damit als Plädoyer der Autorin für das Recht des Kindes auf einen würdevollen Tod) zu verstehen und ob dieses Bild für Kinder zumutbar sei. Krümel nimmt den gelähmten, ehemals so strahlenden Bruder auf den Rücken und springt mit ihm angstvoll, aber voller Vertrauen in ein gefahrloses Jenseits, das als „heitere Zeit voller Freude und Spiel“ beschrieben wird.

Einige Kritiker, die dieses Bild als Selbsttötung deuteten, lehnten Astrid Lindgrens Entscheidung, Todeserfahrung und -entscheidung für brüderliche Kampfabenteuer zu benutzen, rigoros ab. In Schweden hob man die unterschiedlichen Positionen zu dieser Frage auf eine politische Ebene, was eine Debatte in der Presse – u. a. in „Dagens Nyheter“ – und sogar eine Anfrage im Schwedischen Parlament zur Legitimität des Themas Selbstmord in der Kinder- und Jugendliteratur auslöste.

Bei Margareta Strömstedt ist die Entgegnung des Schriftstellers und Kolumnisten P. C. Jersild (geb. 1935) auf Kritik aus dem marxistischen Lager wiedergegeben:

> „Die progressive Kritik moniert, dass man Kindern nicht beizubringen habe, die Welt sei nur schwarzweiß zu sehen oder auch als gut und böse – auch dürfe Selbstmord als Flucht nicht toleriert werden (jedenfalls nicht bei Kindern). Außerdem solle man die Realitätswahrnehmung der Kinder nicht durch die Vermischung von Märchen und Wahrheit erschüttern. Wenn man nun diesen Maßstab an die ‚Brüder Löwenherz' anlegt, werden gewisse Dissonanzen zu Tage treten. Einfach ausgedrückt: Wo ist Astrid Lindgrens politische Position? Schreibt sie aus dem Bauch heraus oder mit dem Kopf? Und wenn das Letztere der Fall ist: mit einem sozialdemokratischen Kopf, einem liberalen Kopf, einem Kommunistenkopf, einem reaktionären Kopf – oder womit? … solche Beurteilungen sind schwierig und müssen voller Respekt vor dem Kunstwerk getroffen werden, mit Weitsicht und vielleicht auch mit einem gewissen Humor. Sonst besteht da ein kleines Risiko, nämlich, dass man sich in die Kommission des Obersten Sowjet für Sozial-Realistische Kinderliteratur verwandelt. Besonders kompliziert wird das, wenn es um ein Buch geht, das vom Tod handelt; an diesem Punkt drückt Marx sich ziemlich dürftig aus." (zitiert nach: Strömstedt 2012, S. 298)

P. C. Jersild spielt hier auch auf die Erörterung des Buches im Schwedischen Parlament an. Astrid Lindgren war als Autorin und moralische Instanz in eine politische Sphäre geraten. Zwei Jahre später nahm sie die Herausforderung, politischen Einfluss zu nehmen, in der Debatte um die Höhe der Steuerabgaben an.

Warum die Behandlung des Todes in „Die Brüder Löwenherz" irritieren und die Diskussion darüber emotional aufladen konnte, zeigt ein Brief des deutschen Verlegers Friedrich Oetinger vom 6. 11. 1973:

„... Ja liebe Astrid, jetzt zurück zu Deinem Manuskript. Ich muß Dir offen und ehrlich gestehen, ich habe viele male den Versuch unternommen es zu lesen und bin leider immer wieder steckengeblieben. Es ist gut geschrieben, und es ist ein schönes Buch; aber in diesem Fall liegt es an mir, ein subjektives Urteil Dir zu geben. Zu viel habe ich als Kind, als kleines Kind, vom Tod gehört und vom Tod erlebt, und anschließend über Jahre hinaus war das Sonntagsvergnügen für mich ein Gang an der Hand meines Vaters zum Friedhof, um die lieben Menschen zu besuchen, die damals während des Ersten Weltkrieges den Tod gefunden hatten. Und es war die Mutter, die an einem Januar-Morgen ihr Leben ließ. Ich war allein mit ihr im Zimmer, und draußen war es noch dunkel und kalt. Wir besaßen weder Gas noch elektrisches Licht, und so brannte nur eine trübe Petroleumlampe im Zimmer. Ich werde nie diesen letzten Augenblick vergessen, als ich sah, wie Mutter mit dem Tod buchstäblich rang. Und wieder ein Jahr später erlebte ich es im gleichen Zimmer, wie meine Schwester 20-jährig, ebenfalls unter den Folgen des Krieges an der Schwindsucht dahinging und wie sie in ihren Fieberträumen uns den Vorwurf machte, warum wir ihr schon den Sarg gekauft hätten, damit hätten wir ja wohl noch warten können. Und wieder einige Jahre später erlebte ich es nachts, wie mein Vater einen Schlaganfall bekam und neben mir im Bett sich hinquälte und kein Wort mehr sprechen konnte, und wir erleben mußten, wie auch er mit dem Tod kämpfte. Und so habe ich leider schon damals als kleines Kind einen ganz anderen Begriff vom ‚Dahingehen' erhalten, als manche anderen Menschen. Das Grauen ist mir geblieben, und sicherlich hat dieses mein ganzes Leben beeinflußt. ...

Liebe Astrid, das alles mag wenig mit Deinem Buch zu tun haben, aber für mich ist, wie ich schon sagte, das Todeserlebnis keine Lektüre, und sei es auch in einer hochliterarischen Form oder in einer Darstellung, bei der der Lesende, also in diesem Falle das Kind, kaum die Schrecknisse des Todes wahr nimmt. Für mich ist der Tod nichts Helfendes, nichts Heilendes, wie manche Dichter und Philosophen ihn zu interpretieren versuchen, sondern nur grausame Vernichtung. …

Liebe Astrid, sei mir bitte nicht böse, wenn ich Dir aus diesem Grunde kein einwandfreies Zeugnis über die Qualität des neuen Manuskriptes geben kann, aber ich weiß, viele, die es gelesen haben, haben es sehr gern gelesen und sind sehr angetan. Und daß wir dieses Buch bringen wie alle Deine übrigen Bücher, ist doch eine Selbstverständlichkeit, daß wir darüber kein Wort zu sagen brauchen.“ (zitiert nach: Prochazka 2012, S. 121 ff.)

Es gab unterschiedliche Positionen zu der Frage, wer wann in diesem Buch stirbt. Durchgesetzt hat sich die Sicht, dass sich der berichtende Krümel im Todesdelirium befindet und dass das Geschehen im Kirsch- und Heckenrosental um den verstorbenen Jonathan seine Todesphantasie darstellt. Der Sprung Krümels nach Nangalima mit Jonathan auf dem Rücken sei also als ein ‚Abschalten des Bewusstseins‘ zu verstehen und käme einem Hirntod – oder eben doch einem Selbstmord – gleich. – Sanna Pohlmann kommt in ihrer Studie über phantastische Romane Astrid Lindgrens zu einem anderen Schluss:

„Auch wurde herausgearbeitet, dass sich Krümel – einsam und alleingelassen auf der Schlafbank in der Küche – seine Phantasiewelt als Schutz gegen die schmerzliche Trauer, die er in seiner trostlosen Lage nicht verkraftet, aufbaut. …

Abschließend wurde gezeigt, dass Kritiker … unzulässige Schlüsse ziehen, wenn sie Krümels Ankunft in Nangijala als seinen Tod interpretieren. Der plötzliche Verlust Jonathans ruft bei Krümel vielmehr ein psychisches Trauma hervor, das er nicht verarbeiten kann. Dies ist der Grund, warum der verzweifelte Junge zu Tagträumen kommt. … In Krümels Phantasie äußert sich nun Jonathans Geschichte vom Land Nangijala, die seinen Sehnsüchten entspricht.“ (Pohlmann 2004, S. 207 f.)

Die positive Beurteilung des neuen phantastischen Jugendromans von Astrid Lindgren, in dem viele eine gereifte und verfeinerte Fassung des zwanzig Jahre vorher publizierten Buches „Mio, mein Mio" sahen, setzte sich durch. Mit dem nationalen wie internationalen Erfolg des wenig später ganz nach ihren Vorstellungen verfilmten Romans war Astrid Lindgren auf dem Höhepunkt ihres Erfolges und wohl auch auf dem Höhepunkt ihres Selbstwertgefühls angelangt. Die große Wirkung und die hohe öffentliche Aufmerksamkeit, die „Die Brüder Löwenherz" erzielten, sind auf eine glückliche Verbindung von literarischen und publizistischen Erfolgsinstrumenten zurückzuführen. Dazu gehörten eben auch die Angriffe gegen das Buch. Heute steht der literarische Eigenwert der Kinder- und Jugendliteratur weitgehend außer Frage. Damals musste er noch mit jedem neuen Buch erworben oder bestätigt werden. Das lag nun hinter Astrid Lindgren. Die literarische Qualitätsfrage begann in den Hintergrund zu treten. Nicht ob, sondern warum und inwiefern „Die Brüder Löwenherz" lesenswert waren, bestimmte jetzt die Diskussion. Astrid Lindgrens literarisches Werk wurde auf neue Weise ernst genommen.

Das Buch wurde so häufig prämiert, dass hier nur eine Auswahl der Preise und Ehrungen vorgestellt werden kann. Wieder ist die Bandbreite der Verleihungsinstanzen interessant. Im Jahr 1974 wird Astrid Lindgren für „Die Brüder Löwenherz" die Svenska BMF Kinderbuch-Plakette Din bok – vårt val verliehen. Der Preis war 1951 von BMF (Bokhandels-medhjälparföreningen) gestiftet worden, um das Interesse am Lesen anzuregen und um eine größere Vertrautheit mit den Werken schwedischer Autoren herzustellen. Im selben Jahr erhalten „Die Brüder Löwenherz" auch die Bookshop-Aid-Plakette Your book – Our choice. 1975 vergibt die Stiftung zur Förderung des Niederländischen Buches den Silbernen Griffel zum zweiten Mal an Astrid Lindgren. „Lotta zieht um" war zwei Jahre früher prämiert worden. 1979 werden „Die Brüder Löwenherz" mit dem zum ersten Mal vergebenen Internationalen Janusz-Korczak-Literaturpreis der polnischen IBBY-Sektion ausgezeichnet und erhalten in Deutschland den Wilhelm-Hauff-Preis.

In die Freude über den Erfolg des Buches mischte sich Trauer. Der Bruder Gunnar starb am 27. Mai 1974 in Vimmerby. Astrid Lindgren, die ein sehr enges Verhältnis zu ihrem Bruder hatte, schrieb dazu:

„... Mein kleiner Herzensbruder ist tot! ... Ich traure ganz schrecklich um ihn und erinnere mich daran, wie nah wir uns in der Kindheit waren. Lasse aus Bullerbü, der erste Sachensucher, ist tot! Das erste zerbrochene Glied in der Geschwisterkette ... Mir fehlen sein Überschwang, seine Vitalität, sein Zorn, seine Selbstgerechtigkeit, seine Sensibilität, die Liebe, die er mir entgegenbrachte, am meisten traure ich um den kleinen Gee, mit dem ich den Sandhaufen und die Grube auf der Weide und das Sachensuchen teilte." (zitiert nach: Strömstedt 2012, S. 282)

Mit der Familienchronik „Samuel August von Sevedstorp und Hanna in Hult" in dem Erinnerungsbuch „Das entschwundene Land" (schwed. 1975; dt. 1977) setzte sie ihren Eltern im gleichen Jahr ein liebevolles Denkmal. In Schweden war der Text zuerst 1972 in Nr. 50/51 der Zeitschrift „Tidningen Vi" erschienen. Er ist ein Musterbeispiel für eine selbst geschaffene Familienbiographie, die Fakten, Orte, Attribute, Geschehnisse so zusammenfügt, dass daraus ein Bild ungetrübter Harmonie entsteht. Astrid Lindgren schildert ihre Eltern als ideales Liebes- und Ehepaar. Damit erzeugt sie einen positiven Eindruck von ihrem familiären Rahmen, führt indirekt aber einen sehr hohen Maßstab ein, an dem sich auch ihr eigenes Leben messen lassen muss. Die Erinnerung an die Eltern liest sich in diesem Zusammenhang auch als Ablenkungsmanöver: Wer an Astrid Lindgrens Familie denkt, assoziiert ihr Elternhaus, nicht die Familie, die sie selbst gründete.

Neue Ehrungen warten auf sie. 1973 erhält sie die Ehrendoktorwürde der Universität Linköping, und „Pippi Langstrumpf" wird auf die Liste des Lewis Carroll Shelf Award gesetzt. Und auch die Berücksichtigung des Bilderbuches „Weihnachten im Stall" (mit Illustrationen von Harald Wiberg) bei den Brooklyn Art Books for Childrens Citations fällt in dieses Jahr. Die Sowjetunion prämiert „Pippi Langstrumpf" und „Karlsson vom Dach" mit der Medaille des Lächelns. Ein Jahr später vergibt Polen diese Auszeichnung an Astrid Lindgren. Die Medaille des Lächelns ist ein internationaler Preis, der seit 1968 von Kindern eines Landes an Personen vergeben wird, die sich weltweit für das Wohlergehen der Kinder einsetzen; sie ist einer der Preise, die nach der Zeitenwende

1989 von den meisten Staaten des ehemaligen Ostblocks weitergeführt bzw. übernommen wurden.

1975 wird Astrid Lindgren zum ersten Mal durch das Schwedische Königshaus geehrt. Sie erhält die seit 1853 verliehene Königlich Schwedische Medaille für Literatur und Kunst Litteris et Artibus. Für Astrid Lindgren war das Königshaus als Teil der schwedischen Geschichte und heimatlich-patriotischer Tradition eine unantastbare Größe. König Karl Gustav XVI. hatte als kleiner Junge die Premieren ihrer Theaterstücke und Filme besucht. Im hohen Alter – und im Tod – begegnete sie der königlichen Familie an Festtagen und Eröffnungen mehrere Male.

Mit den Jahren war Astrid Lindgren nicht nur zur berühmtesten Kinderliteraturautorin der Welt geworden, sondern auch zu einem akzeptierten, einflussreichen Opinionleader. Die Öffentlichkeit hörte auf ihre Kommentare zu gesellschaftlichen und politischen Fragen. Schon in den sechziger Jahren propagierte sie liebevolle und gewaltfreie Kindererziehung. Die Furcht schwedischer Politiker vor zu großem Geburtenrückgang konterte sie mit der Forderung nach mehr Halbtagsbeschäftigung und finanzieller Entlastung junger Eltern. Sie sprach sich Ende der sechziger Jahre in Interviews und bei Kulturveranstaltungen gegen die US-Politik im Vietnamkrieg aus. In den achtziger Jahren bekannte sie sich vehement als Kernkraftgegnerin. Zusammen mit Agnetha Fältskog von der Band ABBA unterstützte sie 1980 die schwedische Kampagne „A Nonsmoking Generation“. (Seit 2012 fördert ABBA, die auch Filmmusik für Lindgren-Verfilmungen schrieben, zusammen mit der Lindgren-Erbengemeinschaft ein SOS-Kinderdorf in der Zentralafrikanischen Republik.) Schwedische Neonazis und der Plan deutscher Neonazis sowie des Anwalts der rechtsradikalen Szene Jürgen Rieger, sich in Småland niederzulassen, begleitete sie mit warnenden Kommentaren. Ebenfalls um diese Zeit appellierte sie an die Skinheadszene, ihre destruktiven Aktionen einzustellen. Über Jahrzehnte unterstützte sie die Öffentlichen Bibliotheken, die in Skandinavien seit dem 19. Jahrhundert zu volksbildnerischen Kulturzentren entwickelt wurden. Kinderbibliotheken erklärte sie zum – neben der Familie – besten Raum für Phantasie- und Leseförderung. Zwei große Aktionen – die Steuerdebatte (1976) und der Kampf um den Tierschutz (seit 1985) – stehen im Mittelpunkt ihres politischen Engagements.

Gekonnt mischte sie dabei Bilder aus ihrem literarischen Arsenal mit Meinungsäußerungen. Die Wirkung war durchschlagend. Auch diese Rolle gefiel ihr sehr wohl, obgleich sie öffentliche Auftritte und Repräsentationspflichten mit sich brachte, die ihr zunehmend lästig wurden, weil sie sie zwangen, sich zu beherrschen und ihr Verhalten strategisch nach einer bestimmten Absicht, einem bestimmten Interesse oder und einer bestimmten Erwartung auszurichten. Sie ließ sich nicht gerne in die Karten schauen, hasste es, instrumentalisiert zu werden, und war alles andere als eine geduldige ‚Langstreckenläuferin'.

In die Rolle der Meinungsmacherin war Astrid Lindgren über Jahrzehnte mehr oder weniger unbewusst hineingewachsen. Die Eltern, besonders der Vater, hatten sich für die Fortschritte des Agrarwesens eingesetzt, und die Tochter hatte diese politische Arbeit beobachtet. Ihre Zukunftsvisionen von einer Tätigkeit als Journalistin betrafen einen Beruf der freien Meinungsäußerung. Ihre leidvolle Emanzipation in Stockholm förderte ihre Selbständigkeit in Denken und Tun. Die Heirat mit Sture konnte sie als gesellschaftlichen Aufstieg in informierte Kreise deuten. Der Nationalsozialismus und Stalins Diktatur zwangen sie zu einer klaren politischen Position. Die Tätigkeit als Programmleiterin des Verlages Rabén & Sjögren stärkte ihr zielgerichtetes Handeln und Verhandlungsgeschick. Die Aufgaben, die mit der Sorge um den immer größer werdenden Familienclan verbunden waren, übten sie in strategischem Vorgehen.

Meistens legte sie ihrem Kampf um ein gutes Schweden, das sie zunehmend nur noch in der Vergangenheit verwirklicht sah, Zügel an. Sie mischte sich vornehmlich in Dinge ein, die in ihrem persönlichen Erfahrungsbereich lagen – für sie gleichberechtigt mit Qualifikation – oder die im Zusammenhang standen mit dem Programm einer gewaltfreien Erziehung und der Förderung von Kinderrechten, das sie in ihren Kinderbüchern und öffentlichen Stellungnahmen vertrat. Meistens kam noch ein guter Schuss Patriotismus hinzu.

Schaut man rückblickend auf Astrid Lindgrens politische Aktionen und Kämpfe, so wird deutlich, dass sie ausschließlich in einem demokratischen Land mit Gleichberechtigung, freier Presse und einer informierten Öffentlichkeit funktionieren konnten. Voraussetzung war auch, dass der ‚gesunde Menschenverstand' einer Autorin mit mittlerer Schulbildung akzeptiert wurde – was in Schweden gegeben war, weil es keine nationalistische Pervertierung des politischen Populismus gegeben hatte wie etwa in Deutschland. Auch hier kam Lindgren der schwedische Zeitgeist zugute. Man kann auch sagen, dass sie sich des Zeitgeistes gut zu bedienen wusste, auf der Woge allgemeiner öffentlicher Empörung Einfluss zu nehmen verstand. Ihre guten Pressekontakte – allen voran zu der Zeitung „Expressen", wo Margareta Strömstedts Ehemann ein leitender Redakteur war – spielten eine unterstützende Rolle. In der UdSSR konnte „Karlsson vom Dach", in dem das haltlose Selbstbewusstsein scheinbar unangreifbarer Autoritäten bloßgestellt wird, ein großer Erfolg werden. In Deutschland konnte die Analysierwut der Wissenschaftler Lindgrens Texte zerlegen wie nirgendwo sonst. Die ‚Lindgren-Mischung' aus Märchen, Polemik und Politik wäre zu ihrer Zeit in beiden Ländern aber nicht möglich gewesen.

Am 10. März 1976 veröffentlichte Astrid Lindgren in der schwedischen Tageszeitung „Expressen" das satirische Märchen „Pomperipossa in Monismanien". Es wandte sich gegen neue Bestimmungen der Steuergesetzgebung, die von der Bevölkerungsgruppe der Selbstständigen nach Lindgrens Berechnung 102 % Einkommensteuer verlangte. Titel und Grundzüge des Inhalts übernahm Astrid Lindgren selbstironisch von dem in Schweden auch als Theaterstück sehr bekannten Kunstmärchen „Die Hexe Pomperipossa mit der langen Nase" des Schriftstellers und Journalisten Axel Wallengren (1865–1896). Nach sarkastischen Schilderungen der Auswirkung dieser Bestimmungen und spöttischen Bemerkungen über die Politiker-Riege im Märchenton wendet sie sich in unvermutet scharfen Worten direkt gegen die Regierung unter Ministerpräsident Olof Palme:

> „Was ist bloß in sie gefahren, dachte Pomperipossa in ihrer dunklen Ecke. Sind dies wirklich die weisen Männer, die ich so hoch geschätzt und bewundert habe? Was wollen sie damit denn erreichen, was erstreben sie – einen Staat, so verpfuscht und unmöglich wie nur möglich? O du reine, blühende Sozialdemokratie meiner Jugend, was haben sie aus dir gemacht, dachte sie (denn jetzt wurde sie ein wenig pathetisch), wie lange noch soll dein reiner Name dazu missbraucht werden, einen eigenmächtigen, bürokratischen,

ungerechten, bevormundenden Staat zu schützen? Sie hatte geglaubt, in einem demokratischen Land solle das Recht aller gewahrt werden. Die Menschen sollten nicht bestraft und verfolgt werden, nur weil sie auf ehrliche Weise – gewollt oder ungewollt – zufällig Geld verdienten. Aber, soweit Pomperipossa es überschauen konnte, geschah jetzt genau das. Ihr, der die nackte Armut unverhohlen ins Gesicht grinste, fiel es schwer, es anders zu sehen. Was ist das bloß, so dachte sie, für ein seltsamer, säuerlicher, Neid geschwängerter Mief, der sich auf ganz Monismanien gelegt hat, und warum sagt niemand laut und deutlich seine Meinung: So kann es nicht weitergehen, denn dann ist es aus mit aller Unternehmungslust in unserem Lande, und dann sind bald keine freien Unternehmer mehr da, die man besteuern kann.

Und Pomperipossa kramte einen kleinen Spruch hervor, den einer der vornehmsten Dichter Monismaniens kürzlich geschrieben hatte, und las ihn aufs Neue:

Werte schaffen erlaubt dir der Staat mitnichten,
nach des Amtsschimmels Launen sollst du dich richten.
Hilf Castro, den Krieg in Angola zu führen,
oder geh ins Spittel, dort lass dich kurieren."
(zitiert nach: www.astridlindgren.de; letzter Zugriff: 24. 4. 2013)

Was folgte, war eine öffentliche Meinungsschlacht, in der der damalige Finanzminister Gunnar Sträng (1906–1992), seit zwanzig Jahren im Amt, mit ungeschickten Äußerungen über die mathematischen und politischen Fähigkeiten der Autorin zunehmend an Boden verlor. Auch Astrid Lindgren musste Ärgernisse hinnehmen. Sie wurde als geldgierige Hexe, die Angst um ihren Reichtum hat, verunglimpft, und der linke Flügel der Sozialdemokraten sah in ihr nun die Vertreterin des Kapitals. Die Volkspartei Die Liberalen verwandte eine Passage aus „Pomperipossa in Monismanien" auf einem Wahlkampf-Flugblatt. Sie selbst ließ sich kurz vor der Wahl zu einem erneuten Artikel in „Expressen" hinreißen, in dem sie klar formuliert „Wir brauchen jetzt eine neue Regierung"; in einem Interview erklärte sie die deutschen, nicht aber die schwedischen Sozialdemokraten für wählbar:

> „Wenn ich Deutsche wäre, würde ich die Sozialdemokraten wählen, sagte ich. Das können Sie Herrn Strauß ausrichten. Aber nun bin ich eben Schwedin und da geht das schlecht." (zitiert nach: www.astridlindgren.de; letzter Zugriff: 24. 4. 2013)

Sicher hat Astrid Lindgrens Protest die Öffentlichkeit, die Wähler beeindruckt. Ob ihr Handeln – oder die Reaktion der Politik auf dieses Handeln – zur Abwahl der Sozialdemokraten nach über vierzig Jahren Regierungszeit wesentlich beigetragen hat, erscheint fraglich. Rückblickend war sie eher eine bedeutsame Stimme, die dem Unmut der Bevölkerung auf unvergessliche Weise Ausdruck verlieh. Wer damals von Astrid Lindgren sprach, konnte über ihren politischen Einfluss nicht hinwegsehen.

Neun Jahre nach ihrer Kampagne gegen die schwedische Steuerpolitik begann Astrid Lindgren für ein neues Tierschutzgesetz zu kämpfen. Wie auch bei anderen öffentlichen Stellungnahmen verknüpfte sich dabei ihr gesellschaftliches Engagement mit der persönlichen Beziehung zu einer neuen Freundin, der Tierärztin Kristina Forslund (geb. 1948).

Am 3. 5. 1985 entwarf Astrid Lindgren in der schwedischen Tageszeitung „Dagens Nyheter" mit Bezug auf ein am 28. 4. 1985 erschienenes Foto einer Kuh ein eindrucksvolles Bild von den Qualen der industrialisierten Tierhaltung. Der Artikel bezieht seine Schärfe und polemische Kritik aus Bildern und Anekdoten der Tierhaltung in vergangener Zeit. Er überzeugt durch Astrid Lindgrens Kenntnis der aktuellen Landwirtschaft und dem respektvollen Umgang mit den dargestellten Tieren. Die Erzähltechnik, die die Autorin sonst bei der Schilderung von Kindheitsparadiesen anwendet, benutzt sie hier für ein politisches Pamphlet. Daher bekommen wir Einblick in ihre Erzähltechnik:

> „Wehmütig und vorwurfsvoll sehen ihre Augen den Leser (auf der ersten Seite von Dagens Nyheter vom 28. April, die Verf.) an. Hat sie es nicht gut in ihrem Kuhstall in Harpsund? Was quält diese arme Kuh bloß? Leidet sie am Ende an Verstopfung? Wenn ja, kann das niemand wundern. Stell dir doch mal vor, lieber Leser, du bekämst jedes Mal, wenn du auf dem Klo sitzt und gerade soweit bist, einen so kräftigen elektrischen Schlag, dass du hochhopst …

Glaubst du nicht, dass dies auf die Dauer zu einer recht hartnäckigen Verstopfung führen würde?

Kuhtrainer nennt man das kleine elektrisch geladene Blechstück, das über den Kühen in Harpsund hängt. Jedesmal wenn eine Kuh den Rücken krümmt und drückt, um – rundheraus gesagt – zu scheißen, kriegt sie einen elektrischen Schlag, sodass sie nach hinten springt. Damit nämlich der Kuhfladen in der Jaucherinne landet und nicht etwa woanders.

Wenn ich jemandem totale Verstopfung wünsche, dann dem Erfinder dieses Kuhtrainers. Schon vor Jahren las ich in einem Artikel, dass man dieses Ding in einem eigens dafür gebauten Gummistall unten in Schonen ausprobiere, und schon damals taten mir die Kühe leid. In meiner Einfalt glaubte ich aber, es handele sich hier um ein zufälliges Experiment, von dem man nie wieder etwas hören würde. Wie konnte ich das nur glauben? Ich hätte doch wissen müssen, dass es nichts Grausames und Dummes gibt, das der Mensch nicht bedenkenlos erfindet, um das Leben der Tiere schwerer zu machen, als es ohnehin schon ist.

Eine Sommerwiese kriegen die nie zu sehen, das erfährt man auch über die Harpsunder und rund 30 000 andere schwedische Kühe, die in ihrem ganzen Leben nie aus ihrer engen Stallbox herauskommen. Auf diese Weise geben sie nämlich mehr Milch, hat man ausgerechnet. Ja, bei den Kühen nimmt man es mit dem Rechnen sehr genau.

Man hat die Kuh ‚die große Amme der Menschheit' genannt. Sie ist für uns unentbehrlich, und zum Dank dafür machen wir sie zum Kettensträfling auf Lebenszeit. Als solchem sind ihr freilich gewisse Unannehmlichkeiten in Form von Entzündungen des Euters und Erkrankungen der Beine und der Klauen beschieden, aber trotzdem ist es besser, sie gewöhnt sich gar nicht erst an irgendwelche Sommerwiesen, denn die verschwinden ja ohnehin so nach und nach. Obgleich es ja doch wohl ein bisschen überschlau ausgetüftelt ist, die Kühe nicht im Freien grasen zu lassen.

Die Wiesen und die Wäldchen, das Lieblichste und Schwedischste, was es überhaupt gibt, brauchen, um nicht zu verwildern,

Kühe und andere Weidetiere. Und die Kühe brauchen die Weiden zum Herumwandern und Grasen, um gesund zu bleiben und vielleicht auch ein wenig, um den Sommer zu genießen.

Kühe und Wiesen brauchen einander, und wir brauchen Wiesen und Kühe, gesunde Kühe, aber so gut darf es in Schweden nicht länger sein.

Die Tierärzte und sicherlich auch der Großteil der schwedischen Bauern wollen weder etwas vom Kuhtrainer noch von lebenslanger Einsperrung ihres Viehs wissen, und das ehrt sie.

Es gibt noch anderes, was man in Frage stellen könnte. (Und wenn ich das jetzt tue, werde ich wohl ausgelacht werden, aber wenn schon!) Ein mir bekannter Tierarzt hat mir erzählt, dass die Kühe heutzutage nicht mehr richtig brünstig werden. Wieso das denn nicht? Ob das daran liegt, dass zu den Kühen in Harpsund oder anderswo kein Bulle mehr kommt?

Es kommt nur noch ein Besamer und gibt ihnen eine Spritze, so dass sie alljährlich ihr Kalb zur Welt bringen. Das kriegt die Kuh zwar nur einen kurzen Augenblick zu sehen, aber dank des Kälbchens kann sie für eine Weile wieder die große Amme der Menschheit sein. Der Besamer mag für den Viehbesitzer und für die Zucht gut sein, aber den wehmütigen Blick der Harpsunder Kuh versteht man jetzt noch besser. Früher hatten sie und ihresgleichen doch wenigstens einmal im Jahr einen Freudentag in ihrem armen Kuhleben. Wenn der Bulle zu Besuch kam! Ganz soviel Spaß macht die Sache mit dem Besamer wohl nicht. Jedenfalls vom Standpunt der Kuh aus, vermute ich.

Ein Bauer, den ich kenne, hat mir eine Geschichte erzählt. In seinem Kuhstall gab es früher einen Bullen, der die Kühe der Gegend bediente. Heute aber bestellt dieser Bauer genau wie alle anderen den Besamer. Nun liegt etwa fünf Kilometer vom Hof dieses Bauern entfernt eine kleine Kätnerstelle, und die Leute dort besaßen eine einzige Kuh. In einer Winternacht – es schneite, und der Sturm wehte mit einer Sekundengeschwindigkeit von dreißig Metern – spürte diese Kuh, dass jetzt die Stunde für die Liebe gekommen war. Sie spürte es mit aller Macht. Und sie brach aus dem

> Stall aus und rannte die fünf Kilometer in heulendem Schneesturm zu dem Kuhstall, wo sie früher die Freuden der Liebe genossen hatte. Aber die Stalltür war verschlossen, und dort drinnen gab es auch keinen Bullen mehr. Enttäuscht hinterließ sie als Zeichen dafür, dass sie dagewesen war, unmittelbar vor der Tür ihre Visitenkarte und kehrte dann zu ihrer einsamen Stallbox zurück.
>
> ‚So muß eine Kuh sein', sagte der Bauer, seine Geschichte von der feurigen Kuh abschließend. Als die Sache in der Gegend bekannt wurde, war man voller Bewunderung. Man schaute sich die zerbrochene Box und den Kuhfladen vor der Tür an und wusste, wie alles zugegangen war.
>
> Ja, so müssen Kühe sein. Aber sie sind es nicht mehr. Sie sind, so sieht es jedenfalls aus, bald ebenso unglücklich wie die Schweine und Hühner und Hähnchen in den Tierfabriken. Und das ganz abgesehen davon, wie es um ihr Liebesleben steht." (Meine Kuh will auch Spaß haben, S. 9 ff.)

Kristina Forslund wandte sich auf Grund dieses Artikels an Astrid Lindgren. Sie kämpfte schon seit einiger Zeit für die Verbesserung der Lebensbedingungen von Nutztieren in der schwedischen Landwirtschaft und hoffte, die integre, unabhängige und öffentlich einflussreiche Schriftstellerin für die Unterstützung ihrer Aufklärungskampagne gewinnen zu können. Im September 1985 veröffentlichte Astrid Lindgren – nun im Verein mit Kristina Forslund – einen gezielten Angriff auf die Schlachtungsmethoden und bekam voraussehbaren Ärger mit dem Schwedischen Schlachtereiverband. Ein neues Futtermittelgesetz wurde von der schwedischen Regierung in Aussicht gestellt, in dem die Verwendung von Medikamenten zur Wachstumsförderung untersagt werden sollte. Astrid Lindgren und Kristina Forslund reagierten wie auch andere Schweden skeptisch und richteten ihre Aufmerksamkeit nun auch auf die Bedingungen bei der Käfighaltung in der Geflügelzucht. Wieder steckte die Autorin die Häme der Landwirtschaftspolitiker ein. Zwar wurde die Debatte über das ganze Jahr 1986 fortgeführt, aber der Tod Olof Palmes, die Atomkatastrophe von Tschernobyl, die Schwedens Landwirtschaft empfindlich traf, lenkten ab.

1987 stellen der schwedische Landwirtschaftsminister Mats Hellström und der neue Ministerpräsident Ingvar Carlsson ein neues Tierschutzgesetz in Aussicht. Carlsson überreicht Astrid Lindgren den Entwurf auf der großen Feier zu ihrem 80. Geburtstag. Da sie das Gesetz für eine ‚Mogelpackung' hält, wehrt sie sich gegen die Bezeichnung „Lex Lindgren", die in Presse und Debatten – durchaus anerkennend gemeint – inzwischen benutzt wurde. Am 22. 1. 1989 schreibt sie:

> „… Es ist ja viel darüber geredet worden, dass dieses neue Gesetz ein Geburtstagsgeschenk der Regierung für mich sein soll. Ich bin nicht so eingebildet, das auch nur einen Augenblick zu glauben. Aber von mir aus! Wir können ja so tun als ob. Deshalb bedanke ich mich jetzt auch von ganzem Herzen. Vielen Dank! Und platze sofort mit dem heraus, was ich am Geschenk auszusetzen habe. … Lebt nun wohl alle Kühe und Kälber, Schweine und Hühner! So paradiesisch, wie man draußen in der Welt meint, wird es für euch wohl nicht werden. Aber ihr könnt ja mal den Gott der Schweine und der Kühe, der Kälber und der Hühner anflehen und bitten, dass er ein Wörtchen mit dem Landwirtschaftsminister redet. Aber ihr müsst schon sehr hartnäckig bitten, denn wenn es euch nicht gelingt, die Herzen der verantwortlichen Herren jetzt zu rühren, dann gelingt euch das nie." (Meine Kuh will auch Spaß haben, S. 93 ff.)

Als sie 1996 zusammen mit Kristina Forslund von der deutschen Frauenzeitschrift „Brigitte" gefragt wurde, ob die gemeinsame Kampagne ihrer Meinung nach ein Erfolg war, sahen beide das Ergebnis etwas positiver:

> „Astrid Lindgren: Ich glaube ja. Viele Kühe, Schweine und Hühner leben heute besser als damals. Die wichtigste Veränderung geschah jedoch in den Köpfen der Bauern. Die sprachen vor zehn Jahren nur von ‚Produktionseinheiten'. Heute sagen sie Schwein, wenn sie Schwein meinen. Sie haben begriffen, daß sie es mit lebendigen Wesen zu tun haben, die Gefühle wie Angst, Lust oder Glück empfinden, und nicht mit Maschinen, die Fleisch und Milch produzieren.

Kristina Forslund: Als wir die Kampagne starteten, planten viele Bauern gerade neuartige Ställe. Dann hätten die Kühe überhaupt nicht nach draußen gekonnt ans Tageslicht. Diese Ideen wurden aufgegeben. Man sieht im Sommer sehr viel mehr Tiere draußen auf der Weide grasen als vor zehn Jahren.

...

Mit welchen Mitteln haben Sie die Kampagne geführt?

Astrid Lindgren: In erster Linie mit Artikeln und offenen Briefen in der Tagespresse. Meine Absicht war, den Tieren eine Stimme zu verleihen. Offensichtlich hatten die Bauern deren Sprache verlernt. Also führte ich Interviews, zum Beispiel mit dem Käfighuhn Lovisa.

Kristina Forslund: Wir hatten nicht damit gerechnet, daß daraufhin ein Sturm der Entrüstung losbrechen würde. Aber die Schweden sind tierliebende Menschen, das erklärt vielleicht das ungeheure Echo. Paradoxerweise hat die Reaktion der Bauernfunktionäre die Kampagne erst richtig in Schwung gebracht. Die sagten nach den ersten Artikeln: Astrid Lindgren ist eine gute Märchenerzählerin, und jetzt lügt sie auch noch." (Brigitte, H. 12, 1995)

Als Astrid Lindgren sich 1985 für den Tierschutz einsetzte, sprach sie nicht nur mit der Stimme einer inzwischen viel beachteten Literatin, sondern auch als international hoch anerkannte und geehrte Frau. Am 22. Oktober 1978 wurde ihr in der Frankfurter Paulskirche von Rolf Keller der Friedenspreis des Deutschen Buchhandels überreicht. Die Preisentscheidung war auch im Hinblick auf das von der UNO ausgerufene Jahr des Kindes 1979 gefallen. Astrid Lindgren war die vierte Frau, die seit der Gründung des Preises 1950 diese Auszeichnung erhielt. Nicht nur für ihre deutschen Leser und Bewunderer bedeutete diese Prämierung den Höhepunkt ihrer internationalen Anerkennung, gerade weil er über die Grenzen der Kinder- und Jugendliteratur hinausging. In der Begründung heißt es dazu:

„Den Friedenspreis des Deutschen Buchhandels verleiht der Börsenverein im Jahre 1978 ASTRID LINDGREN, die mit ihrem gesamten Werk beispielhaft für alle steht, die mit ihren Büchern

> Kindern in aller Welt als unverlierbaren Schatz die Phantasie schenken und ihr Vertrauen in das Leben bestärken.
>
> Neugier im Kind zu wecken, es kritisch zu machen gegenüber großen Worten und Parolen, ist genauso wichtig wie die Aufgabe, ihnen Angst zu nehmen vor der Welt und der Zukunft.
>
> Das Werk Astrid Lindgrens bedeutet keine Abkehr von der Wirklichkeit, keine Verführung zur Flucht in Träume. Astrid Lindgren führt in eine Welt, in der wir lachen und weinen, träumen, aber auch leben können. Ihre Bücher vermitteln Leben und Wärme, bezaubern und verzaubern. Sie erziehen behutsam, aber nachdrücklich zu Toleranz und Verantwortung, den unabdingbaren Voraussetzungen des Friedens." (zitiert nach: Keller 1978, S. 5)

Neben allem Wortgeklingel von Preisbegründungen und Feierstunden schwingt hier ebenso wie in den Laudationes des Jugendbuchautors Hans-Christian Kirsch (1934–2006) und des Pädagogen Gerold Ummo Becker (1936–2010) die fast erstaunte Erkenntnis von Zusammenhängen zwischen der Literatur für Kinder und der Erziehung zur Friedensfähigkeit mit.

Astrid Lindgrens Dankesrede „Niemals Gewalt" wurde zum Fanal für die Rechte des Kindes und eine gewaltfreie Erziehung. Wieder gelang es ihr, ein treffendes Bild für ihr Anliegen zu finden, das fest in die Vorstellungskraft aller Lindgren-Bewunderer eingegangen ist. Eine Mutter glaubt ihren kleinen Jungen strafen zu müssen und schickt ihn in den Garten, um einen Stock für diese Züchtigung zu suchen.

> „Der kleine Junge ging und blieb lange fort. Schließlich kam er weinend zurück und sagte: ‚Ich habe keinen Stock finden können, aber hier hast du einen Stein, den kannst du ja nach mir werfen'. Da aber fing auch die Mutter an zu weinen, denn plötzlich sah sie alles mit den Augen des Kindes." (Niemals Gewalt, S. 39)

Auch diese Parabel der Gewaltlosigkeit gehört eher in Lindgrens schriftstellerisches Werk als in eine Textsammlung gewaltfreier Erziehung. Im ersten Band der „Karlsson"-Trilogie findet man folgende Szene zwischen

Verleihung des Friedenspreises des Deutschen Buchhandels am 22. 10. 1978 in der Frankfurter Paulskirche durch Rolf Keller.

Lillebror, der seine Heimlichkeiten mit Karlsson auf dem Dach halb verbirgt, halb gestehen möchte, und seiner liebevollen, aber ahnungslosen Mutter:

> „‚Krister hat mich mit Steinen geschmissen', sagte Lillebror böse. ‚Nein, nun hört aber doch alles auf', sagte Mama, ‚so ein Lümmel! Warum kommst du denn nicht ‚rauf und sagst es mir?' Lillebror zuckte die Achseln. ‚Wozu denn? Du kannst doch nicht mit Steinen schmeißen. Du würdest nicht mal eine Scheunenwand richtig treffen.' ‚Ach, du kleines Dummerchen', sagte Mama, ‚du denkst doch nicht etwa, dass ich Krister mit Steinen schmeißen will?' Womit willst du denn aber sonst schmeißen?' fragte Lillebror erstaunt. ‚Was anderes gibt es nicht, wenigstens nichts, was genauso geht.'" (Karlsson vom Dach, S. 43)

Rückblickend erscheint unvorstellbar, dass man Astrid Lindgren im Vorfeld der Verleihung bat, auf diese Rede zu verzichten und sich auf kurze Dankesworte zu beschränken. Lindgren bestand auf der unveränderten Langfassung und machte sie zur Bedingung ihres Erscheinens.

Sie erlebte nicht mehr, wie fragwürdig die Ausführungen des Laudators Gerold Ummo Becker (1936–2010) aus heutiger Sicht erscheinen.

Gegen den damaligen Leiter der reformpädagogisch ausgerichteten, experimentierfreudigen Odenwaldschule (1972–1985) wurden im Jahr 1998 erste öffentliche Vorwürfe wegen sexuellen Missbrauchs von Schülern laut. Sie flossen in den ab 2010 an die Öffentlichkeit gelangten größten Missbrauchsskandal der Bundesrepublik Deutschland ein. Berichte von missbrauchten Schülern weisen nach, dass Beckers Übergriffe seit Beginn seiner Tätigkeit in der Odenwaldschule, also auch zur Zeit seiner Laudatio auf Astrid Lindgren, zur täglichen Praxis gehörten. Wie entlarvend klingen nun einige Passagen seiner Preisrede:

> „Die Psychoanalyse hat in vielen Bildern deutlich gemacht, wie im strengsten Sinne lebensentscheidend es ist, dass ein Mensch, aufwachsend, lernt, in einem entspannten, aber nicht spannungslosen Gleichgewicht zwischen den Ansprüchen seiner Triebe und den Ansprüchen der Realität zu leben, ja, dass es geradezu gilt, dass der einzelne sich mit seiner Triebwelt befreunden muß, wenn sein Ich nicht durch ständige Angriffe aus dem Hinterhalt des Verdrängten ständig gefährdet sein soll" (Becker 1986, S. 28)

> „Hier, scheint mir, wäre ein Maßstab zu gewinnen, mit welchen Bildern und Gestalten wir uns bemühen sollten, die Phantasie der Kinder reicher zu machen. Sie müssen daran gemessen werden, ob sie dem Kind helfen, mit seinen Ängsten fertig zu werden, sich geborgen zu fühlen, Zuversicht zu gewinnen. Sie müssen das durch eine Bilderwelt tun, die dem Kind in einer unmittelbaren Weise zugänglich ist, dem Kind, das sich in einer Situation befindet, in der rationale Argumente es gerade nicht erreichen, sondern es nur in seiner Hilflosigkeit und seinem Ausgeliefertsein bestätigen." (Becker 1986, S. 28)

In Schweden wird die Frankfurter Rede Astrid Lindgrens in nationalem Zusammenhang gesehen. Sie gilt – zum Beispiel in den Kommentaren der Lindgren-Ausstellung im Informationszentrum Näs – als Vorbotin der gesetzlichen Abschaffung der Prügelstrafe in Schweden im Jahr 1979. In schwedischer Sprache wird sie zum ersten Mal in einer von der Erbengemeinschaft Saltkråkan herausgegebenen, kommentierten Ausgabe im Jahre 2012 veröffentlicht. Das Preisgeld des Friedenspreises – nach heutiger Währung 25 000 Euro – stiftet Astrid Lindgren zur Hälfte dem Projekt „Das fröhliche Krankenzimmer“ des Deutschen Ärztinnenbundes, das mit Büchereien und literarischen Veranstaltungen Kinder in Krankenhäusern bibliotherapeutisch unterstützt. Die andere Hälfte des Geldes geht an ein schwedisches Hilfsprogramm.

Außerdem erhält sie in diesem Jahr die Ehrendoktorwürde der University of Leicester, den Adelaide-Rist-Preis in Rom und den International Writer's Prize Award des Welsh Art Council Cardiff in Wales.

Deutschland spielt für Astrid Lindgren und ihr zwischen 1944 und 1992 veröffentlichtes Werk eine besondere Rolle. Die Jahreszahlen können symbolhaft für den Januskopf Deutschlands in ihrem Leben stehen. In der Realschule von Vimmerby lernte sie die deutsche Sprache und den Literaturkanon deutscher Klassik kennen. Er war ihr bis ins Alter präsent und sie benutzte ihn als Zitatenschatz und Sprachvorrat für Unterhaltungen, Reden, Interviews. Wahrscheinlich vermittelte man ihr in Kindheit und Jugend ein positives Deutschlandbild. Das änderte sich spätestens ab 1937. Nationalsozialismus und Zweiter Weltkrieg machten ihr im um Neutralität ringenden Schweden schwer zu schaffen.

Felizitas von Schönborn fragte sie in einem Interview nach der Bedeutung des grausamen Usurpators in „Die Brüder Löwenherz“: „Mit Tengil haben Sie das Bild von einem unbarmherzigen, absoluten Herrscher gezeichnet – ähnlich wie Hitler?“ Lindgren antwortete:

> „Ja, er trägt wohl einige Züge von Hitler. Ich habe in den dreißiger Jahren die internationale Politik verfolgt. Daher wusste ich schon vor dem Krieg über Hitlers Weg Bescheid. Ach, wie ich diesen Mann aus vollem Herzen gehasst habe! Auch heute kann ich sehr wütend werden, wenn ich höre, dass es Neonazis gibt, die nun wieder diesen schrecklichen Mann anbeten. Ich habe mir viele Dokumentarfilme über diese Zeit angesehen und Bücher gelesen. Fuchsteufelswild werde ich über Leute, die behaupten, die Vernichtung der Juden hätte gar nicht stattgefunden. Wie kann man nur so etwas sagen? Heute hat doch wohl jeder die schrecklichen Bilder

> von den Konzentrationslagern und den Gasöfen gesehen. Als ich 1989 in Polen war, besuchte ich das Konzentrationslager Majdanek. Das hat mich zutiefst betroffen gemacht.“ (zitiert nach: Schönborn 2002, S. 48)

Als Friedrich Oetinger 1949 die deutschen Rechte an „Pippi Langstrumpf“ erwarb, öffnete sich für Astrid Lindgren der große deutsche Buch- und später auch der Medienmarkt. Sie lernt auf Kongressen und den ersten Lesereisen durch Deutschland Erich Kästner, Klaus Doderer, den Direktor des Frankfurter Instituts für Jugendliteratur, und Walter Scherf, den Direktor der Internationalen Jugendbibliothek in München, kennen. Die deutschen öffentlichen Bibliotheken sind begeistert von ihrem gleichzeitig zielbewussten und bescheidenen Auftreten. Astrid Lindgren kommt aus einem Land, in dem Volksbildung und öffentliche Bibliotheken einen hohen gesellschaftlichen Wert besitzen. Den müssen sich die Kinderbuchabteilungen in Deutschland – mit ihrer Hilfe – erst erkämpfen. Nirgendwo sonst ist die Begeisterung, der Bekanntheitsgrad ihrer Bücher in drei Generationen so groß wie in (West-)Deutschland.

Das verursacht ihr manchmal Angst, von den Deutschen zwar umarmt, damit aber auch vereinnahmt zu werden. 1966 schreibt sie in einem Brief an ihre Freundin und Mentorin Else Olenius, eine der ganz wenigen Adressatinnen, bei der sie sich ohne Vorsicht und ohne Rücksicht auf die Folgen frei äußerte:

> „Als ich den Hörer weggelegt hatte, fing ich an zu weinen, heftige, zornige Tränen, und da verstand ich, dass ich alles lieber wäre als beliebt. Und dann ist der Westdeutsche Rundfunk hier gewesen und hat seine Fernsehkabel durchs ganze Wohnzimmer gezogen und mich gefragt, wann ich zum ersten Mal mit der Demokratie in Berührung kam. Ja, mein Gott. Also sprach ich stattdessen darüber, wie viel stärker ich davon beeindruckt war, als Hitler anfing, in Berlin Bücher zu verbrennen. Ab jetzt werde ich in Deutschland nicht mehr so beliebt sein. Und ich habe keine Lust mehr, beliebt zu sein. Ich will nicht mehr jeden Morgen die Frage beantworten, was ich mit ‚Mio, mein Mio‘ gemeint habe, ich will nicht brav sein

> und ich will in keiner Illustrierten sein." (zitiert nach: Strömstedt 2012, S. 354)

Diese Briefpassage zeigt das Deutschland-Dilemma Astrid Lindgrens. Ihr Verhältnis zu Deutschland erzählt keine Liebes-, wohl aber eine Erfolgsgeschichte.

1980 muss sie sich im Krankenhaus Sabbatsberg, wo auch Sture Lindgren bis zu seinem Tod lag, einer Gallenoperation unterziehen. In Margareta Strömstedts Biographie ist ein Gedicht überliefert, das sie kurz vor dem Eingriff niederschrieb und das einen Einblick in Astrid Lindgrens Bewältigung von Konfliktsituationen gibt:

> „Leb wohl, du olle Galle,
> jetzt ist genug der Schmach,
> jetzt werd' ich Abschied nehmen
> von Schmerz und Ungemach.
> Hättest du dich nicht benommen
> wie ein verdammter Graus,
> hättest du bleiben können,
> jetzt wird da nichts daraus.
> Jetzt fliegst du in den Ausguss
> in diesem Hospital.
> So lieg nur da und reue
> die Plage und die Qual,
> die du mir hast bereitet,
> dabei aß ich stets Salat.
> Leb wohl, du olle Galle,
> dein letztes Stündlein naht."
> (zitiert nach: Strömstedt 2012, S. 357)

Im persiflierten Ton eines protestantischen Kirchenliedes wird das Risiko der schweren Operation abgespaltet auf das Organ, das entfernt werden muss. So distanziert sich Lindgren vom existenziellen Geschehen, betrachtet es mit Ironie von außen und rettet sich in eine unantastbare Sphäre. Gleichwohl erfahren wir hier, dass es Zusammenhänge zwischen ihren

Lebenserfahrungen und körperlicher wie seelischer Verletzlichkeit gab. Man kann annehmen, dass Lindgren in vielen vergleichbaren Situationen ihres Lebens ähnlich verfahren ist.

Als sie am 3. 4. 1981 im Hotel Bayerischer Hof unter Beisein des Ministerpräsidenten Franz Josef Strauß den Bambi, den Medienpreis des Burda-Verlages, entgegennimmt, hat sie eine weitere Qualitätsstufe der öffentlichkeitswirksamen Ehrungen erklommen. Der Preis wird ihr nach den damals geltenden Regularien in der Sparte „Beste Kindersendung“ für die Fernsehserie „Michel aus Lönneberga“ verliehen. Die Entscheidung fällt aber auch unter dem Gesichtspunkt, dass Astrid Lindgrens Werk in der deutschen Öffentlichkeit einen so hohen Bekanntheitsgrad und eine so unangefochtene Wertschätzung genießt, dass sie in den Kreis der spektakulären Medienprominenz aufgenommen werden kann. Sie ist dort in Gesellschaft von Filmstars, Politikern, Komikern und Fernsehgrößen – eine Nähe, die der Werbung für ihre Bücher und Medien dient, sie aber auch von der Rolle der ernsthaften Schriftstellerin entfernt.

Eine ähnliche Dialektik des Erfolges zeigt sich bei Errichtung des Vimmerbyer Märchenparks Astrids Värld im Juni 1981. Darüber erzählt Astrid Lindgren im Jahr 1992:

> „‚Astrid Lindgrens Welt‘ hat nichts Disney-Ähnliches. Natürlich hätte man sie nicht nachbauen müssen, man muss auch keine Bücher schreiben. Die kleinen Kinder kommen dorthin, übrigens viele deutsche. Sie kennen meine Bücher sehr gründlich und da treffen sie Pippi in der Villa Kunterbunt. Für sie ist das schön.
>
> … Drei junge Väter kamen vor fünf oder zehn Jahren mit diesem Vorschlag zu mir. Sie wollten ein kleines Gehöft wie das von ‚Michel aus Lönneberga‘ nachbilden. Dagegen hatte ich nichts. Ich sagte nur, ich würde mich nicht darum kümmern. Es kam ein zweites Häuschen dazu, sie machten es sehr nett. Nach einigen Jahren kam plötzlich ein Mann von einer großen Baufirma und wollte dieses kleine Märchendorf kaufen. Die Väter verkauften es, ohne mich zu fragen. Der Bauunternehmer wollte nichts Böses, er stellte nur noch einige Häuser dazu und fragte mich, ob wir es nicht ‚Astrid Lindgrens Welt‘ nennen könnten. Es waren ja nun die

> Häuser aus meinen Büchern, ich dachte nicht viel darüber nach. Aber es ist wunderschön geworden. Inzwischen gehört der Freizeitpark einer Versicherungsgesellschaft in Stockholm, sie haben viel Geld hineingesteckt. Es ist alles sehr geschmackvoll. Jetzt überwacht ein Rat mit klugen Frauen, dass alles richtig läuft. Ich bin übrigens nicht daran beteiligt.“ (zitiert nach: Jakobeit 1992)

Drei Familien aus Vimmerby (Isaksson, Jalminger und Soowik) entwickelten die Idee, am Stadtrand von Vimmerby, fußläufig vom Bauernhof Näs einen Freizeitpark zu den Geschichten, Personen und Kulissen von Astrid Lindgrens Geschichten aufzubauen. 1981 wurde der erste Teil, der Bauernhof Katthult aus der „Michel“-Trilogie, im Maßstab 1 : 3 aufgebaut. Astrid Lindgren war mit dieser Metamorphose ihrer Literaturstoffe einverstanden; ihre Familie nahm im Aufsichtsrat des Freizeitparks Einfluss auf die respektvolle Verwendung der Vorlagen. Astrid Lindgren erhoffte sich von diesem Park einen lesefördernden Aspekt und eine spielerische Hinführung zur Phantasiewelt ihrer Literatur. Sie erbat sich einen freien Zugang für Kinder – eine nicht sehr realistische Voraussetzung, wie sich zeigen sollte. Am 1. Juli 1989 wird der erweiterte Park mit dem Namen „Astrid Lindgrens Värld“ von Astrid Lindgren eingeweiht. Der neue Besitzer ist der Baukonzern Reiquma, der 1991 zahlungsunfähig wird. Unter wechselnder Trägerschaft wird das Gelände immer größer und attraktiver. Die Konzeption sieht nun auch in die Landschaft integrierte Spielorte vor wie das 1990 errichtete Heckenrosental aus dem Roman „Die Brüder Löwenherz“. 2000 ging Astrid Lindgrens Värld in den Besitz der Gemeinde Vimmerby über. Seit Januar 2010 gehört der ständig erweiterte Park mit Bühnen, Restaurants, Picknickplätzen und Ausstellungen zu 84 % der Lindgren-Erbengemeinschaft Saltkråkan, 16 % hält weiterhin die Kommune Vimmerby. Sporadische Konflikte um Lizenzgebühren, Gewinnausschüttungen und Investitionskosten sind vorprogrammiert. Astrid Lindgren hatte 1981 noch die Vorstellung, eine Balance zwischen Leseförderung, Werbung und Kommerz finden zu können. Aber die einmal geöffnete Tür zur Welt der Vermarktung ließ sich nicht mehr schließen.

Öffentliche Präsenz konnte Astrid Lindgren zu dieser Zeit gut gebrauchen, denn im Herbst des Jahres 1981 erscheint ihr letzter großer

Kinderroman „Ronja Räubertochter“ (schwed. 1982; dt. 1982). Folgt man ihrem Lebenslauf in der Form, wie sie ihn selbst erzählt hat, wird augenfällig, dass *eine* literarische Figur der Autorin besonders schwerfallen musste, weil die für Lindgren typische Mischung – Kindheitserinnerung, literarische Stilisierung, Kinderblick auf die Gegenwart – sowie der Mix aus Gegenwart, Vergangenheit und Zeitlosigkeit hier konfliktfrei nicht funktionieren konnte. Die *Mutter* war Astrid Lindgrens schwerste Rolle – im Leben wie in der Literatur.

Sohn und Tochter haben ihr Liebe, Fürsorge und Trostfähigkeit attestiert – als Kameradin, als gute Spielfreundin, später als Geschäftspartnerin im großen Medienunternehmen Lindgren. Die Kinder – und sie selbst – sahen sie jedoch nicht als eine Mutter, wie Astrid Lindgren sie bis ins Alter besaß und über alle anderen Personen hinaus respektierte. Astrid Lindgren konnte keine Mutter sein wie die, die für alle Zeiten ihr Mutterbild geprägt hatte.

Es ist auffällig, wie oft die Mutter in Lindgrens autobiographischen Anmerkungen und Interviews – im Gegensatz zum Vater – im Zusammenhang mit Strenge, Disziplin und Arbeit angeführt wird: „Mutter kam aus einem sehr religiösen Haus. Sie war ziemlich streng mit uns“ (zitiert nach: Schönborn 2002, S. 57), erinnert sie sich. „Wir wussten … genau, was wir durften und was nicht. Meine Mutter hat uns das von Anfang an beigebracht …“ (zitiert nach: Schönborn 2002, S. 61)

> „Wenn ich beim Spülen in Träumereien versank, sagte meine Mutter: ‚Mach weiter, nur nicht aufhören.‘ Später habe ich diese Worte oft zu mir selbst gesagt, wenn ich mich vor einer langweiligen Arbeit drücken wollte. … Sogar am Morgen meiner Konfirmation musste ich noch Roggen einsammeln.“ (zitiert nach: Schönborn 2002, S. 64)

Die Mütter in Bullerbü, auf Katthult, in Birkenlund, in „Die Brüder Löwenherz“, in Kleinköping und anderswo sind Charakterchargen, nähren sich aus den erinnerten Frauentypen ihrer Umgebung, geben den Kindern, um die es geht, Halt, Freiheit und Grenzen – und sind die Ehefrauen der Väter, die immer wieder die Liebe Astrid Lindgrens zu ihrem

Vater reflektieren. ‚Mehr Mutter' bekam Astrid Lindgren literarisch lange Zeit nicht ‚in den Griff'. Daher gab es noch eine große literarische Aufgabe, die unerledigt geblieben war: das Buch von der Mütterlichkeit.

In parodistischem Rückgriff auf klassische Räuberromane erzählt Astrid Lindgren die Geschichte von zwei Räuberfamilien, deren vorpubertäre Kinder Ronja und Birk zu Freunden werden. Im Mittelpunkt steht das elfjährige Mädchen Ronja, das von liebenden Eltern, den Räuberhauptleuten, und zwölf mit viel Humor gezeichneten Räubern ins Leben geführt wird. Die Wildnis des Waldes, bewohnt von Naturgeistern und Tieren, wird zum Lebensmittelpunkt des Mädchens. Als das Hauptquartier, die Mattisburg, durch eine Naturkatastrophe gespalten wird, nistet sich in der anderen Hälfte von Burg und Berg die zweite Räuberfamilie Borka mit ihrem Sohn Birk ein. Die Kinder beginnen eine konfliktreiche Freundschaft und schlagen schließlich ein gemeinsames Sommerlager im Wald auf. Darüber kommt es zum Bruch zwischen Vater und Tochter. Ronjas Mutter Lovis kann vermitteln. Ein letzter Kampf zwischen Mattis und Borka führt zur Versöhnung der Räuberbanden unter dem gemeinsamen Hauptmann Mattis. Der sterbende alte Räuber Per verrät Ronja eine zukunftstaugliche Lebensgrundlage durch Bodenschätze im Berg ohne Gewalt und Räuberei.

Wieder sind literarische Vorbilder dieses Waldmärchens leicht gefunden: der Räuberroman des 18. und 19. Jahrhunderts, die Mythen von Tristan und Isolde in der Liebesgrotte, das Romeo-und-Julia-Motiv der liebenden Kinder verfeindeter Familien, Romane und Märchen über die Ablösung der Kinder von den Eltern. Auch Personen, Erinnerungen und Attribute aus Astrid Lindgrens persönlicher Erfahrungswelt sind verarbeitet.

Bei allen Fragen nach der tieferen Bedeutung des Romans verwies Astrid Lindgren gekonnt auf die neutrale Ebene des Spielortes und ihre Verbundenheit mit der Natur:

> „Als ich ‚Ronja' schrieb, hatte ich Sehnsucht nach der Wildnis, die so weit weg schien. Hier in der Stadt blieb mir nichts anderes übrig, als von der Wildnis, von einem Wald mit schönen Bäumen zu träumen." (zitiert nach: Schönborn 2002, S. 37)

Aber diese Hinweise dringen nicht zum künstlerischen und menschlichen Kern des Märchens vor. In dem Buch, das mit der Geburt Ronjas – eine der wenigen Geburtsszenen mit Sicht auf die gebärende Mutter im Kinderbuch – beginnt, kommt der Mutter Lovis eine zentrale Rolle zu, obwohl die Symbiose zwischen Vater und Tochter auch hier als Agens den Fortgang der Handlung bestimmt. Es ist der Vater, der die Tochter nicht loslassen will, seine Liebe droht Ronja klein zu machen, sein männlicher besitzergreifender Machtanspruch pervertiert den Liebesbegriff. In dieser Konfliktsituation erweist sich die Fürsorglichkeit der Mutter erstmals als geschmeidiger, weil ihr das ganzheitliche Glück der Tochter am Herzen liegt und sie Ronjas Zerrissenheit zwischen Vater, Freund und eigener Zukunft aus weiblicher Erfahrung kennt. Das Waldmärchen von Ronja Räubertochter, ein im Wald unter den vitalen Räubern verstecktes Psychodrama einer wohlbekannten Familiensituation, findet ein glückliches, optimistisch stimmendes Ende. Ronja, die Tochter darf mit väterlicher Zustimmung das Elternhaus im Frühjahr verlassen, um heimzukommen, wenn der Winter, der Hunger, die Not drohen. Zukunftspläne jenseits der Räuberei werden geschmiedet. Der Freund Birk wird akzeptiert.

Da alle Texte Lindgrens von ihrer Persönlichkeitsstruktur und der psychischen Präsenz der Kindheit geprägt sind, ist die Frage nach den Hintergründen dieses letzten, so versöhnlichen Romans zulässig. – Eine späte Abbitte an die Mutter? Vielleicht. Ein sich selbst geschenktes Verzeihen des Ungenügens am eigenen Mutterideal, das sich im Alter als ganz unnötig hoch gesteckt erwies? Schon eher. Ein altersmüdes oder weises Relativieren der symbiotischen Bindung an den Vater? Ziemlich wahrscheinlich (s. Dankert 2009, S. 18–20).

Wie „Pippi Langstrumpf“ und „Die Brüder Löwenherz“ wird „Ronja Räubertochter“ ein Welterfolg. Negative Urteile bleiben verhalten. Schon bald beginnen Olle Hellbom und Astrid Lindgren mit den Vorbereitungen zur Verfilmung. Doch Olle Hellbom stirbt im Juni 1982. Die Regie übernimmt Tage Danielsson, der die Premiere des Films an Weihnachten 1984 noch miterlebt, aber im Herbst 1985 ebenfalls stirbt.

Astrid Lindgrens Einstieg in die Kinder- und Jugendliteratur hatte nichts mit der Absicht zu tun, im akademischen oder künstlerischen Sinne schriftstellerisch tätig zu werden. Sie war eine ‚Seiteneinsteigerin‘. Jeder Art akademischer Annäherung an ihre Texte stand sie skeptisch gegenüber: ein bisschen ängstlich, ein bisschen egozentrisch, ein bisschen ratlos. Doch spätestens seit der Verleihung des Friedenspreises des Deutschen Buchhandels und der ersten Lindgren-Biographie von Margareta Strömstedt war ihr Werk so in die internationale Forschungsarbeit integriert, dass sie sich auf Korrespondenzen mit Wissenschaftlerinnen, wie der aus Russland stammenden, einige Jahre in Schweden, heute in den USA lebenden Maria Nikolajeva (geb. 1952) einlässt. Sie tauscht mit ihr in den Jahren 1981 bis 1995, also in ihrer schwedischen Zeit Meinungen und Informationen aus.

Neben der Berufs- und Fachkorrespondenz läuft ihr privater, der Öffentlichkeit nicht zugänglicher Kontakt zu ihrer jungen Brieffreundin Sara Schwardt weiter. Diese gesteht ihr im Frühling 1981, dass sie zum christlichen Glauben gefunden hat. Wiederum klingt Astrid Lindgrens Antwort bedrückt. Die 75-jährige Autorin freut sich über die Neuorientierung der jungen Frau, gesteht aber – wieder einmal – zerknirscht ihre Unfähigkeit zu glauben ein.

In den Jahren 1981/82 stellen sich gesundheitliche Probleme ein. Astrid Lindgren hat mit ernsthaften Sehschwierigkeiten zu kämpfen. Eine Weile behilft sie sich bei Manuskripten und Korrespondenz mit Filzstiften. Ihre Post kann sie nicht mehr beantworten. Schon seit einiger Zeit versendet sie angesichts der unübersehbaren Flut von Kinderpost Antwortkarten mit Porträtfoto und Autogramm – auch in deutscher Sprache. Die Aufschrift lautet:

> „Vielen Dank für einen sehr freundlichen Brief!
>
> Wenn ich es nur könnte, würde ich ihn nicht nur mit dieser Karte beantworten, aber ich kriege täglich so viele Briefe, und so geht es einfach nicht mehr, die Zeit genügt nicht. Das bedeutet nicht, dass ich nicht alle Briefe lese, das tue ich mit Freude und sehr viel Dankbarkeit.
>
> Alles Gute
>
> Ihre“

Kerstin Kvint hilft ihr nun bei allen Schreibarbeiten. Als sie 1985 wieder einmal auf Lesereise in Deutschland ist und unter anderem in Bonn und

Heidelberg liest, wird das Manuskript stark vergrößert, damit sie es lesen kann. Eine Einladung zur Teilnahme an den Nordischen Literaturtagen 1986 sagt sie Günter Christiansen, dem damaligen Vorsteher des Börsenvereins des deutschen Buchhandels, wegen ihrer Sehschwierigkeiten und aus Altersgründen ab. Trotzdem arbeitet sie an der Verfilmung von „Ronja Räubertochter", reist zu Preisverleihungen und Kongressen und nimmt teil am öffentlichen Leben.

Kurz vor Weihnachten 1983 – Astrid Lindgren und ihr Sohn Lars kommen von der Verleihung des Kulturpreises der Stadt Vimmerby an ihre weltberühmte Bürgerin – verursacht Lars einen Autounfall, bei dem seine Mutter erheblich verletzt wird und sich im Krankenhaus von Nyköping behandeln lassen muss. 1984 stirbt ihre vertraute Mentorin und enge Freundin Elsa Olenius.

Einen weiteren schweren Verlust erfährt sie 1986. Ihr Sohn Lars stirbt an den Folgen seiner Alkoholsucht. Astrid Lindgren zieht sich zurück und ist für viele Wochen nicht ansprechbar. Der Tod des Sohnes war für sie der schwerste Schicksalsschlag, den sie ertragen musste. Mit keinem anderen Menschen war ihr eigenes Leben auf so wechselhafte Weise in Freude und Leid verbunden gewesen.

Im öffentlichen Leben nimmt die Autorin weiterhin Ehrungen entgegen. Im Jahre 1984 verleiht die STF (Schwedische Tourismus-Gesellschaft) Astrid die Dag-Hammarskjöld-Medaille. Die Medaille wird seit 1961 zum Gedenken an den UNO-Präsidenten vergeben, der über 20 Jahre Mitglied des STF-Vorstandes gewesen war. Sie ehrt außerordentliche Beiträge zur Präsentation Schwedens als Natur- und Kulturnation. – Der John Hanson Award, mit dem sie im gleichen Jahr ausgezeichnet wird, erinnert an den ersten Präsidenten des amerikanischen Kontinentalkongresses John Hanson (1721–1783), der vielfach auch als der erste Präsident der Vereinigten Staaten bezeichnet wird. Die englischsprachige Ausgabe von „Ronja Räubertochter" in der Viking Press erhält den Mildred L. Batchelder Award, der jährlich von der US-Vereinigung für Bibliotheksdienste an US-amerikanische Kinderbuchverlage verliehen wird. Der Preis fördert die Produktion übersetzter Kinderbücher in den USA.

Auch 1985 ergießt sich eine wahre Flut von Preisen über die Autorin, die sich gerade in eine politische Kampagne gestürzt hat. Sie erhält den Jovan-Jovanovic-Zmaj-Kinderbuchpreis im Gedenken an den gleichnamigen serbischen Kinderarzt und Autor (1833–1904) in Jugoslawien. Dänemark überreicht ihr die gerade ins Leben gerufene Karen-Blixen-Medaille. Frankreich ehrt Astrid Lindgren mit dem Loisirs jeune élu par l'enfant. In Deutschland wird ihr der Silberne Bär der Berliner Filmfestspiele für den Film „Ronja Räubertochter" verliehen. Der schwedische Bauernverband ernennt sie zur Ehrenlandwirtin. Besonders ehrenvoll aber ist die Auszeichnung mit dem Orden Illis Quorum, dem höchsten Orden, den die schwedische Regierung an Einzelpersonen vergibt.

Schon bevor in den neunziger Jahren die ersten Skulpturen und Denkmäler von Astrid Lindgren aufgestellt wurden, entsteht eine Vielzahl von Bildern, Karikaturen und Zeichnungen von ihr. Wie die späteren Skulpturen vermitteln sie nur einen vagen Eindruck von ihrer Persönlichkeit. Ilon Wikland sagte dazu: „Astrid war sehr schwer einzufangen, sie hielt nie still, ihr Aussehen änderte sich ständig." (zitiert nach: Forsell u. a. 2007, S. 196) Überliefert sind neben einem schon in den fünfziger Jahren von ihrem Bruder gemalten depressiv-melancholischen Porträt Bilder von Ilon Wikland, Björn Berg, Martin Lamm und Claes Bäckström.

Wie waren solche Erfolge und Ehrungen zu verkraften? In ihrer Familie, in langjährigen Freundschaften, von denen einige ganz zum Privatleben der Autorin gehörten, fand sie ein Gegengewicht. Astrid Lindgren war begabt für Freundschaften, deren wirksame Hilfe sie in prekären Situationen ihres Lebens kennengelernt hatte.

Mit der Eroberung immer neuer Arbeitsfelder erweiterte sich Astrid Lindgrens Kollegen-, Bekannten- und Freundeskreis. Anfang der achtziger Jahre war unter ihrem tätigen Zutun ein gut funktionierendes Netzwerk aus Familie, Verlagsfreunden, Pressekontakten und internationalen Anlaufstellen entstanden, bei dem zwischen Privat- und Berufsinteressen schwer zu trennen war. Immer wieder gab es episodische Begegnungen, die nicht weiter verfolgt wurden. Sehr viele Kontakte aber pflegte Astrid Lindgren über Jahrzehnte. – Wie kam diese Auswahl zustande? Sie prüfte die Menschen, ob sie ihnen ihr Vertrauen schenken konnte, und ging dabei auch nach dem Pflicht- und Nützlichkeitsprinzip vor. Vermuten kann man, dass sie eine Schar von Menschen um sich brauchte, die ihr gleichzeitig Sicherheit in Form von Verständnis und Loyalität entgegenbrachten, denen sie aber auch etwas zu bieten hatte und von denen sie sich erwünscht, gebraucht und geliebt fühlen konnte.

Zum Lebensglück Astrid Lindgrens gehörte der Austausch im Gespräch, in gemeinsamen Aufgaben, in der Fürsorge füreinander. Dabei handelte es sich fast immer um Frauen. Während in der Familie Vater, Bruder, Ehemann und Sohn, also Männer, wichtige Partner sind, werden männliche Freunde, Weggefährten, Berater und Kritiker nicht so präsent. Auch in den zugänglichen autobiographischen Schriften und Äußerungen Lindgrens ist fast ausschließlich von Frauen die Rede, wenn sie von langjährigen intensiven Freundschaften spricht. Das kann viele Gründe haben.

In Astrid Lindgrens Generation war die völlig selbstverständliche und gleichberechtigte Kommunikation zwischen Frauen und Männern auch in Schwedens Alltag noch nicht selbstverständlich. Allerdings trug Lindgrens Berufstätigkeit zu dieser Kommunikation bei – als Stenotypistin, Sekretärin, Lektorin, Angestellte bei männlichen Arbeitgebern. Männer waren die Familienangehörigen, Vorgesetzten, die potentiellen privaten Partner, aber kaum Freunde auf Augenhöhe. Heute sind etwa 80 % der im Buchwesen Beschäftigten Frauen. Das war in der Verlagszeit Lindgrens zwar noch nicht der Fall, aber es muss bedacht werden, dass die schwedischen Lindgren-Verleger Hans Rabén und Carl-Olof Sjögren und der deutsche Lindgren-Verleger Friedrich Oetinger für ihr neues Kinderbuchprogramm nach dem Zweiten Weltkrieg vornehmlich Frauen einstellten. Hier traf Astrid Lindgren also auf Frauen, hier war sie als Lektorin und Programmleiterin, bald auch als weltbekannte, erfolgreiche Autorin die Vorgesetzte, die Respektsperson, das Vorbild. Keine Frage, dass sie das Hineinwachsen in diese Rolle genossen und auch gerne als Ausgangsposition für Freundschaften genutzt hat.

Zu Astrid Lindgrens Freundinnen gehören Gefährtinnen aus der Kindheit (Anne-Marie Ingeström) und Nachbarinnen im Vasa-Viertel (Alli Viridén), Verlagskolleginnen bei Rabén & Sjögren (Kerstin Kvint und Marianne Eriksson) und – soweit man die enge künstlerische Zusammenarbeit auch als Freundschaft bezeichnen kann – die Illustratorinnen Ingrid Vang Nyman, Ilon Wikland, Marit Törnqvist. In dem langen Leben Lindgrens wuchs die Zahl dieser Freundinnen, aber offensichtlich waren einige dieser Freundschaften von zeitlich begrenzter Intensität und durch unterschiedliche Sympathiekonstellationen geprägt.

Die außerordentliche Begabung, die sich in der Literatur Astrid Lindgrens äußerte und uns als Geschenk zuteil geworden ist, wird auch die Autorin selbst wahrgenommen und im Zusammenleben mit anderen Menschen vermutlich als außergewöhnlich empfunden haben – vielleicht sogar als eine ‚Anomalie', mit der es zu leben, die es zu verbergen oder zu sublimieren galt. Dass Astrid Lindgren ihre Kindheit nicht vergessen konnte und ständig präsent hielt, wurde von ihrer Umwelt ja nicht nur als Vorzug empfunden. Die Amnesie, das Vergessen der Kindheit, das dem Menschen üblicherweise den Übergang zum voll verantwortlichen Erwachsenen erleichtert, fand bei ihr offensichtlich nicht statt. Kinderparadiese, stimmige Wunschträume eines alten Kindes sind daraus entstanden.

Einige Psychologen haben ihre sehr enge Vaterbindung mit dieser nicht vollzogenen Amnesie in Verbindung gebracht. Was Astrid Lindgren immer mit sich trug, durchaus auch als Bürde, hat sie in flammende Plädoyers für die Gleichberechtigung und Würde des Kindes verwandelt. Dafür ist ihr Pamphlet „Niemals Gewalt", das ergreifendste Zeugnis. Ihrer Vaterbindung verdanken wir literarische Schilderungen von Vater-Tochter-Beziehungen, die – wie in „Pippi Langstrumpf", „Madita" und „Ronja Räubertochter" – hohe Eindringlichkeit besitzen, ohne sich dabei nur auf heitere Szenen zu beschränken.

Hier eine Schlüsselszene zwischen dem unglücklichen Vater und der ‚verlorenen' Tochter:

> „Ronja ging den schmalen Pfad am Berghang entlang, dort musste man vorsichtig sein und sich hüten, kopfüber abzustürzen. Dann lief sie das kurze Stück durch den Wald zwischen Birken und Fichten bis zur Waldwiese, wo die Quelle war. Aber noch ehe sie da war, blieb sie plötzlich stehen. Neben der Quelle saß jemand auf einem Stein! Mattis saß dort, er und kein anderer! Diesen schwarzen Krauskopf kannte sie, und ihr Herz zitterte. Und dann begann sie zu weinen. Sie stand dort unter den Birken und weinte still vor sich hin. Da sah sie, dass auch Mattis weinte. Ja, wie damals in ihrem Traum, genauso verlassen saß er jetzt im Wald und

Astrid Lindgren mit dem Vater Samuel August Ericsson 1956.

grämte sich und weinte. Noch hatte er sie nicht bemerkt, doch dann hob er den Kopf und sah sie. Und da hielt er die Arme vor die Augen und verbarg seine Tränen so hilflos und verzweifelt, dass sie es nicht mit ansehen konnte. Mit einem Aufschrei stürzte sie zu ihm und warf sich ihm in die Arme …" (Ronja Räubertochter, S. 204)

In einen Zusammenhang mit der engen Vaterbindung ist auch die Beobachtung gebracht worden, dass Astrid Lindgren sich der Thematisierung von Sexualität weitgehend enthält. Viel ist über die Ursache dieser ‚Leerstelle' bzw. über die Frage gerätselt worden, warum das Thema Sexualität in ihren Büchern wie auch in ihrem Leben keine oder nur eine sehr geringfügige Rolle spielt.

Michel spielt im Schuppen keine Doktorspielchen, Eva-Lotte und Kalle Blomquist erleben viele heikle Situationen ohne den leisesten Anklang pubertärer Nöte, in der „Zeit der Armut“ sind elternlose Kinder so manchen, aber nicht sexuellen Nötigungen ausgesetzt. Selbst das eindeutige Liebessymbol der Grotte von Ronja und Birk bleibt frei von sexuellen Bezügen – sieht man von der Eifersucht des Räubervaters ab. Astrid Lindgren hatte sich für eine asexuelle Literatur entschieden. Dabei kam ihr zu Beginn ihrer schriftstellerischen Tätigkeit das bis in die sechziger Jahre reichende gesellschaftliche Tabu entgegen: kein Sex in Büchern für Kinder unter 12 Jahren. Als die skandinavische Kinderliteratur später zur Avantgarde für einen offenen Umgang mit Sexualität auch im vorpubertären Alter wurde, hatte sie sich längst den Respekt für ihre Schreibweise erkämpft.

Wie die Autorin verfährt, um ihre Literatur von Sexualität ‚freizuhalten‘, lässt sich an einigen Büchern gut beobachten. In „Britt-Mari erleichtert ihr Herz“ und „Ferien auf Saltkrokan“ wird die Rolle der Hausfrau der ältesten Tochter übertragen, so dass über das eheliche Zusammenleben der Eltern nicht berichtet zu werden braucht. In „Kati in Paris“ begleitet eine Freundin das Paar auf ihrer Hochzeitsreise, so dass sich die Erzählerin auf Katis Erlebnisse mit der Freundin konzentrieren und auf die Schilderung von Liebesszenen verzichten kann. Die ‚handfeste‘ Liebe ist – wie im bürgerlichen Realismus des ausgehenden 19. Jahrhunderts – den Dienstboten vorbehalten: Agda in „Bullerbü“, Lina und Alfred auf Katthult, Alva in „Madita“.

Das Verhältnis von Ronja zu Birk in „Ronja Räubertochter“ wird von Astrid Lindgren gleich zu Beginn als Schwester-Bruder-Verhältnis deklariert. Der Riegel zur Sexualität wird vorgeschoben, obwohl mit der Liebesgrotte und den schönen Pferden erotische Bezüge durchaus auszumachen sind. Birks Mutter spielt sozusagen die Rolle der misstrauischen Leser:

> „Die beiden, Ronja und Birk, sahen einander an, als wären sie allein hier an der Wolfsklamm und auf der Welt. Ja, diese beiden hielten zusammen, das konnte jeder sehen.
>
> Auch Undis sah es sofort, und was sie da sah, gefiel ihr gar nicht. Heftig rüttelte sie Birk.

> ‚Was hast du mit der da zu schaffen?'
>
> ‚Sie ist meine Schwester', antwortete Birk. ‚Und sie hat mir das Leben gerettet.
>
> …'
>
> ‚Schwester!' kreischte Undis. ‚Ha, was daraus in ein paar Jahren wird, weiß man ja!'" (Ronja Räubertochter, S. 133 f.)

Im hasserfüllten Duell zwischen Tengil und dem Drachen Katla in „Die Brüder Löwenherz" haben Jugendliteraturexperten einen Kampf der Geschlechter gesehen, der Sexualität in die Nähe von Macht und Gewalt bringt:

> „‚Und warum ist Tengil davongekommen?' fragte ich.
>
> ‚Weil Tengil durch alle Säle der Burg um sein Leben gerannt ist. Als sie näher kam, riss er eine Kriegslure an sich, um seine Soldaten zu Hilfe zu rufen, und als er in dieses Horn blies …'
>
> ‚Was geschah da?' fragte ich.
>
> ‚Da kam Katla wie ein Hund zu ihm gekrochen. Und von dem Tag an gehorcht sie Tengil. Und nur Tengil. Vor seinem Horn fürchtet sie sich. Wenn er hineinbläst, gehorcht sie blind.'" (Die Brüder Löwenherz, S. 171)

So gewagt es erscheint, einen biographischen Zusammenhang zwischen Astrid Lindgrens Leben und der weitgehenden Abwesenheit sexueller Bezüge in ihren Büchern herzustellen, so kann man doch nicht umhin, daran zu erinnern, dass Astrid Lindgren sich vom Vater ihres ersten Kindes schon während der Schwangerschaft abwandte, von ihrem Ehemann und dem Vater ihrer Tochter Karin sagte, sie habe ihn sehr gemocht, sei aber nie in ihn verliebt gewesen, und dass sie gestand, ihre Kinder seien die Einzigen gewesen, in die sie so richtig verliebt gewesen sei. – Über Astrid Lindgrens Weiblichkeit erzählt Marianne Eriksson:

> „Sie hatte sehr viel Charme, aber ich sah sie nie flirten. Wenn sie sich für einen Mann interessierte, dann fand das auf der intellektuellen Ebene statt, nicht auf der sexuellen. Da war zum Beispiel ein nor-

> wegischer Autor, mit dem hat sie sich gut verstanden und sie hatten viel Spaß zusammen.“ (zitiert nach: Gottschalk 2006, S. 139)

Kerstin Kvint sieht es anders:

> „Sie war nicht sehr von Männern angetan. Es gab nur wenige, die ihr Vertrauen gewannen. Margareta Strömstedts Mann, zum Beispiel, mochte sie sehr und meinen Mann Lennart auch. Männer, die sich selbst sehr wichtig nahmen, konnte sie nicht leiden.“ (zitiert nach: Gottschalk 2006, S. 139)

Es gibt weitere Zitate, die ähnliche Aussagen machen. Sie zeigen, dass Astrid Lindgren ein ‚völlig normales‘ bürgerliches Leben führte, dass ihr lebenslanges Verharren in kindlichen Gefühls- und Bewusstseinsformen der Autorin jedoch gleichzeitig Verzicht, subjektiv durchaus empfundene Defizite auferlegte.

Die Kinderparadiese Bullerbü, Katthult, Krachmacherstraße, Kleinköping und Birkenlund, die Trostlandschaften im Land der Ferne („Mio, mein Mio“), im Kirschtal („Die Brüder Löwenherz“) und „Im Land der Dämmerung“ sind die literarischen Produkte, vielleicht auch eine Kompensation dieser konfliktreichen Konstellation von Astrid Lindgrens Persönlichkeit. Verzicht macht frei – und vielleicht verdanken wir dieser Freiheit Astrid Lindgrens schönste Kinderbücher.

Die Reformpädagogik begann zu Beginn des 20. Jahrhunderts auch in Schweden Kindheit nicht nur als Vorbereitungszeit auf das Erwachsenenleben oder als romantischen Zustand magischer Verklärung, sondern als eigenwertige Lebensphase zu begreifen. Die schwedische Reformpädagogin Ellen Key (1849–1926), der Astrid Ericsson als junge Reporterin begegnet war, hatte 1905 ihr – inzwischen angefochtenes – Hauptwerk „Das Jahrhundert des Kindes“ veröffentlicht. Auch die pädagogischen Gedanken von Janusz Korczak (1878–1942) und Alexander Sutherland Neill (1881–1973) beschäftigten Astrid Lindgren seit den späten sechziger und siebziger Jahren. Ihre Vorstellung von Kindheit war allerdings zu keinem Zeitpunkt eine Folge theoretischer Reflexionen, sondern genauer Beobachtung. Gelegenheit dazu bot ihr die eigene Biographie bzw. die Tatsache, dass sie das Phänomen Kindheit im Laufe ihres eigenen Lebens in verschiedenerlei Hinsichten beschäftigte: Nachdem sie ihre Kindheit durchlaufen hatte, wurde sie selber Mutter, schrieb Geschichten über Kinder für Kinder, reflektierte über Ansprüche und Rechte von Kindern, machte in diesem Sinne Kindheit für Jahrzehnte zu ihrem Beruf, setzte sich – auch durch Bestimmungen zu ihrer Erbmasse – in Stiftungen und Projekten für kindliche Belange ein. Sieht man Astrid Lindgrens Lebensverlauf als stringente Entwicklung auf ein Ziel hin, erscheint dieser Weg schlüssig. Erlaubt man sich, darin nicht nur Erfolg, sondern auch Ausdruck langwieriger innerer Konflikte zu sehen, könnte die lebenslange leidenschaftliche Beschäftigung mit dem Thema Kindheit auch ein über Jahrzehnte geübter Versuch sein, der psychischen Präsenz ihrer eigenen Kindheit, die sie mental nicht zu überwinden vermochte, einen seriösen, ‚erwachsenen' Rahmen zu geben.

In ihr literarisches Werk hat das zeitlebens verfolgte Thema der Kindheit in verschiedenen Ausprägungen und Modellen Eingang gefunden. Rückblickend lassen sich in den Phasen ihrer schriftstellerischen Produktion unterschiedliche Vorstellungen von Kindheit sowie unterschiedliche Formen des erzählerischen Umgangs mit diesem Thema identifizieren.

Mit den „Pippi Langstrumpf"- und „Bullerbü"-Trilogien entwirft Astrid Lindgren Mitte der vierziger Jahre des 20. Jahrhunderts zwei gegensätzliche Sichtweisen von Kindheit. Die „Pippi"-Trilogie (schwed. 1945–1948; dt. 1949–1951) zeigt das autarke, selbstständige und starke Kind, das eine eigene Humanität entwickelt, die nicht von den Regeln der Erwachsenen bestimmt wird und sich aus dem Blickwinkel konventioneller Erziehung als Revolte ausnimmt, absurde Züge trägt. Bezeichnend ist, dass Astrid Lindgren diese Revolte nicht im bäuerlichen Milieu, sondern in einer Kleinstadt verankert. Hier vermutete sie mehr Angriffsflächen, die zur Konfrontation und damit zu handlungsreichen Episoden Anlass geben konnten. Eine Erzählerin steuert die Ereignisse, die zwar chaotische Züge besitzen, aber kompositorisch nicht aus dem Ruder laufen dürfen.

Die Kontrolle über die Geschichten der Bauernkinder auf den drei Höfen von „Bullerbü" (schwed. 1946–1952; dt. 1954–1956) überantwortet

Astrid Lindgren einem der Kinder, der zu Beginn siebenjährigen Lisa. Die vordergründig aus Kindersicht erzählten Erlebnisse der erst sechs, später sieben Kinder zeichnen ein heiteres, harmonisches, von keinerlei Selbstzweifel oder ernsten Schwierigkeiten getrübtes ländliches Kinderleben auf dem Lande. Die „Bullerbü"-Welt kennt keinen Bruch zwischen Anspruch und Wirklichkeit, keinen Verrat. Sie fußt auf dem unverbrüchlichen Generationenvertrag von Elternliebe und gutem Willen der Kinder, der auch in ernsten Situationen gilt.

Die Kindergestalten in den Geschichten und Kunstmärchen der Sammelbände „Im Wald sind keine Räuber" (schwed. 1949; dt. 1952), „Sammelaugust" (schwed. 1950; dt. 1952) und „Klingt meine Linde" (schwed. 1959; dt. 1960) sind wahrscheinlich Ausarbeitungen von Vorlagen oder besser Vorübungen, die weit in die dreißiger Jahre zurückgehen. Sie fügen den Kindheitsmodellen von „Pippi" und „Bullerbü" zwei weitere Varianten hinzu, die für das Gesamtwerk Astrid Lindgrens entscheidend werden. Neben der bäuerlichen Idylle und der Burleske – wie in den Erzählungen „Ein småländischer Stierkämpfer" und „Sammelaugust" – tritt nun auch das verletzte, das arme Kind als neues Motiv auf, wie sich an den Geschichten „Im Land der Dämmerung", „Etwas Lebendiges für den lahmen Peter", „Märit" und „Sonnenau" beobachten lässt. Kindheit ist hier auf einmal ein Zustand der Defizite. Zugleich ist sie ein Zustand innerlicher Kämpfe, die der Rettung, des Trostes, der Wendung bedürfen, wie es die Geschichten „Die Puppe Mirabell", „Goldi" und „Unterm Kirschbaum" zeigen. Als zweites Novum wird eine phantastische Ebene eingeführt: Kindheit birgt die Begegnung mit irrealen und märchenhaften Gestalten oder Vorkommnissen, wie in den Texten „Nils Karlsson Däumling", „Peter und Petra" und „Die Schafe auf Kapela" der Fall.

Defizitäre Kindheit als Ausgangspunkt für eine phantastische Handlung, die dem körperlich oder seelisch verletzten Kind Trost spendet und die ihm zustehende Würde verleiht, verarbeitet Astrid Lindgren in „Mio, mein Mio" (schwed. 1954; dt. 1955) erstmals in Form eines Kinderromans. Hier werden auch die Instrumente benutzt, die einer kindlichen Beschädigung entgegenwirken: väterliche Liebe, Freundschaft, weibliche Sorge, Mut im Kampf gegen das Böse. In dem Roman „Die Brüder Löwenherz“ (schwed. 1973; dt. 1974) nimmt Astrid Lindgren dieses Kindheitsmuster wieder auf und verfeinert es.

Die „Karlsson“-Trilogie (schwed. 1955–1968; dt. 1956–1968) realisiert eine neue Variante des einsamen Kindes, das sich in seinen Nöten mit einem phantastischen, außerordentlich unterhaltsamen Alter Ego zu helfen weiß. Die nicht-reale Gestalt verselbstständigt sich und verkörpert diejenigen Aspekte des Kindes, die in der bürgerlichen Erziehung unterdrückt werden. Damit sind auch Unfairness, Neid, Böswilligkeit als Bestandteile der kindlichen Persönlichkeit auf grotesk-humoristische Weise in die Geschichten einbezogen.

In den erwähnten neun Fotobilderbüchern (schwed. 1956–1968; dt. 1956–1969) beschreibt Astrid Lindgren zu den Fotos von Anna Riwkin-Brick Kinder anderer Regionen und Kulturkreise. Eine besondere Handlungsführung stimmt in die ‚fremde‘ Kindheit und den Fokus ihrer Lebensumstände ein.

Um zeitgemäßen Realismus sind die Geschichten der „Kinder aus der Krachmacherstraße“ (schwed. 1958; dt. 1957) bemüht. Hier stehen Kinder aus kleinstädtischem und ländlichem Milieu im Vordergrund, die keine nennenswerten äußeren Konflikte durchleben, wohl aber inneren Nöten ausgesetzt sind. Das jüngste Kind Lotta erhält eine psychologische Tiefe, die Astrid Lindgren von nun an bei der Zeichnung ihrer Kinderfiguren beibehält und in den „Lotta“-Bilderbüchern weiter ausbaut.

Diese neue psychologische Differenziertheit der Kindergestalten ist auch den beiden in den sechziger Jahren veröffentlichten Kinderbüchern „Madita“ (2 Bde.; schwed. 1960 und 1976; dt. 1961 und 1976) und „Michel“ (3 Bde.; schwed. 1963–1970; dt. 1964–1973) eigen. Madita und ihre kleine Schwester Elisabet stellen charakterliche Antipoden in einem materiell gesicherten, liberalen Elternhaus dar. Madita ist wild und nachdenklich, Elisabet handfest und lebenstüchtig. In ihr bzw. in der Verbindung von bürgerlicher Kindheit und sozialem Gewissen entwirft Astrid Lindgren ein ethisches Leitbild für ihre weiblichen Protagonisten.

Die „Michel“-Trilogie zeichnet ebenfalls einen differenzierten Kindercharakter. In Michels Streichen spiegeln sich Vorkommnisse, die typisch für die Entwicklung eines hoch begabten Jungen sind und zu ständigen Konflikten mit seinem autoritären Vater führen. Der Leser erfährt von den handfest grotesken Episoden aus der bäuerlichen Welt durch die angeblichen Aufzeichnungen von Michels Mutter, derer sich der Erzähler bedient. Auf diese Weise liest man die Geschehnisse gleichzeitig voll Mitgefühl mit dem Jungen und voll distanziertem Vergnügen an ihrem humoristischen Potential.

„Ronja Räubertochter" (schwed. 1981; dt. 1982) ist eine Kunstfigur romantischer Kindheitsvorstellung. Sie und Birk verkörpern die Hoffnung, die Zukunft, das ‚Bessere' im Menschen – und, wenn man so will, eine nach vierzig Jahren schriftstellerischer Auseinandersetzung mit Kindheit ‚versöhnte' Pippi Langstrumpf, die erwachsen werden darf.

Zu den stabilen Motiven in Astrid Lindgrens literarischer Gestaltung der Kindheit gehört das Glück, das sie in charakteristischen Bildern und Momenten beschwört. Symbole des Kinderglücks sind das Bäumeklettern, der Bonbonladen, ein gutes, reichhaltiges Essen, der Zirkus, einen Hund zu besitzen, von Dächern zu springen, auf Firsten zu balancieren – kleine Dinge der Stärke, des Besitzes, des Spiels. Und fest mit dem Kinderglück verbunden ist auch die fröhliche Kleidung, wobei ein Bild besonders ins Auge springt: das Bild vom Mädchen im (rot)karierten Baumwollkleid – Sinnbild kindlicher Frische, Unschuld und Einfachheit (s. Kalle Blomquist, S. 12; Die Prinzessin, die nicht spielen wollte, S. 301).

In dem frühen Text „Im Land der Dämmerung" – zunächst in der Sammlung „Im Wald sind keine Räuber" (schwed. 1949; dt. 1952) und später in den Bilderbuchfassungen „Herr Lilienstengel" (1969) und „Im Land der Dämmerung" (1995) veröffentlicht – führt der phantastische Herr Lilienstengel den kranken Göran jeden Tag zur Dämmerstunde in das Land, „das nicht ist", um ihm Glücksmomente zu bereiten. Dazu fliegt er mit Göran über die Dächer des wiedererkennbaren Stockholm. Was Herr Lilienstengel Göran zeigt, sind Archetypen von Kinderglück und Paradies. Beide landen auf einem Baum, an dem rote und gelbe Bonbons wachsen. Göran darf eine Straßenbahn lenken und Bagger fahren. Herr Lilienstengel stellt den stolzen Bürger Göran dem Königspaar des Landes der Dämmerung vor und zeigt Göran das Paradies, in dem auch die Tiere frei leben. Das Haus am See ist ein weiteres Bild für menschliche Paradiese (s. Im Land der Dämmerung, S. 252 ff.).

Astrid Lindgren hat immer wieder betont, dass sie ihre Kindheitsbilder nur für sich selbst schrieb, als Beschwörung eines erinnerten Paradieses, als Trost in dunklen Stunden, auf der Spur nach einem unanfechtbaren Lebensprogramm. Die Heiterkeit ihrer Texte hat dazu beigetragen, dass ihre Bewunderer dieses Schreibmotiv weitgehend ignorierten, weil die Autorin über Anlass und Art der Melancholie, Depression und Traurigkeit, aus der heraus die Texte entstanden, grundsätzlich nicht sprach. Sie war über siebzig, als sie schilderte, auf welche Weise sie in Nacht- und Tagträumen sich selbst Trost zu spenden pflegte – und Macht, möchte man hinzufügen, denn ihre schriftstellerische Kreativität erlaubte ihr, Situationen und Handlungen zu schaffen, in denen sie es war, die den Schlüssel zur Rettung ‚armer' Kinder in Händen hielt:

> „Wenn ich nicht schlafen kann, denke ich mir solche Geschichten aus. Immer handeln sie von Kindern, die einem furchtbar leid tun können, die aber zu mir kommen und dann habe ich die Chance, sie froh zu machen. Eine Phantasie sieht so aus: ich bin eine Bauersfrau aus Småland, irgendwann im neunzehnten Jahrhundert. Zu der Zeit gab es ja sogenannte Gemeindekinder. Das waren elternlose Kinder, die bei verschiedenen Familien untergebracht waren. Dort mussten sie sich für ihr tägliches Brot abrackern.
>
> Ich stelle mir ein kleines Mädchen vor, das bei einer furchtbar bösen Frau ist, einer geizigen und hartherzigen Bäuerin. Das Mädchen bekommt nicht ordentlich zu essen und niemals hört es ein freundliches Wort. Und an einem Wintertag darf es nicht mehr bleiben, es muss weg, hinaus in die kalte Winternacht zu mir. Diese gemeine Bäuerin will das Mädchen einschüchtern und sagt: ‚Warte nur, bis du zu der kommst, da ist es viel schlimmer!' Ich bin nämlich viel angesehener als sie. Deshalb denkt sie bestimmt, ich sei viel strenger. Ja, und dann kommt das Mädchen zur Tür herein. Und hat Angst, solche Angst, dass es zittert. Aber ich nehme es in die Arme und dann auf meinen Schoß und frage, ob es nicht ein schönes warmes Bad nehmen will. Ich hab nämlich gerade Wasser in einem Kessel erhitzt. Und dann bekommt es heißen Kakao und darf vorm Kaminfeuer sitzen. Und dann bring ich das Mädchen zu

> Bett. Und als es am nächsten Morgen wach wird, ist es ganz verzweifelt. ‚Oje, ich habe verschlafen‘, sagt es. ‚Ich muss doch aufstehen und arbeiten!‘ Und dann ist es ein herrliches Gefühl, sagen zu können: ‚Nein! Du musst überhaupt nicht aufstehen. Du hast doch Fieber. Jetzt musst du schlafen. Du darfst den ganzen Tag im Bett bleiben, wenn du willst.‘“ (zitiert nach: Ljunggren 2011, S. 28 ff.)

Ab 1986 bereitet sich die Literatur- und Kinderkulturszene Schwedens auf Astrid Lindgrens 80. Geburtstag vor. Höhepunkt der Preisflut dieses Jahres ist der 1984 gegründete und mit einem Preisgeld von 100 000 Schwedischen Kronen versehene Selma-Lagerlöf-Literaturpreis. Auch der LEGO-Preis, der ihr in Dänemark verliehen wird, ist mit 375 000 dänischen Kronen sehr hoch dotiert. Mit den Preisgeldern gründet Astrid Lindgren die Stiftung Solkatten (Sonnenkatze) zur Förderung behinderter und benachteiligter Kinder. Dem ersten Vorstand gehörten an: Astrid Lindgren, Marianne Eriksson, Karin Nyman, Karl Olof Nyman und Anders Ohlmann. Die Stiftung unterstützt Schulen, Kindergärten, Spielplätze, Lesefeste. Seit 2001 werden jährlich Stipendien an junge Wissenschaftler vergeben, die sich mit Kinder- und Jugendliteratur und ihren Leserinnen und Lesern beschäftigen. – Im selben Jahr kürt der Schwedische Rat der USA Astrid Lindgren zur Schwedin des Jahres. Der Schwedische Tierschutzverband würdigt ihren Kampf für ein neues Tierschutzgesetz und ernennt sie zur Tierfreundin des Jahres 1986.

Zur Geburtstagsfeier in dem Privattheater Göta Lejon des ehemaligen Kinderstars und Jonathan-Darstellers in dem Film „Die Brüder Löwenherz“ Staffan Götestam kommen sie alle: der Ministerpräsident, ausländische Botschafter, Familie, Autoren, Darsteller der Lindgren-Filme, Presse und andere Medien. Diese Geburtstagsfeier war der spektakulärste Ausdruck ihres Erfolges.

Bei aller Freude an Beachtung, Lob und Anerkennung, die zur Stabilisierung ihres Gefühlshaushaltes beitrugen, begann doch das Misstrauen gegen Darstellungen ihrer Person in der Öffentlichkeit zu wachsen. Als Sybil Gräfin Schönfeldt ihre Lindgren-Biographie schreibt und sie um die Akzeptanz einiger Passagen bittet, erscheinen ihr manche Fakten nicht erwähnenswert. In ihrem Brief an Sybil Gräfin Schönfeldt vom 18. 5. 1987 moniert sie die Heiratsdaten der Schwestern sowie Informationen über Mietung und Kauf des Hauses auf Furusund durch die Schwiegereltern. Vor allem aber die Erwähnung eines gescheiterten Opernprojektes in Hamburg hält sie für überflüssig. Als 80-Jährige mochte sie nicht daran erinnert werden, was zwanzig Jahre früher in Hamburg misslang. Sybil Gräfin Schönfeldt verzichtete nicht darauf und führte aus:

> „Das Jubiläum (der 60. Geburtstag von Astrid Lindgren, die Verf.) hatte Friedrich Oetinger auch dazu veranlasst, einen alten Wunsch zu verwirklichen und eins der Lindgren-Werke vertonen zu lassen. 1969 gab er ‚Mio, mein Mio' als Oper in Auftrag, und Astrid Lindgren kam nach Hamburg, um mit der Schweizerin Gerda Bächli am Libretto zu arbeiten. Der damalige Intendant der Hamburger Staatsoper, Rolf Liebermann, erfuhr von diesem Opernplan und nahm Kontakt zu Friedrich Oetinger auf, schlug Constantin Regamey als Komponisten vor und wollte das fertige Werk in Vertrag nehmen. Ab 6. Dezember 1972 sollten dreizehn Aufführungen stattfinden. Peter Beauvais sollte die Regie führen.
>
> Doch Regamey wurde krank und konnte den letzten Akt nicht mehr termingerecht vollenden, und Liebermann musste ‚Mio, mein Mio' vom Spielplan absetzen. 1972 verbrannten die Kulissen der Oper und Mios lebensgroßer Pappmascheeschimmel beim Brand der Werkstätten der Staatsoper, und es nützte nicht mehr viel, dass Regamey 1973 die Musik fertig schrieb. In Hamburg hatte ein Intendantenwechsel stattgefunden. August Everding, Liebermanns Nachfolger, hatte andere Pläne." (Schönfeldt 2007, S. 124 f.)

Es sind nicht genügend Quellen zugänglich, um für ein Jahr, einen Monat oder auch nur eine Woche eine Synopse von Lindgrens simultaner Arbeit auf den Gebieten Literatur, Medien, Öffentlichkeitsarbeit und Charity herzustellen und dabei auch ihre Reisen, ihre Kontakte zu Familie und Freunden sowie ihr politisches Engagement zu berücksichtigen. Manche Biographen haben sie wegen dieser enormen Arbeits- und Aufgabenfülle bedauert. Aber sie bewältigte alles über Jahrzehnte so gut, dass – bei allem Respekt vor menschlichem Leid und Fleiß – nur ein Schluss zulässig erscheint: diese Art zu leben hat Astrid Lindgren gefallen. Sie hatte sich dieses Leben aufgebaut als Schutzwall gegen Melancholie, Trauer und düstere Gedanken über die Schlechtigkeit der Welt und die Begrenztheit ihrer Möglichkeiten. Der Schutzwall hielt stand.

1987 zieht sie sich offiziell aus dem Filmgeschäft zurück, mischt sich aber von Fall zu Fall ein. Im gleichen Jahr erhält sie den Leo-Tolstoi-Preis der Sowjetischen Regierung als erste weibliche Autorin. Man lädt sie zu einem Kongress in Moskau ein. Sie zieht einen Briefwechsel mit Gorbatschow vor und schreibt darin von der Verwundbarkeit des Friedens und der Angst der Kinder vor Krieg und Gewalt. Gorbatschow antwortet ihr und verbürgt sich für den Schutz von Kindern „wo auch immer sie leben".

Ab 1988 begibt sich eine junge Generation von Regisseuren – Johanna Hald, Magnus Nanne, Agneta Elers-Jarlemann – an die Verfilmung ihrer Kurzprosa. Für einige dieser Filme schreibt sie noch das Drehbuch.

1989 wird ihr die Ehrendoktorwürde der Universität Warschau verliehen. Auf ihrer Reise nach Polen besucht sie das KZ Majdanek und bemerkt dazu: „Das hat mich zutiefst betroffen gemacht." (zitiert nach: Schönborn 2002, S. 48) Im selben Jahr reist sie kurz vor der Öffnung des Eisernen Vorhangs mit Staffan Götestam und ihrer Tochter Karin Nyman nach Moskau zur Premiere der Musicalfassung „Brüder Löwenherz". Sie erhält die Albert-Schweitzer-Medaille des Animal Welfare Instituts Washington. Am 1. Juli 1989 ist sie bei der Einweihung des erweiterten Freizeitparks Astrid Lindgrens Värld in Vimmerby anwesend. Zu den Ergänzungen gehört unter anderem die Nachbildung von Vimmerby, wie es im Stadtkern 1927 aussah, also zu der Zeit, zu der Lindgren die Stadt verließ.

1991 erhält sie die Joseph-Wood-Krutch-Medaille der Human Society of the USA, der größten Gesellschaft für Tierschutz in den USA, benannt nach dem Schriftsteller und Ökologieexperten Joseph Wood-Krutch (1893–1970). Es muss für Astrid Lindgren ein merkwürdiges Gefühl gewesen sein, nicht wenige Preise zu bekommen, die nach Persönlichkeiten ihrer Generation benannt waren, von denen sie die meisten überlebte. Der dänische Rosenzüchter Niels Poulsen (geb. 1919) nennt eine Neuzüchtung die Lindgren-Rose. Die Verleihung des Ordens Arts et Lettres der Republik Frankreich 1991 gehört zu den Höhepunkten der internationalen Ehrungen für Astrid Lindgren. Im gleichen Jahr stirbt ihre Jugendfreundin Anne-Marie Fries, geb. Ingeström, die sie zuvor zwei Jahre lang im Pflegeheim besucht hatte.

Als es im Freiheitskampf der baltischen Staaten zu Übergriffen der russischen Armee kommt, veröffentlicht „Expressen" im Januar 1991 einen offenen Brief Astrid Lindgrens an Michail Gorbatschow und ermahnt ihn in Erinnerung an seine „Garantie", Wort zu halten. Gorbatschow antwortet nicht.

Alter (1992–2002)

Denkmäler, Tod, Ewigkeit

Bei einer Schriftstellerin ist man geneigt, dem Ende ihres literarischen Schaffens eine besondere biographische Bedeutung beizumessen und dieses Ende als markanten Punkt in ihrem Alterungsprozess zu verstehen. Das biologische Alter kann der kreativen Kraft ein Ende setzen. Das Ende der kreativen Kraft und die damit verbundenen Defizite an Lebensqualität beschleunigen das Altern. Beides traf auf Astrid Lindgren – allerdings erst in einem sehr hohen Alter – zu. Für sie war der Kinderroman „Ronja Räubertochter" Höhepunkt und Schlussstrich zugleich. Tätig aber war sie trotz wachsender körperlicher Einschränkungen danach noch viele Jahre. Vor allem ihre Tochter Karin Nyman und die Sekretärin und enge Freundin Kerstin Kvint fungierten als bewährte Helfer.

Die Geschichte „Weihnachten in Småland vor langer Zeit", 1992 erschienen in der Anthologie „En jul när jag war litten", gilt allgemein als die letzte Veröffentlichung Astrid Lindgrens. Die Anthologie wurde 1996 in deutscher Sprache unter dem Titel „Weihnachten als ich klein war" publiziert. Ein letztes Mal vergewissert sich die Autorin ihrer Kindheit in einer traumhaften Erinnerung und gibt ihr die Jahreszahl 1913: das letzte Weihnachtsfest vor Schulbeginn und Ausbruch des Ersten Weltkrieges. Mit dieser Jahreszahl setzt sie im hohen Alter rückblickend eine Zäsur, die sicher nicht zufällig gewählt wurde.

An der politischen Meinungsbildung nahm sie noch teil. Am 30. 1. 1992 brachte der WDR Köln die Nachricht, dass Astrid Lindgren über die Deutschen geschimpft habe, die mit ihrem vielen Geld in Schwedens Schären Sommerhäuser aufkauften (s. Schönborn 2002, S. 128 f.). Damit äußerte sie sich zu einem damals in Schweden viel diskutierten Thema, das auch in Per O. Enquists Kinderbuch „Großvater und die Wölfe" („De tre grottomas berg", schwed. und dt. 2003) kritisch aufgenommen wird. 1995 wehrt sie sich öffentlich gegen den Eintritt Schwedens in die EU. Wie Margareta Strömstedt schreibt, vermied es die EU-nahe Presse, Lindgren zu dieser Frage zu interviewen, weil man die Breitenwirkung ihrer negativen Äußerungen fürchtete. Das Thema ‚Astrid Lindgren und Deutschland' erhielt damit sehr spät in ihrem Leben eine neue Facette.

1993 werden ihr drei Ehrungen zuteil, die noch einmal die Bandbreite der Wertschätzung für die 87-Jährige deutlich werden lassen. In Wien verleiht ihr die UNESCO den International Book Award. Die Foreign Press Association of Sweden (FPA), eine Vereinigung internationaler Pressevertreter in Stockholm, ehrt sie. Die St. Eriksmedaljen, die Astrid Lindgren ebenfalls 1993 entgegennahm, wird seit 1983 jährlich an besonders verdienstvolle Stockholmer Bürger, Parlamentarier oder Angestellte der Kommune vergeben. Ihre Verleihung an die Schriftstellerin würdigte angemessen die Tatsache, dass sie längst eine Stockholmerin, keine Zugewanderte aus Småland war, auch wenn sie damit gerne kokettierte.

Astrid Lindgrens Altersgesicht und ihre damalige Umgebung hielt Ende 1993 der Kameramann Erwin Neu in einer Fotoserie fest. Sie gewährt einen eindrucksvollen Einblick in die äußerlich so aufgeräumte Welt der innerlich weiterhin und verstärkt mit Melancholie und Schwermut kämpfenden Lindgren.

Schon in jungen Jahren zwischen Aufgekratztheit und Niedergeschlagenheit immer wieder mit Depressionen kämpfend, wird im Alter ihre Weltsicht noch düsterer. Im Sommer 1994 antwortet sie auf die Frage, ob die Welt im Laufe ihres Lebens nicht besser geworden sei:

> „Die Welt hat sich seit meinen Kindertagen im Pferdezeitalter doch sehr verändert. So viel ist zerstört worden. Viele Veränderungen sind zu schnell gekommen oder hätten besser gar nicht stattgefunden. Auch in Schweden ist manches unmenschlich geworden. Denken Sie an die Jugendkriminalität, an die Umweltverschmutzung und die Städte voller Autos. Es ist eben eine gespaltene Welt. In einem Teil der Erde müssen Menschen unter schrecklichen Um-

> ständen oft große Ungerechtigkeiten erleiden. Da gibt es ja Kinder, die überhaupt keine Kindheit haben, die Sklaven sind.
>
> Die Welt von heute macht mich recht bange. Wenn ich morgens erwache, mache ich mir oft große Sorgen, wenn ich daran denke, was viele Kinder heute zu ertragen haben. Die Vorstellung, dass es Todesschwadronen gibt, die auf die Straßenkinder in Brasilien schießen, oder das traurige Los der Kinder in Ruanda, das kann mich um meinen Schlaf bringen. Die Menschen sind zu so ungeheuerlichen Dingen fähig, dass es mir oft sehr schwer fällt, noch an das Gute im Menschen zu glauben. Wer Kindern ein solches Leid antut, ist bestimmt nicht das Ebenbild Gottes." (zitiert nach: Schönborn 2002, S. 50)

Vor dem Hintergrund dieser Weltsicht, gerät Lindgrens heiterer „Bullerbü"-Kosmos in Gefahr, zu einem gesellschaftlichen Idealbild stilisiert zu werden, das dem Motto folgt: Je düsterer es jetzt und anderswo ist, umso deutlicher wird klar, wie schön es früher bei uns war. Lindgrens integres Auftreten für die Rechte der Kinder in einer bedrohlichen Weltlage muss sorgfältig unterschieden werden von der legitimen Neigung alter Menschen, die Vergangenheit – auch die Kindheit – zu verklären.

Immer noch setzt sich Astrid Lindgren für den Erhalt von Kinderbibliotheken ein, tritt Stiftungen bei, spendet für wohltätige Projekte. Mit dem Albert-Engström-Preis erhält sie 1994 eine Anerkennung, die – im Gedenken an den satirischen schwedischen Schriftsteller und Zeichner (1869–1940) aus ihrer Heimat Småland – den grotesk-heiteren Charakter vieler ihrer Kinderbücher würdigt. In der Preiserklärung heißt es:

> „Sie hat ihre Werke im Sinne Alberts verfasst – indem sie in Text und Tonfall Freude verbreitet und Eitelkeit, Habsucht, Dummheit und Heuchelei verurteilt, kämpft sie in wahrem Engström-Geist für die Moral." (zitiert nach: www.astridlindgren.se; letzter Zugriff: 24. 4. 2013)

Als Felizitas von Schönborn sie 1994 in ihrer Stockholmer Wohnung interviewt, arbeitet Astrid Lindgren an den Dialogen zu den 26 Folgen einer

Zeichentrickserie „Pippi Langstrumpf" des Regisseurs Clive Smith. Die Uraufführung findet in ihrem Beisein im Rahmen der Feiern zu ihrem 90. Geburtstag im September 1997 statt. Die Qualität dieser ersten Zeichentrickadaption, der sie zugestimmt hatte, enttäuscht sie gleichwohl.

Zur gleichen Zeit beginnen die Vorbereitungen zu einem Kinderbuchhaus und Indoor-Vergnügungspark, der dem Werk Astrid Lindgrens gewidmet ist und nach Maditas Zuhause Junibacken (in der deutschen Fassung trägt das Haus den Namen Birkenlund) heißen wird. Marit Törnquist (geb. 1964), der dritten Generation von Lindgren-Illustratorinnen angehörend und Tochter der Lindgren-Übersetzerin ins Niederländische Rita Törnqvist-Verschuur (geb. 1935), übernimmt die künstlerische und inhaltliche Gestaltung.

Weiterhin wird Astrid Lindgren mit Preisen überhäuft. 1994 erhält sie den Alternativen Nobelpreis (The Right Livelihood) für ihren Einsatz für Gerechtigkeit, Gewaltfreiheit und das Verständnis von Minderheiten. Hinzu kommt der Schwedische Telis Talar Pris für ihre Leistung als Sprecherin und Vorleserin ihrer Texte. In Dänemark wird ihr der Aarhus Traesko Prizet verliehen. 1995 nimmt sie den Mickel-Preis eines Naturmuseums entgegen, der für die Pflege des überlieferten schwedischen Erzählgutes ausgeschrieben wird. Im selben Jahr erhält sie den Orden der Goldenen Arche, der vom niederländischen Königshaus an Naturschützer vergeben wird. 1996 wird Astrid Lindgren mit dem Honorary Sign of Freedom der Republik Slowenien ausgezeichnet. Wie auch die Geste der Russischen Akademie der Wissenschaften, 1996 dem Asteroiden 3204 den Namen Astrid Lindgrens zu geben, kommt dies einem Signal gleich, mit dem osteuropäische Nationen und Politiker nach der ‚Öffnung' ihrer Länder eine schon während der sozialistischen Epoche preisgekrönte Autorin in die (Kinder-)Kultur der neuen Gesellschaftsordnung einbinden wollen. Auch die Verleihung der Gabriela-Mistral-Medaille durch die chilenische Regierung 1996 ist als Zeichen der Anerkennung demokratischer Kulturprogramme gemeint. Gabriela Mistral (1899–1957) erhielt 1945 den Literaturnobelpreis. Der nach ihr benannte Preis wird seit 1979 ausgerufen und gilt unter den demokratisch gewählten Regierungen nach Pinochet als Zeichen freiheitlicher Kultur.

Die Verehrung Astrid Lindgrens erreicht in den Jahren 1996/97 – in Vorbereitung auf den 90. Geburtstag und wachsender Sorge um die ihr noch verbleibende Lebenszeit – einen Höhepunkt. In diesem Zusammenhang entstehen auch Lindgren-Skulpturen und – Gedächtnisstätten. An ihnen lässt sich die Unsicherheit über die wahre Identität der Autorin ablesen. Alle greifen das Motiv der alten Frau, Literaturfiguren ihrer Werke und das Phänomen der Literatur für Kinder auf. Immer wollen sie auf die vermeintliche Bescheidenheit Astrid Lindgrens hinweisen. Bescheidenheit ist aber eine sehr fragwürdige Komponente, wenn es um die Darstellung menschlicher Größe und künstlerischer Leistung geht.

Am eindrucksvollsten ist das Bronzedenkmal von Majalisa Alexandersson (geb. 1934), das 1996 nach Ateliersitzungen im Tegnérpark des Vasa-Viertels unweit von Lindgrens Wohnung aufgestellt wurde. Es trägt den Titel „Poesie och förtrollning“ (Poesie und Verzauberung). In der Manier einer Schutzmantelmadonna umhüllt Lindgren ein ängstliches Kind, das mit geschlossenen Augen vor ihrer Brust sitzt. Die Figur, deren Körper nur halbhoch und sparsam ausgebildet ist, steht unter einem Kirschbaum. Kleine Personen – Figuren aus ihren Büchern – sind sowohl innerhalb als auch außerhalb des Mantels hinzugefügt. Zu erkennen sind unter anderen die Winzlinge Peter und Petra aus der 1949 publizierten Sammlung „Im Wald sind keine Räuber“, die im nahe gelegenen Vasa-Park zu Hause waren. Auch Textzitate sind in den umhüllenden Mantel eingeritzt. Das Gesicht Astrid Lindgrens ist – wie auch in den meisten späteren Skulpturen – durch ihre Nase charakterisiert und – bar jeglicher Schönheit, Weisheit oder Harmonie – weit davon entfernt, sich anzubiedern. Es ist kein ‚Bullerbü-Denkmal‘, sondern eines, das der Magie der Gegend um den Vasa-Park Rechnung trägt. Es existiert die Legende, dass die Skulptur entstand, um im Vasa-Park aufgestellt zu werden, Astrid Lindgren sich aber dagegen wehrte, weil sie nicht jeden Tag an ihrem eigenen (oder diesem?) Denkmal vorbeigehen wollte.

Astrid Lindgrens Hausverlag Rabén & Sjögren gab bei der polnisch-jüdischen Schriftstellerin und Bildhauerin Zenia Larsson (1922–2007) eine Büste in Auftrag. Drei Exemplare wurden hergestellt. Eine steht auf Astrid Lindgrens Schreibtisch, eine kann in der Stadtbücherei Vimmerby betrachtet werden. Die dritte verblieb im Verlag.

Am 8. Juni 1996 wurde das Kinderbuchhaus Junibacken im Beisein von Astrid Lindgren als Ehrengast eröffnet. Das schwedische Königspaar und die Kronprinzessin sowie Politiker waren anwesend. Es war ein strahlender Sommertag. Aber die gute Stimmung, die die Bilder und Presseberichte vermitteln, können nicht darüber hinwegtäuschen, wie hinfällig Astrid Lindgren geworden war, wie viel Disziplin sie aufbringen musste und wie viel Hilfestellung anderer sie bedurfte, um der Zeremonie gerecht zu werden. Vor dem Eingang von Junibacken wurde ein Bronzedenkmal Astrid Lindgrens von der schwedischen Keramikerin und Bildhauerin Hertha Hillfon (geb. 1921) enthüllt. Auch diese Skulptur war nach Sitzungen mit Astrid Lindgren entstanden. Die Figur, eine alte Frau mit Baskenmütze im Hosenanzug, sitzt auf einem Sessel mit einem aufgeschlagenen großen Buch in den Händen. Die Nase ist betont. Die Skulptur lässt auf merkwürdige Weise gleichgültig, wohl weil sie vor lauter Understatement zu keiner eindeutigen Äußerung kommt.

Ebenfalls 1996 fertigte Hillfon für das Filmmuseum Fimstaden Solna auf dem ehemaligen Filmgelände Rasunda (1919–1970) eine Gedenkbüste von Lindgren mit Schreibplatte, Buch und Taube an. Auch hier bleiben am ehesten die schief aufgesetzte Baskenmütze und die Nase in Erinnerung. Eine dritte Lindgren-Bronze Hertha Hillfons, die sich von der in Junibacken nur leicht unterscheidet, steht vor dem von der Schriftstellerin finanziell geförderten Astrid-Lindgren-Kinderkrankenhaus der Karolinska Universitätskliniken Stockholm. Hier hat die Figur eine Sitzgelegenheit neben sich. Sie gibt einem Kind Platz, der Autorin Gesellschaft zu leisten.

Es existiert eine weitere, der Biographie Astrid Lindgrens unerwartet dienliche Hommage an die Autorin in Junibacken. In der Eingangshalle, in ein Holzpaneel eingeritzt, kann man an fünf Figuren Astrid Lindgrens Entwicklung vom Baby bis zur erwachsenen Frau nachvollziehen. Die Abbildungen haben ihren Ursprung in Illustrationen, die die erste „Pippi"-Illustratorin Ingrid Vang Nyman für eine Lindgren-Ausstellung im Jahre 1947 anfertigte. Diese Lebensstufen, gefertigt aus den Umrissen von Fotografien des Babys, des Kindes, des Schulmädchens, des jungen Mädchens und der Frau Astrid Lindgren, erzählen einen künstlerisch gestalteten Lebenslauf, der nicht als Rückblick auf das Leben einer weltberühmten Autorin konzipiert wurde. Er zeigt die menschliche Entwicklung einer 40-jährigen Frau, die ihre Bestimmung als Geschichtenerzählerin gerade erst gefunden hat. Die eingeritzten Kinderjahre sind Entwicklungsstadien einer Person und noch nicht funktionalisiert als Motive für Kinderbücher. Die durchgehend mit großer Empathie gezeichneten Bilder der genialen Graphikerin zeigen einen in Gesichtsausdruck und Körperhaltung nachdenklichen, in sich gekehrten Menschen, keine heitere Gestalt.

Zu den Hauptaufgaben der Junibacken-Kuratorin Marit Törnqvist gehörte die Realisierung des sogenannten ‚Geschichtenzugs': einer kleinen Bahn, mit der Kinder und Erwachsene durch die Welt der bekanntesten Kinderbücher Astrid Lindgrens – mit den zugehörigen Kulissen, Szenen und Personengruppen – fahren. Marit Törnqvist hat in einem auch in deutscher Sprache erschienenen Bilderbuch zu Junibackens Geschichtenzug geschildert, wie sie 1996 drei Wochen lang mit der fast blinden und tauben Schriftstellerin den Begleittext für die Fahrt durch Astrid Lindgrens Phantasiewelt abstimmte:

> „Drei Wochen radelte ich jeden Morgen mit einer Schachtel Gebäck auf dem Gepäckträger zur Dalagatan 46, wo Astrid Lindgren wohnte. Astrid war damals 89 Jahre alt und arbeitete an der Geschichte für die Astrid-Lindgren-Reise im Kinderbuchmuseum Junibacken in Stockholm. Es sollte ihr letzter Text werden. … Ich frischte ihr Gedächtnis auf, indem ich ihr aus Michel, Karlsson und den anderen Büchern vorlas. Ich beschrieb ihr, was das Publikum sehen würde. Wir sahen uns die Bilder mit der Lupe an und ich merkte, wie Astrid langsam, aber sicher, die Worte und den Ton für den Text fand. Ich glaube, sie genoss es sehr, wieder an der Arbeit zu sein. Wegen ihrer schlechten Augen und ihrer Schwerhörigkeit hatte sie fast akzeptiert, dass ihr arbeitsames Leben vorbei war. Es war, als würden wir als Erste die Geschichtenreise machen, eine Reise, die nach uns Hunderttausende in Junibacken unternehmen würden." (Törnqvist 2010, S. 3)

Die Besucher können den Kommentar bei ihrer Fahrt in mehreren Sprachen hören. Wahrscheinlich ist dieser in Teamwork entstandene Text das endgültig letzte literarische Zeugnis Astrid Lindgrens. Versteht man die Konzeption der Reise durch Astrid Lindgrens Hauptwerke auch als ein von ihr autorisiertes Resümee, offenbart sie eine der bedeutsamsten Aussagen zum Gesamtwerk und zum Leben der Autorin. Die Szenen des Geschichtszuges folgen weder der Chronologie des Lebens noch derjenigen der Werkfolge. Vielmehr zeigen Marit Törnqvist und Astrid Lindgren eine ‚innere' Wahrheit, die der Entwicklung des Bewusstseins von Astrid Lindgren folgt. Die Dramaturgie dieser Reise führt vom Hellen ins Dunkle. Der Zug nimmt keinen anderen Weg als den aus der Idylle in die Katastrophe und das Jenseits.

Die Reise beginnt mit der sonnigen Idylle von Maditas Zuhause Junibacken (bzw. Birkenlund), wechselt über zu den burlesken Streichen Michels in Katthult, die jedes Mal im düsteren Tischlerschuppen enden. Dann ‚fliegt' die Bahn vorbei an Lillibrors Heimat und Karlssons chaotischer Wohnung über den Dächern des Vasa-Viertels. Immer extremer verändern sich die Größen- und Realitätsverhältnisse in der Welt von „Nils Karlsson Däumling". Die wachsende Dunkelheit führt in den Mattiswald vorbei an Räubern und Naturgeistern zur Bärengrotte von Ronja Räubertochter und Birk. Dunkelheit herrscht auch in dem Krankenzimmer aus „Die Brüder Löwenherz", in der das süße Kirschblütental nur ein kurzer Vorgeschmack auf das jenseitige Land Nangilima ist, in das die Brüder Löwenherz am Ende der Reise springen.

Der Literaturwissenschaftler und Experte für Kinder- und Jugendliteratur Klaus Doderer (geb. 1925), der Astrid Lindgren seit 1971 immer wieder traf, hat die Aura, die sie zu dieser Zeit ausstrahlte, bei einem Besuch eingefangen und schilderte seine Eindrücke noch zu ihren Lebzeiten:

> „Als ich sie im Sommer 1996 in ihrer Stockholmer Wohnung besuchte, war sie trotz der nachlassenden Augenkraft wie immer frohen Mutes. Sie hatte mich zum Mittagessen dorthin eingeladen, wo sie seit 1941 ununterbrochen wohnt, wo ihre beiden Kinder groß geworden und ihre meisten Bücher geschrieben worden sind. Am frühen Morgen schon war sie in den auf der anderen Seite der Dalagatan gelegenen Vasapark gegangen und hatte wie üblich eine

Thermosflasche bei sich, um den Stadtstreichern auf den Bänken warmen Kaffee auszuschenken.

Es war ein ganz lockeres und munteres Gespräch. Sie erzählte von ihren Enkeln, und dass das Leben noch immer für sie lebenswert sei. Und schreiben? Nein, sie wolle nicht mehr zur Feder greifen. Und dabei hob sie das Glas Rotwein und schwenkte es, mir zuprostend, munter hin und her.

Noch einen kleinen Gang durch das große Zimmer mit dem Blick auf den Park und davor die verkehrsreiche Straße, sie hängte sich bei mir ein, ein wenig gebeugt, aber immer noch den Schalk in den Mundwinkeln. Sie erzählte noch von einem englischen Kinderbuch, das sie als kleines Schulmädchen so gepackt habe, suchte den Inhalt auf schwedisch, auf deutsch und auf englisch zusammen, aber konnte sich an den Titel nicht mehr erinnern.

Dann ist es Zeit zu gehen. Sie bringt mich zur Tür. Sie bleibt in der gepflegten und großzügigen Wohnung allein zurück." (Doderer 1998, S. 229)

Als Vorbereitung auf den 90. Geburtstag gab die Schwedische Post zum dritten Mal (vorher 1969 und 1978) eine Lindgren-Briefmarke heraus. Das wird in den Jahren 2002, 2005 und 2007 erneut geschehen. Auch im schwedischen Literaturbetrieb und im Bereich der Kinder- und Jugendmedien stand das Jahr 1997 ganz im Zeichen von Astrid Lindgrens 90. Geburtstag. Für sie selbst war es jedoch vorrangig das Jahr, in dem ihre Schwester Ingegerd starb. Nur noch wenige Weggefährten ihrer Generation konnten sie bei den Feiern, vor deren Vielzahl sie aufs Land zu den Enkeln ihres Bruders Gunnar auswich, begleiten. Der Geburtstag brachte auch Erinnerungen an alte Freundinnen und Sorgen. Strömstedt berichtet von einem Telefongespräch, das sie mit Astrid Lindgren führte, nachdem diese von den Feiern zu ihrem 90. Geburtstag in die Wohnung zurückgekehrt war:

„‚Hast du ein Telegramm von der englischen Königin bekommen?' fragte ich auf gut Glück. ‚Ja, das habe ich, und von der holländischen auch, wenn du es wissen willst, und von einem ganzen Hau-

> fen anderer gekrönter Häupter, aber das ist es nicht. Ich habe soeben mit G.s Tochter gesprochen, sie ist ja Alkoholikerin und alles ist ein einziger Jammer gewesen, aber jetzt rief sie an und erzählte, dass sie nicht mehr trinkt und seit dem Sommer keinen Tropfen mehr angerührt hat. Das freut mich sehr! Stell dir vor, wenn G. das noch hätte erleben dürfen!‘ G. war eine Freundin aus den zwanziger Jahren, als beide noch arme Kontoristinnen waren. All die Jahre hat Astrid treu zu ihr und auch zu ihren Kindern gehalten. In Astrid Lindgrens Leben ist kein Mensch austauschbar, sie bleiben alle, Jahr für Jahr, Jahrzehnt für Jahrzehnt.“ (Strömstedt 2012, S. 354)

Höhepunkt der Ehrungen war eine Stiftung, in der Ministerpräsident Göran Persson 7,5 Millionen schwedische Kronen bereitstellte, um auf Lindgrens elterlichem Hof Näs eine Gedenkstätte und ein damit verbundenes Informationszentrum einzurichten. Er selbst führte am 9. 11. 1997 den ersten Spatenstich.

Die Anstrengungen dieses Jahres und ein Sturz verletzten und erschöpften Astrid Lindgren so schwer, dass sie in einem Pflegeheim Ruhe und Erholung suchen musste. Belastet wurde sie auch durch die Begleitumstände einer der vielen sozialen Hilfsaktionen, denen sie sich sporadisch und ohne Konzept anschloss: Eine türkische Familie, die integriert und unauffällig in Nordschweden gelebt hatte, wurde trotz örtlicher und überregionaler Proteste gemäß den herrschenden Ausländergesetzen nach fünfjährigem Aufenthalt im Januar 1996 in die Türkei abgeschoben. Der Vater der Familie Sincari entzog sich der Justiz. 1997 wurde den beiden ältesten Töchtern ein zeitlich begrenzter Aufenthalt in Schweden zu Ausbildungszwecken erlaubt. Astrid Lindgren finanzierte Schulabschluss und Studium der ältesten Tochter Rodja Sincari. Die finanzielle Abwicklung gestaltete sich langwierig. Rodja nahm sporadisch Kontakt mit Astrid Lindgren auf, schrieb ihr Postkarten und kleine Briefe, meist zu Festtagen. Den letzten Brief schrieb das Mädchen am 8. 1. 2002, wenige Tage vor dem Tod ihrer Förderin.

Im Geburtstagsjahr 1997 erhält Astrid Lindgren den Dramatikerpreis der Stiftung des Nordischen Theaterverlages, den sogenannten Freiheitsstift der Schwedischen Journalistenvereinigung, den BRIS-Preis der

Schwedischen Gesellschaft für die Rechte des Kindes und den Prometheusstern der Akademie St. Petersburg. Neben diesen Ehrungen ihrer künstlerischen und journalistischen Leistungen stellt sich auch geschäftliche Anerkennung ein. Die deutsche Medienindustrie hält für Astrid Lindgren in diesem Jahr fünf goldene Schallplatten für 1,5 Millionen verkaufte „Pippi Langstrumpf"-Hörspiele bereit. Im populistischen Ranking der schwedischen Tageszeitung „Expressen" wird sie Schwedin des Jahres. Ihr, die sich vor der Überfülle der Ehrungen „wie ein kleines Tier im Wald verstecken möchte", fällt dazu nur noch Sarkastisches ein: „Ihr verleiht den Preis an eine Person, die uralt, halb blind, halb taub und total verrückt ist. Wir müssen aufpassen, dass sich das nicht herumspricht." (zitiert nach: Forsell u. a. 2007, S. 221)

Als der Präsident der Russischen Föderation Boris Jelzin im Dezember 1997 auf Staatsbesuch in Stockholm ist, kommt es zu einem Treffen beim Festessen im Stockholmer Grand Hotel. Jelzin, wie viele Russen ein Kenner der Lindgren-Gestalt „Karlsson vom Dach", schenkt ihr eine Schale.

Der Hype öffentlicher Ehrungen zum 90. Geburtstag zeitigte unausweichlich auch weniger angenehme Folgen. Sie stellte fest, dass man sie als Person von öffentlichem Interesse bzw. ihre Popularität zunehmend missbrauchte. Über Jahrzehnte war Astrid Lindgren davon verschont geblieben. Als weltbekannte Autorin und Verfechterin der Kinderrechte genoss sie so viel Respekt, dass Angriffe auf ihre Persönlichkeitsrechte und Integrität lange Zeit undenkbar waren. Aber 1998 kam es zum Prozess um ein Foto der Fotografin Ellen von Unwerth, das das Model Stacey McKenzie als Pippi Langstrumpf darstellte. Astrid Lindgren konnte gegen die respektlose Übernahme der ‚Marke' Pippi Langstrumpf Schadenersatz erwirken. Der Rechtsstreit zielte weniger auf finanzielle Entschädigung als auf die Absicht, der wachsenden Gefahr der unkontrollierten Übernahme geistigen Eigentums der Autorin und ihrer Illustratoren einen Riegel vorzuschieben. Die Kopier- und Verbreitungsmöglichkeiten der digitalen Medien arbeiteten dieser Tendenz zu, und hier zeigte sich eine Achillesferse der internationalen Popularität der Autorin. Mit „Pippi Langstrumpf" konnte man überall Werbung betreiben. Ob es sich um das Kindergericht im Restaurant oder das Kinderbett im Möbelhaus handelte –

jedes Produkt, das unter ihrem Namen oder ihrem Bild vermarktet wurde, gewann als ‚Pippi-Langstrumpf-Artikel' eine positive, animierende Aura.

Nach ihrem Tod wehrten sich die Familie und Freundinnen gegen Passagen in einer Lindgren-Biographie des Journalisten Arne Reberg (s. Reberg 2004). In seiner wahrscheinlich als Hommage an die Autorin gedachten persönlichen Auseinandersetzung mit Lindgrens Büchern versuchte der Autor – mit unbelegten Zitaten, Plagiaten und Hinweisen auf eine vermeintliche 40-jährige Freundschaft – Astrid Lindgren als bekennende Christin zu vereinnahmen. Reberg hatte schon 1996 eine Verbindung zwischen seinem Schicksal und Astrid Lindgrens Büchern hergestellt (s. Reberg 1996) und damit eine Annäherung an ihre Person gewagt, die für viele Freunde und Familienangehörige als Verletzung ihrer Intimsphäre bewertet wurde.

2001 stellte Palle Torsson einen Szenenzusammenschnitt aus „Pippi-Langstrumpf"-Filmen zusammen, der die unterschwellige Sexualität der literarischen Pippi-Figur und ihrer Darstellung im Film aufzeigen wollte. Zumindest Teile des Films sind heute noch auf www.youtube. com (letzter Zugriff: 24. 4. 2013) zu sehen. In Blogs wird seit dieser Zeit über die homosexuellen Neigungen Astrid Lindgrens spekuliert. Die Empörung, die Palle Torssons Film bei der greisen Astrid Lindgren, ihrer Tochter Karin Nyman und großen Teilen der schwedischen Öffentlichkeit auslöste, war groß. Sie konnte aber nicht verhindern, dass Lindgrens programmatische literarische Asexualität nun zur Disposition stand. Der Zeitgeist arbeitete in dieser speziellen Frage zum ersten Mal gegen sie. Der Respekt und die Unberührbarkeit schwächten sich ab.

1998 erleidet Astrid Lindgren einen Schlaganfall und verliert einen Teil ihres Gedächtnisses. Sie kann sich nicht mehr allein versorgen. Die Eröffnung des Kinderkrankenhauses Astrid Lindgrens Barnjukhus als Teil der Stockholmer Universitätskliniken, die von einer 1996 ins Leben gerufenen Stiftung finanziert werden, geht an ihr vorüber. Von weiteren Ehrungen – etwa ihrer Ernennung zur Schwedin des Jahrhunderts 1999 und der Verleihung der Ehrendoktorwürde der Universität Linköpping 2000 – nimmt sie nur noch wenig Notiz. Krankenschwestern betreuen sie in der Wohnung in der Dalagatan nun rund um die Uhr. 2001 verbringt Astrid Lindgren ihren letzten Sommer, drei Monate auf Furusund. Sie sitzt im

Stockholm Dalagatan 1997.

Rollstuhl. Ein Treppenlift ermöglicht ihr, auf die Veranda zu gelangen und auf das Wasser zu schauen. Die enge Wasserstraße nach Stockholm vor dem Lotsenhaus wird täglich von riesigen Skandinavien-Fähren passiert. Auch die Ferieninselseligkeit von „Saltkrokan" scheint in diesen Minuten ein entschwundenes Land.

Der Tod war nah – aber das war er für Astrid Lindgren immer, von der Zeit an, über die sie schrieb: „Wir spielten und spielten, und es ist ein Wunder, dass wir uns nicht totgespielt haben." (Das entschwundene Land, S. 38) Diese scheinbar leicht dahin gesprochene Redensart vom ewigen Glück des Kinderspiels enthält eine Nähe zum Tod, die in der Geschichte der klassischen Kinderliteratur vornehmlich des ausgehenden 19. Jahrhunderts immer wieder auftaucht und von Lindgren – bewusst oder unbewusst – aufgenommen wird. Denn Tod verewigt die Kindheit. Niemand außer dem Tod kann Kinder vor dem Erwachsenwerden schützen, es sei denn die Erinnerung und mit ihr die Literatur.

Der polnische Arzt und Pädagoge Janusz Korczak (1878–1942), dessen pädagogisches Programm Astrid Lindgren kannte und akzeptierte, stellte drei existenzielle Kinderrechte auf. Als wichtigstes nannte er das Recht des Kindes auf seinen Tod und meinte damit das unantastbare Recht, in jeder Situation die eigene Würde bewahren zu dürfen. Auch in diesem Sinne hat Astrid Lindgren den ständig präsenten Tod in ihren Kinder- und Jugendbüchern thematisiert.

In den frühen Mädchenbüchern mit unübersehbaren biographischen Anklängen gehört zum Gedankenspiel über das zukünftige Leben immer auch der Tod:

> „Findest du es nicht seltsam, dass man zwar seinen Geburtstag kennt, aber nicht seinen Todestag? Jedes Jahr muss man doch einmal an dem Datum vorbei, das eines Tages, mit einem kleinen Kreuz davor, auf dem eigenen Grabstein stehen wird. Gerade an diesem Tag müsste man doch irgendetwas empfinden, eine Art Ruhe im Gemüt, das Gefühl von etwas Wehmütigem und Unwiderruflichem …“ (Britt-Mari erleichtert ihr Herz, S. 96)

> „Nein, es geschah niemals irgendetwas, und persönlich konnte ich mir nichts anderes vorstellen, als dass es im gleichen Trott weitergehen müsste, bis der Tod als Befreier käme.“ (Kerstin und ich, S. 6)

Die Nähe von Kinderspiel und Tod wird vom ersten „Bullerbü“-Band an in das Gesamtwerk Astrid Lindgrens eingeführt und bekommt bei „Pippi Langstrumpf“ eine philosophische Dimension, als die Abreise von Kapitän Langstrumpf und seiner Tochter droht:

> „Lasse sagte, wir dürften nur auf die Steine treten, die am Wegrand lagen. Das war so ein Spiel. Wir spielten, wir würden tot umfallen, wenn wir auf die Erde träten. Ole trat sehr bald auf die Erde und Bosse sagte: ‚Jetzt bist du tot!‘“ (Die Kinder aus Bullerbü, S. 24)

> „Draußen in der Küche saßen Pippi, Tommy und Annika am Tisch, auf dem noch die Reste von einem herrlichen Abendessen standen. Tommy und Annika waren sehr still und nachdenklich. An was dachten sie? Ja, Annika überlegte, ob es nicht besser wäre, tot zu sein, wenn man es recht bedachte. Und Tommy saß nur da und versuchte sich zu erinnern, ob es überhaupt irgendetwas auf dieser Welt gäbe, was so richtig lustig sei …" (Pippi in Taka-Tuka-Land, S. 85 f.)

Was hier als Gedankenspiel eingeführt wird, gehört wenig später zum Erfahrungsbereich der Kinder in Astrid Lindgrens Büchern. Den literarisch und biographisch vieldeutigsten Tod in ihrem Werk stirbt Märit in der gleichnamigen Geschichte aus der Anthologie „Sammelaugust". Sie, deren tiefe Liebe zu dem Mitschüler Jonas Petter nicht gewürdigt wird, erfährt auch im Tod keine Anerkennung. Astrid Lindgrens schon früh feststellbare Melancholie und ihr später eingestandener Nihilismus bezeugen hier, dass Liebe und Opfertod für die Überlebenden keine Rolle spielen und nichts bewirken:

> „Es war einmal eine Prinzessin, die gestorben war. Nur acht Jahre war sie alt, als sie starb. Und nun sollte sie beerdigt werden an diesem heißen, sonnigen Maisonntag. …
>
> … Sie waren so traurig, dass Märit tot war.
>
> Nachher aber, als alles vorüber war, gingen sie zu einem Holzstapel hinter dem Schulhaus, um ein Vogelnest anzusehen. … Und dann dachten sie nicht mehr so viel an Märit." (Märit, S. 198 u. S. 205)

Im Kampf um Gut und Böse in Astrid Lindgrens erstem phantastischen Kinderroman „Mio, mein Mio" (schwed. 1954; dt. 1955) opfert sich das kleine, in einen Vogel verzauberte Mädchen Milimani, bevor es später als betrauerte Tochter eine Wiedergeburt erfahren darf. Der Opfertod – für einen geliebten Menschen, für eine gute Sache – wird zum zentralen Motiv in dem Jugendroman „Die Brüder Löwenherz" (schwed. 1973; dt. 1974). Auch hier ist der Tod das Ende von Kinderleben.

> „Doch nicht *wir* sollten springen, *ich* sollte es tun. Es ist nicht leicht, nach Nangilima zu kommen, hatte Jonathan gesagt, und erst jetzt verstand ich, weshalb. Würde ich es wagen, würde ich es jemals wagen?
>
> Ja, wenn du es jetzt nicht wagst, dachte ich, dann bist du ein Häuflein Dreck und wirst immer ein Häuflein Dreck bleiben.
>
> Ich ging zurück zu Jonathan.
>
> ‚Ja, ich trau' es mir zu', sagte ich.
>
> ‚Mutiger kleiner Krümel', sagte er. ‚Dann tun wir es jetzt gleich.'" (Die Brüder Löwenherz, S. 236)

Lang ist die Reihe der verstorbenen Angehörigen in Lindgrens Kinder- und Jugendbüchern, wobei besonders die Mutterlosigkeit ein wichtiges Agens der Handlungen wird, das nicht nur Verlust bedeutet, sondern auch Freiheit und Selbstbehauptung ermöglicht. Pippi Langstrumpfs Mutter lebt nicht mehr. Kati wohnt bei der Schwester ihrer verstorbenen Mutter. Polly Patent lebt als Findelkind bei einer alten Frau. Mio findet seinen Vater, nicht aber seine verstorbene Mutter wieder. Malin in „Klingt meine Linde" kommt als Waisenkind ins Armenhaus. Auch die Ferienkinder auf „Saltkrokan" wachsen ohne Mutter, die Brüder Löwenherz ohne Vater auf.

Daher ist der Tod für Astrid Lindgren auch eine variationsreich beschriebene Fluchtmöglichkeit aus leidvoll-ausweglos erscheinenden Situationen. Sie billigt diese Flucht in den Tod sowohl Kindern als auch Erwachsenen zu. Sie selbst erzählte in Interviews von dunklen, dem Suizid nahen Stunden in ihren jungen Jahren und trat in den siebziger Jahren für den selbst bestimmten Tod ein. So denkt sich das Heimkind Rasmus in „Rasmus und der Landstreicher" (schwed. 1956; dt. 1957), als er die Strafe der Heimleiterin befürchtet:

> „Wenn sie mich verprügelt, sterbe ich, dachte Rasmus. Ich sterbe einfach und das ist gut.
>
> Wenn man sowieso nur ein Waisenjunge mit glattem Haar war, den keiner haben wollte, dann konnte man ebenso gut tot sein." (Rasmus und der Landstreicher, S. 24)

In der Geschichte „Sonnenau“ aus der Anthologie „Klingt meine Linde“ (schwed. 1959; dt. 1960) arbeitet Lindgren von Beginn an mit dem Todesmotiv. Die armen elternlosen Geschwister können nur durch ein Gatter von der winterlichen Kälte in die paradiesische Obhut der „Mutter aller Kinder“ gelangen. Das bedeutet auf der realistischen Ebene nichts anderes als das gewollte Erfrieren, den einvernehmlichen Freitod.

> „Und Matthias nahm sie bei der Hand und führte sie durch die Pforte, hinein zur Sonnenau des ewigen Frühlings, wo das zarte Birkenlaub duftete, wo in den Bäumen tausend kleine Vögel sangen und jubilierten, wo Kinder in Bächen und Gräben Borkenschiffchen schwimmen ließen und wo die Mutter auf der Wiese stand und rief:
>
> ‚Kommt alle meine Kinder!‘
>
> Hinter ihnen lag der kalte frostige Wald und erwartete die Winternacht. Anna schaute zurück durch die Pforte in die Finsternis und Kälte und sie schauderte.
>
> ‚Warum ist diese Pforte nicht geschlossen?‘ fragte sie.
>
> ‚Ach, kleine Anna‘, sagte Matthias, ‚wenn die Pforte geschlossen ist, kann sie nie, nie wieder geöffnet werden. Weißt du das nicht mehr?‘
>
> ‚Doch, gewiß weiß ich das‘, sagte Anna. ‚Nie, nie wieder.‘
>
> Dann sahen sie einander an, Matthias und Anna. Sie sahen einander lange an, und dann lächelten sie ein bisschen. Und dann machten sie ganz sacht und leise die Pforte zu.“ (Sonnenau, S. 335)

Erst in Lindgrens letztem Kinderroman „Ronja Räubertochter“ (schwed. 1981; dt. 1982) spielt nicht der Tod von Kindern, sondern der des alten Räubers Per, und mit ihm der Tod der Epoche, in der das Räuberleben legitim erschien, eine erzählerische Rolle:

> „Es vergingen einige Tage und Glatzen-Per wurde noch schwächer. Schließlich kam eine Nacht, in der alle bei ihm wachten, Mattis und Lovis und Ronja und die Räuber. Glatzen-Per lag reglos mit geschlossenen Augen da. Mattis suchte ängstlich nach einem

> Lebenszeichen von ihm, aber es war dämmrig um die Bettstatt trotz des Feuerscheins und der Talgkerze, die Lovis angezündet hatte. Nein, ein Lebenszeichen war nicht zu entdecken und plötzlich schrie Mattis:
>
> ‚Er ist tot!'
>
> Da öffnete Glatzen-Per ein Auge und sah in vorwurfsvoll an.
>
> ‚Das bin ich ganz gewiss nicht! Glaubst du, ich hab nicht so viel Anstand, dass ich Abschied nehme, bevor ich mich davonmache?'
>
> Dann lag er wieder lange mit geschlossenen Augen da und alle standen schweigend um ihn herum und hörten nur seine pfeifenden Atemzüge.
>
> ‚Aber jetzt', sagte Glatzen-Per und schlug die Augen auf.
>
> ‚Jetzt meine Freunde, nehme ich Abschied von euch allen! Denn jetzt sterbe ich!'
>
> Und dann starb er.
>
> Ronja hatte noch nie jemand sterben sehen und sie weinte eine Weile. Aber in letzter Zeit ist er ja schon müde gewesen, dachte sie. Vielleicht ruht er sich jetzt irgendwo aus, wo, das weiß ich nicht."
> (Ronja Räubertochter, S. 229 ff.)

Das gesamte schriftstellerische Werk Astrid Lindgrens nimmt den Tod also in zahlreichen Variationen auf. Der Opfertod spielt dabei eine dominante Rolle. Als ewige Bewahrung der Kindheit, als Zeichen persönlicher Würde, aber auch als Ausdruck ihres eigenen, von nachdenklicher Traurigkeit geprägten Lebensgefühls dringt er in ihre Texte ein.

Astrid Lindgren selbst erlebte den Tod in der Familie, bei Freunden, bei Personen des öffentlichen Lebens, die sie in ihrem langen Leben kommen und gehen sah. Ihrem eigenen Tod sah sie in den letzten Jahren ihres Lebens – zumindest in Gesprächen und Interviews – mit Gelassenheit entgegen und äußerte sich darüber mit der ihr eigenen Mischung aus Betroffenheit und Galgenhumor, die ihr die überlebensnotwendige Distanz ermöglicht:

> „Ich habe nichts dagegen zu sterben, aber nicht gerade heute am Dienstag, den 7. Juni (1994, die Verf.). Vielleicht hätte ich nächste

Woche am Freitag Zeit dazu. Es ist wohl traurig, dass von meinen Freunden einer nach dem anderen verschwunden ist. Ich telefoniere jeden Tag mit meinen beiden Schwestern. Jede wohnt an einem anderen Ort. Mit der jüngsten spreche ich morgens und mit der mittleren abends. Bisweilen beginnt das Gespräch, indem wir ‚Der Tod, der Tod, der Tod' sagen. Es ist beinahe wie eine Beschwörung, die zum Ausdruck bringen soll: ‚Noch einen Tag sind wir dem Tod entkommen, noch sind wir am Leben.'" (zitiert nach: Schönborn 2002, S. 55)

Immer war für sie der Tod oder das Leben nach dem Tod mit der Frage nach der Existenz Gottes und damit nach dem Sinn des Lebens verbunden. Die an Erwachsene gerichteten Aussagen Astrid Lindgrens sind eindeutig:

„Ich glaube weder an Nangijala noch an Nangilima oder an den Himmel oder irgend etwas. So ist es. Die Erwachsene in mir weiß, daß es so ist. Das Kind in mir akzeptiert es nicht. Deshalb sag' ich dir, erzähl das nicht einem Kind, sonst haue ich dir eine runter." (zitiert nach: Bialek/Weyershausen 2004, S. 322)

„Nein, offen gestanden glaube ich nicht an Gott.

Freilich, wenn mein Vater noch lebte, hätte ich niemals gewagt, das auszusprechen, denn er wäre sehr traurig geworden.

Vielleicht ist es eine Schande, dass ich Gott leugne, weil ich ihm ja trotzdem so oft danke und zu ihm bete, wenn ich verzweifelt bin." (Steine auf dem Küchenbord, S. 81)

Es zeigen sich hier zwei Pole: neben dem Zweifel an Gott steht die verzweifelte Suche nach ihm. Es ist bezeichnend für ihren lebenslangen Umgang mit der Sehnsucht nach einem kindlichen Paradies, dass Astrid Lindgren den Glauben der Kindheit und den Zweifel ihrem erwachsenen Ich zuordnet. In dieses Koordinatensystem lassen sich zahlreiche religiöse Elemente ihrer Texte einordnen.

Das ergreifendste Zeugnis von Lindgrens Zweifel und Suche nach

Gott ist ein in der Entstehungszeit der „Brüder Löwenherz“ zu Beginn der siebziger Jahre formuliertes Gedicht, das man auch als Stoßgebet lesen kann:

„Wäre ich Gott
wäre ich Gott,
dann würde ich weinen
über die Menschen,
sie, die ich geschaffen
zu meinem Ebenbild.
Wie ich weinen würde
Über ihre
Bosheit
Und Gemeinheit
Und Rohheit
Und Dummheit
Und ihre armselige Güte
Und hilflose Verzweiflung
Und Trauer.
Und wie ich weinen würde
Über ihre Herzensangst,
und ihren ewigen Hunger,
ihre Sorge
und Todesfurcht
und trostlose Einsamkeit
und über ihre Schicksale,
ihre erbärmlich kleinen Schicksale,
und ihr blindes Tasten
nach jemand …
Irgendeinem!
Vielleicht nach mir!
Und wie ich weinen würde
Über alle Todesschreie
Und alles Blut, das so
Vergeblich fließt,

so zutiefst vergeblich,
und über den Hunger
und die Hoffnungslosigkeit
und die Not
und alle wahnsinnigen Qualen
und einsamen Tode
und über die Gefolterten,
die schreien und schreien,
und über die Folterer noch mehr.

Und dann all' die Kinder,
alle, alle Kinder,
über sie würde ich
am allermeisten weinen.
Ja, wäre ich Gott,
gewiß würde ich viel
über die Kinder weinen,
denn nie habe ich mir gedacht,
daß sie es so wie jetzt
haben sollten.

Ströme, Ströme
würde ich weinen, damit
sie ertrinken könnten
in den gewaltigen Fluten
meiner Tränen,
alle meine armen Menschen,
und endlich Ruhe wäre."
(zitiert nach: Schönborn 2002, S. 50 ff.)

Margareta Strömstedt führt dieses Gedicht an, um Astrid Lindgrens temporäre Verzweiflung über den Zustand der Welt zu dokumentieren. Es beweist auch, dass Lindgrens helle Kinderwelt nur ein Teil ihres Schaffens darstellt und ihre Melancholie und Schwermut als Motor ihrer Kreativität betrachtet werden kann.

Gottes Schöpfung hat sich ins Negative entwickelt oder ist gar gescheitert. Astrid Lindgren konstatiert diesen Zustand und versetzt sich in den Schöpfer des zum Desaster mutierten Universums. Als angemessene Reaktion – freilich aus dem Arsenal der denkbaren menschlichen Verhaltensweisen – wählt sie das Meer der Tränen, eine apokalyptische Sintflut aus. Der Schriftsteller als kleiner Gott wird vor die Entscheidung gestellt, diesen Zustand zu schildern oder ihn in seiner Schöpfung, der Dichtung, zu überwinden. Liest man als Erwachsener Lindgrens ‚Trostbücher' wie „Mio, mein Mio" und „Die Brüder Löwenherz" oder auch märchenhafte Geschichten wie „Im Land der Dämmerung" und „Sonnenau", so wird Lindgrens Position klarer. Sie erarbeitet eine literarische Bastion gegen Verzweiflung, Mutlosigkeit, Zukunftslosigkeit und findet Bilder der Ermutigung, Stärkung und des kraftvollen Dennoch.

Wenn es Bereiche ihres Lebens gab, die Lindgren als göttliche Gnade, als Geschenk einer übergeordneten Kraft empfand, so sind es ihre schriftstellerische Arbeit und die Lebensphase der behüteten Kindheit. Die hellen Teile ihres dichterischen Schaffens sind ganz aus diesem Bewusstsein geschrieben. Ganz unbefangen wird Lindgren von Lesern, Bewunderern und Experten folglich als Dichterin ‚paradiesischer Kindheit' gefeiert. Astrid Lindgren war aber nicht der Meinung und erinnerte auch nicht, dass Kindheit ein Paradies ist. Immer wieder hat sie soziale Missstände, die Kinder ertragen müssen, geschildert und angeprangert. Aber wenn sie sich in ihrer literarischen Fiktion ein Paradies – im Diesseits wie im Jenseits – vorstellte, dann atmete es Kindheit: Kinderspiele, Kirschblüten, Heckenrosen, Weidenkätzchen und wilde Erdbeeren, „eine Essenz in Astrid Lindgrens Paradiesmythos" (zitiert nach: Edström 2004, S. 175). „Wenn ihr nicht werdet wir die Kinder …" – dieser christliche Glaubenssatz steht im Einklang mit Lindgrens Vorstellungen vom Paradies.

Der Rosengarten im Land des so lange ersehnten Vaters in „Mio mein Mio" (schwed. 1954; dt. 1955), das Kirschtal, Heckenrosental und Apfeltal in den „Brüdern Löwenherz" (schwed. 1973; dt. 1974) sind die stilisierten und idealisierten Naturräume des Paradieses, wie es am deutlichsten in dem frühen Märchentext „Sonnenau" (dt. 1960) – auch hier wieder als Gegengewicht gegen Not, Mühsal, Hunger und Lieblosigkeit – geschildert wird:

> „Matthias nahm Anna bei der Hand und dann schritten sie durch die Pforte. Und da sahen sie den roten Vogel. Es war das Erste, was sie sahen. Er saß auf einer Birke und die Birke hatte krause grüne Blättchen und es war Frühling. Alle Lieblichkeit des Frühlings überfiel sie im klingenden Hui, tausend kleine Vögel sangen und jubilierten in den Bäumen, es plätscherte in allen Bächen, alle Frühlingsblumen leuchteten und auf einer Wiese, so grün wie die des Paradieses, spielten Kinder. Ja, es waren viele Kinder, die dort spielten, sie hatten sich Borkenschiffchen geschnitzt, die sie in den Bächen und Gräben schwimmen ließen. Und sie hatten Weidenflöten geschnitten, auf denen sie flöteten, dass es klang, als zwitscherten die Stare im Frühling. Und sie trugen rote und blaue und weiße Kleider und leuchteten wie die Frühlingsblumen im grünen Gras." (Sonnenau, S. 328)

Astrid Lindgren ist in einer christlichen Familie protestantisch-skandinavischer Glaubenspraxis aufgewachsen. Die Mutter war sehr gläubig. Der Vater übernahm Kirchenämter. Der Besuch der Sonntagsschule war selbstverständlich. Die Bibel, die christlichen Werte, die protestantische Trias Vernunft – Sozialethik – Glaube waren ihr von Kindheit an vertraut und verließen sie weder in ihrem dichterischen Schaffen noch in ihrem Lebenslauf. Wenn sie sich dieser Tradition und dieser Lebenspraxis gegenüber negativ äußerte, so geschah es meistens als Distanzierung von ihrer Meinung nach falschen Interpretationen der christlichen Heilslehre oder als Zeugnis persönlicher Zweifel und Ratlosigkeit. Es fällt daher leicht, vielleicht zu leicht, ihr Werk und ihre postulierten Moralvorstellungen christlich einzuordnen.

Lindgren-Texte eignen sich als Vorlagen für kirchliche Kinder- und Jugendgruppen (s. Wieblitz 2005). Die Religionspädagogik benutzt ihre Geschichten zum Aufbau von Identität und Lebenshilfe (s. Bierhals/Huber 1994). Ihre naturnahen Bilder begleiten das Kirchenjahr. Ihr Postulat der Gewaltlosigkeit und Friedfertigkeit, ihr bibelnahes Bekenntnis zur Kindheit als Schutzraum und Zugang zu einer besseren Welt bilden immer wieder eine Brücke zu religiösen Gesprächen und Andachten. Dieses Vorgehen ist besonders in Deutschland verbreitet, weil hier den Texten eine größere Innerlichkeit beigemessen und Lindgrens tatsächliche ‚Kantigkeit', ihre Freude an surrealistischem Wortwitz und ihr ländlicher Realitätssinn weniger wahrgenommen oder geschätzt werden.

Im Zusammenhang mit der Kritik an dem Roman „Die Brüder Löwenherz" äußerte Astrid Lindgren 1992 in einem Interview:

> „*Glauben Sie selber an das, was Sie schreiben, an die Welt nach dem Tod?*
>
> Ich weiß es nicht. Ich erinnere mich an einen meiner Enkel. Er hatte Angst vor dem Tod, ich konnte das merken. Und er fand es häßlich, daß man nur in die Erde gelegt werden sollte. Ihm las ich das Manuskript der Brüder Löwenherz vor, und danach war er so zufrieden und sagte: ‚Ja, wir wissen ja nicht, wie es ist. Es könnte schon so sein wie in Nangijala.' Und ich sage, wir wissen es nicht. Glauben Sie daran?
>
> *Manchmal möchte ich es, aber ich kann es nicht.*
>
> Na, das ist genau dasselbe. Ich sage immer, ich glaube an Gott, wenn ich ihn dringend brauche." (zitiert nach: Berf/Surmatz 2002, S. 842)

Anfang Januar 2002 zog sich Astrid Lindgren eine Virusinfektion zu, die der geschwächte Körper der 94-Jährigen nicht mehr verkraften konnte. Zwar gab es noch eingeschränkte Kontakte – kleine Gespräche, gemeinsam gesungene Lieder und die Vertrautheit mit Familienmitgliedern und engen Freundinnen. Aber der Tod war absehbar. In einem Artikel der schwedischen Tageszeitung „Expressen" berichtete die langjährige Weggefährtin und Biographin Margareta Strömstedt, Astrid Lindgren sei in Anwesenheit von Tochter, Schwester und Enkeln, der langjährigen Vertrauten Kerstin Kvint und der Freundin Ali Viridén am 28. 2. 2002 in der seit 60 Jahren vertrauten Wohnung einen sanften Tod gestorben.

Kurze Zeit danach wurde in der Kirche ihrer Geburtsstadt Vimmerby ein Trauergottesdienst abgehalten. Astrid Lindgren hatte seit langem zu verstehen gegeben, dass sie hier, im Grab ihrer Eltern, begraben werden wollte. Wohl nicht nach ihrem ausdrücklichen Willen, aber im Hinblick auf die Erwartungen ihrer Leser und Verehrer entschlossen sich Tochter und Schwiegersohn, eine öffentlich zugängliche Trauerfeier in Stockholm auszurichten, die durch die Anteilnahme der Bevölkerung, der Politik und des Königshauses den Charakter eines Staatsbegräbnisses annahm.

Die Familie setzte die offizielle Trauerfeier für Astrid Lindgren nach Abwägung aller organisatorischen Notwendigkeiten auf den 8. 3. 2002 fest. Dass man sich damit für den Internationalen Frauentag der UNO entschieden hatte, gefiel den Hinterbliebenen im Gedenken an die verstorbene Mutter, Großmutter, Urgroßmutter und weltbekannte Autorin. Ausschlaggebend aber war dieses Zusammentreffen nicht.

Der Trauerzug bei hellem Sonnenschein wurde angeführt von einem mit zwei Pferden gezogenen Katafalk, auf dem der weiße Sarg mit einem Rosenbukett ruhte. Dem Wagen folgte ein am Zügel geführtes ungesatteltes weißes Pferd – ein Symbol ihrer eigenen Kindheit, ihrer literarischen Kinderwelten und ihrer ländlichen Herkunft. Begleitet und abgeschirmt wurden Pferde und Wagen von der königlichen Garde. Für den Weg durch die Innenstadt Stockholms zur St. Nikolai-Kathedrale, der Storkyrkan, waren 45 Minuten vorgesehen. Aber die Pferde liefen schneller als geplant, und so geriet der Zeitplan für die Beteiligung der Öffentlichkeit in und vor der Kirche zeitweilig aus dem Ruder, auch weil nach vielen Presse- und Medienberichten Zehntausende von Trauernden gekommen waren.

In der Storkyrkan wurde unter Beteiligung des Königspaares, der Kronprinzessin, des Ministerpräsidenten und einer Trauergemeinde von zirka 1500 Gästen zunächst der Trauergottesdienst abgehalten. Danach fand eine Gedenkfeier für die Autorin Astrid Lindgren statt – mit Reden, Musik und Erinnerungen an ihr Lebenswerk. Redner waren unter anderem Göran Persson und die Pippi-Darstellerin Inger Nilsson. Das schwedische Fernsehen und der Rundfunk übertrugen das Ereignis. Astrid Lindgrens Enkel trugen den Sarg aus der Kirche.

Die Bestattung der Urne mit der Asche Astrid Lindgrens fand einige Zeit später im Familienkreis auf dem Friedhof von Vimmerby in der Gruft neben den Eltern statt. Ein Granitstein aus Småland mit ihrem Namenszug und ihren Lebensdaten liegt auf dem Grab: „Astrid Lindgren 1907–2002. Näs".

Astrid Lindgren im Literaturbetrieb und auf dem Markt

Kanon, Kritik, Wissenschaft, Literarische Orte, Erinnerungskultur

Astrid Lindgrens Leben und Werk erscheinen rückblickend auf unauflösliche Weise miteinander verwoben. Das gilt sowohl für autobiographische Elemente in ihren Kinder- und Jugendbüchern als auch für den Zusammenhang zwischen den in ihren Büchern vertretenen ethischen Grundwerten und ihrem gelebten Verhalten. Ihre Verleger, ihre Erbengemeinschaft, ihre Biographen und viele ihrer Leser, Vermittler und Bewunderer sind davon überzeugt, dass ihr Lebenslauf und ihr Werk eine Einheit bilden. Nicht wenige geben vor, in ihrem Sinne zu handeln, wenn sie das von ihr in Kinderbüchern und persönlichen Äußerungen aufgestellte Programm der Kinderliteratur und Kinderrechte weitertragen. Manches Kinderfest, manche Vorlesestunde, manche Unterrichtseinheit findet mit dem Anspruch statt, ihr humanes Gedankengut weiterzutragen.

Aber wo endet das altruistische, das literaturpädagogische Bemühen, ein Kinderbuch möglichst vielen jungen Lesern zu vermitteln, und wo beginnt die profitorientierte Vermarktung, die Funktionalisierung einer Person und eines Lebenswerkes, wo die Manipulation der ursprünglichen, authentischen Absichten? Ist es eine Frage der eingesetzten finanziellen Mittel, der Vermittlungsmethoden oder ganz einfach des veränderten Buchmarkts und Literaturbetriebs der letzten fünfzig Jahre? Ist Astrid Lindgren heute eine Person der Literaturgeschichte oder eher eine ‚Marke', also ein Objekt des Marktes mit hohem Wiedererkennungswert und großem Identifikationspotential für Leser, Kunden und Konsumenten? Für beide Rollen lassen sich Nachweise finden. Oft genug – wie zum Beispiel in den Vergnügungsparks Astrids Värld in Vimmerby und Junibacken in Stockholm – dient die Erinnerungskultur beiden Zielen.

Das Zentrum des seit über 60 Jahre gewachsenen Lindgren-Universums bildet der Fundus an Originalmanuskripten, die seit Mitte der dreißiger Jahre des vorigen Jahrhunderts entstanden und in den Jahren 1944 bis 2006 erstmals in Buchform veröffentlicht wurden. Dieses Handschriftenkonvolut umfasst etwa 100 Manuskripte aus dem Bereich der erzählenden Literatur. Nur einige – wie die Kinder- und Jugendromane „Rasmus und der Landstreicher", „Ferien auf Saltkrokan", die „Kati"- und „Madita"-Bände, „Die Brüder Löwenherz" und „Ronja Räubertochter" – umfassen mehr als 200 Druckseiten. Die übrigen Texte sind – dem Alter und der Aufnahmefähigkeit der Zielgruppen gemäß – Kurzromane und Kurzprosa. Die Liedtexte und Drehbücher beziehen sich – mit wenigen Ausnahmen – auf diese Veröffentlichungen. Astrid Lindgrens Arbeiten sind für ein in sechs Jahrzehnten gewachsenes Gesamtwerk quantitativ überschaubar. Gemessen an den Gesamtwerken anspruchsvoller Kinder- und Jugendliteratur ihrer Zeit stellt es sich jedoch überraschend umfangreich und vielseitig dar.

Ihre national wie international erfolgreichsten Manuskripte sind in 30 bis 64 Sprachen übersetzt, in mindestens ebenso vielen Ländern erschienen, ständig bearbeitet, neu arrangiert und kombiniert worden. Gleichzeitig wurden sie – zunächst in Schweden, dann aber auch in vielen anderen Ländern – multimedial aufbereitet. Astrid Lindgren leitete diesen Medienswitch mit Theaterstücken, Hörspielen, Film- und Fernsehadaptionen und Werkshows in Vergnügungsparks seit Ende der vierziger Jahre selbst ein. Nicht alle ihre Entwürfe zielten auf das Buch als erste Veröffentlichungsform. „Kati in Amerika" fasste Artikel für eine Frauenzeitschrift zu einer Romanhandlung zusammen. „Kalle Blomquist" erschien zunächst als Hörspiel. Die Episoden des Romans „Ferien auf Saltkrokan" haben ihren Ursprung in den Filmdrehbüchern der gleichnamigen Fernsehserie. Von nicht wenigen ihrer Bücher wurden vor oder parallel zu ihrem Erscheinen im Verlag Rabén & Sjögren Fortsetzungsabdrucke in Zeitungen und Zeitschriften veröffentlicht. Namentlich die Film- und Fernsehserien auf den wechselnden Speichermedien, später die Lesungen und Hörspiele auf Musikkassetten, CDs und DVDs beschleunigten den

Bekanntheitsgrad der Autorin bei einem großen Publikum. Seit den neunziger Jahren des 20. Jahrhunderts verbinden viele Kinder – und inzwischen auch Erwachsene – den Namen Astrid Lindgren hauptsächlich mit audiovisuellen Medien, nicht mehr in erster Linie mit dem gedruckten Buch.

Manche Bücher – wie „Pippi Langstrumpf", „Die Brüder Löwenherz" und „Ronja Räubertochter" – waren sofort nach ihrem Erscheinen ein wirtschaftlicher Erfolg und wurden von der Literaturkritik zwar kontrovers, aber doch publikumswirksam zur Kenntnis genommen. Andere Manuskripte, vor allem die Geschichten der Sammelbände „Im Wald sind keine Räuber", „Sammelaugust" und „Klingt meine Linde" brauchten einige Zeit, bis sie – auch als Bilderbücher wechselnder Illustratoren und in Hörbüchern, Kurzfilmen und Themenanthologien – ein breiteres Publikum fanden. Von Experten der Kinderliteratur werden diese weniger bekannten Texte hoch geschätzt. Als Bilderbücher aufbereitet und verfilmt, finden sie ihr Publikum. Aber sie bleiben, weil der Literaturbetrieb der Kinder- und Jugendliteratur das Prosastück mittlerer Länge für Kinder ins Zentrum stellt, bis heute eher im Hintergrund.

Auf diese Weise entstand zumindest in Schweden und den deutschsprachigen Ländern ein Lindgren-Kanon, der bestimmte Werke in den Mittelpunkt stellt, andere vernachlässigt und dem Vergessen überlässt. Astrid Lindgren selbst hatte damit begonnen, auf bestimmte Manuskripte und ihre multimedialen Adaptionen besondere Sorgfalt zu verwenden. Und in der Folge wirkte jeder, der sich mit ihren Büchern beschäftigte, an der Herausbildung des Kanons mit. Verlegerische Sorgfalt, Lesevorlieben, Berücksichtigung in Literaturkritik, Wissenschaft und bei Prämierungen – die Entwicklungen des Literaturbetriebes und Medienmarktes gehören zu den entscheidenden Faktoren. Dabei ist die Anzahl von Illustratoren und Übersetzern, die sich in Schweden und international mit Astrid Lindgrens Werk beschäftigten, weit größer, als dieser Kanon vermuten ließe. Die Datenbank der HAW Hamburg (www.bui.haw-hamburg.de/lindgren/) mit den bisher erschienenen Lindgren-Ausgaben im deutschsprachigen Raum weist 15 Übersetzer und 39 Illustratoren auf.

Wie bei Astrid Lindgrens erstem Buch betreut bis heute in Schweden der Verlag Rabén & Sjögren fast ihr gesamtes hinterlassenes schriftstellerisches Werk. Das Copyright allerdings liegt nach geltendem Urheberrecht bei ihren Nachkommen. In den letzten Jahren gibt auch die Firma der Lindgren-Erbengemeinschaft Saltkråkan einzelne Bücher mit Texten von und über Astrid Lindgren heraus.

Die Anzahl der Auslandslizenzen für die bekanntesten Texte weisen auf die Zusammensetzung des international sanktionierten Lindgren-Kanons hin. Die aktuellsten Zahlen der Erbengemeinschaft Lindgren stammen aus dem Jahr 2009: Sie verzeichnen für „Pippi Langstrumpf" 64 Übersetzungen, für „Die Brüder Löwenherz" 46 Übersetzungen, für „Michel" 44 Übersetzungen und für „Bullerbü" und „Ronja Räubertochter" je 39 Übersetzungen (s. www.astridlindgren.se, letzter Zugriff: 24. 4. 2013).

Größter ausländischer Markt ist seit vielen Jahrzehnten die Bundesrepublik Deutschland. Im Jahr 2012 wurden nach Angaben des Verlages weltweit 147 Millionen, davon in Deutschland 31,5 Millionen, Lindgren-Bücher verkauft. Hier nimmt seit der deutschen Erstausgabe „Pippi Langstrumpf" im Jahr 1949 der Hamburger Oetinger Verlag die Rechte aller deutschsprachigen Textverwertungen von Lindgren-Manuskripten und Medienadaptionen wahr. Ermöglicht hat der Oetinger Verlag ausgewählte Lindgren-Ausgaben großer deutscher Buchgesellschaften, einiger Verlage für Blindendrucke und einige Taschenbuch-Ausgaben sowie frühe Übernahmen in Sammelwerken für den Unterrichtsgebrauch an Hamburger Schulen. Die wenigen früheren DDR-Ausgaben haben nur noch literaturhistorischen und antiquarischen Wert.

Zum Angebot des Oetinger Verlages (inzwischen angewachsen zur Oetinger Verlagsgruppe) gehören neben Printausgaben – sowohl Übernahmen von schwedischen Originalausgaben als auch eigene Text/Bild-Arrangements –, Hörspielfassungen, Lesungen, Hörbücher, Filme und eine Vielzahl von Spielsachen, Fanartikeln und Gebrauchsgegenständen, die auf Texte, Figuren, Illustrationen der Lindgren-Medien zurückgehen.

Die gegenwärtig lieferbaren Bücher vermitteln einen informativen Überblick über den heute in Deutschland entwickelten Lindgren-Kanon, der auf dem internationalen Markt ganz ähnlich aussieht. „Pippi", „Bullerbü", „Michel", „Kalle Blomquist", Ronja Räubertochter", „Karlsson", „Mio, mein Mio" und „Die Brüder Löwenherz" bestimmen in der genannten Reihenfolge (s. Von Millionen geliebt, S. 20) den Markt und in der Folge die Präsenz in Bibliotheken, Schulräumen und Kinderzimmern. Hinzu kommen „Lotta"-Episoden und Weihnachtstexte. Die Illustratorin Ilon Wikland ist allgegenwärtig, obwohl Oetinger mit Katrin Engelking seit 2002 eine neue Lindgren-Illustratorin aufgebaut hat.

Bestimmt man für die Entwicklung des Lindgren-Kanons den Zeitraum von 1949 bis 2007, also von der deutschen Erstausgabe von „Pippi Langstrumpf" bis zu den Veröffentlichungen, die posthum zum 100. Geburtstag Astrid Lindgrens erschienen, so waren drei Lesegenerationen daran beteiligt. Die heutige Großmutter kann also davon ausgehen, dass ihre Kinder und Enkelkinder denselben Text, dieselbe Lesung, denselben Film kennen. Zumindest für das gedruckte Buch stimmt die Überzeugung einer gemeinsamen Leseerfahrung allerdings nicht. Fast alle deutschen Texte haben schon durch Überarbeitungen der ersten Übersetzung, aber auch durch Angleichungen an neue Rechtschreibregeln oder die Einpassung in bestimmte Verlagsprogramme – wie die Übernahme ehemaliger Bilderbücher in die Erstlesereihe „Sonne, Mond und Sterne" – im Laufe der Jahrzehnte Veränderungen erfahren.

Bei Schriftstellern der allgemeinen Belletristik wären entsprechende Eingriffe in den Text durch Übersetzung oder redaktionelle Bearbeitung nicht unbemerkt geblieben und wären vor allem weder stillschweigend erfolgt noch stillschweigend hingenommen worden. Deutsche Wissenschaftlerinnen wie Astrid Surmatz (s. Surmatz 2005) haben Segmente dieses Übersetzungs- und Bearbeitungsprozesses – vor allem anhand der „Pippi-Langstrumpf"-Ausgaben – untersucht. Für das junge und erwachsene Lesepublikum liefen sie jedoch weitgehend unbemerkt ab. Erst das Interview der Bundesministerin für Familie, Senioren, Frauen und Jugend Kristina Schröder in der „Zeit" vom 25. 12. 2012 richtete das Augenmerk einer größeren Öffentlichkeit auf die Sprache in Kinderbüchern bzw. auf Fragen der Authentizität, Antiquiertheit und Political Correctness des Wortlautes von Kinderbüchern wie „Pippi Langstrumpf".

Die Bearbeitungen von Lindgrens Büchern strebten an, eine größere Nähe zum Originaltext herzustellen, die Texte dem aktuellen Sprachgebrauch anzugleichen, um heutigen jungen Lesern eine größere Identifikationsmöglichkeit zu bieten und gesellschaftlich und politisch potentiell nicht konsensfähige Textpassagen (z. B. die Bezeichnung „Negerkönig" in „Pippi Langstrumpf") zu bereinigen.

Das Lindgren-Bild, das über den beschriebenen Kanon vermittelt und von den verbreiteten Audiomedien und Filmadaptionen unterstützt wird, umfasst drei Facetten: Auf der einen Seite beinhaltet es das helle, ländliche Kinderparadies von Bullerbü, Lönneberga und Birkenlund, auf der anderen Seite den Kampf um Gut und Böse, um das gute, richtige Leben, wie er in „Die Brüder Löwenherz" und „Ronja Räubertochter" geführt wird; das dritte, dominierende Element des Kanons bilden die ‚anarchistischen' Erlebnisse des „Kindes des Jahrhunderts" Pippi Langstrumpf, die vielen Lesern der letzten sechzig Jahre als Projektionsfläche neuer (weiblicher) Lebensmodelle dienten.

Wer Lindgren-Texte außerhalb dieses Kanons sucht, findet in öffentlichen und wissenschaftlichen Bibliotheken zwar eine Fülle auch gegenwärtig vom regulären Buchhandel nicht lieferbarer Publikationen seit 1949. Erstaunlich aber ist die Tatsache, dass in den Bibliotheksdepots für die Pflichtexemplare aller deutschen Neuerscheinungen, also in der Deutschen Nationalbibliothek und der Staats- und Universitätsbibliothek Hamburg Carl von Ossietzky (verantwortlich für den Hamburger Oetinger Verlag), wichtige Titel fehlen. Es gibt gegenwärtig in Deutschland keine Bibliothek mit einem lückenlosen Bestand aller deutschsprachigen Erstausgaben Astrid Lindgrens. Vollständigkeit ist ausschließlich im Archiv des Oetinger Verlages zu finden. Inzwischen hat sich neben dem regulären Buchmarkt auf Flohmärkten, auch in digitalen Tauschforen und im Internethandel mit gebrauchten Medien ein riesiger ‚grauer' Markt entwickelt, auf dem alle deutschsprachigen Lindgren-Ausgaben – auch die in gewerblichen Antiquariaten hoch gehandelten Erstausgaben – zu bekommen sind.

Nicht der ‚Marke', sondern der Schriftstellerin Astrid Lindgren ist es gelungen, literarischen Einfluss zu nehmen. In Skandinavien sind ihre heiteren Kindergeschichten in ländlicher Umgebung, die aus der Perspektive der kindlichen Protagonisten erzählt werden, zum Vorbild für Autoren wie Rose Lagercrantz, Frida Nilsson und Maria Parr geworden. Pippi-Langstrumpf-Nachfahren findet man in Frida Nilssons „Ich, Gorilla und der Affenstern" ebenso wie in den frühen „Buster"-Geschichten des Dänen Bjarne Reuter. Eine weniger literarisch als sozialkritisch deutliche Spur

Pippis lässt sich bis zu der traumatisierten Hackerin Lisbeth Salander in Karl Stig-Erland Larssons „Millenuim"-Trilogie verfolgen. Die deutlichste Nachfolge in der deutschsprachigen Kinder- und Jugendliteratur hat Astrid Lindgrens „Bullerbü"- und „Krachmacher"-Welt in Kirsten Boies Kindergeschichten erfahren.

Mittelbar an Astrid Lindgren erinnern die vielen imaginierten Gefährten, die der Phantasie einsamer Kinder entspringen – wie in Rüdiger Bertrams „Coolman"-Comics, Uri Orlevs „Das Tier in der Nacht" und Emily Jenkins' „Der unsichtbare Wink" –, aber auch die vielen respektlosen, die Welt erobernden vorpubertären kleinen Mädchen in den Kinderbüchern der letzten zwanzig Jahren. Die Frage ist, ob Astrid Lindgrens phantastische Kinder- und Jugendromane „Mio, mein Mio", „Die Brüder Löwenherz" und „Ronja Räubertochter" vielleicht auch eine Brücke gebildet haben könnten vom Volks- und Kunstmärchen des 19. Jahrhunderts und der klassischen Fantasy hin zu den endlosen Serien des Kampfes um Gut und Böse in den Parallelgesellschaften heutiger Fantasy-Thriller. Auf alle Fälle steht Lindgren dieser gegenwärtig marktbeherrschenden Literaturgattung nicht so ferne, wie manche wissenschaftliche Betrachtung über die Quellen ihrer phantastischen Kinder- und Jugendromane nahelegt. Hier ist die ‚Marke' Lindgren ganz nah.

Astrid Lindgren betonte immer wieder, dass sie ihre Kinder- und Jugendbücher für sich selbst, an die Adresse ihrer nach Kindheit dürstenden Seele, für das Kind in sich schreibe. Die Kinder- und Jugendbücher, die aus dieser Ausgangsposition entstanden, haben gleichwohl Leser jeden Alters wie auch Vermittler, Verkäufer, Wissenschaftler, Anhänger, Fans und Liebhaber, Nachfolger, Nachahmer gefunden – eine sehr heterogene, schwer überschaubare Gemeinschaft. Diese Gemeinschaft ist auch deswegen nicht leicht charakterisierbar, weil sie z. B. auch Gruppen umfasst, die sich mit Person und Werk Astrid Lindgrens in erster Linie im Rahmen allgemeiner Kinder- und Jugendarbeit befassen.

Neben den Verkaufszahlen der Bücher und Medien geben unter anderem die zahlreichen Literaturpreise und Ehrungen Auskunft über die Wirkung Astrid Lindgrens.

Neben der Vielzahl und Internationalität der Prämierungen fallen zwei Dinge auf: Astrid Lindgren kam es zugute, dass sich die Anzahl der ausgeschriebenen Preise im Bereich der Kinder- und Jugendliteratur innerhalb von 40 Jahren rasant erhöhte. In nicht wenigen Fällen war sie die Erste, die im Rahmen der neu gestifteten Preise geehrt wurde, nämlich die erste Autorin, die den Alternativen Nobelpreis (1994) entgegennahm, die erste Vertreterin der Kinder- und Jugendliteratur, die mit dem Selma-Lagerlöf-Literaturpreis (1986) ausgezeichnet wurde, die erste Frau, die den Leo-Tolstoi-Preis erhielt (1987), die erste Schwedin, der der Orden Arts et Lettres Frankreich verliehen wurde (1991).

Gleichzeitig spiegelt sich in der Fülle und Vielseitigkeit ihrer Prämierungen, in welch unterschiedlichen Bereichen ihre Persönlichkeit und ihre Literatur zu Ehrungen Anlass gab. Astrid Lindgren wurde ausgezeichnet im Rahmen der Nachwuchsförderung (z. B. 1946 mit dem Literaturpreis des „Svenska Dagbladet"), als Schriftstellerin (z. B. 1965 mit dem Schwedischen Staatspreis für Literatur), als Kinder- und Jugendbuchautorin (z. B. 1958 mit der Hans-Christian-Andersen-Medaille), für ihren Beitrag zur Verwirklichung des Friedensgedankens (z. B. 1978 mit dem Friedenspreis des Deutschen Buchhandels), für ihren Einsatz für Kinderrechte (z. B. 1974 mit der Medaille des Lächelns, Sowjetunion) und für den Tierschutz (z. B. 1990 mit der Josef-Wood-Krutch-Medaille). Hier zeigt sich, dass Astrid Lindgren – ähnlich wie bei den vielen Deutungen ihres Welterfolges „Pippi Langstrumpf" – zur Projektionsfläche wurde für ganz unterschiedliche Vorstellungen von ihrer Rolle als Kinder- und Jugendbuchautorin.

2007 gab der 100. Geburtstag noch einmal Anlass zu einem wahren Feuerwerk von Publikationen, Ehrungen und Events. Die Verlage gaben Werkausgaben (Oetinger Verlag: einmalige Jubiläumsedition zum 100. Geburtstag) heraus, Symposien und Fachseminare über Astrid Lindgren fanden statt und neue Forschungsergebnisse wurden publiziert (z. B. in Blume/Kümmerling-Meibauer/Nix 2009). Unzählige Kinderfeste wurden gefeiert. Die Erbengemeinschaft Astrid Lindgrens (www.saltkrakan.de) und Vimmerby, die Heimatstadt der Autorin, nahmen den Geburtstag zum Anlass, das Familienmitglied und die bekannteste Bürgerin in besonderer Weise zu ehren. Kronprinzessin Viktoria pflanzte eine Eiche auf dem Gelände von Näs. Ein Lindgren-Brunnen und ein Lindgren-Denkmal wurden in Vimmerby errichtet. Der Ereignispark Astrids Värld vergrößerte Gelände und Angebot.

Förderlich auf die Aufnahme des Werks von Astrid Lindgren wirkte sich aus, dass mit der zunehmenden Verbreitung und literarischen Wirkung ihrer Bücher auch die Akzeptanz von Kinderbüchern in Literaturkritik und Forschung zeitlich zusammenfiel. Auch hier war sie zur richtigen Zeit an richtiger Stelle.

Pädagogische und literaturwissenschaftliche Fachkreise beschäftigten sich nun mit ihr – zunächst in Rezensionen der internationalen Tagespresse, dann in der seinerzeit noch in der Entwicklung befindlichen Fachpresse zur Kinder- und Jugendliteratur und schließlich – oft im Zusammenhang mit Ehrungen – auf Kongressen, Seminaren und Konferenzen. Auch berief man sich gerne auf Person und Werk Astrid Lindgrens bei der Etablierung einer Kinder- und Jugendliteraturszene, die sich gemeinsam mit ihr über mehrere Jahrzehnte Existenz, Wirkungsfelder und Anerkennung erkämpfte. In Deutschland wurde dieser Prozess verständlicherweise im Zusammenhang mit dem Neuanfang der Kinder- und Jugendliteratur nach Nationalsozialismus und Zweitem Weltkrieg gesehen. Aus internationaler Sicht stand er in Deutschland im Zusammenhang mit einem Nachhol- und Entpolitisierungsprozess, während er in der angelsächsischen und skandinavischen Welt eher als Konsequenz und Fortentwicklung bereits eroberter Positionen bewertet wurde.

Die Feuilletons der deutschsprachigen überregionalen Presse wie die „Neue Zürcher Zeitung“, „Frankfurter Allgemeine Zeitung“ „Süddeutsche Zeitung“ und „Die Zeit“ (s. Specovius 1956) begannen in den fünfziger Jahren ihre Bücher zu rezensieren. Sie lassen bis heute kein Jubiläum aus, um auf die Autorin hinzuweisen (s. Johanna 2012).

Seit den späten sechziger Jahren fanden Kinder- und Jugendliteratur im Allgemeinen und das Werk Astrid Lindgrens im Besonderen Eingang in die Curricula der Lehrerausbildungen, in die literaturwissenschaftlichen Seminare einiger Universitäten und in die Studiengänge für Literatur vermittelnde Berufe wie Bibliothekare und Buchhändler. Lindgrens Bücher waren nun Anlass, Motor und Gegenstand, sich mit Kinderbüchern im Kindergarten, der Grundschule, in Pro- und Hauptseminaren, in wissenschaftlichen Untersuchungen, Projekten, Dissertationen und Habilitationen zu beschäftigen. Die Datenbank von Birgit Dankert (www.bui.haw-hamburg.de/lindgren/) verzeichnet für den Zeitraum bis 2012 zirka 500 Dissertationen, andere Hochschulschriften und selbstständig oder als Aufsatz verfasste Analysen und Unterrichtsmaterialien in deutscher Sprache zum Werk Astrid Lindgrens. Im Konzert der Annäherungen an Lindgrens Person und Werk spielt die Fülle literaturpädagogischer Praxismodelle und Unterrichtsmaterialien eine herausragende Rolle. Die ‚Marke' Astrid Lindgren wurde daher nicht nur durch Literaturkanon und Ehrungen weiterentwickelt, sondern gelangte auch in den Bereich von Aus- und Fortbildung, von Praxisanleitung und Vermittlungsmethoden.

In Deutschland kann die Verleihung des Friedenspreises des Deutschen Buchhandels 1978 im Vorfeld des UNO-Jahres des Kindes 1979 als Beginn des Lindgren-Booms in populärer und wissenschaftlicher Fachliteratur angesehen werden. Es waren also nicht die Reformer und Revoluzzer der 1968er-Bewegung, die diese Entwicklung einleiteten. Ihnen waren Lindgrens Texte – einschließlich „Pippi Langstrumpf" – zu unpolitisch und zu sehr auf Harmonie bedacht.

Populärwissenschaftliche Bücher nahmen Person und Werk in Beschlag. Sie sorgten für eine zunehmende Legendenbildung, die bestimmte Segmente des Lindgren-Mythos aufnahmen, unterstützten und bis heute weitertragen. In Reiseführern (s. Schwieder 2006; Schwieder 2012), Kochbüchern (s. Schönfeldt 2007; Schrag/Wagener 2008), psychologischen Ratgebern (s. Weiner/Kupfer 2009) und religiösen Annäherungen (s. Vogel 1999) wurden Astrid Lindgrens Person, ihre Literatur und ihr belegtes oder vermutetes ethisches Programm aufgegriffen und vereinnahmt. Die Zuneigung zu ihrer Person trat als Leitmotiv in Romanen und Essays auf. Besonders das unterstellte Programm emanzipatorischer Weiblichkeit Pippi Langstrumpfs verselbstständigte sich und initiierte ein dichtes Netz von Fangemeinden, Blogs und Events, die zwischen Wissenschaft, Leseförderung, Remmidemmi, Informationsmüll und Anbiederung changieren.

Für heute gilt: die ‚Marke' Lindgren ist bestens eingeführt, wird optimal gemanagt und ‚funktioniert' im kleinen, regionalen Kreis ambitionierter Liebhaber wie auch auf dem Weltmarkt der Lizenzen und des Merchandising. Die Mischung aus Familienbetrieb, Unternehmen, global tätigem Verlagskonzern und nationaler wie internationaler Wissenschaft – alles zunehmend digital verfügbar und unter Berücksichtigung aller verfügbaren Medientypen und -transfers – sorgen für eine optimale Verbreitung.

In Schweden wird Astrid Lindgrens Werk an unterschiedlichen Stellen gepflegt. Ihr umfangreicher Nachlass liegt seit Januar 2012 als Astrid Lindgrens Arkiv in der Kuniliga Biblioteket Stockholm, der Schwedischen Nationalbibliothek. Einige der Dokumente des Lindgren-Nachlasses sind generell gesperrt. Die Einsicht und auch das Zitieren der durch ein Register erschlossenen und auf Antrag im Handschriftensaal der Bibliothek zuverlässig einzusehenden Quellen bedarf der Anfrage und Zustimmung der Erben Astrid Lindgrens über das Familienunternehmen Saltkråkan. Die Nationalbibliothek hält alle Lindgren-Ausgaben schwedischer Verlage bereit.

Das Svenska Barnboksinstitut, das Schwedische Kinderbuchinstitut, archiviert alle in Schweden erscheinenden Kinder- und Jugendbücher Astrid Lindgrens, ebenso wie die Bücher der meisten anderen schwedischen Autoren für Kinder und Jugendliche. Darüber hinaus verfügt es über einen großen Teil der Übersetzungen und über internationale Fachliteratur zu Leben und Werk Astrid Lindgrens. Hier ist ein zuverlässiger und neutraler Ort, um die Schriftstellerin als Teil der schwedischen Kinderliteratur zu begreifen.

2007 richtete die Linnéuniversitetet Kalmar Växjö eine Astrid-Lindgren-Gastprofessur ein, die von der Universität, der Kommune Vimmerby und der Stiftung Rädda Barnen finanziert wird. Die deutschen Wissenschaftlerinnen Astrid Surmatz (2008) und Bettina Kümmerling-Meibauer (2010) gehörten in der internationalen Expertenrunde namhafter Forscher zu den ersten Gastprofessorinnen.

Zu Ehren der Nationaldichterin Astrid Lindgren rief die schwedische Regierung 2002 den Astrid Lindgren Memorial Award (ALMA) ins Leben. Er wird seit 2003 jährlich an Autoren, Illustratoren oder andere Persönlichkeiten und Institutionen vergeben, die sich um die Kinder- und Jugendliteratur verdient gemacht haben. Der Preis wird vom Schwedischen Kulturrat, einer Regierungseinrichtung, organisiert. Eine unabhängige Jury bestimmt die Preisträger, an deren Nominierungen einschlägige Institutionen vieler Länder beteiligt sind. Mit fünf Millionen Schwedischen Kronen (ungefähr 575 000 Euro) ist es der am höchsten dotierte Literaturpreis auf dem Gebiet der Kinder- und Jugendliteratur.

Saltkråkan, das Unternehmen der Erbengemeinschaft Astrid Lindgrens, bewahrt und pflegt mit dem Erinnerungsort und Informationszentrum Astrid Lindgrens Näs das Gedenken der Autorin im Sinne der Familie. Dazu gehören Eltern- und Geburtshaus Astrid Lindgrens im ehemaligen Bauernanwesen Näs, ein Informationszentrum im benachbarten ehemaligen Pastorenhaus, ein 2007 eingerichteter Pavillon, der für Ausstellungen und andere Veranstaltungen genutzt wird und in dem Lindgren-Literatur gekauft werden kann. Von hier aus gehen auch die zahlreichen Aktivitäten aus, die das Erbe der Autorin sichern und pflegen sollen. Sichtlich bemüht, dem Lebensprogramm Astrid Lindgrens Rechnung zu tragen, will man vor allem die von Lesern und Fans erwünschte, aber oft genug auch im Umgang mit der Autorin vorformulierte Authentizität herstellen. Davon zeugt besonders die fakten- und datenreiche Website www.astridlindgren.se, sicher die am sorgfältigsten betreute digitale Quelle für das Leben einer Autorin der Kinder- und Jugendliteratur.

Zwischen seriöser Information über ihr Leben und pointenreicher Unterhaltung vermittelt die 2007 von Håkan Kvist eingerichtete Ausstellung „Astrid Lindgren für die ganze Welt“, der es auch gelingt, Verständnis für Lindgrens Genie zu wecken. Sie wurde in dem eigens dafür eingerichteten Pavillon auf Näs installiert und stellt das Leben der Autorin in Szenen, Exponaten und Dokumenten dar (s. Astrid Lindgren für die ganze Welt 2007). Die Gebäude mit den Spielplätzen und dem alten als autobiographischer und literarischer Ort bekannten Limonadenbaum bedienen den Wunsch, in die Lebenswelt Astrid Lindgrens als kleines Mädchen einzutauchen. Daher wird Näs auch zur Zeitmaschine des Phänomens Lindgren: Das Elternhaus verweist auf die erzählte Zeit der Lindgren-Texte aus der Kindheit ihrer Eltern. Als Schauplatz ihrer Kindheit verweist es daneben auf die Zeit der Erzählerin. Erinnerungen, Attribute und Ereignisse, die hierher gehören, sind noch 80 Jahre später von Astrid Lindgren in ihren Texten verarbeitet worden. Jetzt dient das Elternhaus dem in die Zukunft projizierten Nachruhm, der sich als weitere Zeitebene nahtlos in die Zeitlosigkeit suggerierende Chronologie der Ereignisse einreiht. Dazu weihte das Lindgren-Familienunternehmen Saltkråkan eine

Brunnenskulptur ein. Ein mit geschlossenen Augen träumender Kinderkopf schwebt über dem Brunnen, der an den Märchenbrunnen aus „Mio, mein Mio" anknüpft und Lindgrens Inspiration in „Edits Küche' in Erinnerung rufen soll. Ein Kranz von Heckenrosen, der aber viel eher an das aus der christlichen Kunst bekannte Motiv der Dornenkrone erinnert, schwebt auf dem Wasser. Geschaffen wurde diese Hommage mit dem Titel „Källa Astrid" (Lindgren-Quelle) von Berit Lindfeldt (geb. 1946). Das Denkmal soll die Quelle der Poesie verkörpern und an die Heckenrosen als das erste Bild von Schönheit erinnern, das Lindgren als Kind in sich aufnahm. Die für Näs Verantwortlichen verlassen mit diesem Arrangement – wie mit der 2007 von der schwedischen Kronprinzessin gepflanzten Viktoria-Eiche im Garten – das Prinzip des Authentischen und laufen Gefahr, Näs zu einer Weihestätte zu machen. Das ist legitim und verständlich, bricht aber fünf Jahre nach Lindgrens Tod mit der traditionell in der Familie geübten Zurückhaltung, Mäßigung und Nüchternheit.

Gleich nebenan, etwas außerhalb von Vimmerby liegt der 1981 eröffnete literarische Erlebnispark Astrid Lindgrens Värld. Hier sind auf einem seither ständig ausgeweiteten Gelände begehbare Schauplätze Lindgren'scher Bücher aufgebaut; es gibt Freilichtaufführungen der dramatisierten Literaturvorlagen, Spielplätze, Restaurants und Einkaufsmöglichkeiten.

Ist Astrid Lindgrens Värld als sommerlicher Freizeitpark für die ganze Familie konzipiert, dient das im Stockholmer Stadtteil Djurgarden neben dem VASA-Museum in einer ehemaligen Schiffshalle eingerichtete Sago lekhuset (Geschichtenspielhaus) Junibacken als Indoor-Erlebniswelt für Vor- und Grundschulkinder.

Vimmerby, die Stadt und der Schulort Astrid Lindgrens, hatte sie zwar keineswegs verstoßen, brauchte aber einige Jahre, um das Verdikt ‚der Prophet gilt nichts in seinem Lande' zu überwinden. Heute schmückt sich der Ort mit seiner bekanntesten Einwohnerin. Straßenzüge sind als wiedererkennbare Erlebnisorte und Literaturkulissen restauriert, und auf dem Marktplatz steht seit 2007 ein großes Lindgren-Denkmal. Das legendäre Stadshotell macht keine Reklame mit den Abenteuern, die das junge Mädchen Astrid Lindgren hier erlebte. Vielleicht erscheint die versteckte Identität Astrid Lindgrens gerade aus dieser Diskretion heraus besonders präsent.

2007 stellte die Stadt Vimmerby nach etlichen Kämpfen und Streitereien auf dem Marktplatz ein großes Denkmal auf. Zwei Wände, eine davon mit Fenstern zum Hineinschauen, markieren das Arbeitszimmer Astrid Lindgrens, in dem sie an einem Tisch auf einem Stuhl vor der Schreibmaschine sitzt. Sie trägt lange Hosen und ein längeres Jackett. Ein leerer Stuhl gegenüber lädt zur Zwiesprache mit der Autorin ein. Die Skulptur aus Bronze wurde von einem Team der Stockholmer Kunstakademie unter der Leitung von Marie-Louise Ekmann (geb. 1944) entworfen und nach einem langen Entwicklungs- und Gussverfahren am 1. Juni 2007 auf dem Marktplatz in Vimmerby platziert. Den Künstlern ging es nach eigenen Aussagen darum, ein möglichst naturgetreues Bild der etwa 70-jährigen Autorin in ihrer authentischen Schreibumgebung zu gestalten. Auch hier erschließt sich die Persönlichkeit Astrid Lindgrens nicht.

Am leichtesten und fröhlichsten ist der Lindgren-Kopf in Astrid Lindgrens Värld, den die schwedische Glasmanufaktur Boda Kosta 2004 inmitten eines kleinen, mit Stein und Glas gestalteten Platzes im Eingangsbereich des Freizeitparks auf einer grünen Glasstele aufgestellt hat. Einprägsam und treffend hat der Glaskünstler Goran Wärff (geb. 1933) einen durchsichtigen Glaskopf karikaturhaft-sparsam mit Lindgren-Charakteristika (Nase, Baskenmütze) versehen. Das genügt, um dem Genie Lindgrens die angemessene Referenz zu erweisen.

Wo werden alle Fakten, Entwicklungen und Erklärungsversuche von Leben und Werk Astrid Lindgrens zu einem aussagekräftigen, schlüssigen Bild? Das geschieht an literarischen Orten. – Was macht einen literarischen Ort aus? Dazu gehören Aufenthalte des Autors, Teile seines Werkes, die wiedererkennbaren Orte und Landschaften zuzuordnen sind, typische Milieus und Charaktere. Aussagekraft, Bedeutung und literarische Qualität werden in der Regel aber auch daran gemessen, inwieweit die eindeutige geographische und zeitliche Zuordnung gleichzeitig überörtliche und überzeitliche Allgemeingültigkeit ermöglichen. Thomas Manns Lübeck, Franz Kafkas Prag, James Joyces Dublin können als Beispiele gelten.

Folgt man dieser Definition, verbinden sich mit Astrid Lindgren vor allem vier Orte oder Milieus. Sie erfuhren, seitdem sie für Leben und Werk der Autorin bedeutsam waren, bis heute nur wenige Änderungen. Man kann mühelos in sie eintauchen.

Die schwedische Provinz Småland mit ihrer Apfel-, Kirsch- und Heckenrosenblüte, mit ihren steinigen Äckern und ihrer bäuerlichen Kultur gehört ebenso dazu wie das kleinstädtische Milieu Vimmerbys, das die erste, später vielfach assoziierte Station von Astrid Lindgrens Revolte und ihres Aufbruches markiert. Stockholm ‚von oben' betrachtet, mit seinen Dächern, Türmen, Straßen und Parks, vor allem aber das Vasa-Viertel, wo Astrid Lindgren seit ihrem 24. Lebensjahr lebte, besitzen als literarischer Ort vielleicht die größte Magie. Als Kontrast dazu kann Lindgrens bevorzugter Sommersitz, zugleich Entspannungs-, Rückzugs- und Arbeitsort, im ehemaligen Lotsenhaus der Schäreninsel Furusund gelten. Sonnig, hell, mit scharfen Konturen und klarer Sicht liegt hier der immer wieder beschworene Ort der „Ferien auf Saltkrokan".

Was darüber hinaus seit etwa 30 Jahren kontinuierlich von dem Informations- und Charity-Management der Familienstiftungen, in Literaturbetrieb, Kulturindustrie und Fangemeinden aufgebaut wird – wie die Vergnügungsparks Astrid Lindgrens Värld und Junibacken, das Kulturzentrum Näs, das Kinderkrankenhaus und die SOS-Kinderdörfer, Astrid-Lindgren-Schulen und -Kindergärten, die Drehorte der Lindgren-(Fernseh-)Filme –, gehört in eine andere Kategorie. Es sind Erinnerungsorte an eine Schriftstellerin der Weltliteratur, die zur gleichen Zeit als ‚Marke', als ethisches Programm und als Projektionsfläche für die Wünsche der Veranstalter, Finanziers und Besucher fungieren. Diese Orte geben einen guten Überblick über die Wirkungsvielfalt und die gegenwärtigen Spielarten der Erinnerungskultur für eine weltweit geschätzte Autorin der Kinder- und Jugendliteratur. Und wiederum gilt: gerade in diesem Universum der Erinnerung kann sich Astrid Lindgrens wahre, komplexe Persönlichkeit gut verbergen.

Anhang

Chronologie der Veröffentlichungen Astrid Lindgrens

Wann wurden Astrid Lindgrens Texte in Schweden und Deutschland veröffentlicht? Wie fügt sich die tatsächliche Werkfolge und Veröffentlichung ihrer Bücher in ihre Biographie ein? Wie viel Originalmanuskripte – abgesehen von unterschiedlichen Ausgaben in Anthologien und Bilderbüchern wechselnder Illustratoren – fanden den Weg in die Öffentlichkeit? Mit welchen Zeitverschiebungen wurde Astrid Lindgrens Werk in Deutschland publiziert und verbreitet? Dazu gab es bisher keine exakte Aufstellung, weil mit unterschiedlicher Fragestellung und Interessenlage unterschiedliche Zählweisen, Zuordnungen und Reihenfolgen gewählt wurden.

In der nachfolgenden Aufstellung sind die schwedischen Erstausgaben mit Erscheinungsjahr und Originaltitel sowie – wo vorhanden – die deutschen Erstausgaben mit Erscheinungsjahr und Titel verzeichnet. Die Aufstellung berücksichtigt den Textkorpus der 1944 einsetzenden Veröffentlichungen von Kinder- und Jugendbüchern sowie die selbstständig erschienenen autobiographischen Texte und die politischen Stellungnahmen zu Steuerungerechtigkeit und Massentierhaltung. Sie verzichtet auf die in den dreißiger Jahren veröffentlichten Märchentexte für Zeitungsbeilagen, auf spätere unselbstständige Veröffentlichungen (Interviews, Zeitungsartikel etc.) und auf die Texte, die für den Schwedischen Automobilclub verfasst wurden. Spätere Ausgaben dieser Originaltexte in Sammlungen oder als Bilderbücher unterschiedlicher Illustratoren sind ebenfalls nicht verzeichnet. Für den deutschsprachigen Raum gibt darüber die Datenbank www.bui.haw-hamburg.de/lindgren/ Auskunft.

In der folgenden Übersicht geht es um das Verhältnis von Text und Lebenslauf, um Material zur Beantwortung der Frage: In welcher biographischen Situation gab Astrid Lindgren welchen Text an die Öffentlichkeit? Die Daten wurden nach Autopsie in der Kungliga Biblioteket Stockholm und in der Deutschen Nationalbibliothek sowie wegen dort fehlender Exemplare im Verlagsarchiv des Oetinger Verlages und unter Rückgriff auf private Exemplare erhoben. Zusätzlich sind die Jahresdaten und Regisseure der ersten Verfilmungen aller Originaltexte eingegeben. Alle Publikationen sind mit Schlagwörtern inhaltlich erschlossen. Für einige Titel des international verbreiteten Werkkanons von Astrid Lindgren existieren Unterrichtsmodelle und Literaturprojekte. Die wichtigsten sind hier ebenfalls aufgeführt.

1944
Lindgren, Astrid: Britt-Mari lättar sitt hjärta. Stockholm
Britt-Mari erleichtert ihr Herz. Hamburg 1954
Schlagwörter zum Inhalt: Briefroman; erste Liebe; Familie; Kleinstadt; Mädchenbuch

1945
Lindgren, Astrid: Kerstin och jag. Stockholm
Kerstin und ich. Hamburg 1953
Schlagwörter zum Inhalt: Ich-Bericht; Landwirtschaft; Mädchenbuch; Zwillinge

Lindgren, Astrid: Pippi Långstrump. Stockholm
Pippi Langstrumpf. Hamburg 1949
Erste Verfilmung Regie Per Gunvall 1949
Schlagwörter zum Inhalt: Freundschaft; Humor; Mädchen; Phantastisches Kinderbuch

Vermittlungsmodelle:
Fischer, Claudia: Literaturprojekt „Pippi Langstrumpf“ von Astrid Lindgren. 4. Aufl. 2007. 59 S.
Horman, Rose; Löss, Cornelia: Pippi Langstrumpf. 8 fächerübergreifende Lernzirkel für die 3. und 4. Klasse. Hamburg 2006. 124 S.
Roeder, Caroline: Pippi Langstrumpf. Ein Leseprojekt nach dem gleichnamigen Kinderbuch von Astrid Lindgren. Berlin 2006. 79 S.

Lindgren, Astrid: Huvudsaken är att man är frisk. Stockholm
(Liegt in deutscher Übersetzung nicht vor)
Schlagwörter zum Inhalt: Theaterstück

1946
Lindgren, Astrid: Alla vi barn i Bullerbyn. Stockholm
Wir Kinder aus Bullerbü. Hamburg 1954
Erste Verfilmung Regie Olle Hellbom 1960/61
Schlagwörter zum Inhalt: Bauernhof; Familie; Geschwister

Vermittlungsmodelle:
Fischer, Claudia: „Wir Kinder aus Bullerbü" von Astrid Lindgren. Kempen 2004. 60 S.

Lindgren, Astrid: Mästerdetektiven Blomkvist. Stockholm
Meisterdetektiv Kalle Blomquist. Hamburg 1950
Erste Verfilmung Regie Rolf Husberg 1947
Schlagwörter zum Inhalt: Detektiv; Diebstahl; Freundschaft; Junge; Kleinstadt; Krimi

Lindgren, Astrid: Pippi Långstrump går om bord. Stockholm
Pippi Langstrumpf geht an Bord. Hamburg 1950
Schlagwörter zum Inhalt: Freundschaft; Humor; Mädchen; Phantastisches Kinderbuch

1947
Lindgren, Astrid: Jag vill inta gå och lägga mig. Stockholm
Nein, ich will noch nicht ins Bett. Hamburg 1989
Schlagwörter zum Inhalt: Bilderbuch; Junge; Schlafen gehen; Vorlesen

1948
Lindgren, Astrid: Pippi Långstrump i Söderhavet. Stockholm
Pippi in Taka-Tuka-Land. Hamburg 1951
Schlagwörter zum Inhalt: Freundschaft; Humor; Insel; Mädchen; Phantastisches Kinderbuch; Südsee

1949
Lindgren, Astrid: Mera om oss barn i Bullerbyn. Stockholm
Mehr von uns Kindern aus Bullerbü. Hamburg 1955
Schlagwörter zum Inhalt: Bauernhof; Familie; Geschwister

Lindgren, Astrid: Nils Karlsson Pyssling. Stockholm. Darin:
- Nils Karlsson Pyssling, Erste Verfilmung Regisseur Staffan Götestam 1990
- Skymninglandet
- Peter och Petra, Erste Verfilmung Regisseurin Agneta Elers-Jarleman 1989
- Lustig-Gök
- Mirabell
- En nat i maj
- Prinsessan som inte ville leka
- Allrakäraste Syster, Erste Verfilmung Regisseur Göran Carmback 1988
- Ingen rövare finns i skogen, Erste Verfilmung Regisseur Göran Carmback 1988

- Im Wald sind keine Räuber. Hamburg 1952. Darin:
- Nils Karlsson Däumling
- Im Land der Dämmerung
- Peter und Petra
- Kuckuck Lustig
- Die Puppe Mirabell
- Die Elfe mit dem Taschentuch
- Die Prinzessin, die nicht spielen wollte
- Allerliebste Schwester
- Im Wald sind keine Räuber

Schlagwörter zum Inhalt: Märchen; Phantastisches Kinderbuch; Sammlung

Lindgren, Astrid: Pippi Långstrump i Humlegården. Stockholm
Pippi im Park. Hamburg 2001
Schlagwörter zum Inhalt: Bilderbuch; Kinderfest; Mädchen; Phantastisches Kinderbuch

Lindgren, Astrid: Pippi Långstrump fyrar jul. Stockholm
Pippi Langstrumpf feiert Weihnachten. Hamburg 2004
Schlagwörter zum Inhalt: Bilderbuch; Mädchen; Phantastisches Kinderbuch; Weihnachten

1950
Lindgren, Astrid: Kati i Amerika. Stockholm
Kati in Amerika. Hamburg 1952
Schlagwörter zum Inhalt: Ich-Bericht; Mädchenbuch; Reisebericht; USA

Lindgren, Astrid: Kajsa Kavat. Stockholm. Darin:
- Kajsa Kavat, Erste Verfilmung Regisseur Daniel Bergmann 1988
- Småländske tjurfäktare
- Gull-Pian, Erste Verfilmung Regisseur Staffan Götestam 1988
- Lite om Sammelaugust
- Nånting levande åt Lame-Kal, Erste Verfilmung Regisseur Magnus Nanne 1989
- Hoppa högst, Erste Verfilmung Regisseurin Johanna Hald 1988
- Stora Syster och lille bror
- Pelle flyttar komfusen bo, Erste Verfilmung Regisseurin Johanna Hald 1990
- Under körsbärsträdet
- Märit
- Godnatt herr luffare, Erste Verfilmung Regisseur Daniel Bergmann 1988

Sammelaugust. Hamburg 1952. Darin:
- Polly Patent
- Ein småländischer Stierkämpfer
- Goldi
- Sammelaugust
- Etwas Lebendiges für den lahmen Peter
- Wer springt am höchsten?
- Große Schwester, kleiner Bruder
- Pelle zieht aus
- Unterm Kirschbaum
- Märit
- Gute Nacht, Herr Landstreicher

Schlagwörter zum Inhalt: Märchen; Phantastisches Kinderbuch; Sammlung

Lindgren, Astrid: Sex pjäser för barn och undgom. Stockholm
(Liegt in deutscher Übersetzung nicht vor)
Schlagwörter zum Inhalt: Kindertheater; Sammlung; Theaterstück

1951
Lindgren, Astrid: Mästerdetektiven Blomkvist lever färligt. Stockholm
Kalle Blomquist lebt gefährlich. Hamburg 1951
Erste Verfilmung; Regie Olle Hellbom 1957
Schlagwörter zum Inhalt: Detektiv; Freundschaft; Junge; Kleinstadt; Krimi; Mord

Lindgren, Astrid: Jag vil också gå i skolan. Stockholm
Ich will auch in die Schule gehen. Hamburg 1964
Schlagwörter zum Inhalt: Bilderbuch; Mädchen; Schule

1952
Lindgren, Astrid: Kati på Kaptengatan. Stockholm
Kati in Italien. Hamburg 1953
Schlagwörter zum Inhalt: Ich-Bericht; Italien; Liebe; Mädchenbuch; Reisebericht

Lindgren, Astrid: Bara roligt i Bullerbyn. Stockholm
Immer lustig in Bullerbü. Hamburg 1956
Schlagwörter zum Inhalt: Bauernhof; Familie; Geschwister

1953
Lindgren, Astrid: Kati i Paris. Stockholm
Kati in Paris. Hamburg 1954
Schlagwörter zum Inhalt: Geburt; Hochzeit; Ich-Bericht; Mädchenbuch; Paris; Reisebericht

Lindgren, Astrid: Kalle Blomkvist och Rasmus. Stockholm
Kalle Blomquist, Eva-Lotte und Rasmus. Hamburg 1954
Erste Verfilmung; Regie Rolf Husberg 1953
Schlagwörter zum Inhalt: Detektiv; Entführung; Freundschaft; Insel; Junge; Kleinstadt; Krimi

1954
Lindgren, Astrid: Mio, min Mio. Stockholm
Mio, mein Mio. Hamburg 1955
Erste Verfilmung; Regie Wladimir Grammatikow 1987
Schlagwörter zum Inhalt: Junge; Phantastisches Kinderbuch; Vater

Lindgren, Astrid: Jag vill också ha ett syskon. Stockholm
Ich will auch Geschwister haben. Hamburg 1974
Schlagwörter zum Inhalt: Bilderbuch; Eifersucht; Familie; Junge; Schwester

1955
Lindgren, Astrid: Lillebror och Karlsson på taket. Stockholm

Lillebror und Karlsson vom Dach. Hamburg 1956
Erste Verfilmung UdSSR 1968
Schlagwörter zum Inhalt: Humor; Junge; Phantastisches Kinderbuch

1956
Lindgren, Astrid: Rasmus påluffen. Stockholm
Rasmus und der Landstreicher. Hamburg 1957
Erste Verfilmung; Regie Rolf Husberg 1955
Schlagwörter zum Inhalt: Ausreißer; Diebstahl; Heimkind; Junge; Landstreicher; On-The-Road; Vagabund; Waisenkind

Lindgren, Astrid/Riwkin-Brick, Anna: Eva möter Noriko-San. Stockholm
Noriko-San. Hamburg 1956
Schlagwörter zum Inhalt: Bilderbuch; Fotobilderbuch; Japan; Mädchen

1957
Lindgren, Astrid: Rasmus, Pontus ok Toker. Stockholm
Rasmus, Pontus und der Schwertschlucker. Hamburg 1958
Erste Verfilmung; Regie Stig Olin 1956
Schlagwörter zum Inhalt: Freundschaft; Junge; Kleinstadt; Zirkus

1958
Lindgren, Astrid/Riwkin-Brick, Anna: Sia bor på Kilimandjaro. Stockholm
Sia wohnt am Kilimandscharo. Hamburg 1958
Schlagwörter zum Inhalt: Afrika; Bilderbuch; Fotobilderbuch; Mädchen

Lindgren, Astrid: Barnen på Bråkmakargatan. Stockholm
Die Kinder aus der Krachmacherstraße. Hamburg 1957
Erste Verfilmung; Regie Johanna Hald 1992
Schlagwörter zum Inhalt: Familie; Geschwister; Kleinstadt

1959
Lindgren, Astrid: Sunnanäng. Stockholm. Darin:
– Sunnanäng
– Spelar min lind, sjunger min nåktergal?
– Tu tu tu
– Junker Nils ar Eka

Klingt meine Linde. Hamburg 1960. Darin:
- Sonnenau
- Klingt meine Linde
- Die Schafe auf Kapela

Der Text „Junker Nils von Eka“ erschien in deutscher Sprache erstmals Hamburg 1987
Schlagwörter zum Inhalt: Märchen; Phantastisches Kinderbuch; Sammlung

Lindgren, Astrid/Riwkin-Brick, Anna: Mina svenska kusiner. Stockholm
Lasse aus Dalarna. Hamburg 1960
Schlagwörter zum Inhalt: Bilderbuch; Dalarne; Fotobilderbuch; Junge

Lindgren, Astrid: Pjäser för barn och ungdom. Första Samlingen. Stockholm
(Liegt in deutscher Übersetzung nicht vor)
Schlagwörter zum Inhalt: Kindertheater; Sammlung; Theaterstück

1960
Lindgren, Astrid: Madicken. Stockholm
Madita. Hamburg 1961
Erste Verfilmung; Regisseur Göran Graffman 1979
Schlagwörter zum Inhalt: Familie; Mädchen; Schwester

Lindgren, Astrid/Riwkin-Brick, Anna: Lilibet, circusbarn. Stockholm
Lilibet, das Zirkuskind. Hamburg 1960
Schlagwörter zum Inhalt: Bilderbuch; Fotobilderbuch; Mädchen; Zirkus

Lindgren, Astrid: Tomten. Stockholm
Tomte Tummetott. Hamburg 1960
Schlagwörter zum Inhalt: Bilderbuch; Troll; Weihnachten; Wichtel; Winter

1961
Lindgren, Astrid: Lotta på Bråkmakargatan. Stockholm
Lotta zieht um. Hamburg 1962
Erste Verfilmung; Regisseurin Johanna Hald 1993
Schlagwörter zum Inhalt: Auszug; Bilderbuch; Familie; Mädchen; Trotz

Lindgren, Astrid: Jag vill också gå i skolan. Stockholm
Ich will auch in die Schule gehen. Hamburg 1964
Schlagwörter zum Inhalt: Bilderbuch; Mädchen; Schule

Lindgren, Astrid: Juli stallet. Stockholm
Weihnachten im Stall. Hamburg 1961
Schlagwörter zum Inhalt: Bilderbuch; Heilige Nacht; Weihnachten

1962
Lindgren, Astrid: Karlsson på teket flyger igen. Stockholm
Karlsson fliegt wieder. Hamburg 1963
Schlagwörter zum Inhalt: Humor; Junge; Phantastisches Kinderbuch

Lindgren, Astrid: Jul i Bullerbyn. Stockholm
Weihnachten in Bullerbü. Hamburg 1963
Schlagwörter zum Inhalt: Bauernhof; Bilderbuch; Familie; Geschwister; Weihnachten

Lindgren, Astrid/Riwkin-Brick, Anna: Marko bor i Jugoslavien. Stockholm
Marko in Jugoslawien. Hamburg 1962
Schlagwörter zum Inhalt: Bilderbuch; Fotobilderbuch; Junge; Jugoslawien

1963
Lindgren, Astrid: Emil i Lönneberga. Stockholm
Michel in der Suppenschüssel. Hamburg 1964
Erste Verfilmung; Regisseur Olle Hellbom 1971
Schlagwörter zum Inhalt: Bauernhof; Familie; Humor; Junge; Landleben

Vermittlungsmodelle:
Schmidtmeier, Petra: Astrid Lindgren: Michel in der Suppenschüssel. In: Knobloch (Hrsg.): Praxis Lesen. 2002. S. 15–22

Lindgren, Astrid/Riwkin-Brick, Anna: Jackie bor in Holland. Stockholm
Japi wohnt in Holland. Hamburg. 1963
Schlagwörter zum Inhalt: Bilderbuch; Fotobilderbuch; Junge; Niederlande

1964
Lindgren, Astrid: Vi på Saltkråkan. Stockholm
Ferien auf Saltkrokan. Hamburg 1965
Erste Verfilmung; Regisseur Olle Hellbom 1962
Schlagwörter zum Inhalt: Familie; Ferien; Freundschaft; Insel

1965
Lindgren, Astrid: Vår i Bullerbyn. Stockholm
Lustiges Bullerbü. Hamburg 1965
Schlagwörter zum Inhalt: Bauernhof; Familie; Geschwister

Lindgren, Astrid: Räven och Tomten. Stockholm
Tomte und der Fuchs. Hamburg 1966
Erste Verfilmung; Regisseurin Sandra Schießl 2007
Schlagwörter zum Inhalt: Bilderbuch; Fuchs; Troll; Weihnachten; Winter

Lindgren, Astrid/Riwkin-Brick, Anna: Randi bar Norge. Stockholm
Randi aus Norwegen. Hamburg 1965
Schlagwörter zum Inhalt: Bilderbuch; Fotobilderbuch; Mädchen; Norwegen

1966
Lindgren, Astrid: Nay hyss av Emil i Lönneberga. Stockholm
Michel muss mehr Männchen machen. Hamburg 1966
Erste Verfilmung; Regisseur Olle Hellbom 1972
Schlagwörter zum Inhalt: Bauernhof; Familie; Humor; Junge; Landleben

Lindgren, Astrid: Barnens dag i Bullerbyn. Stockholm
Kindertag in Bullerbü. Hamburg 1967
Schlagwörter zum Inhalt: Bauernhof; Bilderbuch; Familie; Geschwister

Lindgren, Astrid/Riwkin-Brick, Anna: Noy bor i Thailand. Stockholm
Wanthai aus Thailand. Hamburg 1967
Schlagwörter zum Inhalt: Bilderbuch; Fotobilderbuch; Mädchen; Thailand

1967
Lindgren, Astrid: Skrållan och sjörövarna. Stockholm
Jule und die Seeräuber. Hamburg 1968

Schlagwörter zum Inhalt: Bilderbuch; Ferien; Filmbilderbuch; Fotobilderbuch; Insel; Mädchen

1968
Lindgren, Astrid/Riwkin-Brick, Anna: Matti bor i Finnland. Stockholm
Matti aus Finnland. Hamburg 1969
Schlagwörter zum Inhalt: Bilderbuch; Finnland; Fotobilderbuch; Junge

Lindgren, Astrid: Karlsson på taket smyger igen. Stockholm
Der beste Karlsson der Welt. Hamburg 1968
Schlagwörter zum Inhalt: Humor; Junge; Phantastisches Kinderbuch

Lindgren, Astrid: Pjäser för barn och ungdom. Andra Samlingen. Stockholm
Schlagwörter zum Inhalt: Kindertheater; Sammlung; Theaterstück

1970
Lindgren, Astrid: Än lever Emil i Lönneberga. Stockholm
Michel bringt die Welt in Ordnung. Hamburg 1970
Erste Verfilmung; Regisseur Olle Hellbom 1973
Schlagwörter zum Inhalt: Bauernhof; Familie; Humor; Junge; Landleben

1971
Lindgren, Astrid: Visst kann Lotta cykla. Stockholm
Na klar, Lotta kann Rad fahren. Hamburg 1972
Bilderbuch-Film; Regisseur Pelle Fener 2007
Schlagwörter zum Inhalt: Bilderbuch; Fahrrad; Mädchen

Lindgren, Astrid: På rymmen med Pippi Långstrump. Stockholm
Pippi außer Rand und Band. Hamburg 1971
Schlagwörter zum Inhalt: Bilderbuch; Filmbilderbuch; Fotobilderbuch; Mädchen; Phantastisches Kinderbuch

Lindgren, Astrid: Mina påhitt. Stockholm
Schlagwörter zum Inhalt: Autobiographie

1972
Lindgren, Astrid: Den där Emil. Stockholm
Michel aus Lönneberga. Hamburg 1973
Schlagwörter zum Inhalt: Bauernhof; Familie; Humor; Junge; Landleben

1973
Lindgren, Astrid: Bröderna Lejonhjärta. Stockholm
Die Brüder Löwenherz. Hamburg 1974
Erste Verfilmung; Regisseur Olle Hellbom 1977
Schlagwörter zum Inhalt: Bruder; Junge; Kampf; Phantastisches Jugendbuch; Tod

Vermittlungsmodelle:
Greisbach, Michaela: Die Brüder Löwenherz. Ein Leseprojekt. Berlin 2004. 96 S.

1975
Lindgren, Astrid: Samuel August fran Sevedstorp och Hanna i Hult. Stockholm
Das entschwundene Land. Hamburg 1977
Schlagwörter zum Inhalt: Autobiographie

1976
Lindgren, Astrid: Pomperipossa i Monismanien. Stockholm
Pomperipossa in Monismanien. Hamburg 2001
Schlagwörter zum Inhalt: Politik; Satire; Steuern

Lindgren, Astrid: Madicken och Junibackens Pims. Stockholm
Madita und Pims. Hamburg 1976
Erste Verfilmung; Regisseur Göran Graffhan 1980
Schlagwörter zum Inhalt: Familie; Mädchen; Schwester

Lindgren, Astrid: Emil skulle dra ut Linas tand. Stockholm
Mehr von Michel aus Lönneberga. Hamburg 1976
Schlagwörter zum Inhalt: Bauernhof; Familie; Junge; Landleben

1977
Lindgren, Astrid: Visst kann Lotta nästan allting. Stockholm
Lotta kann fast alles. Hamburg 1977
Bilderbuch-Film; Regisseur Pelle Fener 2007
Schlagwörter zum Inhalt: Bilderbuch; Kleinstadt; Mädchen; Weihnachten

1978
Lindgren, Astrid: Niemals Gewalt. Frankfurt a. M.
Schlagwörter zum Inhalt: Friedenspreis des Deutschen Buchhandels 1978

1979
Lindgren, Astrid: Pippi Långstrump har julgransplunding. Stockholm
Pippi plündert den Weihnachtsbaum. Hamburg 1981
Schlagwörter zum Inhalt: Bilderbuch; Mädchen; Phantastisches Kinderbuch; Weihnachten

Vermittlungsmodelle:
Schulz, Skadi: Weihnachtsprojekt. Pippi plündert den Weihnachtsbaum. Leseprojekt. Kempen 2006. 48 S.

1981
Lindgren, Astrid: Ronja Rövardotter. Stockholm
Ronja Räubertochter. Hamburg 1982
Erste Verfilmung; Regisseur Tage Danielsson 1984
Schlagwörter zum Inhalt: Mädchen; Mutter; Räuber; Vater

Vermittlungsmodelle:
Bünger, Traudel: Emotionale Rezeption von Spielgeschichten am Beispiel „Ronja Räubertochter". In: Hurrelmann, Bettina: Kindermedien nutzen. Weinheim 2003. S. 206–219.
Greisbach, Michaela: Ronja Räubertochter. Leseprojekt. Berlin: Cornelsen 2003. 96 S.
Hessler, Sibylle. Ronja Räubertochter. Arbeit mit Kindern im Ethikunterricht in der Klasse 4. Leipzig 2005. 34 S.
Müller-Schamell, Sonja: Ronja Räubertochter. Modelle für den Literaturunterricht. München u. a. 2006. 68 S.
Schubert-Felmy, Barbara; Schubert, Kristina: Medienintegrativer Unterricht am Beispiel von Astrid Lindgrens „Ronja Räubertochter". In: Josting, Peter; Frederking, Volker (Hg.): Medienintegration und Medienverbund im Deutschunterricht. Baltmannsweiler 2005. S. 104–122

1983
Lindgren, Astrid: Titta, Madicken, det snoar! Stockholm
Guck mal, Madita, es schneit! Hamburg 1984
Schlagwörter zum Inhalt: Familie; Mädchen; Schnee; Schwester; Winter

1984
Lindgren, Astrid: När lilla Ida skulle göra hyss. Stockholm
Als Klein-Ida auch mal Unfug machen wollte. Hamburg 1986
Schlagwörter zum Inhalt: Bauernhof; Landleben; Mädchen

1985
Lindgren, Astrid: Draken med de röda ögonen. Stockholm
Der Drache mit den roten Augen. Hamburg 1986
Schlagwörter zum Inhalt: Bauernhof; Bilderbuch; Drache; Mädchen; Phantastisches Kinderbuch

Lindgren, Astrid: Emils Hyss nr 325. Stockholm
Michels Unfug Nr. 325. Hamburg 1986
Schlagwörter zum Inhalt: Bauernhof; Familie; Fliegenfangen; Junge; Landleben

Lindgren, Astrid: Liv kann vara så olika. Två männskoöden. Stockholm
(Liegt in deutscher Übersetzung nicht vor)
Schlagwörter zum Inhalt: Sammlung; Theaterstück

1986
Lindgren, Astrid: Assar Bubbla eller det var nära ögatt att det inte blev någon bok om Pippi Långstrump. Stockholm
Der Räuber Assar Bubbla oder Um ein Haar hätte es kein Buch über Pippi Langstrumpf gegeben. Hamburg 1988
Schlagwörter zum Inhalt: Bilderbuch; Diebstahl; Räuber

Lindgren, Astrid: Kindertheaterstücke. Aus dem Schwedischen von Silke von Hacht, Senta Kapoun, Anne Liese Kornitzky. Hamburg 1986. Enthält:
- Pippi Langstrumpf
- Karlsson vom Dach
- Mio, mein Mio
- Michel in der Suppenschüssel

Schlagwörter zum Inhalt: Kindertheater; Theaterstück

1987
Lindgren, Astrid: Skinn Skerping hemskast av alla spöken i Småland. Stockholm
Rupp Rüpel, das grausige Gespenst aus Småland. Hamburg 1988
Schlagwörter zum Inhalt: Bilderbuch; Gespenst

1988
Lindgren, Astrid/Strömstedt, Margareta: Mitt Småland. Stockholm
Mein Småland. Hamburg 1988
Schlagwörter zum Inhalt: Autobiographie; Fotoband

1989
Lindgren, Astrid: När Bäckhultarn for till stan. Stockholm
Als der Bäckhultbauer in die Stadt fuhr. Hamburg 1990
Schlagwörter zum Inhalt: Bilderbuch; Junge; Kalb; Winter

1990
Lindgren, Astrid; Forslund, Kristina: Min ko vill ha roligt. Stockholm
Meine Kuh will auch Spaß haben. Hamburg 1991
Schlagwörter zum Inhalt: Agrarindustrie; Tierhaltung; Tierschutz

Lindgren, Astrid: Visst är Lotta en glad unge. Stockholm
Natürlich ist Lotta ein fröhliches Kind. Hamburg 1991
Schlagwörter zum Inhalt: Bilderbuch; Emigrant; Hexe; Mädchen; Ostern

1992
Lindgren, Astrid: God Jul i stugan. Stockholm
Ein Weihnachtsabend in Småland. In: Weihnachten, als ich klein war. Hamburg 1996
Schlagwörter zum Inhalt: Autobiographie; Weihnachten

Posthum:
2006
Lindgren, Astrid/Törnqvist, Marit: Sagoresan. Från Junibacken till Nangilima. Stockholm
Eine Reise in Geschichten. Von Junibacken bis Nangilima. Stockholm 2010
Schlagwörter zum Inhalt: Geschichtenzug; Junibacken

2007
Lindgren, Astrid: Ur-Pippi. Stockholm
Ur-Pippi. Hamburg 2007
Schlagwörter zum Inhalt: Originalmanuskript

Lindgren, Astrid: Mitt bardomsken Näs. Vimmerby
Näs – mein Elternhaus. Vimmerby 2007
Schlagwörter zum Inhalt: Autobiographie; Näs; Vimmerby

2011
Lindgren: Astrid: Aldrig världt. Lindingo
Niemals Gewalt. Lindingo 2011
Schlagwörter zum Inhalt: Friedenspreis des Deutschen Buchhandels 1978

2012
Lindgren, Astrid/Schwardt, Sara: Dina brev läggar jag under madrassen: en brevväxling 1971–2002. Lindigo 2012
Schlagwörter zum Inhalt: Briefwechsel

Verzeichnis der zitierten Literatur von Astrid Lindgren

Das zitierte unveröffentlichte Briefmaterial befindet sich, sofern nicht anders ausgewiesen, im Nachlassbestand des Astrid-Lindgren-Archivs (Astrid Lindgrens Arkiv) in der Schwedischen Nationalbibliothek (Kuniliga Biblioteket), Stockholm.

Alle Zitatnachweise aus dem Werk Astrid Lindgrens beziehen sich auf die hier genannten Ausgaben.

Allerliebste Schwester. In: Erzählungen und Märchen (2008), S. 261–267.

Astrid Lindgren über Astrid Lindgren. In: Berf, Paul/Surmatz, Astrid (Hg.): Astrid Lindgren. Zum Donnerdrummel! Ein Werkporträt. 3. Aufl. Hamburg 2002, S. 15–19.

Britt-Mari erleichtert ihr Herz. Hamburg 1997.

Das entschwundene Land. Hamburg 2012.

Die Brüder Löwenherz. Hamburg 2007.

Die Kinder aus Bullerbü. Hamburg 2008.

Die Kinder aus der Krachmacherstraße. Hamburg 1957.

Die Kinder in der Krachmacherstraße. In: Erzählungen und Märchen (2008), S. 7–84.

Die Prinzessin, die nicht spielen wollte. In: Im Wald sind keine Räuber (1952), S. 298–307.

Dina brev läggar jag under Madrassen: en brevväxling 1971–2002. Lidingö 2012 [Briefwechsel zwischen Astrid Lindgren und Sara Schwardt].

Ein Weihnachtsabend in Småland vor langer Zeit. In: Weihnachten, als ich klein war (1996), S. 7–16.

Eine Reise in Geschichten. Von Junibacken bis Nangalima. (Mit Margit Tönqvist.) Stockholm 2010.

Erzählungen und Märchen. Hamburg 2008.

Ferien auf Saltkrokan. Hamburg 2007.

Filiokus. In: Folkskolan barntidning. Nr. 3/1934 u. Landsbygdens Jul 1937.
Guck mal, Madita, es schneit. Hamburg 1984.
Herr Lilienstengel. Mit Illustrationen von Hans-Joachim Krantz. Hamburg 1969.
Im Land der Dämmerung. Mit Illustrationen von Marit Törnqvist. Hamburg 1995.
Im Land der Dämmerung. In: Erzählungen und Märchen (2008), S. 248–260.
Im Wald sind keine Räuber. Hamburg 1952.
Immer lustig in Bullerbü. Hamburg 2008.
Jultomten hör på dagsnyheterna. In: Landsbygdens Jul 1938.
Kalle Blomquist. Hamburg 2008.
Karlsson vom Dach. Hamburg 2008.
Kati in Amerika. Hamburg 1999.
Kati in Italien. Hamburg 2000.
Kati in Paris. Hamburg 2002.
Kerstin und ich. Hamburg 2004.
Klingt meine Linde. Hamburg 1960.
Madita. Hamburg 2008.
Madita und Pims. Hamburg 1976.
Märit. In: Erzählungen und Märchen (2008), S. 198–205.
Maja får en fästman. In: Landsbygdens Jul 1937.
Mehr von uns Kindern aus Bullerbü. Hamburg 2008.
Mein Småland. (Mit Margareta Strömstedt u. Jan-Hugo Norman.) Hamburg 1988.
Meine Kuh will auch Spaß haben. Einmischung in die Tierschutz-Debatte – wie und warum es so wurde, wie es geht. (Mit Kristina Forslund.) Hamburg 1991.
Meine Lebensgeschichte. In: Gebt uns Bücher, gebt uns Flügel. Oetinger Almanach. Hamburg 1967, S. 47–50.
Meisterdetektiv Blomquist, Hamburg 1950.
Michel aus Lönneberga. Hamburg 2012.
Michel bringt die Welt in Ordnung. Hamburg 1988.
Michel in der Suppenschüssel. Hamburg 1964.
Michel muß mehr Männchen machen. Hamburg 1966.
Mio, mein Mio. Hamburg 2008.
Näs – ein Elternhaus. Vimmerby 2007.
Niemals Gewalt. In: Keller, Rolf (Hg.): Astrid Lindgren. Ansprachen anläßlich der Verleihung des Friedenspreises des Deutschen Buchhandels. Frankfurt a. M. 1978, S. 42–46.

Noriko-San. Hamburg 1956.
Pippi in Taka-Tuka-Land. Hamburg 1986.
Pippi Langstrumpf. Hamburg 1986.
Pippi Langstrumpf geht an Bord. Hamburg 1986.
Pumpernickel och Hans Bröder. In: Landsbygdens Jul 1936.
Rasmus, Pontus und der Schwertschlucker. Hamburg 2008.
Rasmus und der Landstreicher. Hamburg 2008.
Ronja Räubertochter. Hamburg 2007.
Sonnenau. Mit Illustrationen von Marit Törnquist. Hamburg 2003.
Sonnenau. In: Erzählungen und Märchen (2008), S. 319–335.
Steine auf dem Küchenbord. Hamburg 2000.
[Tourenbuch1939:] 25 automobilturer i Sverige. Karlsham: Motormännens Riksförbund 1939. [Tourenbuch 1939:] 25 Autofahrten in Schweden. Karlsham 1939 (erw. Neuauflagen 1949 und 1954).
Ur-Pippi. Hamburg 2007.
Weihnachten, als ich klein war. Hamburg 1996.
Wir Kinder aus Bullerbü. Hamburg 2008.

Verzeichnis der zitierten Literatur über Astrid Lindgren

Astrid Lindgren. Lesebuch zum 100. Geburtstag. Hamburg 2007.

Astrid Lindgren für die ganze Welt. Eine Ausstellung auf Astrid Lindgrens Näs, Vimmerby, Schweden. Ein Ausstellungskatalog mit Texten von Astrid Lindgren, Margareta Strömstedt sowie Fotos von Jacob Forsell. Näs: Kulturkvarteret Astrid Lindgren 2007.

Becker, Gerold Ummo: Auf der Suche nach dem entschwundenen Land. In: Wolff (1986), S. 18–33.

Berf, Paul/Surmatz, Astrid (Hg.): Astrid Lindgren. Zum Donnerdrummel! Ein Werkporträt. 3. Aufl. Hamburg 2002.

Bialek, Manuela/Weyershausen, Karsten: Das Astrid-Lindgren-Lexikon. Alles über die beliebteste Kinderbuchautorin der Welt. 2. Auflage. Berlin 2004.

Bierhals, Karin/Huber, Dorthe: Mit Astrid Lindgren auf dem Lebensweg. Religionspädagogische Hefte, Heft 3. Speyer 1994.

Björk, Christina: Von Kletterbäumen, Sachensuchern und kitzligen Pferden. Astrid Lindgrens Kindheit. Hamburg 2007.

Blume, Svenja/Kümmerling-Meibauer, Bettina/Nix, Angelika (Hg.): Astrid Lindgren – Werk und Wirkung. Frankfurt a. M. 2009.

Boethius, Ulf: Wild, ill-mannered and disobedient. Pippi Longstocking and the debate on uncivilized youth and bad children. In: Blume/Kümmerling-Meibauer/Nix (2009). S. 55–66.

Cromme, Gabriele: Astrid Lindgren und die Autarkie der Weiblichkeit. Literarische Darstellung von Frauen und Mädchen in ihrem Gesamtwerk. Hamburg 1996.

Dankert, Birgit: Wie Pippi Langstrumpf nach Hamburg kam. Ein Kapitel Nachkriegsdeutschland. In: Schade, Frauke (Hg.): Astrid Lindgren. Ein neuer Blick. Münster 2008. S. 48–58.

Dankert, Birgit: „Wer ist diese Frau?“ Annäherungen an Leben und Werk Astrid Lindgrens. Hameln 2009.
Doderer, Klaus: Reisen in erdachtes Land. München 1998.
Edström, Vivi: Astrid Lindgren. Im Land der Märchen und Abenteuer. Hamburg 1997.
Edström, Vivi: Astrid Lindgren und die Macht des Märchens. Hamburg 2004.
Edström, Vivi: Abendliches Bad in Katthult. Essays über Astrid Lindgrens Poesie. Hamburg 2008.
Engqvist, Ester Maria: Wer tröstet dich, wenn du weinst? [Interview mit Astrid Lindgren]. In: Berf/Surmatz 2002, S. 832–837.
Erséus, Johan/Karlsson, Petter/Brunow, Dagmar/Andersson, Robban: Von Pippi, Michel, Karlsson und Co. Astrid Lindgrens Filmwelt. Hamburg 2006
Fellke, Jens: Astrid Lindgren. Vimmerby Tidning, 18. 11. 2006.
Fellke, Jens: För pappans skull. Dagens Nyheter, 5. 12. 2007.
Forsell, Jacob/Erséus, Johan/Strömstedt, Margareta: Astrid Lindgren. Bilder ihres Lebens. Hamburg 2007.
Gottschalk, Maren: Jenseits von Bullerbü. Die Lebensgeschichte der Astrid Lindgren. Weinheim 2006.
Hahnemann, Katrin: Wer ist das? Astrid Lindgren. Berlin 2011.
Hamberg, Per-Martin: 20 Fragen an Astrid Lindgren. Ein Interview. In: Berf/Surmatz 2002, S. 408–410.
Hanneforth, Alexandra: Literaturwerkstatt: Astrid Lindgren, differenzierte Unterrichtsmaterialien für die Klassen 2 bis 4. Braunschweig 2010.
Heldlund, Ingvar: Han kämpade för stoppa Astrid Lindgren från att få Nobelpriset. In: Expressen, 13. 11. 2007.
Ist das noch Pippi Langstrumpf? – Ein neuer Blick auf Astrid Lindgren. In: Schade (2008), S. 37–46.
Jakobeit, Brigitte: Ich habe Kinder immer mehr geliebt als Männer [Interview mit Astrid Lindgren]. In: Die Zeit, 13. 11. 1992.
Johanna: Wer war eigentlich Astrid Lindgren? In: Die Zeit. KinderZEIT-Blog, 26. 1. 2012.
Karlsson, Petter/Erséus, Johan: Von Pippi, Michel, Karlsson & Co. Hamburg 2006.
Keller, Rolf (Hg.): Astrid Lindgren: Ansprachen anläßlich der Verleihung des Friedenspreises des Deutschen Buchhandels. Frankfurt a. M. 1978.
Kümmerling-Meibauer, Bettina: Der Blick auf das Fremde. Astrid Lindgren und

Anna Riwkin-Bricks Fotobilderbücher. In: Blume/Kümmerling-Meibauer/Nix (2009). S. 235–251.

Kurwinkel, Tobias/Schmerheim, Philipp/Kurwinkel, Annika (Hg.): Astrid Lindgrens Filme. Auralität und Filmerleben im Kinder- und Jugendfilm. Würzburg 2012.

Landquist, John: Schlecht und preisgekrönt. Eine Reflexion über gute und schlechte Kinderbücher. In: Berf/Surmatz (2002), S. 181–183.

Lange-Fuchs, Hauke: Einfach zu sehen. Astrid Lindgren und ihre Filme. Frankfurt a. M. u. a. 1992.

Langer, Joakim/Regius, Helena: Pippi und der König. Auf den Spuren von Efraim Langstrumpf. Berlin 2002.

Linsmann, Maria (Hg.): Pippi Langstrumpf – Sommersprossen und Rattenschwänze. Ausstellung im Bilderbuchmuseum Burg Wissem, 27.6.–12. 9. 2004. Troisdorf: Burg Wissem – Museum der Stadt Troisdorf 2005.

Lison, Inger: „Du kennst mich nicht und schreibst trotzdem genau, wie es mir geht". Erfolgreiche Rezeption und Innovation in ausgewählten Werken Astrid Lindgrens. Frankfurt a. M. 2010.

Ljunggren, Kerstin: Besuch bei Astrid Lindgren. Hamburg 2011.

Lundqvist, Ulla: Kommentar. In: Ur-Pippi. Hamburg 2007, S. 117–168.

Metcalf, Eva-Maria: Astrid Lindgren. New York 1995.

Nix, Angelika: Das Kind des Jahrhunderts im Jahrhundert des Kindes. Zur Entstehung der phantastischen Erzählung in der schwedischen Kinderliteratur. Freiburg im Breisgau 2002.

Nix, Angelika: Chaos, Spiel und Akrobatik. Astrid Lindgren im Kontext des schwedischen Modernismus. In: Blume/Kümmerling-Meibauer/Nix (2009), S. 17–33.

Nyman, Karin: [Über Astrid Lindgren]. In: Expressen, 17. 3. 2007.

Oetinger, Friedrich: Meine erste Begegnung mit Astrid Lindgren. In: Gebt uns Bücher, gebt uns Flügel. Oetinger Almanach. Hamburg 1977, S. 7/8.

Olenius, Elsa: Astrid Lindgren. Das Bild einer Freundin. In: Gebt uns Bücher, gebt uns Flügel. Oetinger Almanach. Hamburg 1967, S. 131–135.

Pohlmann, Sanna: Phantastisches und Phantastik in der Literatur. Zu phantastischen Kinderromanen von Astrid Lindgren. Wettenberg 2004.

Prochazka, Sarah: „Liebeserklärung an meinen deutschen Verleger". Astrid Lindgren und der Verlag Friedrich Oetinger, unter Einbeziehung des Briefnachlasses. Magisterarbeit im Fach Vergleichende Literaturwissenschaft, Universität Wien 2012.

Reberg, Arne: Uppväxt med Astrid Lindgren. Stockholm 1996.
Reberg, Arne: Du och jag, Astrid. Örebro 2004.
Schwardt, Sara: Och Astrid. In: Svenska Dagbladet. Kultur, 30. 9. 2012.
Schade, Frauke (Hg.): Astrid Lindgren. Ein neuer Blick. Kinderkultur, Illustration, Literaturgeschichte. Berlin/Münster 2008.
Scheurich, Karin: Astrid Lindgren – Meisterin der Idylle. 2008. (http://www.nlp-trainerakademie.de/strategien/Astrid%20Lindgren.ks.pdf).
Schönborn, Felizitas von: Astrid Lindgren – das Paradies der Kinder. Die Kinderbuch-Klassikerin im Gespräch mit Felizitas von Schönborn. Überarbeitete und aktualisierte Neuausgabe. Berlin 2002.
Schönfeldt, Sybil Gräfin: Astrid Lindgren. Mit Selbstzeugnissen und Bilddokumenten. 13. Aufl. Reinbek bei Hamburg 2007.
Schönfeldt, Sybil Gräfin: Bei Astrid Lindgren zu Tisch. Hamburg 2007.
Schrag, Mamke/Wagener, Andreas: Das Astrid Lindgren Kochbuch. Hamburg 2008.
Schwieder, Sabine/Schwieder, Wolfram: Wo ist Bullerbü? Auf den Spuren Astrid Lindgrens durch Schweden. Hamburg 2006.
Schwieder, Sabine/Schwieder, Wolfram: Astrid Lindgrens Schweden. Von Bullerbü zur Villa Kunterbunt. 4. Aufl. Bielefeld 2012.
Sörensen, Margaret: Den Astrid jag minns. In: Expressen, 13. 6. 2011.
Specovius, Günther: Eine große Dichterin für kleine Leute. In: Die Zeit, 26. 4. 1956.
Spreckelsen, Tilman: Bullerbü ist weit. Da helfen keine Faxen. www.faz.net, 10. 2. 2007.
Strömstedt Margareta: Astrid Lindgren. Ein Lebensbild. Hamburg 2012.
Surmatz, Astrid: Pippi Långstrump als Paradigma. Die deutsche Rezeption Astrid Lindgrens und ihr internationaler Kontext. Tübingen, Basel 2005.
Törnqvist, Marit: Eine Reise in Geschichten. Von Junibacken bis Nangilima. (Mit Astrid Lindgren.) Stockholm 2010.
Vogel, Thomas: „Und doch ist alles wahr". Zehn Predigten zu Figuren von Astrid Lindgren. Timmendorfer Strand 1999.
Von Millionen geliebt. Die wichtigsten Zahlen zu Astrid Lindgrens Werk. In: Astrid Lindgren (2007), o. S.
Weiner, Christine/Kupfer, Carola: Das Pippilotta-Prinzip. Ich mach mir die Welt, wie sie mir gefällt. München 2009.
Weitendorf, Silke: Astrid hat sich für jeden Zeit genommen. In: Bialek/Weyershausen (2004), S. 500–506.

Wieblitz, Albert: Bullerbü und der liebe Gott. Astrid-Lindgren-Geschichten für Kindergottesdienst und Kindergruppe. Hannover 2005.

Wolff, Rudolf (Hg.): Astrid Lindgren. Rezeption in der Bundesrepublik. Bonn 1986.

www.bui.haw-hamburg.de/lindgren/: Datenbank zur Literatur von und über Astrid Lindgren, zusammengestellt von Birgit Dankert.

Personen-Register

Werk-, Orts- und Sachregister

Bildnachweis

S. 16, 51, 67, 74, 150, 255: Jacob Forsell, Johan Erséus, Margareta Strömstedt: Astrid Lindgren. Bilder ihres Lebens. Hamburg: Verlag Friedrich Oetinger 2007
S. 167: Thomas Löfqvist/Sydsvenskan
S. 215: picture-alliance/dpa – Fotoreport
S. 230: Bertil Alvtegen